Vanessa Lafaye

Das Haus des Kolibris

Vanessa Lafaye

Das Haus des Kolibris

Roman

Deutsch von Andrea Brandl

LIMES

Die Originalausgabe erschien 2017 unter dem Titel
»At First Light« bei Orion Books, London.

MIX
Papier aus verantwortungsvollen Quellen
FSC® C014496

Verlagsgruppe Random House FSC® N001967

1. Auflage

Redaktion: Angela Kuepper
Umschlaggestaltung: www.bürosüd.de
Umschlagmotiv: iStock.com/GabrielPevide
AF · Herstellung: sam
Satz: GGP Media GmbH, Pößneck
Druck und Bindung: GGP Media GmbH, Pößneck
Printed in Germany
ISBN 978-3-8090-2699-0

www.limes-verlag.de

Für James,
noch immer und für immer

La pájara pinta

Estaba la pájara pinta
sentada en un verde limón.
Con el pico cortaba la rama,
con la rama cortaba la flor.
Ay, ay, ay!
Cuándo vendrá mi amor ...

Me arrodillo a los pies de mi amante,
me levanto constante, constante.
Dame la mano, dame la otra,
dame un besito sobre la boca.

Daré la media vuelta,
Daré la vuelta entera,
Con un pasito atrás,
Haciendo la reverencia.

Pero no, pero no, pero no,
porque me da vergüenza,
pero sí, pero sí, pero sí,
porque te quiero a ti.

Der gefleckte Vogel

Es war einmal ein bunter Vogel
In einem grünen Zitronenbaum,
Brach den Zweig mit seinem Schnabel,
Brach die Blume mit dem Zweig.
Ay, ay, ay!
Wann wird mein Liebster bei mir sein?

Ich knie zu Füßen meines Liebsten,
Erhebe mich, treu, oh, so treu,
Gib mir die Hand, die andere auch,
Und einen Kuss, ja, auf den Mund.

Ich mache eine halbe Drehung,
Die ganze Drehung gleich danach,
Dann einen Schritt zurück,
Verneige mich vor dir.

O nein, nein, nein, nein, nein,
Ich schäme mich doch so,
O ja, ja, ja, ja, ja,
Ich liebe dich doch so.

Traditionelles kubanisches Kinderlied

Prolog

Key West, 1993

Atemlos eilt sie an ihrem letzten Tag in Freiheit die Tamarind Street entlang und betritt ihren Garten. Eine Hand auf dem rostigen Schloss des Türchens, bleibt sie stehen, bezaubert von der Schönheit. Ausgerechnet heute wirkt der Garten so friedlich, die schattige Stille nach dem Szenario im Park beinahe surreal. Schwer und verführerisch reif hängen die Guaven an den Bäumen, die orangefarbenen Strelitzien wippen sanft in der leisen, duftenden Brise. *Bleib, ruh dich aus*, scheint das Wasser zu flüstern, das aus dem Brunnen über die Steine fließt.

Selbst mit ihren sechsundneunzig Jahren ist sie daran gewöhnt, alle Erledigungen mithilfe ihres Gehstocks aus Platanenholz zu Fuß zu machen, doch der stramme Marsch nach Hause war ziemlich anstrengend. Ihr Herz hämmert, sowohl von der Anstrengung als auch vom Wissen darum, was sie gleich tun wird. Könnte sie doch nur die Zeit zurückdrehen, zur Morgendämmerung, und zum Markt statt in den Park gehen. Könnte sie doch nur ungesehen machen, was sie beobachtet hat, und sich stattdessen mit einem schönen Glas Limonade in ihren Lieblingsstuhl unter der Kokospalme setzen.

Aber das geht nicht.

Auf den Stock gestützt, öffnet sie die Hintertür und geht in ihr Schlafzimmer, dessen hölzerne Fensterläden gegen die drückende Mittagshitze geschlossen sind. Die Klimaanlage ist ausgeschaltet, weil sie nicht damit gerechnet hat, so schnell zurück zu sein. Im sepiafarbenen Halbdunkel greift sie in den hintersten Winkel ihres Kleiderschranks. Ihre Hand weiß ganz genau, wonach sie sucht: nach der Zigarrenkiste mit dem verblichenen Logo der Gato-Fabrik auf dem Deckel. Sie gestattet sich eine kurze Verschnaufpause auf dem Bett, hin- und hergerissen zwischen dem Bedürfnis, in Erinnerungen zu schwelgen, und dem Drang, ihre Mission zu erfüllen. Sie streicht über den Deckel. Schließlich ist es die drückende Hitze, die sie aufstehen und hinausgehen lässt.

Im Garten atmet sie tief durch, saugt das üppige Grün in ihre Lunge, während die Erinnerung vor ihrem geistigen Auge aufflammt, wie sie die Waffe das letzte Mal gesehen hat, in seiner Hand. Er hielt sie mit der lässigen Routine eines Soldaten, die kräftigen Finger in einer wunderschönen Kurve um den Griff aus Walnussholz gelegt. Sie nimmt den Colt aus der Kiste, fragt sich, ob wohl seine Fingerabdrücke darauf sind, sie vielleicht sogar noch seine Pomade an ihm riechen kann. Aber jetzt ist nicht der richtige Zeitpunkt für nostalgische Schwärmereien. Die Waffe lässt sich mühelos in ihre Handtasche stecken, ihr Gewicht ist schwer, solide. Über siebzig Jahre lang hat sie in der Kiste gelegen, geölt und in ein Tuch geschlagen, und auf diesen Tag gewartet; auf den Tag, vor dem sie sich so gefürchtet und gehofft hat, er möge niemals kommen.

Ein Kolibri flattert an ihrem Ohr vorbei – es ist Pablito, der sie häufig zum Frühstück besucht, um Zuckerwasser von ihrem Löffel zu naschen. *»Adiós, mi amor«*, flüstert sie. Ihr Blick bleibt an einem Büschel Unkraut hängen, das aus den Ritzen zwischen den roten Ziegeln des Gartenwegs ragt. Am liebsten würde sie es herausreißen, aber sie hat Angst, dass sie nicht mehr hochkommt, wenn sie sich bückt. Also wird es eben weiterwachsen, bis die neuen Eigentümer das Haus übernehmen. Sie kann nur hoffen, dass sie diese kühle, zerbrechliche Oase zu würdigen wissen und sie nicht in eine weitere pseudo-schicke Frühstückspension umfunktionieren. Im Lauf der Jahre hat sie eine Menge Angebote von Immobilienhaien bekommen, die sich die geschichtliche Einzigartigkeit des Anwesens unbedingt zunutze machen wollten.

Ihr Rücken protestiert, ihre Gelenke ächzen. Mit geschlossenen Augen lässt sie sich gegen die moosbedeckte Mauer sinken und sammelt sich. Sie spürt den Colt an ihrer Hüfte. Die Botschaft ist eindeutig: *Zeit zu gehen*. Sie lenkt ihre Gedanken auf das, was vor ihr liegt, und greift nach ihrem Stock. Sie ist ganz ruhig, entschlossen. Und unbeschreiblich traurig.

Mit einem letzten Blick auf das Anwesen öffnet sie das Gartentürchen, tritt hinaus und schlägt den Weg zum Park ein.

Zwei Stunden später reißt aufgeregtes Stimmengewirr aus dem Polizeifunkgerät Chief Roy Campbell aus dem Schlaf. Er sitzt an seinem Schreibtisch, doch das Surren der Klimaanlage neben seinem gesunden Ohr macht es ihm unmöglich, die Worte zu verstehen. Sein Gesicht ist ganz heiß, der Mund staubtrocken. Bestimmt hat er geschnarcht. Er schüttelt den Kopf, um die Benommenheit loszuwerden. Nur gut, dass der Einsatzraum leer ist; alle Beamten sind bei der Versammlung im Park, um dort für Ruhe und Ordnung zu sorgen. Er könnte bei seinen Leuten sein, Steuergelder verpulvern, indem er gewährleistet, dass eine Handvoll rassistischer Arschlöcher auch ja ihre verfassungsmäßig garantierten Rechte ausschöpfen können. Stattdessen hat er sich entschlossen, auf dem Revier die Stellung zu halten und sein Büro auszuräumen. Das ist auch besser so. Eine gewalttätige Auseinandersetzung mit einem Mitglied des Ku-Klux-Klans eine Woche vor der Pensionierung könnte alles zunichtemachen, was er sich im Laufe seiner langen, wenngleich unspektakulären Polizistenkarriere aufgebaut hat. Beim Anblick dieser albernen, hasserfüllten Kapuzentypen bei ihrer offiziell angemeldeten Versammlung im Bayview Park könnte selbst seine eiserne Disziplin flöten gehen. Er sieht sich bereits mit der schlechten Nachricht nach Hause kommen. *Hi, Clarisse, du ahnst nicht, was passiert ist. Ich habe einem Kapuzenmann in die Fresse gehauen! Das war's mit meiner Pension!*

Und es ist Sonntag. Trotz der fünfzig Prozent Zuschlag würde er viel lieber mit einem Bier in der Hand in dem Minipool abhängen, den Clarisse unbedingt haben wollte, weil in der Nachbarschaft alle einen im Garten stehen haben. Bis heute hat sie es nicht geschafft, sich einen Lebensstil anzugewöhnen, der zu einem Polizistengehalt passt. Was allein schon die allmonatliche Kreditkartenabrechnung beweist. Und selbst nach all den Jahren und seinem schneckentempohaften Aufstieg auf der Karriereleiter kann sie nicht akzeptieren, dass ihm der eine große Fall bislang verwehrt blieb – ein Coup von der Sorte, die einen in die Abendnachrichten bringt … und ihr Oberwasser bei den Damen in ihrem Bridgeclub verschaffen würde. Nach der Hochzeit brauchte er eine ganze Weile, bis er begriff, dass sie eigentlich einen Bullen à la Jack Webb aus *Polizeibericht* wollte: einen glamourösen, gefährlichen, sexy Supercop. Mit den Jahren wurden die Fernsehserien immer exotischer, und Clarisses Mundwinkel zeigten immer weiter nach unten. Bei *Hawaii Five-0* hingen sie bereits beträchtlich tief, bei *Miami Vice* war es noch viel schlimmer. Ihre Enttäuschung über ihn ist wie eine Wunde, die einfach nicht verheilen will.

In ihren Augen ist sein Vater dafür verantwortlich, dass er, Roy, sich für einen Job entschieden hat, der rückblickend betrachtet ganz und gar nicht seinem Naturell entspricht. Vermutlich hat sie recht damit, denkt er und blickt auf den in der Hitze flirrenden Parkplatz hinaus. Eigentlich hätte er Fischer werden sollen. Angeln gehört zu seinen Lieblingsbeschäftigungen, und er wünschte, er könnte jetzt auf einem Boot sein, mit einem prächtigen Marlin am Haken und einer Kühlbox Bier neben sich. Sein ganzes Leben war ein langer, erfolgloser Versuch, denselben Ruf zu erlangen wie sein Vater, Sheriff Dwayne Campbell.

Key West ist seine letzte Station: das Ende der Fahnenstange … in vielerlei Hinsicht.

Er steht auf, um sein Blut ein bisschen in Bewegung zu bringen, und zieht das Hemd über dem ausladenden Bauch zurecht. Sein Magen sagt ihm, dass es Zeit fürs

Mittagessen ist; heute steht sein Sonntagsleckerbissen auf dem Programm, ein großes, saftiges Shrimpssandwich unten bei Johnny's am Dock. Er greift nach seinen Blutdrucktabletten.

Das Gekrächze aus dem Lautsprecher verwandelt sich in Wörter – *Ein Opfer … männlich … Klan-Mitglied … Verdächtige in Gewahrsam.* Er fährt sich mit dem Handrücken übers Gesicht und fragt sich einen Moment lang, ob er träumt, doch die Vermutung wird durch ein ungewohntes Gefühl Lügen gestraft: Adrenalin, das durch seine Venen schießt. »Tja, das bedeutet eine Menge Papierkram«, sagt er in den leeren Einsatzraum hinein, aber das kommt ihm durchaus gelegen, denn Papierkram zu erledigen gehört zu seinen größten Stärken.

Im nächsten Moment werden die Reviertüren abrupt aufgerissen, eine Woge aus heißer Luft, dunklen Uniformen und erregten Stimmen spült herein – zuerst Big Mike, sein Sergeant, gefolgt von Javier und Meredith, beide mit düsteren Gesichtern und angespannten Kiefern, und schließlich der Rest der Mannschaft. Roy sieht Meredith an, deren Augen hinter den dicken Brillengläsern riesig wirken. Fischauge, wie alle auf dem Revier sie nennen (wenn auch nur hinter ihrem Rücken), wirkt ziemlich aufgewühlt. Das ist besorgniserregend, weil Meredith die härteste Nuss der Mannschaft ist. Die Krokodilstränen einer Dragqueen, die flehenden Bitten eines Junkies, die Drohungen von wichtigtuerischen Studentenbürschchen … all das perlt normalerweise an ihr ab wie geschmolzene Butter an einem Maiskolben. Aber jetzt scheint sie den Tränen nahe zu sein.

Roy hustet, um das Rumpeln seines knurrenden Magens zu übertönen, und tritt hinter seinem Schreibtisch hervor. Alles, was er sieht, ist eine Traube aus blauen Hemden. »Was ist denn passiert?«, fragt er. »Wo ist der Täter? Oder wart ihr es etwa, im Kollektiv?« Keiner verzieht eine Miene, zeigt auch nur den Anflug eines Lächelns.

Die blauen Hemden teilen sich vor ihm und geben den Blick auf eine winzige weißhaarige Frau frei, die mindestens neunzig sein muss. Sie reicht Big Mike gerade mal bis zur Brustmitte. Ihr Blick ist auf den Boden geheftet. Die Handschellen drohen über ihre zarten Handgelenke zu rutschen. Sie sieht aus wie ein zerbrechliches Vögelchen in einem Käfig. Ihm fällt auf, dass sie praktisch die gleiche Hautfarbe hat wie er – hellbraun, *café con leche*. Seine Hautfarbe hat sein gesamtes Leben bestimmt. Er weiß ganz genau, was die Leute über ihn sagen: dass er es nur deswegen nach seiner dermaßen laschen Karriere zum Chief gebracht hat, weil er von einer Handvoll politisch überkorrekter Liberaler gepusht wurde, die unbedingt die von weißen Gesichtern dominierten Fotos in den Vorgesetztenbüros mit einem Klecks Braun auflockern wollten. Aber er kennt die Wahrheit – er ist Chief geworden, weil er kapiert hat, wie man sich durchmogelt, wie man Ärger aus dem Weg geht. Und diese kleine Frau hier bedeutet Ärger, und zwar eine tüchtige Portion davon. Auf dem Rand ihres Schuhs, einem jener bequemen, von Senioren bevorzugten Slipper, bemerkt er einen kleinen Fleck, der nach Blut aussieht. Er ist immer noch hellrot.

Big Mike zückt sein Notizbuch. »Charlie ›Bucket‹ Simpkins, Kleagle des Klans, wurde heute um 12.34 Uhr im Bayview Park vor den Augen von …« – kurz hält er inne und blättert – »ungefähr fünfzig Zeugen erschossen.« Er sieht auf. »Und vor mehreren Kamerateams. Der herbeigerufene Notarzt konnte nur noch den Tod feststellen. Die Spurensicherung ist schon unterwegs, allerdings gibt es praktisch keine Zweifel.« Er blickt auf den weißen Lockenkopf hinab. In seiner Pranke hält er eine Beweismitteltüte mit einem antiquiert aussehenden Colt, unter seinem Arm klemmt ein dunkler hölzerner Gehstock.

»Heilige Scheiße«, dringt eine leise Stimme aus dem Hintergrund. »Und ich dachte, die Jugend hier sei schon schlimm genug.«

»Klappe, Sanchez«, blafft Javier.

Roy reckt den Hals und mustert den Grünschnabel, der rotzfrech und sichtlich stolz in seiner tadellos sauberen Uniform dasteht. Für ihn sehen diese Anfänger mit ihrer übertriebenen Begeisterung und ihren glatten Einheitsgesichtern sowieso alle gleich aus. »Raus hier, Sanchez.« Der junge Mann schlurft zur Tür. »Weiter im Text, Mike …«

»Ich war's. Ich hab's getan«, sagt die alte Dame mit einem leichten kubanischen Akzent und blickt ihn aus ungewöhnlichen blaugrauen Augen an, die an den Himmel unmittelbar vor einem Gewitter erinnern. Sie schwankt ein klein wenig auf ihren winzigen, in den blutbespritzten Schuhen steckenden Füßen.

»Mehr sagt sie nicht«, fährt Big Mike fort. »Sie will uns weder ihren Namen noch sonst etwas verraten.« Er hebt frustriert die fleischigen Achseln. »Und ihre Handtasche will sie auch nicht hergeben.«

Tatsächlich presst die alte Frau eine schwarze Lederhandtasche fest an sich. »Ich war's. Ich hab's getan.« Diesmal liegt ein leichtes Zittern in ihrer Stimme.

Javier tritt vor und stellt einen Stuhl neben sie. *»Sientate, Mamacita.«*

Sie setzt sich, wirft ihm jedoch einen vernichtenden Blick zu. »Ich bin nicht Ihre Mamacita, junger Mann«, erklärt sie, nun wieder mit fester Stimme.

Einen Moment lang scheint keiner der gut ausgebildeten Beamten zu wissen, was zu tun ist. Die alte Frau sieht wieder zu Roy hoch. Inzwischen haben ihre Augen die Farbe von Lavendel. Und er kann ein Flehen darin erkennen. Und Schicksalsergebenheit.

»Holen Sie ihr ein Glas Wasser«, sagt er zu Javier. »Und nehmt ihr die Handschellen ab.« Mit einem letzten Blick in die bemerkenswerten Augen fügt er hinzu: »Und buchtet sie ein.«

Roy und Big Mike gehen mit ihren Kaffeetassen in der Hand ins Büro. Der fahle Schein der Neonbeleuchtung verwandelt das Gesicht des Sergeants in eine Reliefkarte des Zorns. So sauer hat Roy ihn noch nie erlebt. Vor ihnen liegen Stunden voller Papierkram, doch beide scheinen wie gelähmt zu sein. Ein Pflichtverteidiger ist bereits auf dem Weg. Die anderen sitzen im Pausenraum und zerreißen sich beim Mittagessen die Mäuler; ihm ist bewusst, dass er ihnen bald Dampf machen muss, aber eine kleine Verschnaufpause will er ihnen gönnen. Sie alle spüren, dass hier etwas von enormer Tragweite geschehen ist.

»Also, erzählen Sie alles noch mal«, sagt er. »Von Anfang an.«

Big Mike räuspert sich. Diesmal blickt er nicht auf seine Notizen, sondern starrt auf einen Wasserfleck über Roys Kopf. »Die Versammlung hat sich schon dem Ende zugeneigt. Das Interesse hielt sich sowieso in Grenzen. Bloß eine Handvoll Typen von AIDS Action hat dazwischengefunkt, und ein paar dieser schwachsinnigen Fore Fathers haben wie üblich ihre Nazigrüße gezeigt.« Die Fore Fathers sind eine Gruppierung lokaler Rassisten, die von den Einheimischen gerne scherzhaft »Vorhäute« statt Vorväter genannt werden.

»Die Verdächtige wurde beobachtet, wie sie auf das Opfer zuging, das im Rollstuhl saß. Sie redeten miteinander, aber nur kurz, allenfalls zwei Sätze.« Mikes Stimme wird leise, und er verzieht die Lippen unter seinem *Magnum*-Schnäuzer. »Dann hat sie auf ihn geschossen. Ein Mal. In die Brust. Auf die Entfernung konnte sie ihn unmöglich verfehlen. Sie musste ihren Gehstock abstellen, um die Waffe mit beiden Händen zu halten.« Mit seinen langen, breiten Fingern kratzt er an der Kaffeetasse herum. Das Geräusch ist unnatürlich laut in der Stille des Raums. Weiße Flöckchen rieseln wie Kunstschnee auf die Tischplatte. »Laut Notarzt ist der Tod sofort eingetreten.«

Roy, dem erst jetzt bewusst wird, dass er die ganze Zeit die Luft angehalten hat, atmet aus und rutscht auf seinem Stuhl nach hinten, der unter seinem Gewicht protestierend ächzt. »Der Fall kommt garantiert vor Gericht«, sagt er. »Völlig klar. Und wenn sie sich weiter schuldig bekennt, bleibt dem Richter keine andere Wahl, als sie wegen Mordes zu verurteilen. Es sei denn, sie macht einen auf Nugent.« Floyd Nugent ist eine hiesige

Legende. Er tötete seine Frau und seine Schwiegermutter mit einer Harpune und entging der Todesstrafe, weil er dem Staatsanwalt im Gerichtssaal das Ohr abzubeißen versuchte und nun den Rest seiner Tage in der geschlossenen Anstalt von Chattahoochee verbringt.

Big Mike atmet scharf ein. »Also wandert Mutter Teresa in den Knast?«

»Das haben nicht wir zu entscheiden, sondern unser großartiges Rechtssystem. Unsere Prioritäten in den nächsten vierundzwanzig Stunden sind, einen Pflichtverteidiger herzukriegen, bevor die Typen von der Mordkommission antanzen. Ich will nicht, dass sie ohne anwaltlichen Beistand mit jemandem redet. Vielleicht ist sie nicht schuldfähig, was sich aber erst feststellen lässt, wenn sie mit einem Psychiater gesprochen hat.«

»Ich bin ja keiner, Chief, aber die Wahrscheinlichkeit ist nicht besonders hoch, wenn Sie mich fragen.«

»Ja, das sehe ich ähnlich.« Obwohl es völlig verrückt scheint, am helllichten Tag einen Mann abzuknallen und es auch noch rundheraus zuzugeben, scheint ihr Verstand für ihr Alter bemerkenswert klar zu sein – verdammt, selbst für seines. Sein Verstand arbeitet auf Hochtouren, schneller als seit einer ganzen Weile. Wenn sie auch nur den Hauch einer Chance haben soll, ist es unerlässlich, dass sie wegen Totschlags und nicht wegen Mordes angeklagt wird. Im Fall eines Totschlags könnte sie mit dem richtigen Richter und einer einsichtigen Staatsanwaltschaft gegen Kaution freikommen und den Beginn des Prozesses an einem geeigneteren Ort als dem Bezirksgefängnis abwarten. Alles steht und fällt mit der Frage nach dem Vorsatz, ob sie die Tat zu irgendeinem

Zeitpunkt in der Vergangenheit geplant hat oder nicht. Er will lieber nicht im selben Raum sein, wenn man ihr diese Frage stellt.

»Und die zweite Priorität, Chief?«

»Wir müssen die Presse hinhalten, bis sie dem Richter vorgeführt wurde. Sagen Sie denen, dass keine Gefahr für die Öffentlichkeit besteht, da wir eine verdächtige Person in Gewahrsam haben.« *Gerade jetzt, wo sich meine Karriere dem Ende zuneigt, kriege ich meinen ersten medienwirksamen Fall. Endlich bekommt Clarisse etwas, worüber sie sich freuen kann.*

In diesem Moment platzt Javier herein. Seine dunklen Augen funkeln vor Wut. »Ich schaffe es einfach nicht, ihr die Tasche abzunehmen. Meredith auch nicht. Ich hatte Angst, die Señora wird gewalttätig, als wir es versucht haben.«

Normalerweise hat Meredith ein Talent dafür, Tätern ihre Habseligkeiten abzuknöpfen. Wie eine Schlangenbeschwörerin, witzeln ihre Kollegen. Wenn sie es nicht schafft, ist die Lage ernst.

Sekunden später kommt sie mit untypisch resigniert hängenden Schultern herein. »Ich fürchte, wir müssen sie ihr erst einmal lassen. In diesem Alter ist es zu gefährlich, sich aufzuregen. Ich will das nicht auf meine Kappe nehmen müssen. Deshalb habe ich den Arzt gerufen, der sie sich ansehen und ihr etwas geben soll. Ich versuche es dann, wenn sie sich ein bisschen beruhigt hat.«

»Haben Sie inzwischen herausbekommen, wie sie heißt?«, will Roy wissen.

Sie schiebt die Daumen in ihren Waffengürtel. Ihre Fischaugen funkeln. »Natürlich wollte sie mir ihren Namen nicht verraten, aber als sie ihre Taschen geleert hat, habe ich ein altes Rezept gefunden. Leute, ihr werdet nicht glauben, wer da gerade in unserer Zelle sitzt.« Sie legt eine effekthascherische Pause ein. »Alicia Cortez.«

Javier spuckt prustend seinen Kaffee aus, der sich prompt über Big Mike ergießt. Big Mike knallt seine eigene Tasse so abrupt auf den Tisch, dass die braune Flüssigkeit überschwappt und auf Roys Schoß tropft, woraufhin dieser aufspringt und sich hektisch die Flecken abwischt.

Alle reden auf einmal. Roy, der das Revier erst seit drei Jahren leitet, ist im Gegensatz zu den anderen mit den lokalen Größen nicht vertraut. Sein Kopf schmerzt – von der brutalen Neonbeleuchtung, vom Unterzucker, da er sein Sonntagssandwich noch nicht bekommen hat, und weil in seiner Arrestzelle eine neunzigjährige Mörderin sitzt. Er muss für Ordnung sorgen, und zwar schleunigst. Sein normalerweise konzentriertes, pflichtbewusstes, wenngleich mittelmäßig begabtes Team scheint sich in den Fängen eines seltsamen kollektiven Gefühlssturms zu befinden. Die Luft knistert regelrecht vor Elektrizität.

»La Rosita Negra«, stößt Javier hervor.

»Mund halten, und zwar alle miteinander«, bellt Roy. Keiner hat ihn jemals so laut gehört. »Kann mir um Himmels willen endlich jemand verraten, wer zum Teufel Alicia Cortez ist?«, fügt er hinzu und blickt finster in die verblüfften Gesichter ringsum.

Kapitel 1

Key West, im Juni 1919

Das Erste, was Alicia an ihrer neuen Heimat auffiel, war der Gestank. Beißender Kloakengeruch lag in der Luft, der noch penetranter wurde, als sich die Fähre aus Havanna dem Hafen näherte. Sie zog ein Taschentuch aus ihrer Handtasche und hielt es sich vor die Nase.

»Dios mio«, sagte sie zu dem älteren Paar, das neben ihr an der Reling stand. »Wo kommt das bloß her?«

Die Frau deutete auf mehrere Reihen Holzfässer am Kai, über denen Schwärme von Fliegen schwirrten. »Es ist die *mierda* aus den Außenaborten. Sie wird später ins Meer gekippt.« Einen Moment lang musterte sie Alicia mit unverhohlener Neugier, ehe sie den Blick wieder abwandte.

Alicia zog sich den Strohhut tief ins Gesicht. Ihre Hautfarbe erregte stets Aufmerksamkeit, wo sie auch hinkam. Sie hatte eine afrikanische Mutter und einen kubanischen Vater; selbst in Havanna wurde sie angestarrt.

Während sie zum Kai hinübersah, begannen ein paar Männer mit entblößtem Oberkörper, die tropfenden Fässer auf ein Boot zu verladen. Alicia bemühte sich, den Würgereiz zu unterdrücken, aber es gelang ihr nur halb.

Hier hatten die Leute noch Plumpsklos? In ihrem Elternhaus, nun neunzig Meilen südlich gelegen, gab es alle modernen Annehmlichkeiten, fließend Wasser, elektrisches Licht, Messinglampen in jedem Zimmer. Mamacita kochte auf einem Gasherd. Gerade mal neunzig Meilen, aber genauso gut hätten es zweitausend sein können. Kuba lag weiter entfernt als ein Märchenland.

Längst vermisste sie den Geruch von Havanna, dieses einzigartige Potpourri aus Abgasen, Abwässern, Zigarettenrauch, kubanischer Küche und etwas undefinierbar Altem, das durch jede Straße, jedes Gebäude wehte: dem Staub der Jahrhunderte. Erst jetzt, da sie nie mehr zurückkehren konnte, fehlte ihr das alles.

Wieder fragte sie sich, zum tausendsten Mal seit jener schrecklichen Nacht: *Was habe ich nur getan?* Alles war so schnell passiert, ihre ganze Zukunft hatte sich in einer einzigen Sekunde der Verzweiflung in Rauch aufgelöst. Unmöglich, dass das gerade mal drei Tage her war. Selbst als sie an Bord der Fähre gegangen war, hatte sie noch geglaubt, dass es eine Lösung geben, ihr Vater schon irgendwie dafür sorgen würde, dass sie bleiben konnte. Sie hatte Mitleid von ihm erwartet, war felsenfest davon überzeugt gewesen, er würde verstehen, was sie erlitten, was sie zu diesem Ausbruch, diesem Akt der Gewalt getrieben hatte. Doch statt sie zu trösten, hatte er ihre Tränen mit Schweigen erwidert. Er hatte sich nicht einmal von ihr verabschiedet, sondern sich stattdessen in seinem Arbeitszimmer verbarrikadiert, als sie vom Taxi abgeholt worden war.

Mamacita, in Tränen aufgelöst, hatte sie begleitet und ihr ein Bündel zerknitterter Dollarnoten in die Hand gedrückt. »Du musst gehen, *niña*. Es ist zu deiner eigenen Sicherheit!« Und so hatte Alicia ihren Platz auf der Fähre eingenommen, inmitten von Touristen auf Vergnügungsreise, Geschäftsleuten und Familien, die Verwandte besuchen wollten. Sie hatte sich so hilflos gefühlt, als hätte man sie in Ketten auf das Schiff geführt. Ein letzter Blick auf die uralten Mauern des Castillo el Morro, und die Fähre hatte abgelegt, ein Stück weit begleitet von den Möwen, die wie zum Spott in ihrer Freiheit regelrecht zu schwelgen schienen.

Während der Überfahrt hatte sie genügend Zeit gehabt, über ihre Lage nachzudenken: Sie war aus ihrem Elternhaus verbannt worden, mit nichts als einem Koffer; auf sie wartete eine eilig arrangierte Stellung als Aushilfe in einem Teesalon, der von ihrer Cousine Beatriz betrieben wurde, die sie so gut wie überhaupt nicht kannte. Sie waren sich nur ein einziges Mal begegnet, als Kinder bei einer Familienhochzeit, und da sie zehn Jahre auseinander waren, hatten sie sich auch nichts zu sagen gehabt. Alicia erinnerte sich vage an ein dickliches, selbstbewusstes Mädchen mit wissendem Blick und den glänzenden Augen einer Drossel. Zumindest, dachte sie, würde der Teesalon ihr eine Zuflucht in einer übel beleumundeten Stadt bieten, ihr Gelegenheit geben, sich zu sammeln und in Ruhe zu überlegen, wie es weitergehen sollte. Doch es wollte ihr beim besten Willen nicht gelingen, sich mit der Vorstellung von hübsch dekorierten Tischchen und dezentem Gemurmel anzufreunden.

Sie starrte in die Wellen. Im schaumigen Blau glaubte sie Gesichter zu erkennen: die düstere Miene ihres Vaters, Raouls zornig gebleckte Zähne, Mamacitas schmerzliche Züge, als sie ihr Lebwohl gesagt hatte. Sie schloss die Augen, doch das schien die Planken unter ihr nur noch mehr ins Schwanken zu bringen.

Was geschehen ist, kann man nicht ungeschehen machen.

Einen Moment lang zog sie in Erwägung, einfach aufzugeben. Ein kurzes Platschen, und alles wäre binnen Sekunden vorbei. Vielleicht würde die Strömung ihre sterblichen Überreste nach Havanna zurücktreiben. Wo sie hingehörte.

Aber nein, das konnte sie nicht tun. Wasser hatte ihr schon immer Angst gemacht – sie erinnerte sich noch an die erfolglosen Versuche ihres Vaters, ihr das Schwimmen beizubringen. Und so umklammerte sie die Reling so fest, dass ihre Knöchel weiß hervortraten, während ihr das Blut in den Kopf schoss.

Dann nahm sie aus dem Augenwinkel ein Blitzen wahr, gefolgt von einem weiteren Aufblitzen, und plötzlich waren da Dutzende von fliegenden Fischen, die mit Silberflügeln aus dem Wasser sprangen. Sie beobachtete, wie sie durch die Luft segelten und wieder in die Fluten tauchten, von einem Element ins andere. Die Umstehenden sahen begeistert zu, und ihr wurde bewusst, dass sie für sie nichts weiter als eine ganz gewöhnliche Mitreisende war. Ihre Schuld, die Familienschande, all das lag jetzt hinter ihr, verschwunden im schaumigen Kielwasser der Fähre. Zum ersten Mal besserte sich ihre Stimmung: *Wenn ein Fisch fliegen kann, gibt es für mich ja vielleicht auch einen Funken Hoffnung.*

Die Fähre verlangsamte ihr Tempo und hielt, kurz bevor sie den Kai erreicht hatten. Der beißende Gestank lag auf ihrer Haut wie der Ölglanz auf dem blauen Wasser. Sie straffte die Schultern, wobei sie den Pesthauch versehentlich tief einatmete und sich ihr abermals der Magen umdrehte. Diesmal ging ihr Frühstück in hohem Bogen über die Reling; den fliegenden Fischen schien es nichts weiter auszumachen.

Die alte Frau tätschelte mütterlich ihren Arm. Alicia wischte sich die Lippen mit ihrem Taschentuch ab. »Wieso stehen wir hier?« *An Land kann es nur besser werden*, dachte sie.

Der alte Mann nickte in Richtung eines Truppentransportschiffs, das ihre Einfahrt blockierte. »Wahrscheinlich müssen wir warten, bis die weg sind.« An der Reling des Transporters standen Aberdutzende von Soldaten. Weiße Verbände – an Köpfen, Armen, Leibern – leuchteten im Sonnenlicht, verliehen den Männern ein nahezu festliches Aussehen, das jedoch von ihren erschöpften grauen Gesichtern Lügen gestraft wurde. Ein paar von ihnen hoben die Hände und pfiffen.

»Ich habe hier noch nie einen Truppentransporter gesehen«, sagte der alte Herr. »Normalerweise würden die den Marinestützpunkt anlaufen.« Er rückte seine Brille zurecht. »Ah, *sí*, sehen Sie das?« Er deutete mit seiner von Altersflecken übersäten Hand auf das schwer beschädigte, rußgeschwärzte Heck. »Wahrscheinlich eine Mine.« Er nahm den Hut ab und wischte sich über die Stirn.

Alicias Blick schweifte zu den wie Dominosteine übereinandergestapelten Särgen auf dem Achterdeck, alle mit dem Sternenbanner umhüllt.

»Die armen Seelen«, murmelte die alte Dame und bekreuzigte sich über ihrem ausladenden Busen.

Auf dem Transportschiff kam es zu einem Handgemenge. Rufe und Gelächter schallten durch die kloakengeschwängerte Luft herüber, und im nächsten Moment stürzte ein bulliger Typ über die Reling ins Wasser.

»Oh! Was ist denn jetzt passiert?«

Er kam wieder an die Oberfläche und brüllte jemandem einen Fluch zu, während er mit den Armen ruderte und zum Kai schwamm.

Alicia wandte den Blick ab und nahm Key West in Augenschein: *Cayo Hueso*, die Insel der Knochen. Es gab tausend Namen für die Insel, aber sie hatte sie sich ganz anders vorgestellt.

Am Kai hatte sich eine Menschenmenge versammelt; die Leute warfen kleinen farbigen Jungs Münzen zu, die unter Jubelschreien ins Hafenbecken sprangen. Vor ihrem inneren Auge sah sie den Hafen von Havanna, die rosa, türkisfarbenen und mit Gold verzierten Häuser, die imposanten Torbögen, die verschnörkelten Balkone, die elegante, von Palmen gesäumte Promenade. Hier war alles grau, von den Kanalarbeitern in ihren schmutzigen Monturen bis hin zu den verwitterten Holzgebäuden, die verglichen mit dem, was sie zurückgelassen hatte, einfach nur armselig und schäbig wirkten. Das Transportschiff und seine Fracht gebrochener Männer boten einen nicht minder trostlosen Anblick.

Die Insel war flach, so flach, dass sie auf dem Wasser zu treiben schien. Weit und breit gab es weder grüne Berge, die dem Auge Labsal gewesen wären, noch sanfte Hügel, auf deren Hängen Bananenbäume ihre üppige Pracht entfalteten. Nichts vermochte die Kargheit dieses schmalen, von Mangroven umwucherten Felsens zu lindern. Selbst die wenigen Bäume wirkten kümmerlich im Vergleich zu den majestätischen Banyanbäumen mit ihren weit ausladenden Ästen und den duftenden Pinienwäldern ihrer Heimat. Hier war alles ausgedörrt, staubig, kahl. Die Knocheninsel, in der Tat.

Sie berührte den emaillierten Anhänger an ihrer Brust; die Kette mit dem *tocororo* hatte ihr Mamacita kurz vor der Abfahrt der Fähre hastig um den Hals gelegt.

»Unser Nationalvogel«, hatte Mamacita erklärt. »Er wird über dich wachen und dich eines Tages zu uns zurückbringen.« Alicia erinnerte sich, dass der Vogel einging, wenn man ihn in einen Käfig sperrte.

Sie gestattete sich einen letzten Blick auf das glitzernde Blau des Meeres in ihrem Rücken. Hinter dem Horizont lag Kuba, ihr Zuhause. *Aber das hier ist meine neue Heimat.* Eisige Tentakel der Verzweiflung schlossen sich um ihr Herz. Trotz ihres Entschlusses stieß sie ein leises Schluchzen aus.

Der alte Mann musterte sie mit wässrigen Augen. »Werden Sie abgeholt, Señorita?«

»Ja. Von meiner Cousine Beatriz. Sie betreibt einen Teesalon.« Es war sinnlos, sich mit der Vergangenheit zu beschäftigen. Das Kielwasser der Fähre hatte sich längst im Meeresblau verloren.

»Viele kommen hierher, um ein neues Leben zu beginnen.« Er schenkte ihr einen tröstenden Blick. »Willkommen in Amerika.«

An Bord des Truppentransporters zog John ein letztes Mal an seiner Zigarette und warf sie dann über Bord.

Tja. Und wir sind die, die noch mal Schwein gehabt haben.

Seine Kameraden lehnten an den Schotten, stützten sich auf Krücken oder hielten sich gegenseitig aufrecht. Zu den bemitleidenswertesten Gestalten gehörten diejenigen, die die Krankheit erwischt hatte, die zum Zeitpunkt des Waffenstillstands in den Lazaretten grassierte. Es ging das Gerücht, dass *la grippe* ebenso viele Todesopfer gefordert hatte wie der Krieg selbst. Sie konnten sich kaum auf den Beinen halten, und nachts bekam man wegen ihres bellenden Hustens kein Auge zu.

Aber sie waren endlich wieder in der Heimat. Mit einem der letzten Truppentransporter hatten sie Europa verlassen, und als wäre die stürmische Atlantiküberfahrt nicht schon Strafe genug gewesen, hatte es auch noch eine Explosion gegeben, als sie schon fast in Sichtweite von Key West gewesen waren. Zwar machten keine U-Boote mehr die Karibik unsicher, wie der Kapitän gesagt hatte, aber die vom Feind hinterlassenen Minen stellten immer noch eine Gefahr dar. Und er hatte recht behalten. Mitten in der Nacht waren sie von einem Höllenlärm geweckt und durch die Detonation aus ihren Kojen geschleudert worden; ab da war es nur noch im Schneckentempo weitergegangen. Es hätte weiß Gott um vieles schlimmer kommen können, war aber so ziemlich das Letzte, was sie sich auf den letzten Metern gewünscht hatten.

Der vertraute Kloakengeruch wehte zu ihm herüber.

Wieder zu Hause.

Rudy gesellte sich zu ihm. Seine hohlen Wangen waren gerötet. »Willst du ’ne Kippe?« Rudy hatte stets Zigaretten, selbst wenn sie allen anderen ausgegangen waren, und trotz seines Dauerhustens – das deutsche Giftgas hatte seine Lunge versengt – rauchte er weiter wie ein Schlot. Rauchen war seine Liebe, sein Hobby, vielleicht sogar seine Religion. Diese grimmige Entschlossenheit war beeindruckend.

»Hier, behalt das Päckchen.« Rudys Hand zitterte leicht. »Damit du den Gestank nicht den ganzen Tag in der Nase hast.«

Rudy klebte geradezu an John, seit sie an Bord gegangen waren. Als wären sie Freunde. John hatte keine Freunde. Kameraden schon. Aber keine Freunde. Freunde waren eine Bürde. Wer Freunde hatte, bezahlte dafür nur allzu oft mit dem Leben. Er hatte es Hunderte, vielleicht Tausende von Malen mit eigenen Augen an der Front erlebt. Männer kamen urplötzlich aus der Deckung. Sie liefen ins offene Feuer, obwohl sie zurückbleiben sollten. Sie rannten ins Niemandsland, um jemanden zu retten, der sowieso in Stücke geschossen worden war.

Aber nicht er. Nach seiner Ankunft in den Argonnen hatte er sich erst einmal umgesehen und schnell herausgefunden, dass er nur dann überleben würde, wenn er sich aus allem heraushielt. Er konnte es sich nicht leisten, sich in irgendeiner Weise für die anderen verantwortlich zu fühlen, wenn die Granaten nur so hagelten und ockerfarbene Giftgasschwaden um ihre Köpfe waberten. Seine Aufgabe bestand darin, den Feind zu töten und Territorium zu erobern, blutgetränkten um blutgetränkten Meter. Deshalb hatte er sich freiwillig gemeldet, und nicht, um den Babysitter für jemanden zu spielen.

»He, John.« Rudy deutete auf die Fähre, auf deren Deck die sichtlich ungeduldigen Passagiere warteten. »Sieh dir mal die Beine an. Wahnsinn.« An der geschwungenen Reling stand eine Frau in einem grünen Kleid, die sich mit einem älteren Paar unterhielt – ein Farbtupfer im eintönigen Braun und Grau des Hafens. Der Schatten ihres Strohhuts fiel über ihr Gesicht. Dann beugte sie sich plötzlich über die Reling.

»Ganz nett.« John zuckte mit den Schultern. Frauen brauchte er genauso wenig wie Freunde. Pearls Mädchen reichten ihm vollkommen. Dort würde er sich ganz in Ruhe entspannen, wenn er bei Thomas vorbeigesehen und seinen alten Herrn aufgesucht hatte. Zwei Jahre lang war er durch Schlamm, Scheiße und Blut gerobbt, und sein Vater würde Bauklötze staunen, dass er jetzt als Kriegsheld heimkehrte. Sobald er sich auf Vordermann gebracht hatte, würde er zum Kohlenmeiler rausfahren und ihn überraschen.

Rudy hustete so heftig, dass ihm die falschen Zähne aus dem Mund flogen. Obwohl er erst zweiundzwanzig war, hatte Rudy kaum noch eigene Zähne; die Prothesen, die er mit Kaugummi an Ort und Stelle hielt, fielen des Öfteren heraus, und John war inzwischen Experte darin, sie im Flug aufzufangen. Dieselben schnellen Reflexe hatten ihm an der Front mehrmals das Leben gerettet und ihm den Spitznamen »Lightning Jack« eingebracht.

»Mann«, nuschelte Rudy, während er seine Zähne wieder in den Kiefer pfriemelte. »Du hast wohl Briketts auf den Augen!« Er sah erneut zur Fähre hinüber. »Das ist ’ne echt scharfe Braut.«

John gab keine Antwort, aber das war auch gar nicht

nötig. Es störte Rudy nicht, wenn er schwieg; manchmal salbaderte er stundenlang und gab sich dennoch mit ein paar Grunzern als Antwort zufrieden.

Einer würde sich damit garantiert nicht abfinden: der massige, kahlköpfige Sergeant mit der Boxernase und dem Keilerblick, der soeben mit ein paar anderen unfreundlich dreinblickenden Infanteristen herübergeschlendert kam. Auf dem zerschlissenen Namensstreifen stand »Hicks«, doch allgemein wurde er nur »der Irre« genannt, weil er ein gnadenloser Draufgänger war, der sich an der Front stets ohne Rücksicht auf Verluste ins Getümmel gestürzt hatte. Schon die ganze Rückfahrt über war er um John herumgestrichen und hatte versucht, ihn zu provozieren, doch bislang hatte John eine tatsächliche Auseinandersetzung vermeiden können. Aber wohl nicht mehr lange, wie es aussah, da sich der Irre breitbeinig vor ihm aufbaute und die tätowierten Arme vor der Brust verschränkte.

»Morales«, bellte er. »Kommst du mit ins Bucket o' Blood, ein paar Bierchen zischen?«

Es war die übelste Kaschemme in einer Stadt, in der es von üblen Kaschemmen nur so wimmelte. Und er hatte keineswegs vor, sich Hicks und seinen Kumpanen anzuschließen – weder heute noch an irgendeinem anderen Tag. Der Krieg war vorbei, und damit gab es auch keinen Grund mehr, weiter mit ihnen herumzuhängen. Ein paar von den Männern verdankten John ihr Leben, aber er wollte keine Dankbarkeit und auch nicht über längst geschlagene Schlachten reden. Er wollte einfach nur seine Ruhe, den alten Herrn und Thomas aufsuchen und dann an sein altes Leben anknüpfen.

»Nein, danke.« Er drehte sich wieder zur Reling und richtete den Blick auf die Fähre. Das Mädchen im grünen Kleid hatte sich ausgekotzt und sah jetzt zu ihrem Deck herüber, genau in seine Richtung. Rudy hatte recht. Sie hatte klasse Beine. Er beschloss, den Irren zu ignorieren, in der Hoffnung, dieser würde sich ein anderes Opfer suchen.

»Wieso nicht, Morales?« Hicks packte ihn an der Schulter, riss ihn herum und atmete ihm ins Gesicht. »Hältst du dich für was Besseres, oder was?«

»Nein …« John überlegte, welche Alternativen ihm blieben. Er war nicht klein geraten, aber Hicks überragte ihn um fast zehn Zentimeter und war sicher fünfzehn Kilo schwerer. Doch so mochte er sie: feist und dumm. »Bloß, weil du schlimmer stinkst als die Fässer mit der Scheiße.« Rudy zog warnend die Augenbrauen hoch, während John noch einen draufsetzte. »Außerdem würde ich lieber meine eigenen Augen verspeisen, als auch nur eine weitere Minute mit euch Typen zu verbringen.« Er hielt kurz inne, ehe er hinzufügte: »Du fettes Schwein.«

Der erste Schlag traf ihn in die Magengrube. Es kam ihm gerade recht, er hatte nur darauf gewartet. Seit einer Ewigkeit hatte er sich selbst nur noch gefühlt, wenn er tötete, wenn er jemanden angriff oder angegriffen wurde. Und er war gut darin, das sagten alle; er hatte sogar einen Orden bekommen. Nur im Kampf fühlte er sich lebendig. Alles andere verschwand dann in einem roten Nebel.

Der Schmerz raubte ihm den Atem. Er krümmte sich vornüber, wartete, dass Hicks einen Fehler machte, und wurde nicht enttäuscht. Der Irre ging nach vorn, um ihm einen Kinnhaken zu verpassen, doch er wich aus und knallte ihm die Faust so hart unter den Kiefer, dass das Blut nur so aus seinem Mund spritzte. Während Hicks noch um sein Gleichgewicht rang, nutzte John die Gelegenheit und stieß ihn über die Reling. Es war kinderleicht, eine fließende Bewegung, fast wie bei einem Tanz. Hicks brüllte noch einen Fluch, bevor er mit einem lauten Klatschen auf dem Wasser aufschlug.

»Will noch jemand ’ne Runde schwimmen?«, keuchte er. Sein Bauch schmerzte höllisch, doch in seinen Adern pulsierte das Adrenalin. Ein Teil von ihm – jener Teil, der auf den Schlachtfeldern zum Leben erweckt worden war – wünschte sich, dass sie auf ihn losgehen würden.

Doch die anderen machten kehrt; einer murmelte sogar, sie hätten offenbar dem Verkehrten den Spitznamen »Irrer« verpasst. Als sie sich verzogen hatten, ließ John sich gegen die Wand sinken und versuchte wieder zu Atem zu kommen.

Rudy kniete neben ihm nieder. »Alles okay, Mann?« Er half John auf die Beine. »Du lieber Himmel, hättest du nicht einfach einlenken können? Welcher Teufel ist nur in dich gefahren?«

Dieser Frage war John während der langen Überfahrt immer wieder erfolgreich ausgewichen, und er hatte nicht die Absicht, sie jetzt zu beantworten.

»Gib mir mal eine Kippe.«

Rudy musterte ihn von oben bis unten. »Du wolltest mir doch die Kneipen und Freudenhäuser zeigen. Kriegst du das jetzt noch hin?«

Verdammt. John hatte es ganz vergessen – sein Versprechen, Rudy die Stadt zu zeigen. Da hatte er bereits eine halbe Flasche Rum intus gehabt. Rudy wollte in einer Woche mit der East Pacific Railroad nach New Jersey zurückfahren, sich vorher aber eine ordentliche Runde Suff und Huren gönnen. »Machen wir schon.«

»Du bist mein Fremdenführer, Lightning Jack«, sagte Rudy. »Und ich werde dir nicht von der Seite weichen. Einem Kriegshelden können die Mädels nicht widerstehen. Wir werden knietief in Unterhöschen stehen.« Sein erwartungsfrohes Lachen hatte den nächsten Hustenanfall zur Folge. »Komm, zeig mir endlich mal deinen Orden.«

John ließ die Hand in die Jackentasche gleiten. Seine Finger schlossen sich um einen vertrauten Gegenstand, den er immer noch bei sich hatte, trotz all der endlosen Meilen, die er zwischen sich und jene zerstörte Dorfkirche in Frankreich gebracht hatte. »Vielleicht ein andermal.«

Sie würden ein ziemlich komisches Duo abgeben, dachte John – er, gebaut wie ein Schwergewichtler, mit südländischem Teint, und Rudy, rosig und mager wie ein ausgehungertes Schweinchen. Die Mädels würden sich vor Lachen nicht mehr einkriegen.

John beschloss, ein paar Tage mit Rudy um die Häuser zu ziehen und ihn dann loszuwerden. Er war Experte darin, Leute loszuwerden, und selbst in einem kleinen Ort wie Key West würde es ihm kein bisschen schwerfallen.

Vom Kai aus beobachtete Dwayne, wie die Soldaten von Bord gingen. Er hatte seine Lieferrunde für Mr. Jolovitz unterbrochen, würde die verlorene Zeit aber bestimmt aufholen können, wenn er nachher die Beine in die Hand nahm. Das Pearl's lag nicht weit entfernt, und dort sah er am liebsten vorbei. Es versprach ein ganz besonderer Tag zu werden.

Als er davon gehört hatte, dass ein Truppentransportschiff nicht den Marinestützpunkt, sondern den Hafen anlaufen würde, war er sofort losgeflitzt. Es war Ehrensache, zusammen mit den übrigen Bewohnern der Stadt den Schiffen zuzuwinken, wenn sie in den Hafen einliefen. Die Stadt hatte in letzter Zeit zwar reichlich Militärangehörige beherbergt, doch war dies seine erste Gelegenheit, echte Kämpfer aus der Nähe zu sehen, Männer, die direkt aus dem Krieg kamen.

Sie sahen nicht so aus, wie er erwartet hatte.

Ihre Uniformen waren schmutzig, zerschlissen und allgemein in einem miserablen Zustand. Den Männern steckte die Erschöpfung sichtlich in den Knochen. Einige hatten den Blick gehetzter Tiere und hielten sich die Ohren zu, da sie das Gejohle der Menge offenbar nicht ertragen konnten. Manche weinten, knieten nieder und küssten den Boden des Kais, während ihre Kameraden an ihnen vorbeistiefelten. Er hatte damit gerechnet, viele Verwundete zu sehen. Genau das passierte doch im Krieg, Menschen wurden verwundet. Er wusste nicht genau, warum sie in den Kampf gezogen waren, außer dass die Deutschen irgendetwas Schlimmes angerichtet hatten, weshalb die ganze Welt sie jetzt hasste. Aber das spielte keine Rolle. Wichtig war, dass diese Männer, diese müden, abgerissenen Gestalten, den Krieg gewonnen hatten. Auch wenn sie ganz und gar nicht wie Sieger aussahen, sondern wie kranke alte Männer. Alle außer einem großen dunkelhaarigen Typen, der die meisten anderen Heimkehrer überragte. Doch es war nicht nur seine Haltung, die ihn aus der Menge heraushob, sondern vor allem sein Blick: Er wirkte, als hätte er noch ein paar Rechnungen offen. In einer Welle von Khakiuniformen trieb er an Dwayne vorbei, und dann war er auch schon außer Sicht.

Dwayne richtete seine Aufmerksamkeit auf die Fähre aus Havanna, die gerade angelegt hatte. Die Passagiere strömten die Rampe hinunter, eilten in alle Richtungen. Eine Frau stach ihm ins Auge, jung und ganz allein. Sie trug ein grünes Kleid und einen Hut, den sie sich tief in die Stirn gezogen hatte, und mühte sich mit einem schweren Koffer ab. Im selben Moment ließ ein heftiger Windstoß eine Schar Möwen auffliegen, genau in ihre Richtung. Erschrocken ließ sie ihren Hut los, der von der Böe quer über den Kai gefegt wurde. Um ein Haar wäre er im Wasser gelandet, doch Dwayne machte einen Satz, ging zu Boden und bekam gerade noch die Krempe zu fassen.

Als er hochsah, ragte die Besitzerin des Huts über ihm auf. Zuerst fiel ihm ihr dunkler Teint auf, und urplötzlich schossen ihm die Worte seines Vaters durch den Kopf: »Die Vermischung der Rassen ist wider die Natur, vergiss das nicht.« Er wusste, dass Pa recht hatte, so wie mit allem anderen auch. Es stand ja auch in der Bibel. Doch dann blickte er in die schönsten Augen, die er je gesehen hatte. In ihrem Schimmer vermischten sich Blau, Grau und Violett wie in Meerglas oder Sturmwolken, und ihre dunkle Haut schien sie noch mehr zum Leuchten zu bringen.

Ein paar Strähnen hatten sich aus ihrem Knoten gelöst, die sie mit einer ungeduldigen Geste zurückstrich. »Danke.« Sie lächelte, aber es war ein trauriges Lächeln. »Kannst du mir den Weg zu Pearl's Tea Room zeigen?«

»Sie wollen zu Pearl?« Das letzte Wort kam – wie peinlich – mit einem Kiekser aus seiner Kehle. Er stand auf und reichte ihr den Hut. Sie sah nicht wie eins von Pearls Mädchen aus, aber man wusste es eben nie, wie Pa zu sagen pflegte.

Sie setzte den Hut wieder auf. »Eigentlich wollte meine Cousine mich abholen, aber ...«

Im selben Augenblick kam Miss Pearl angelaufen. »Alicia«, keuchte sie, »ich hab da drüben auf dich gewartet.« Sie deutete auf den Teil des Kais, wo der Truppentransporter ankerte. Dunkle Halbmonde zierten die Achseln ihres Kleids, dessen Dekolleté aus allen Nähten zu platzen schien.

Alicia, dachte Dwayne. *Einen hübschen Namen hat sie also auch.*

»Beatriz?«, sagte Alicia. »Ist ja eine Ewigkeit her, dass wir uns zuletzt gesehen haben.«

»Momento, por favor.« Dunkle Locken klebten auf ihrer Stirn. Sie zog einen Fächer aus ihrem Mieder und wedelte sich heftig Luft zu. »Du hast dich verspätet.«

»Ja«, sagte Alicia. »Wir mussten eine Weile warten, bis ...«

»Und du bist auch zu spät dran, Dwayne«, unterbrach Beatriz sie. »Wieso ist heute eigentlich niemand pünktlich?«

»Du kennst diesen Jungen?«

»Sí«, erwiderte Beatriz. »Er ist der Laufbursche von

Mr. Jolovitz, dem Gemischtwarenhändler, der den Tea Room beliefert. Aber wo du schon mal hier bist, Dwayne – du kannst dir 'nen Extranickel verdienen, wenn du Señorita Cortez' Koffer trägst. *Andale.*«

Mit einem fröhlichen »Ja, Ma'am, Miss Pearl« hievte er den Koffer auf sein Wägelchen. Dann ging er ihnen zum Zollhaus voran, vorbei an geduldig wartenden Kutschpferden und Haufen von rosafarbenen Muschelhörnern.

Immer wieder sah er verstohlen zu Alicia. Diese Hautfarbe war einfach unglaublich, aber mit ihrem tief in die Stirn gezogenen Strohhut wirkte sie, als wäre sie am liebsten unsichtbar. Der Anblick machte ihn traurig, fast so traurig, wie sie aussah. Er fragte sich, was einem derart hübschen Mädchen wie ihr wohl auf der Seele liegen mochte. Gleichzeitig kam ihm in den Sinn, was sein Vater häufig zu sagen pflegte: »Allein der Herr weiß, was wirklich im Herzen eines Menschen vor sich geht.«

Doch dann dachte er daran, was er sich mit dem Extranickel alles kaufen konnte, und schon hob sich seine Stimmung wieder. Er besaß vier der fünf Zorro-Episoden des *All-Story Weekly*, alle unter seinem Bett versteckt. Und jetzt konnte er sich die letzte Folge leisten.

Was für ein Tag. Ja, ein ganz besonderer Tag.

Kapitel 2

Gemeinsam mit Beatriz und Dwayne machte Alicia sich auf den Weg in die Stadt, über ungepflasterte Straßen, auf denen es vor khakifarbenen Uniformen nur so wimmelte. Sie sah Hunderte von Soldaten mit ihren Seesäcken auf den Schultern, wie eine Woge, von der sie sich mitreißen ließ, während ihre Schuhe unter einer immer dickeren Schicht aus weißem Kalksteinstaub verschwanden. Ein Mann lenkte seinen Wagen um ein tiefes Schlagloch herum und hupte. Alicia blickte in ein zu einem schmierigen Grinsen verzogenes Gesicht.

»Und? Wie viel, Schätzchen?«

Beatriz verscheuchte ihn mit einer unwirschen Geste ihres Fächers, während Dwayne den Karren weiterzog. Alicia schätzte ihn auf vierzehn, ein halbes Kind noch mit seinen schlaksigen Armen und Beinen und dem Argwohn eines Welpen, der von allen Seiten bloß Tritte bekam. Noch nie hatte sie jemanden mit so karottenrotem Haar und so vielen Sommersprossen gesehen.

»Wieso nennt der Junge dich Pearl?«, fragte sie.

»Pearl heißt jede, die den Tea Room betreibt«, schnaubte Beatriz. »Vor mir gab es schon fünfzehn Pearls.« Sie steckte ihren Fächer ein und wischte sich mit einem Taschentuch den Schweiß ab. »Und nach mir wird es wohl noch viele andere geben.«

Zwischen den Soldaten versuchten Straßenhändler, sich ihren Platz zu sichern. Sie manövrierten ihre Karren mithilfe von Eseln oder Pferden durch die Massen oder schoben sie eigenhändig, während sie lautstark ihre Waren anpriesen: »Frisches Obst!«, »Fisch, Meeresfrüchte!« oder »Gemüse, direkt vom Feld! Beste Qualität!« Einer besang aus vollem Herzen auf Spanisch die perfekte Reife seiner Avocados. Ein Schwarzer führte eine magere sandfarbene Kuh von Tür zu Tür und rief: »Frische Milch! Hier gibt's ganz frische Milch!«

»Wer ist denn das?«, fragte Alicia.

»Das ist Mr. Clemens, der Milchmann, mit seiner Kuh Emily«, erklärte Dwayne. »Passen Sie auf, wo Sie hintreten!« Routiniert lenkte er den Karren um einen großen Dunghaufen.

Die Kuh blieb vor einem schmalen Shotgun House stehen, auf dessen Veranda frisch gewaschene Wäsche auf einer Leine trocknete. Eine Frau trat mit einer Glasflasche heraus, die Mr. Clemens mit der Milch direkt aus Emilys Euter füllte, ehe das Duo weiterzog.

Beim Verlassen der Fähre war Alicia schwindlig gewesen, so als wäre sie auf ein Karussell gestiegen. Natürlich hatte sie auch schon früher Amerikaner gesehen; seit der Befreiung der Insel von den Spaniern wenige Jahre vor ihrer Geburt waren sie massenweise nach Kuba gekommen. Papa arbeitete für eine amerikanische Eisenbahngesellschaft und bestand darauf, dass sie Englisch sprachen, manchmal sogar zu Hause. »Das ist die einzige Möglichkeit, im neuen Kuba Fuß zu fassen«, pflegte er zu sagen.

Aber diese Leute ließen sich nicht einmal ansatzweise

mit den kultivierten, gebildeten Amerikanern vergleichen, die sie über Papas Arbeit kennengelernt hatte. Vielmehr sahen sie wie die Bauern aus, die von den Zuckerrohrfeldern und Tabakplantagen nach Havanna kamen. Nichts hier war so, wie sie es sich vorgestellt hatte. Ihr kam es so vor, als wäre sie ans andere Ende der Welt gereist und nicht gerade einmal neunzig Meilen weit.

Die Sonne ging allmählich unter. Die Holzfassaden der Häuser hatten alle die gleiche silbrig-braune Farbe, ausgebleicht und spröde von der Sonne, dem Wind und der salzigen Luft. Die Stadt besaß das provisorische, wild zusammengewürfelte Flair eines Grenzpostens, das in krassem Gegensatz zu Havannas solider Dauerhaftigkeit stand. Dort wehte der Geist jahrhundertealter Geschichte durch die Straßen, wohingegen Key West aussah, als wäre es erst in den letzten fünf Jahren aufgebaut worden – und würde beim nächsten großen Hurrikan weggepustet werden.

Es gab nur eine Ausnahme – ein großer, schöner steinerner Bau mit einem Schild: *Fabrica de Tabacos de Eduardo H. Gato*. In der frühabendlichen Sonne strömten Männer und Frauen auf die Straße, eingehüllt in eine süßliche Tabakwolke. Der Geruch erinnerte sie so sehr an zu Hause, dass sich die Sehnsucht wie ein Stich in ihre Brust bohrte. Einige Männer beäugten sie mit ungenierter Neugier. Ein kleiner Kerl mit Hakennase tippte sich an den Hut. »*Buenas tardes,* Señorita.«

Trotz des freundlichen Ausdrucks in seinen Augen nickte sie nur. Sie war daran gewöhnt, die Aufmerksamkeit der Männer zu ignorieren. Natürlich hatte sie hier und da Schmähungen und Beleidigungen über sich ergehen lassen müssen, aber beileibe nicht ständig; außerdem war da immer noch Papa gewesen, unter dessen Schutz sie gestanden hatte. Bis sie Raoul kennengelernt hatte.

»Wer ist das?«, fragte sie.

»Hector Rubio«, antwortete Beatriz und schlug einen Moskito weg. »Er ist der *lector* bei Gato und derjenige, der mir am meisten Kopfzerbrechen bereitet. Er liest den Arbeitern jeden Tag vor und pflanzt komische Ideen über ihre Rechte, Gewerkschaften und solche Dinge in ihre Köpfe. Er hat meinen Mädchen doch glatt einzureden versucht, sie sollten sich zusammentun und für ihre Rechte kämpfen! Kannst du dir das vorstellen?«

Beatriz blieb vor einem zweistöckigen Gebäude mit einem Schild stehen: *Pearl's Tea Room.* »Hier sind wir.«

Das musste ein Missverständnis sein.

Ein Teesalon sollte sich in einer ruhigen Wohngegend befinden oder aber in einem Künstlerviertel oder zumindest zwischen ein paar hübschen Geschäften. Auf der einen Seite des Pearl's befand sich eine übel aussehende Spelunke namens The Last Resort, auf der anderen ein Tätowierladen. In beiden Etablissements herrschte reges Treiben; Männer mit offenen Hemden fächelten sich mit schweißfleckigen Strohhüten Luft zu.

Eine windschiefe Veranda hing vor dem Eingang wie eine schlaffe Hautfalte. Eine Handvoll Mädchen in ausgebleichten, formlosen Kleidern, bei denen es sich augenscheinlich um Kellnerinnen handelte, beäugte Alicia mit einem Anflug von Feindseligkeit.

Sie blickte erneut zu dem verwitterten Schild über der Veranda hinauf, aber es gab keinen Zweifel. Das musste es sein. Aber wo waren die Tische mit den geblümten Tischdecken und dem zarten Porzellan? Wo war der Tee? Die spröden grauen Holzschindeln des Gebäudes schienen nahtlos in das Grau der Straße überzugehen, ohne irgendeine Dekoration, die die triste Strenge milderte. Das Haus besaß eine beachtliche Größe und mochte einst vielleicht sogar ansehnlich oder gar feudal gewesen sein, verlor jedoch mittlerweile unübersehbar den Kampf gegen die Zeit und die Insekten. Überall klafften Termitenlöcher, und rostige Nägel ragten aus den Planken. Alicias Augen, die an die bunte, reich verzierte Architektur Kubas gewöhnt waren, fühlten sich trocken und wund an. Das hier war keine Zufluchtsstätte, sondern ein gottverlassenes Kaff am Rande der Zivilisation.

Der Schweiß lief ihr den Rücken hinunter, und sie spürte, wie Panik sauer aus den Tiefen ihres leeren Magens aufstieg, sie drängte, kehrtzumachen und zu fliehen, zurück zum Hafen und der Fähre nach Hause. Nur unter Aufbietung all ihrer Willenskraft gelang es ihr, die Füße stillzuhalten. *Dies ist jetzt dein Zuhause. Es gibt kein Zurück, nur den Schritt nach vorn.* Sie spürte die Blicke der Mädchen, als sie die Treppe hinaufging. Dwayne folgte ihr mit ihrem Koffer. Er schien ein netter Kerl zu sein, doch etwas an den Blicken, die er ihr zuwarf, wenn er sich unbeobachtet glaubte, beschwor leises Unbehagen in ihr herauf.

»Willkommen«, sagte Beatriz. »Ich zeige dir gleich dein Zimmer. Dann kannst du dich frisch machen, bevor ich dir deine Aufgaben erkläre. Dwayne, sie bekommt Zimmer vier.«

Der Junge ging die Treppe hinauf, doch Alicia blieb reglos im Türrahmen stehen. Ihre Sinne registrierten, was sie vor sich hatte, doch ihr Verstand, der wie betäubt von der Anstrengung und dem Schock war, weigerte sich, die Information zu verarbeiten.

Der Salon war größer, als von der Straße aus zu vermuten war, mit einer hohen Decke und geschickt platzierten Fenstern. Eine breite Treppe führte vom hinteren Teil des Raums zu einem Absatz, von dem aus mehrere Türen abgingen. Auf den zerschrammten Tischen standen Rumflaschen und verschmierte Gläser anstelle von feinem Porzellan auf geblümten Tischdecken. Die einzigen Gäste schienen Männer in Uniform zu sein. Durch einen breiten Bogen auf der rechten Seite gelangte man in einen kleineren Raum mit einem Sofa und einem Sessel, die beide mit einem abgenutzten, mottenzerfressenen lila Samtstoff bezogen waren. Die Räume verströmten die Atmosphäre von Verfall und absichtlicher Vernachlässigung, angefangen mit dem lieblos zusammengewürfelten Mobiliar bis hin zu der zerbrochenen, mit Klebeband notdürftig reparierten Fensterscheibe.

Alicias Aufmerksamkeit richtete sich wieder auf den größeren Salon, als ein schlaksiger Matrose ein mageres weißes Mädchen auf die Arme hob und im Laufschritt die Treppe hinauftrug; beide kicherten laut und ungeniert, bis sie außer Sichtweite waren. In der Luft hing der Gestank nach Zigaretten, Rum und ungewaschenen Männern, von denen die Mehrzahl ein Mädchen auf dem

Schoß oder zumindest sehr dicht neben sich hatten. Sie maßen Alicia mit professionellem Interesse, als wäre sie eine Kuh bei einer Landwirtschaftsausstellung.

»Hey, Miss Pearl«, rief ein Mann, dessen Zähne den gleichen Farbton wie seine fleckige Uniform aufwiesen. »Wer ist denn die Neue da? Eine Kaffeebraune hab ich hier drinnen ja noch nie gesehen.« Gierig streckte er die Hand nach Alicia aus.

Sie schlug sie weg und wich zitternd zurück. Erneut kam der Drang in ihr auf, wegzulaufen, ein animalischer Instinkt, die Flucht zu ergreifen, anderswo zu sein, ohne sich Gedanken darüber zu machen, welche Konsequenzen es hätte oder ob es ihr überhaupt gelänge. Nur fort aus diesem stinkenden Raum mit diesen geifernden, lüsternen Unholden.

Sie wandte sich an Beatriz. »Gib mir meinen Koffer. Ich gehe.«

»Nein, das kommt nicht infrage. Ich brauche dich. Seit Susan mit diesem *bastardo* von Immobilienmakler aus Miami durchgebrannt ist, habe ich niemanden, der …«

Wie von selbst bewegten sich Alicias Beine zur Tür, über die Schwelle und die Treppe hinunter. Dann würde sie eben ohne ihre Habseligkeiten verschwinden. In gewisser Weise machte es das sogar einfacher. Nun hatte sie nichts mehr, rein gar nichts. Stolpernd schlug sie den Weg zum Hafen ein, ohne zu wissen, wohin sie eigentlich wollte; sie war nicht imstande, etwas zu erkennen außer der Straße vor ihren staubigen Schuhen. Auf der Überfahrt von Havanna hatte es den Anschein gehabt, als hätte ihr Leben bloß eine falsche Abzweigung genommen, doch nun wurde ihr bewusst, dass sie geradewegs über eine Klippe gestürzt war und sich im freien Fall befand.

»Bleib stehen!«, rief Beatriz und packte sie am Arm. »Warte doch!« Ihr Gesicht war erneut gerötet.

Alicia fuhr herum. »Du willst eine *puta* aus mir machen? Das würdest du mir antun? Deiner eigenen Familie?« Sie schüttelte ihre Cousine ab und ging weiter, wobei sie sich zornig mit dem Handrücken die Tränen abwischte. *Hier muss es doch Arbeit für mich geben. Ich habe Fähigkeiten. Ich kann mich benehmen. Bestimmt finde ich etwas Passendes.*

»Nein!«, rief Beatriz. »Bitte, bleib stehen! Warte doch, *por favor. Mi corazón*, mein Herz ist nicht das allerbeste.« Eine Hand auf die Brust gepresst, ließ sie sich auf die Stufen eines halb zerfallenen Hauses sinken. Ihr Atem kam stoßweise.

Alicia drehte sich um, sah ihre blutunterlaufenen Augen, die bleichen, schweißnassen Wangen, auf denen rosa Flecke prangten. »Du solltest dich hinlegen und ausruhen.«

Noch immer schwer atmend, sah Beatriz zu ihr hoch. »Ein toller Ratschlag von jemandem, der mich zwingt, ihm die ganze Straße nachzulaufen.« Sie wedelte sich Luft mit ihrem Fächer zu. »Susan war meine Empfangsdame. Sie hat dem Laden eine gewisse Klasse verliehen. Natürlich habe ich nicht von dir erwartet, dass du oben arbeiten würdest, sondern du sollst Susans Job übernehmen. Sieh dich doch bloß mal an.« Beatriz wischte sich mit einem vergrauten Taschentuch den Schweiß ab. »Eine exotische ›Kaffeebraune‹. Nicht hübsch genug, um für Ärger zu sorgen, aber trotzdem interessant. Genau das, was wir im Tea Room brauchen, um die Gäste zu begrüßen. Du wirst dafür sorgen, dass sie uns die Bude einrennen.«

»Du hast meine Familie belogen! Sie hinters Licht geführt. Wie konntest du das nur tun?« Alicia dachte daran, wie Papa und Mamacita jetzt beim Abendessen saßen, im festen Glauben, dass ihre Tochter in einem Café mit hauchzartem Porzellangeschirr gut aufgehoben sei.

»Ich habe nicht gelogen, das stimmt nicht.« Die eine Hand immer noch auf die Brust gepresst, richtete Beatriz einen zitternden Finger auf Alicia. »Ich habe ihnen gesagt, ich hätte Arbeit für dich in einem Teesalon. Und das stimmt auch. Wir haben sogar Tee auf der Karte, nur hat ihn in den zehn Jahren, seit ich den Laden betreibe, noch keiner bestellt«, räumte sie ein und neigte den Kopf. »Aber wir bieten ihn an. Hör zu, *chica.*« Eine Mischung aus Mitleid und Berechnung zeichnete sich auf ihren Zügen ab. »Du solltest wissen, dass deine wunderbare Familie ziemlich verzweifelt war. Sie konnten dich gar nicht schnell genug loswerden.«

Alicias Augen brannten. Das war die Wahrheit. Papas Gesicht hatte dunkelrot und bleich zugleich ausgesehen, als er sie in sein Arbeitszimmer gerufen hatte. Trotzdem hatte sie nicht damit gerechnet, in die Verbannung geschickt zu werden. Den Schock hatte sie immer noch nicht überwunden, und sie bezweifelte, ob es ihr jemals gelänge. Emilys trauriges Muhen drang an ihre Ohren.

»Ich brauche deinen Job nicht. Ich kann mir selbst etwas suchen. Alles ist besser, als für dich zu arbeiten.« Sie wandte sich zum Gehen.

»Und bei wem? Und mit welcher Berufserfahrung?«, hörte sie Beatriz rufen. »Am Ende landest du sowieso in der Horizontalen, so wie alle anderen Mädchen, die ganz allein hierherkommen, das kann ich dir jetzt schon sagen. Bei mir bist du in Sicherheit und hast ein Zuhause, und das alles für ein nettes Lächeln und ein bisschen Wimperngeklimper. Das ist doch nicht übel, oder? Denk mal nach, *chica*. Du weißt genau, dass ich recht habe.«

Beatriz' Logik traf sie wie ein Fausthieb in den Magen. Alicia ließ sich auf die Stufen fallen, während die Straßenhändler, Soldaten, Bettler und Hausierer an ihr vorbeiströmten, zielstrebig wie ein Fluss auf seinem Weg ins Meer. Wenn sie versuchte, ganz allein zu schwimmen, würde sie zweifellos untergehen und ertrinken.

»Jaja«, fuhr Beatriz fort. »Deine liebe Mamacita hat mir alles erzählt. Du kannst nicht zurück. Nicht jetzt, nicht nach dem, was du angestellt hast. Vielleicht sogar nie wieder.« Achselzuckend schob sie den Fächer in ihren Ausschnitt. »Key West ist kein übler Ort, wenn man sich erst mal an ihn gewöhnt hat.«

Etwas an ihrem versonnenen, wehmütigen Tonfall ließ Alicia aufmerken. »Wieso bist du hier, Beatriz?« Vage erinnerte sie sich daran, wie Mamacita und Papa eines Abends beim Kaffee nach dem Essen geflüstert hatten. Danach war Beatriz' Name nie wieder erwähnt worden – bis zu jenem grauenvollen Tag, als sie schreiend aus Raouls Haus zu ihren Eltern zurückgelaufen war.

»Du bist nicht das erste Cortez-Mädchen, das Ärger gemacht hat und weggeschickt wurde«, sagte Beatriz und schüttelte verbittert den Kopf. »Ich war jünger als du, aber schon Frau genug, um meinen Onkel in Versuchung zu führen.« Sie setzte sich wieder neben Alicia auf die Treppe. »Sie haben mich hergeschickt, damit ich bei den Gatos als Kindermädchen arbeite. Señor Gato war der erste anständige Mann, den ich kennengelernt habe. Er hat mir alles beigebracht, was man wissen muss, um Geschäfte zu machen. Mit Kindern konnte ich überhaupt nicht umgehen, mit Zahlen dafür umso besser. Als er starb, warf mich seine Frau hochkant raus.« Stöhnend bewegte sie ihre geschwollenen Füße. »Ich habe als Zimmermädchen im Tea Room angefangen, mich zur Empfangshostess hochgearbeitet und bin schließlich die neue Pearl geworden, als sich die alte zu Tode gesoffen hatte.«

Ihre eigene Lage erschien Alicia schon schwierig genug, doch sich die Angst und die Einsamkeit eines noch jüngeren Mädchens auszumalen, das in diese seltsame Stadt geschickt worden war, fernab von allem, was es kannte, war jenseits ihres Vorstellungsvermögens. Raouls Vater wünschte, sie wäre tot; das hatte Mamacita ihr erzählt, als sie überstürzt ihre Sachen gepackt hatten. Sie fragte sich, was wohl aus ihr geworden wäre, hätte Beatriz sich nicht bereiterklärt, sie bei sich aufzunehmen. Zum ersten Mal wurde ihr bewusst, dass alles auch viel schlimmer hätte kommen können. »Danke, Cousine.«

»Bedank dich nicht bei mir.« Die gewohnte Schärfe funkelte in Beatriz' Augen. »Du wirst mich schon bald verfluchen.«

Einige Minuten lang saßen sie schweigend da, während Alicia sich sammelte. Sie zwang sich, den Blick umherschweifen zu lassen und die Stadt zum ersten Mal wirklich anzusehen. Sie beobachtete den Fischhändler auf der anderen Straßenseite, der stehen blieb, um an einer Schürfwunde an seinem Bein zu pulen, während sein Hund vorsichtig darüberleckte. *Das ist jetzt also mein Zuhause, die staubigen Straßen, die versengten Häuser, die seltsamen Leute. Jetzt und vielleicht sogar für immer.*

»Was muss ich wissen, um mich hier zurechtzufinden?«, fragte sie.

»Schießen lernen«, antwortete Beatriz. »Und immer mit dem Rücken an der Wand entlanggehen.«

Nach wie vor fühlte sich alles ein wenig surreal an. So viel war in so kurzer Zeit passiert. Der Ort war so anders, so fremd, dass sie sich nicht gewundert hätte, wenn ein Elefant mit einer Tüte Eiscreme an ihr vorbeigeschlendert wäre.

In diesem Moment brach ein Gorilla mit einem riesigen Sack Kartoffeln auf seiner massigen, schwarz behaarten Schulter aus einer Seitengasse. Alicia stieß einen Schrei aus und schlug sich erschrocken die Hand vor den Mund. Das Vieh trug einen ausgebleichten blauen Overall.

Mit weit aufgerissenen Augen wandte sie sich zu Beatriz um, die vor Vergnügen gluckste.

»Was ... was ist denn das?«, krächzte sie, den Blick immer noch auf das blau gekleidete Tier geheftet, das entschlossenen Schrittes die Straße hinunterstapfte – von seinem kegelförmigen Kopf bis zu den ledrigen Füßen maß es beinahe einen Meter achtzig, erregte jedoch keinerlei Aufmerksamkeit oder neugierige Blicke seitens der Passanten.

»Das ist Percy«, sagte Beatriz und wischte sich die Tränen ab. »Er arbeitet im Hafen. Der Zirkus wollte ihn nicht mehr, deshalb haben sie ihm einen Job gegeben. Willkommen im Land der unbegrenzten Möglichkeiten, *chica.*«

Kapitel 3

John wuchtete den schweren Seesack auf seine andere Schulter. Die wochenlange Reise über Tausende Meilen war beinahe vorüber. Er schob sich an Kameraden vorbei, an Straßenhändlern, Arbeitern aus Gatos Fabrik und Suffköpfen, die sich auf dem Heimweg befanden, um dort ihren Mittagsrausch auszuschlafen. Die meisten von ihnen überragte er um Haupteslänge. Rudy schlurfte hustend hinter ihm her.

Ungeduldig beschleunigte John seine Schritte. Endlich hatte er wieder heimischen Boden unter den Füßen und würde schon bald seinen Platz in der Bar wieder einnehmen. Vor drei Jahren hatte er es kaum erwarten können, in die Welt hinauszuziehen, für sein Land zu kämpfen, Abenteuer zu erleben. Doch jetzt wollte er nur ins Last Resort zurückkehren.

Er hatte den Laden beim Spielen gewonnen und über mehrere Jahre hinweg aufgebaut. Viele seiner Kameraden auf dem Schiff hatten reges Interesse gezeigt, nachdem sie erfahren hatten, dass er eine Bar besaß. Heute Abend würde er sie im Last Resort begrüßen und ihnen ein paar Drinks servieren, bevor er sie nach Hause schickte – nach Iowa, Texas, Kalifornien und Vermont. Nicht dass er etwas gegen sie hätte, aber es wurde Zeit, sein Leben wieder in die Hand zu nehmen. Schon vor

Langem hatte er gelernt, dass nicht die Zeit alle Wunden heilte, sondern Entfernung.

Entfernung und Arbeit. Und dass es viel zu tun gab, bezweifelte er nicht. Seit Monaten waren Thomas' Briefe ausgeblieben, und er musste schleunigst herausfinden, was es damit auf sich hatte – ob keine Nachrichten womöglich schlechte Nachrichten bedeuteten.

»Wie weit ist es noch?«, schnaufte Rudy.

»Wir sind gleich da.« Rudy war der reinste Klotz am Bein. Während der langen Reise hatte ihm der kleine Kerl mit seinem schier unerschöpflichen Tabakvorrat und seiner Begeisterung fürs Kartenspielen angenehm die Zeit vertrieben, doch im Gegenzug hatte John sich auch seine Lebensgeschichte in sämtlichen Details anhören müssen – wie Rudys Dad zu Hause in New Jersey von einem Oberleitungsbus überfahren worden war, von seiner Angst, ob seine asthmakranke Mutter in ihrer schimmeligen Behausung zurechtkam, und von seinem Bruder, der wegen seiner Rachitis für kampfuntauglich erklärt worden war. Obwohl er anfangs nicht scharf darauf gewesen war, Rudys Endlosgeschichten zu lauschen, hatten sie sich als nette Ablenkung von der eintönigen Weite des Meeres entpuppt, und nach einer Weile hatte John sich sogar dabei ertappt, dass er sich auf ihre allabendlichen Rummy-Runden freute. Außerdem hatte Rudy allerlei Scherze im Repertoire, die eigentlich nicht wirklich witzig waren, John aber trotzdem immer wieder zum Lachen brachten, was nur wenigen gelang.

Aber nun, da Rudy ihm nicht länger nützlich war, konnten sie ebenso gut getrennte Wege gehen.

Die Sonne schlug ihm wie eine Faust ins Gesicht, als

sie in die Tamarind Street bogen. Seine Uniform klebte förmlich an seinem verschwitzten Oberkörper. Jemand hatte die große Palme neben dem Lobster Pot gefällt … was echt eine Schande war, weil es außer ihr in der ganzen Straße nichts gab, das Schatten spendete. Auf den Stufen des Pearl's saßen Soldaten mit aufgeknöpften Hemden und ohne Mützen.

Es würde ein gutes Stück Arbeit werden, seine Bar in der Hierarchie der Stadt wieder an die oberste Stelle zu kriegen. Bevor er weggegangen war, hatte The Last Resort wegen seiner Nähe zum Pearl's und den Docks unbestritten zu den beliebtesten Anlaufstellen gehört, doch inzwischen anscheinend nicht mehr. Aber eine solche Herausforderung war jetzt genau das Richtige für ihn.

»Ich bin echt erledigt, Mann.« Rudy ließ sich auf seinen Seesack fallen.

»Schon gut, wir haben's ja geschafft.«

Er blickte zu dem Schild hinauf. Die Fassade des Last Resort mochte ein bisschen gelitten haben, aber ansonsten sah es genauso aus wie vorher. Offenbar hatten die Hurrikane in seiner Abwesenheit nicht allzu schlimm gewütet. Das Dach war intakt, und es waren keine Löcher in den Wänden zu sehen. Er stellte seinen Seesack ab.

Rudy zündete sich eine Zigarette an. »Wow, ich … Großer Gott!«, rief er und plumpste von seinem Seesack, als sich eine riesige Gestalt vor ihnen aufbaute. Vor Schreck fiel ihm prompt die Zigarette aus der Hand. Mühsam rappelte er sich auf.

John grinste. Diese Reaktion rief Thomas häufig bei den Leuten hervor. »Schön, dich zu sehen.«

»Willkommen zu Hause.« Thomas zog ihn in eine Umarmung, die sämtliche Luft aus seiner Lunge presste. »Ich war nicht sicher, ob du es wirklich schaffen würdest. Seit Monaten kamen keine Briefe mehr.« Er machte keine Anstalten, John loszulassen.

Rudy hustete.

»Wer ist denn das?« Endlich ließ Thomas von John ab.

»Rudy, darf ich dir Black Caesar vorstellen.« Er holte tief Luft und musterte seinen alten Kumpanen, der den Namen des berühmten Piraten angenommen hatte, welcher als Blackbeards rechte Hand sein Unwesen in der Karibik getrieben hatte. Fürs Geschäft eignete sich der Name ganz hervorragend, doch in Wirklichkeit hieß er Thomas Lightfoot. Er und John waren zusammen aufgewachsen, beide mit Vätern, die als Köhler in den Wäldern hinter den Salzseen gearbeitet hatten. Mit fünf Jahren war Thomas Waise geworden, als der Kohlenmeiler seines Vaters in die Luft geflogen war; er selbst hatte dabei schwere Verbrennungen im Gesicht erlitten. Da er ganz allein auf der Welt gewesen war, hatte Johns Vater ihn zu sich genommen, seine Brandwunden mit Schweineschmalz eingerieben und ihn in der Scheune beim Hund schlafen lassen. In der Stadt hätten sich die Leute daran gestoßen, wenn ein schwarzer Junge bei einer weißen Familie untergekommen wäre, doch draußen in den Wäldern tickten die Uhren anders. Die Conchs, die von den Bahamas eingewanderten Weißen, mochten es mit den Gesetzen im Allgemeinen nicht so genau nehmen, auch nicht mit der Rassentrennung; trotzdem gab es Grenzen, die lieber nicht übertreten werden sollten.

Im ersten Jahr nach der Explosion sprach der kleine Thomas kein Wort, bis John ihm eines Tages etwas zu essen in die Scheune bringen wollte und ein »Danke« über seine Lippen kam. John brachte ihm Lesen und Schreiben bei, und sie gingen gemeinsam auf die Jagd und zum Angeln. Die anderen Kinder wollten ohnehin nicht mit ihm befreundet sein. Er und Thomas, der zur Hälfte Seminole war und sich für einen echten Könner im Umgang mit Pfeil und Bogen hielt, rannten am liebsten die ganze Zeit barfuß quer durch die Wälder. Mit seiner narbigen schwarzen Haut und den indianischen Gesichtszügen bot er einen reichlich furchterregenden Anblick – bis er lächelte, was es sogar noch ein bisschen schlimmer machte. Thomas war der Einzige, dem John die Bar hatte anvertrauen können, als er in den Krieg gezogen war. So lange waren sie noch nie voneinander getrennt gewesen.

»Tja, dafür kannst du dich bei der Postzustellung der US Army bedanken«, meinte John. »Wie läuft's mit dem Geschäft?«

»Gut«, antwortete Thomas. »Aber wir müssen uns unterhalten. Unter vier Augen, Boss.« Er würdigte Rudy, der neben seiner massigen Gestalt noch mickriger wirkte als sonst, kaum eines Blickes.

»Später. Jetzt trinken wir erst mal einen.«

Thomas hob Johns Seesack auf, als wäre er ein Wattebausch. Sie gingen die Treppe hinauf und betraten den Hauptraum, wo bereits reges Treiben herrschte.

»Kommst du, Rudy?«

Der kleine Mann hatte seine Zigarette inzwischen aufgesammelt und steckte sie sich in den Mund, während er Thomas argwöhnisch beäugte, wie er den Seesack die Treppe hinauftrug.

Thomas hob fragend die Brauen.

»Ist bloß ein Kamerad vom Schiff«, murmelte John. »Er bleibt nicht lange.«

Ein leichtes Lüftchen wehte durch die geöffneten Fenster in den Gastraum. John schlenderte von Gast zu Gast und sog genüsslich den Geruch nach Rum, Tabak und Schweiß ein.

Alle drei Gasträume waren mit Holz vertäfelt. Sollten sie jemals Feuer fangen, würde die ganze Bude wie Zunder brennen. Die Bar sah gut aus. Wie erwartet hatte der Tresen ein paar weitere Dellen abbekommen, doch der Fußboden war gefegt, und die aufgereihten Korbflaschen schimmerten im Schein der untergehenden Sonne, die zur Tür hereinfiel.

Ein Grüppchen Marines in der Ecke gab lautstark die erste Strophe von »I Don't Know Where I'm Going, But I'm On My Way« zum Besten. Auf der anderen Seite stimmte eine Handvoll Infanteristen »Over There« an, wobei sie mit den Stiefeln im Takt auf dem Boden aufstampften.

Thomas reihte die Schnapsgläser auf dem Tresen auf. John kippte einen Kurzen hinunter und schloss die Augen, um das scharfe Brennen in der Kehle zu genießen. In Frankreich hatten sie alle möglichen Branntweine probiert, darunter auch Calvados, Pernod und Absinth, der ihm einen solchen Rausch beschert hatte, dass er erst nach drei Tagen wieder zu sich gekommen war und keine Ahnung gehabt hatte, was in der Zwischenzeit passiert war. Aber Rum trug den Geschmack von Zuhause in sich.

»Wir richten uns erst mal ein, und dann geht's ab in die Stadt.«

Er wandte sich Rudy zu, der jedoch auf seinem Seesack eingeschlafen war, dem einzigen Gegenstand in dem wogenden, vibrierenden Raum, der sich nicht bewegte. John riss ihm die Zigarette aus der Hand, ehe sie seinen Fingern entgleiten konnte.

»Schenk mir noch einen ein, Thomas, und dann muss ich meinen alten Herrn besuchen gehen.« Sein Vater lebte nach wie vor den Großteil des Jahres neben seinem Kohlenmeiler im Wald, dessen Feuer im Innern man ständig im Auge behalten musste, damit es nicht erlosch oder die Bäume ringsum in Flammen setzte. Es war ein schweres Leben – zu schwer für seine Mutter, wie sich herausgestellt hatte. Sie hatte die Familie verlassen, als John fünf gewesen war, um mit einem brasilianischen Kaffeepflanzer zusammenzuleben, der sich nicht mit einem Stall voller Kinder hatte herumplagen wollen. Sie hatte ihn die härteste, wertvollste Lektion im Leben gelehrt: Traue niemandem. Seit sie weg war, hatte er kein Wort mehr von ihr gehört. Wenn ihn jemand fragte, erwiderte er, seine Mutter sei tot.

»John.« Thomas schüttelte langsam den massiven Schädel. »Ich hab's dir geschrieben. Dein Dad, er ist tot. Von einer Klapperschlange gebissen. Ein paar Kinder haben ihn beim Jagen gefunden.« Er legte John die Hand auf den Arm. »Tut mir leid, Mann.«

Als sein eigener Vater vor all den Jahren gestorben war, hatte Thomas keine Träne vergossen. Dafür war er noch zu klein gewesen. Doch nun schien er drauf und dran zu sein. »Wir haben ihn draußen neben dem Kohlenmeiler begraben. Ich dachte, so hätte er es sich bestimmt gewünscht.«

»Verstehe.« John nickte. In seinen Ohren rauschte es, als hätte ihm jemand einen Hieb verpasst. »Tja, dann.«

Schlangen waren eine ständige Gefahr in den Wäldern und einer der Gründe, weshalb die Männer stets dicke, in die Stiefel gesteckte Hosen trugen, ganz egal, wie heiß es war. Sein alter Herr hatte sich nie die Mühe gemacht. Er war so viele Male gebissen worden, dass er gemeint hatte, er sei selbst schon eine halbe Schlange. Dies war nur ein weiteres Beispiel für seinen Sturschädel, den John geerbt zu haben schien. *Was für eine schwachsinnige Art zu sterben*, war sein erster Gedanke.

Und dann: *Wie kann er tot sein?*

Er lehnte sich gegen den Tresen. Sein Vater war ein Mann gewesen, der lediglich aus Knochen und Sehnen zu bestehen schien, zusammengehalten von Nikotin. Der härteste Bursche, dem John je begegnet war, die Soldaten an der Front eingeschlossen. Und er schien nicht zu altern. Johns ganzes Leben lang hatte er immer gleich ausgesehen, dasselbe faltige Gesicht, das weiße Drahthaar, die vom Nikotin verfärbten Zähne und die kohlegeschwärzten Hände. Er war fest mit der Umgebung verwachsen gewesen, so urwüchsig wie die Korallen unter seinen Füßen.

John hatte seinen Vater das letzte Mal gesehen, unmittelbar nachdem er sich zum Kriegsdienst gemeldet hatte. Sie hockten neben dem Köhlerofen im Wald in der einzigen Holzhütte, übel attackiert von Stechmücken. Die metallenen Fliegengitter über den Fenstern waren mit Motoröl als Insektenschutz eingeschmiert, trotzdem kamen die Biester überall herein. Sie hatten schon Katzen, Hunde, Ziegen und einmal sogar eine Kuh getötet. Es sei eine reine Zeitfrage, bis sie einen Mann umbrachten, hieß es.

John fühlte sich in der beengten Behausung wie ein Korken in einem Flaschenhals, doch sein Vater schien kaum Platz zu benötigen. Eine Zeit lang hatte es den Anschein gehabt, als käme John nach ihm. Er war ein freudloser, mickriger Junge gewesen, der immer und überall Prügel bezogen hatte. Nachdem seine Mutter sie verlassen hatte, war es noch schlimmer geworden, weil er immer barfuß herumlief, so gut wie nie in die Schule ging und sich stattdessen mit Thomas im Wald herumtrieb. Mit zwölf war er schlagartig in die Höhe geschossen und hatte Muskeln bekommen, was den ewigen Prügeleien ein Ende gesetzt hatte.

»Wieso willst du da unbedingt hin?«, fragte sein Vater ihn an jenem Tag in der Hütte. »Dieser Krieg hat mit uns überhaupt nichts zu tun. Sollen sich die da drüben doch gegenseitig umbringen. Für uns hier spielt das überhaupt keine Rolle.« Zigarettenrauch umwölkte sein Gesicht.

Dieses Streitgespräch hatten sie wieder und wieder geführt, doch dies sollte das letzte Mal sein. Der Einberufungsbescheid knisterte in Johns Tasche.

»Mich hält hier nichts, Pa.« Er wedelte den Rauch weg. »Es ist meine Chance, etwas Bedeutungsvolles zu tun und dabei noch die Welt zu sehen.« Bei der Aussicht wurde ihm regelrecht schwindlig vor Aufregung – vielleicht lag es aber auch an den Dämpfen des Motoröls. Er würde die Stadt verlassen und in Frankreich für sein

Vaterland kämpfen. Seine Mutter war aus Spanien hergekommen und hatte ihm abends zum Einschlafen Geschichten aus der alten Heimat erzählt.

Er konnte die Augen seines Vaters nicht erkennen, doch seine Stimme klang traurig. »Du glaubst, es wäre ein großes Abenteuer, aber ich sage dir, Sohn, ein Krieg ist kein Comicbuch.« Er selbst war Fähnrich auf der USS Maine gewesen, als sie im Spanisch-Amerikanischen Krieg im Hafen von Havanna in die Luft geflogen war. Mit einem alten Lappen, den er stets in der Hosentasche trug, wischte er sich den Schweiß ab. »Ich weiß ja, dass das hier kein Leben für dich ist, aber es gibt doch noch andere Möglichkeiten, als Soldat zu werden.«

»Du weißt genau, wo es enden wird, wenn ich bleibe, Pa. Das gibt nur noch mehr Ärger.«

Es war keineswegs so, dass John den Ärger suchte, vielmehr schien der Ärger stets ihn zu finden. Pubertäre Rangeleien waren aggressiver und brutaler geworden und hatten schließlich in einer Schlägerei in einer Bar gemündet, bei der er um ein Haar einen Mann getötet hätte, wofür er zu einer Haftstrafe im Bezirksgefängnis verurteilt worden war. Er hatte den Ruf erlangt, unbesiegbar zu sein, was für so manchen Kerl ein Ansporn war, auszuprobieren, ob an dem Gerücht auch etwas dran war. Inzwischen konnte er nirgends mehr Fuß fassen; es war fast, als würde seine Heimatstadt förmlich unter ihm wegbröseln. Aber er war ein Kämpfer, und die Armee war nichts für Schwächlinge. Dort würde man ihn dafür bezahlen, was er am besten konnte. Es war sein einziger Ausweg.

»Ja, das ist wahr, du warst immer schon ein Hitzkopf«,

räumte sein Vater seufzend ein. »Könnte sein, dass du einfach von Natur aus so bist, oder …« Er schlug sich mit der flachen Hand in den Nacken und blickte John aus seinen vom Kohlenqualm geröteten Augen an. »Ich wünschte wirklich, du würdest nicht gehen, Junge.«

Es war das einzige Mal, dass Johns Vater ihn um etwas gebeten hatte.

John kippte einen weiteren Kurzen hinunter und wischte sich den Mund ab. Wenn es eines gab, was er im Krieg gelernt hatte, dann, dass man nicht in einen Zustand der Lähmung verfallen durfte, wenn jemand gestorben war. Nein, man musste weitermachen, immer weiter, wenn man nicht riskieren wollte, dass man unter einem der weißen Kreuze auf einer Wiese im Nirgendwo endete. Überdies hätte sein alter Herr gewiss nicht gewollt, dass er in Trauer versank. John hörte ihn förmlich schnauben: »Lass mich gefälligst hier unter der Erde liegen und geh wieder an die Arbeit.«

»Sehen wir uns die Bücher an, Thomas«, sagte er.

»Das ist noch nicht alles«, fuhr der Riese mit einem entschuldigenden Zucken fort, als zwänge ihn jemand dazu, einen weiteren Schlag auszuteilen. »Die Regierung will ein neues Gesetz erlassen. Prohibition nennen sie es. Die wollen überall im Land den Schnaps verbieten. Tut mir echt leid, Mann«, sagte er noch einmal. »Ist eine Menge passiert, seit du weggegangen bist.«

Ungläubig starrte John seinen Freund an und wartete darauf, dass er es als Scherz deklarierte, doch Thomas' Miene blieb ernst.

»Komm schon«, sagte er und brach in schallendes Gelächter aus. »Ich bin nicht in der Stimmung für Witze.

Wie blöd muss man sein, zu glauben, dass so was jemals funktionieren könnte? In Amerika?« Doch seine Hoffnung, dass es sich tatsächlich um einen Scherz handelte, erlosch beim Anblick von Thomas' ernster Miene jäh.

Der alte Mann war tot, und jetzt hatte die Regierung auch noch beschlossen, seine Lebensgrundlage kaputtzumachen.

»Es tut mir leid«, sagte Thomas und zuckte mit den Schultern. »Aber was will man machen?«

»Tja, da das meine Bar ist, werde ich mich erst mal anständig betrinken, bevor sie sie mir wegnehmen.«

Thomas rührte keinen Tropfen an, was nur einer der Gründe war, weshalb er sich perfekt als Geschäftspartner eignete. Zudem hatte er ein gutes Gespür dafür, wann er etwas sagen sollte und wann es klüger war, den Mund zu halten. Kommentarlos nahm er die Flasche hochprozentigen *Aguardiente* aus dem Regal. John goss das erste Glas ein. Der klare kubanische Brandy versprach, all seine Sünden und Erinnerungen wegzuspülen. Er musste lediglich genug davon trinken.

Dwayne hockte auf den Knien inmitten eines Kreises junger Damen im Nebensalon des Tea Room, als Miss Pearl mit der Neuen, Alicia, zurückkehrte. Normalerweise stellte dies den Höhepunkt seiner Arbeitswoche dar: Schuhe mitzubringen, die die Mädchen anprobieren durften. Kichernd und voller Stolz drehten sie die Füße hin und her, um das neue Schuhwerk zu bestaunen. Und wenn er ganz großes Glück hatte, hob die eine oder andere für eine Sekunde ihren Rock. Mehr als ein kurzer Blick sprang nie für ihn heraus, doch das genügte, um ihn wie auf einer Wolke der Seligkeit nach Hause schweben zu lassen, wo er allein in seinem Zimmer genüsslich die Erinnerung pflegte.

Er schob einen wildledernen Absatzschuh auf Paulinas Fuß. Sie hatte die wohlgeformtesten Knöchel von allen, eine üppige Figur und ein großzügiges Wesen, aber ein pickliges Gesicht. Sie ließ die Knie auseinanderfallen, doch ausnahmsweise gehörte seine Aufmerksamkeit nicht den Schätzen unter Paulinas Rock. Stattdessen blickte er wie gebannt auf Alicia, die aussah, als wäre ihre beste Freundin gerade gestorben, während Miss Pearl auf sie einredete.

»Was ist denn?«, wollte Paulina gekränkt wissen, während ihr Blick dem seinen folgte. »Oh, träumt unser kleiner Dwayne etwa von einem Schuss Schokolade in seinem *leche?* He, Mädels«, rief sie. »Dwayne hat eine Schwäche für unsere kleine Kaffeebraune.«

Prompt begannen die anderen vor Vergnügen zu quieken und herumzualbern. Dwayne spürte, wie ihm die Hitze ins Gesicht stieg.

Wie die anderen Freudenhäuser im Viertel war das Pearl's ausschließlich Weißen und Spaniern vorbehalten. Die Schwarzen hatten ihre eigenen Etablissements im sogenannten Negerviertel[1], allerdings verschlug es regelmäßig auch Weiße dorthin, wie alle wussten. So wurde es bereits seit Generationen betrieben, sehr zum Verdruss der gottesfürchtigen Bewohner wie seinem Pa, doch

---

[1] Anm. des Verlags: Der Begriff »Neger« wird hier und im Folgenden, entsprechend der englischsprachigen Originalausgabe, ausschließlich im historischen Kontext verwendet.

solange alles im Schutz der Nacht vonstattenging und keiner darüber redete, wurde es allgemein geduldet. In Key West wurde so gut wie alles toleriert, solange die Leute nur diskret vorgingen, dachte Dwayne. Und genauso sollte es auch sein. Er hatte nicht viel für Leute übrig, die mit ihren Privatangelegenheiten hausieren gingen.

Die gemischtrassigen »Braunen« hingegen taten sich schwer, ihren Platz in der Stadt zu finden. »Weder Fisch noch Fleisch«, so nannte sein Pa diese Bevölkerungsschicht. Sie waren der sicht- und greifbare Beweis jener nächtlichen Aktivitäten, den keiner ignorieren konnte. Und sie bezahlten dafür, waren nirgendwo willkommen und wurden in keinem Viertel der Stadt akzeptiert.

Wieder warf Dwayne einen verstohlenen Blick auf Alicia. Er konnte einfach nicht aufhören, sie anzustarren, auch wenn er wusste, dass es falsch war. Sie war ganz anders als all die anderen Mädchen, die er je gesehen hatte, so exotisch mit ihrer Hautfarbe und diesen Augen. Neben ihr wirkten die Frauen im Tea Room langweilig und gewöhnlich. Alicia war wie ein Flamingo in einem Schwarm Pelikane. Und aus irgendeinem Grund ließ ihre Traurigkeit sie nur umso anziehender wirken.

Verlegen sammelte er die Schuhkartons zusammen, um sie auf den Karren zu laden. Es war Zeit fürs Abendessen, und er musste die Muster zu Mr. Jolovitz zurückbringen, der für Unpünktlichkeit nicht viel übrighatte. Heute hatte er nur ein Paar von den neuen Riemchenschuhen verkauft, die sich großer Beliebtheit erfreuten. Doch er schob den Gedanken beiseite. Morgen würde er in der Fabrik vorbeischauen, wo die Geschäfte erfahrungsgemäß besser liefen. In Wahrheit ging es bei einem Besuch im Pearl's nicht darum, möglichst viele Schuhe an die Frau zu bringen.

Mr. Jolovitz erwartete ihn bereits vor dem Laden und klimperte ungeduldig mit seinem Schlüsselbund. Außerhalb des Ladens sah ihn grundsätzlich nie jemand ohne sein schwarzes Jackett und den schwarzen Hut, und wenn es noch so heiß sein mochte. »Hoffentlich sagst du mir gleich, dass du bloß deshalb so spät dran bist, weil du so viele Schuhe verkauft hast«, meinte er, doch ein Blick auf den Wagen verriet das genaue Gegenteil. »Ah. Wohl nicht.«

»Tut mir leid, Mr. Jolovitz.« Dwayne schleppte die Kartons in den Lagerraum. »Aber morgen verkaufe ich in der Fabrik bestimmt umso mehr. Heute hat ein Truppentransporter im Hafen angelegt. Das musste ich mir unbedingt ansehen ...«

»Ja, Junge«, sagte der alte Mann. »Ich verstehe schon. All die jungen Leute.«

Dwayne ohrfeigte sich im Geiste. Mr. Jolovitz' Sohn David war auf der USS Maine gewesen, als diese in die Luft geflogen war. Er lag in einem eigens für die Opfer der Explosion eingerichteten Teil des Friedhofs begraben. Zumindest hatte er einen offiziellen Grabstein, obwohl seine Leiche nie gefunden worden war. Niemand hatte Mr. Jolovitz sagen können, was mit seinem Sohn geschehen war. Deshalb ließ er auch heute noch, nach all den Jahren, stets den Blick suchend über die Gesichter der Männer schweifen, die sich die Duval Street entlangschoben. Und wartete.

»Tut mir leid«, murmelte Dwayne abermals. Mr. Jolovitz war immer sehr nett zu ihm gewesen, und mit seinen Liefertouren verdiente er besser als die meisten anderen Jungs mit ihren Jobs. Und es gab auch noch andere Vorteile: Er ließ sich jedenfalls lieber dafür bezahlen, Paulina unter den Rock zu linsen, als am Strand Algen zu rechen oder im Hafen Seeschwämme kaputtzuschlagen. Auf den Touren war er sein eigener Herr, ohne einen Vorarbeiter, der ihm ständig auf die Finger sah. Mr. Jolovitz vertraute ihm, dass er die nicht verkauften Schuhe oder aber das erwirtschaftete Geld zurückbrachte. Pa gefiel das Arrangement ganz und gar nicht. Mr. Jolovitz' Vater hatte den Laden lange vor Dwaynes Geburt eröffnet, bevor die jüdischen Straßenhändler weggedrängt worden waren. Die Juden fänden immer Mittel und Wege, zu Geld zu kommen, sagte Pa, und der Erfolg ihrer Läden sei der eindeutige Beweis dafür.

»Mr. Jolovitz, Sir«, sagte Dwayne nun, doch der alte Mann schien ihn gar nicht zu hören. »Sir, ich sollte dann mal besser nach Hause gehen.«

»Natürlich, Dwayne, natürlich. Beeil dich. Wir sehen uns morgen.«

Der alte Mann blieb gedankenverloren vor seinem Laden stehen, während Dwayne sich schleunigst auf den Heimweg machte.

Sein Vater stand bereits am Tor und hielt nach ihm Ausschau, als er sich dem Haus näherte. Reverend Neil Campbells Gesicht war wie ein glatter, schimmernder See, unter dessen Oberfläche Schnappschildkröten lauerten. Seine Mutter erschien im Türrahmen. Sie sah aus, als hätte sie geweint. Wieder mal.

Nachdem er sich Gesicht und Hände gewaschen hatte, saß Dwayne schweigend am Abendbrottisch, während sein Vater das Gebet sprach. Er versuchte, Mas Blick aufzufangen, doch sie starrte stur auf ihren Teller. Das Zirpen der Grillen bildete einen Kontrapunkt zu Dads Gebet, das sich mal wieder eine halbe Ewigkeit hinzog, da er jedes seiner leidgeprüften Gemeindemitglieder ausgiebig erwähnen musste. Dwayne, der vor Hunger beinahe umkam, sandte selbst ein Stoßgebet gen Himmel, dass sich die Gemeindemitglieder heute besserer Gesundheit erfreuen mochten als sonst.

»... und wir danken dir, dass du Mrs. Saltbys Hexenschuss geheilt hast«, fuhr sein Vater fort. »Und Jim Logans schlimme Zahnschmerzen.«

Dwayne stürzte sich auf sein Abendessen, auch wenn es aus den gewohnten frittierten Fechterschnecken und Hafergrütze bestand. Er ging regelmäßig mit dem Glasbodenboot Meeresschnecken angeln. Ma bereitete sie zwar auf alle möglichen Arten zu, trotzdem schmeckten sie irgendwie immer gleich. In ihrem Garten lagen haufenweise rosarote Schalen; es war der reinste Schneckenfriedhof. Manchmal nahm Dwayne sie mit, um sie im Hafen an die Touristen zu verkaufen.

»Hast du mich etwa ›Amen‹ sagen hören?«, fragte sein Vater.

Die Gabel auf halbem Weg zum Mund, hielt Dwayne inne. »Nein, Sir.«

»Dann bin ich auch noch nicht fertig.«

Widerstrebend ließ Dwayne die Gabel sinken. Er wusste, was jetzt kommen würde. Wort für Wort.

»Und wir bitten dich, oh Herr, unseren kleinen Danny

zu segnen, dessen Licht immer noch für uns leuchtet und den wir jeden Tag aufs Neue schmerzlich vermissen.«

Danny war erst drei gewesen, als ihn die Diphtherie dahingerafft hatte. Sobald Dwayne groß genug gewesen war, um zu begreifen, war ihm klar geworden, worin seine Rolle bestand: Er sollte das Leben führen, das der wunderschöne kleine Danny gehabt hätte, wäre nicht Satan aufgetaucht und hätte seinen perfekten kleinen Körper mit dieser grauenvollen Krankheit verseucht. Die Sache hatte nur einen Haken, und zwar einen großen: Dwayne war in so ziemlich jeder Hinsicht eine Enttäuschung. Er sah nicht wie Danny aus, der mit seinem seidigen blonden Haar und seinem fein geschnittenen Gesicht alle bezaubert hatte. Stattdessen hatte Dwayne einen krausen karottenroten Schopf, dichte Augenbrauen und eine große Nase voller Sommersprossen. In seinen drei kurzen Lebensjahren hatte Danny laut Pa stets gelächelt, wohingegen Dwayne in den ersten drei Monaten, von Bauchkoliken geplagt, ununterbrochen gebrüllt hatte. Einmal hatte er in der Kirche jemanden sagen hören, er könne froh sein, dass man ihn nicht in einem Wassereimer ertränkt hätte. Danny war das Traumkind, Dwayne dagegen kämpfte jeden einzelnen Tag darum, seinem Vorbild auch nur halbwegs gerecht zu werden.

»Amen«, sagte er und begann sich den Haferbrei in den Mund zu schaufeln.

»Und wir danken dir von ganzem Herzen, oh Herr«, hob sein Vater mit einer Befriedigung in der Stimme an, wie Dwayne sie seit dem Tag nicht mehr gehört hatte, als sie Hal Hanlon beim Mogeln während eines Hundekampfs erwischt hatten, »dass du uns von Satans übelster Plage befreien wirst.«

Pas veränderter Tonfall ließ Dwayne aufmerken. Irgendetwas Bedeutendes lag in der Luft, da Reverend Campbell sonst stets mit gemessener Stimme sprach, ganz egal, ob er eine Predigt hielt oder einem seiner Gemeindemitglieder als Seelsorger zur Seite stand. Das Bild, das er nach außen bot, war unerschütterlich. Zu Hause sah die Sache ein wenig anders aus, wie er Dwayne viele Male erklärt hatte: Das Privatleben eines Mannes ging keinen etwas an und die eigenen Eheprobleme schon zweimal nicht. Dwayne liebte seine Mutter, seinem Vater gegenüber empfand er großen Respekt. Als Pastor war er so etwas wie das moralische Herzstück der Gemeinde. Alle hier folgten seinem Rat, unterwarfen sich seiner Führung. Dwayne gab sich Mühe, dem Beispiel seines Vaters zu folgen, doch manchmal geriet er dabei ins Straucheln. Das hier war einer dieser Momente.

»Die Juden, Pa ... Sind eigentlich nicht die meisten von ihnen fort?« Viele jüdische Händler waren längst nach Miami gezogen, eine Stadt, die erst vor einigen Jahren aus den Sümpfen entstanden war. Mr. Jolovitz war einer der wenigen, die geblieben waren, und auch nur, weil er immer noch auf Davids Rückkehr wartete. Dwayne dachte an seinen Chef, der schwitzend in seinem schwarzen Jackett und dem Hut auf dem Kopf in der Sonne stand. Bereits zum zweiten Mal an diesem Tag überfiel ihn ein ungutes Gefühl. Die Juden hatten Jesus getötet, das wusste jeder. Es war eine Tatsache, die man in der Sonntagsschule lernte. Trotzdem wollte ihm

Mr. Jolovitz, dessen suchende Augen unermüdlich auf den Straßen nach David Ausschau hielten, nicht aus dem Sinn gehen.

Pa packte Dwayne fest bei der Schulter. »Zur rechten Zeit wird man sich ihrer annehmen«, erklärte er. »Aber zuerst wird Gott, der Allmächtige, in Gestalt seiner Diener im Senat dieses Land von dem Dämon Alkohol befreien. Für immer. Ein wunderbarer Tag steht unserem geliebten Land bevor. Lasset uns einander die Hände reichen und ›Halleluja‹ mit mir sagen.«

Dwayne gehorchte. Seine Mutter murmelte das Wort.

»Amen.« Pas Augen leuchteten voller Leidenschaft, doch seine Stimme war ganz ruhig. Je gewichtiger die Worte, umso ruhiger sprach er sie aus, bis sich die Gemeinde gespannt vorbeugte und die Alten ihre Hörrohre in seine Richtung hielten. Dwayne wünschte, Pa wäre einer, der laut wurde; er wünschte, es gäbe irgendeine Warnung, ehe er zum Schlag ausholte. So wusste er nie, wann es wieder einmal so weit war. Selbst eine Klapperschlange rasselte, bevor sie zubiss.

»Amen«, sagte Dwayne. Ma weigerte sich immer noch, ihn anzusehen. »Aber, Pa, was ist mit all den Bars in der Stadt? Was wird aus ihnen, wenn dort kein Schnaps mehr verkauft werden darf?« Er kaute heftig auf dem gummiartigen Schneckenfleisch herum und spülte es mit einem Schluck Limonade hinunter.

»Natürlich werden sie ihre Pforten schließen müssen, mein Sohn. Und das gibt frommen, anständigen Geschäftsleuten die Möglichkeit, ihre Läden zu übernehmen.« Pa schob sich den letzten Bissen in den Mund. »Dies ist ein wunderbarer, wunderbarer Tag. Und die

Hafergrütze war wieder mal köstlich, Mutter. Wie immer.«

»Ja, ein wunderbarer Tag«, bekräftigte Dwayne. »Kann ich bitte das Salz haben, Ma?«

Pa stippte die Reste seines Essens mit einem Stück Maisbrot auf. »Und dann bleibt nur noch das Problem mit den Negern, das es zu lösen gilt, bevor unsere kleine Stadt zum Inbegriff gottesfürchtiger Rechtschaffenheit werden kann.« Die Aussicht zauberte einen Ausdruck reiner Freude auf seine Züge, wobei er die beiden Reihen gleichmäßiger weißer Zähne entblößte, mit denen er die Damen der Gemeinde immer wieder in Verzückung versetzte.

»Was meinst du damit, Pa?«

»Zur rechten Zeit, Sohn«, erwiderte er. »Alles zu seiner Zeit.« Er kaute auf seinem Maisbrotbissen herum. »Ich sage nur, dass ich um Hilfe gebetet habe und sie vielleicht schon auf dem Weg sein könnte.«

Er wirkte so glücklich, so ganz anders als der frostige Mann mit dem angespannten Kiefer von vorhin, dass Dwayne unwillkürlich lächelte. Alles war so viel besser, wenn Pa zufrieden war. Doch dann sah er seine Mutter erschaudern, kaum merklich, lediglich ein leichtes Zucken ihrer Schultern, obwohl im Haus mindestens dreißig Grad herrschten. Pa bekam nichts davon mit, weil er voll und ganz mit seinem Essen beschäftigt war. Er widmete sich einer Aufgabe stets mit konzentrierter Entschlossenheit, die keinerlei Ablenkung zuließ, ganz egal, was es war.

Sie hob den Blick nur für den Bruchteil einer Sekunde, doch das genügte. An diesem Morgen hatte sie die Milch für den Kaffee anbrennen lassen. Hätte Dwayne Pas Faust nicht mit seiner Wange abgefangen ... Bis zum heutigen Tag gelang es ihm nicht, die Auslöser von Pas Ausbrüchen herauszufinden. Sie schienen nur wenig mit dem eigentlichen Anlass des Ärgernisses zu tun zu haben, häufig allerdings war ihnen am Vorabend ein Streit zwischen seinen Eltern vorangegangen. Von seinem Zimmer aus konnte er die Worte nicht verstehen, sondern hörte bloß die Stimmen, das gedämpfte Poltern und Krachen. Manchmal stand er auf und rollte sich vor ihrer Schlafzimmertür zusammen, brachte jedoch nie den Mut auf einzutreten. Er wusste nur, dass es das Recht jedes Ehemanns war, seine Frau zur Räson zu bringen.

Einmal hatte er zugesehen, wie ein Mann in einem Sturm zwischen zwei Booten eingeklemmt und zerquetscht worden war. An manchen Tagen konnte er dieses Gefühl nur allzu gut nachvollziehen.

Kapitel 4

Zum ersten Mal allein in ihrem Zimmer, machte Alicia sich daran, ihren Koffer auszupacken. Der Straßenstaub schien in jede Pore ihrer Haut gedrungen zu sein. Sie stellte sich vor, wie sie ihn abschüttelte und dem Pearl's entfloh, rein und frei wie ein frisch geschlüpfter Schmetterling. Kaum zu glauben, dass sie erst heute Morgen ihre Heimat verlassen hatte.

Das Bettlaken war womöglich einst weiß, die Tagesdecke rosa gewesen. Es gab eine Waschschüssel, einen Stuhl und eine Kommode. Das Wasser im Krug war braun. Die Luft war stickig. Die Schubladen rochen nach Schimmel. Das schmutzige Fenster ging auf einen Hinterhof hinaus. Auf dem Fensterbrett lag eine tote Motte auf dem Rücken, die starren Beinchen zur Sonne gerichtet; die Spuren ihres verzweifelten Bestrebens, aus dem Zimmer zu entkommen, waren im Schmutz der Scheibe zu sehen. Die Aussicht war nicht gerade berauschend: ein Außenklosett am anderen Ende des Hofs, umwuchert vom Grün einer Würgefeige, ein von niedergetrampeltem Unkraut, Zwergpalmettos und scharlachroten wilden Bougainvilleen gesäumter Weg. Eine Regentonne auf Holzbeinen vervollständigte die trostlose Szenerie.

Alicia war klar, dass Beatriz unten auf sie wartete, aber sie ließ sich aufs Bett sinken. Ihre Beine fühlten sich lahm und taub an wie in einem schlechten Traum. Grunzen, Stöhnen und das Geräusch quietschender Bettfedern drangen durch die dünnen Wände. Sie hielt sich die Ohren zu. Beatriz hatte sie darauf vorbereitet, dass ein arbeitsreicher Abend vor ihnen lag, und sie Felix, dem Barkeeper, vorgestellt, einem Kerl mit dem stumpfen Blick eines Mannes, der ein paar Schläge zu viel gegen seinen Quadratschädel bekommen hatte. Besonders stolz schien er auf den Baseballschläger zu sein, den er hinter der Bar aufbewahrte; er nannte ihn »Isabella« und polierte ihn auf geradezu obszöne Art und Weise.

Ein Klopfen ließ sie aufschrecken.

Als sie die Tür öffnete, standen drei Frauen vor ihr. Die Erste – sie hatte eine hübsche Figur, aber ein von Pickeln entstelltes Gesicht – drückte sich an ihr vorbei und sagte: »*Hola,* ich bin Paulina, und das sind Kitty und Maxine.«

Kitty war die Spindeldürre, die vorhin von einem Matrosen die Treppe hinaufgetragen worden war. Maxines Haut war so weiß, dass ein bläulicher Schimmer von ihr ausging, ihr tiefschwarzes Haar trug sie kunstvoll aufgetürmt, und ihre Augen mit den schweren Lidern musterten Alicia mit einer Art verächtlicher Neugier. Alle drei trugen fadenscheinige Kleider, die mehrfach ausgebessert worden waren.

Und schon begannen sie ihren Koffer zu durchstöbern, ihre Kleider und Schuhe anzuprobieren. Kitty sprühte sich mit Parfüm ein und nieste laut. Maxine setzte den Strohhut auf, der auf ihrem Haar thronte wie eine Möwe im Nest.

»Aufhören!« Alicia versuchte, ihnen ihre Habseligkeiten zu entreißen, aber so wurde nur ein Spiel daraus. Die Mädchen lachten und tanzten spöttisch um sie herum. Das konnte sie nicht zulassen, diese Sachen waren die einzige Verbindung zu ihrer Heimat, zu dem Menschen, der sie wirklich war. Vor ihrem geistigen Auge sah sie eine Zukunftsvision: sich selbst in einem x-mal geflickten Kleid, mit stumpfer Haut und hoffnungslosem Blick, eingeschlossen in diesen vier Wänden, unablässig die Geräuschkulisse aus den Nebenzimmern in den Ohren. Sie entwand Kitty ihre Haarbürste, bevor diese sich die schmuddeligen blonden Löckchen damit entwirren konnte. Die Bürste hatte sie zu ihrem fünfzehnten Geburtstag bekommen; der Griff war aus Mahagoni und trug ihre Initialen.

»Schluss jetzt!«, rief sie abermals, während sich ihre Finger um die Bürste schlossen. Irgendetwas in ihrem Tonfall musste sich verändert haben, denn Kitty ließ los. »Danke.«

»Die Kaffeebraune hält sich für was ganz Besonderes«, sagte Paulina, während sie eins von Alicias Spitzenhöschen durch die Finger gleiten ließ.

»Das stimmt nicht«, gab Alicia zurück. »Ich …«

»Alle Neuen glauben das von sich«, sagte Kitty. Aus der Nähe sah sie kaum älter aus als ein Kind. Eine Entzündung entstellte ihre sonst sehr hübschen Lippen. Ihre Schlüsselbeine wirkten wie zarte Zweige, die bei der kleinsten Berührung brechen würden. Sie sah aus, als bräuchte sie dringend eine große Portion von Mamacitas *arroz con pollo*. »Aber du wirst ruckzuck merken, dass du keinen Deut besser bist als wir.«

Alicia blinzelte, presste die Bürste an ihre Brust.

»Genau.« Maxine trat so nah heran, dass Alicia ihre gelblichen Augäpfel sehen konnte. »Du hast auch nichts anderes zu bieten als wir.« Sie musterte Alicia von oben bis unten. »Außer, dass deine Haut aussieht wie Milchkaffee. Passt wohl nirgendwo so richtig rein, was, Zuckerpfläumchen? Und jetzt willst du den Kerlen hier im Pearl's schöne Augen machen? Hmm?« Ihre Rumfahne schlug Alicia heiß ins Gesicht.

Sie stieß mit dem Rücken gegen die Wand. Es kam ihr vor, als wäre der Sauerstoff im Zimmer komplett verbraucht. »Ich ...« Sie hustete. »Ich ... ich übernehme Susans Stelle und soll die Gäste begrüßen.« Die Mädchen wechselten einen Blick. »Ich stehe bloß an der Tür, das ist alles.« Sie sah von einem Gesicht zum anderen. Glaubten sie etwa, dass sie ihnen Konkurrenz machen wollte? »Ich bin keine ... Ich mache nicht das, was ... was ihr macht, ich meine, ich ...«

»Du glaubst wohl, deine kleine *chacha* wäre aus Silber«, sagte Paulina. »Aber sie unterscheidet sich kein bisschen von dem, was wir da unten haben. Das wirst du noch früh genug herausfinden – spätestens, wenn du selbst auf dem Rücken liegst.« Ihre Worte klangen eher traurig als gehässig.

»Nein, das seht ihr falsch. Ich ...«

Kitty kicherte. »Begrüßungen? Das hat Miss Beatriz euch auch erzählt, stimmt's?«

»Ist doch egal.« Mit einer entschlossenen Geste schob Maxine eine lose Haarsträhne zurück. »Hier hat sie nichts verloren. Die Neger haben ihr eigenes Viertel.«

Man hatte Alicia vorgewarnt, dass in Amerika andere

Sitten herrschten. Farbige und Weiße lebten stets getrennt. Eine Ehe wie die ihrer Eltern hätte hier gegen das Gesetz verstoßen.

»Als Papa und ich dich gemacht haben«, hatte Mamacita gesagt, »wussten wir gleich, dass du etwas Besonderes werden würdest. Aber es ist schwer, etwas Besonderes zu sein. Man braucht feste Schuhe, um diesen Pfad zu beschreiten.«

Alicia warf einen Blick auf ihre Schuhe: Eckig waren sie, robust und von weißem Staub überzogen. Irgendwie gar nichts Besonderes. Ein unangenehmes Schweigen machte sich im Zimmer breit. Sie hatte keine Antwort für Maxine, wusste nicht, wie sie in den tückischen Gewässern zurechtkommen sollte, die sie urplötzlich umgaben.

Ich bin wirklich ans andere Ende der Welt gereist. Sie hob den Blick, immer noch ratlos, was sie erwidern sollte.

»Denk dir nichts dabei«, sagte Kitty. »Sie kommt aus Georgia und hat keine Ahnung, wie hier der Hase läuft. Weiße, Schwarze, Gelbe – auf der Knocheninsel ist alles erlaubt. Solange du auf der Hut bist, kommst du hier sogar mit Mord davon.«

»Hmm.« Paulina neigte den Kopf und nahm sie durch ihre dichten Wimpern in Augenschein. »Sie könnte sogar als Weiße durchgehen, bei Schummerlicht jedenfalls.«

Während Kittys Körper nur aus Ecken und spitzen Winkeln zu bestehen schien, erinnerte Paulina an ein gemütliches Kissen. Trotz der fiesen roten Pusteln glaubte Alicia so etwas wie einen Hauch von Mitgefühl in ihren Zügen zu erkennen. Oder Erbarmen.

Sie musterte Paulinas von schwerer Akne heimgesuchtes Gesicht. Für sie war das Bedürfnis, zu helfen, eine natürliche, fast instinktive Reaktion: Wenn sie sah, dass jemand unter etwas litt, bot sie ihre Hilfe an. Das war für sie so selbstverständlich wie das Atmen. Tatsächlich war ihr die Kunst des Heilens eine Herzensangelegenheit gewesen, seit sie die Schule verlassen hatte. Oh, wie sehr sie ihre Schuluniform geliebt hatte: die glänzenden schwarzen Schuhe, die Baumwollstrümpfe, den gelben Rock aus Gabardine und den kleinen Strohhut. Sie hatte die gleichen Sachen getragen wie alle anderen Mädchen auch, und es war das einzige Mal in ihrem Leben gewesen, dass sie sich dazugehörig gefühlt hatte.

Als die Schule vorbei gewesen war, hatte sie den örtlichen *santero* aufgesucht. Sie hatte kein Interesse an der religiösen Seite der *santería* gehabt, sondern einfach nur sein Wissen über die Heilkräfte von Blumen und Pflanzen anzapfen wollen.

Alle wussten, dass der alte Señor Castillo ein *brujo* war, doch weil die Regierung die *santería* verboten hatte, ging er offiziell seinem Beruf als Barbier nach. Eines Nachmittags, als er gerade seinen Laden zugemacht hatte, hatte sie sich ihm als Schülerin angedient, worauf er gelacht und sie mit seinem Besen verscheucht hatte. Ein Regen aus Haaren war auf sie niedergegangen.

Doch sie hatte sich nicht beirren lassen. Ohne das Wissen ihrer Eltern hatte sie ihn wieder und wieder aufgesucht, bis er schließlich eingelenkt hatte. In vielen Monaten hatte sie sich Señor Castillos Kenntnisse angeeignet, seine Bücher gelesen – und dann begonnen, Mamacitas Freundinnen bei kleinen Unpässlichkeiten zu helfen, bei Kopfschmerzen, Husten, Erkältungen, Menstruationsproblemen. Was sich bald herumgesprochen hatte. Nie würde sie den Tag vergessen, an dem draußen vor der Küche eine Schlange von Leuten gewartet hatte.

Ein anderer Ort, ein anderes Leben.

Maxine öffnete den Mund, doch Alicia platzte heraus: »Paulina, würdest du gern deine Pickel loswerden?«

Paulinas Miene wurde starr. Sie berührte ihre Wange. »Ich wasche mir jeden Tag das Gesicht mit Karbol, aber es hilft nichts.«

Etwas Schlimmeres konnte sie gar nicht tun. »Du musst Ranken von Süßkartoffeln kochen und dich dann mit dem Wasser waschen. Und wenn das nichts nützt, kannst du es mit Tee aus Amaranthsamen versuchen. Hier wächst garantiert irgendwo Amaranth, da bin ich mir ganz sicher.«

»Warum sollten wir auf dich hören?«, fragte Kitty.

Drei skeptische Augenpaare richteten sich auf sie. *Ja, warum?* »Ich war Heilerin auf Kuba. Ich kenne mich mit Pflanzen und Kräutern aus und konnte vielen Leuten helfen.« Sie fasste Kittys Mund ins Auge. »Diese Entzündung an deiner Lippe. Hast du so was auch an deiner *chacha?*«

»Ja«, murmelte Kitty und scharrte mit dem Fuß über den Boden. »Und ich kann nicht arbeiten, wenn ich untenrum so was habe.«

Alicia war ziemlich sicher, dass Kitty auch Würmer hatte. *Aber eins nach dem anderen.* »Ich kann zwar nicht verhindern, dass neue kommen, aber ich kann dir eine Packung machen, damit sie schneller weggehen. Und du, Maxine …« Als sie sich zu ihr wandte, sah sie, dass Maxine die Arme verschränkt hatte. Zum ersten Mal, seit die drei das Zimmer betreten hatten, erlaubte sich Alicia, tief Luft zu holen. »Fühlst du dich müde? Tut es dir hier weh, wenn du Alkohol trinkst?« Sie legte die Hand an ihre rechte Seite. Maxine nickte. »Du musst mit dem Rum aufhören. Außerdem gebe ich dir ein Elixier, das deine Augen wieder weiß macht und die Schmerzen vertreibt.« Darüber, wo sie wilde Zichorien auftreiben sollte, konnte sie sich später noch Gedanken machen, aber zumindest würde sie im Hinterhof genug Löwenzahn finden.

»Niemand nimmt Maxine ihren Rum weg, Schätzchen.« Ihr Blick war so hart wie ein Stoß vor die Brust.

Alicia trat einen Schritt zurück. Keine Frage, sie musste noch viel lernen, was ihre neue Umgebung anging, doch zumindest hatte sie sich ein wenig Zeit erkauft. Um ihre Versprechen zu halten, hätte sie eigentlich auf die Kräuter und Blumen in ihrem Garten in Havanna zurückgreifen müssen. Gut, Aloe wuchs hier bestimmt auch wild. Aber die anderen Pflanzen … Wieder sah sie den Hinterhof mit all dem Gestrüpp und Unkraut vor sich.

Raues Gelächter schallte die Treppe herauf.

»Gehen wir, Mädels«, sagte Kitty. »Heute gibt's reichlich Kundschaft.«

»Für manche mehr, für andere weniger.« Maxine richtete noch einmal ihre Frisur. An der Tür wandte sie sich noch einmal um. »Hast du Angst vor Spinnen, Zuckerpfläumchen?«

»Oh, ja«, erwiderte Alicia schaudernd. Mit Schlangen konnte sie sich notfalls noch anfreunden – sie bewunderte ihre schillernden Zeichnungen und die glatten, seidigen Körper –, aber Spinnen waren einfach das

Schlimmste für sie. Hatten sie vielleicht wenigstens eine gemeinsame Abneigung?

»Dann nimm am besten Felix' Schläger mit auf den Donnerbalken.« Maxine grinste kalt. »Die Biester sind nämlich verdammt groß – ein Baseball ist nichts dagegen.«

Paulina nickte, faltete Alicias Spitzenhöschen zusammen und legte es aufs Bett.

Und im selben Augenblick ertönte Beatriz' Stimme: »Alicia, komm endlich runter! *Ahora!* Jetzt sofort!«

Mitternacht war schon vorbei, aber John war hellwach und unerklärlicherweise immer noch nüchtern. Der Alkohol, den er den Abend über in sich hineingekippt hatte, zeigte keinerlei Wirkung; tatsächlich wurde er mit jedem Glas klarer im Kopf. Seine Beine fühlten sich an, als stünde er immer noch an Deck eines Schiffs auf hoher See. Alles schien aus dem Gleichgewicht, nichts real, weder die Wände, die das Dach stützten, noch die Moskitos, die sich auf jeden noch so winzigen unbedeckten Zentimeter Haut stürzten. Nicht einmal Thomas' massige Gestalt hinter dem Tresen vermochte ihn zu ankern. Es war, als befände sich eine Scheibe zwischen ihm und der Welt. Er war immer ein Kämpfer gewesen, der Krieg hatte seinem Leben einen Sinn gegeben. Nun, da er vorbei war, fühlte John sich leicht wie Staub, so als könnte er jede Sekunde auf der drückend heißen Luft durch die Tür nach draußen schweben.

Bin ich tot?

Vielleicht war all das – die Fahrt über den Ozean, seine Unterhaltungen mit Rudy, der Gang durch die Stadt, die Bar selbst – nur eine Ausgeburt seiner Fantasie, nichts weiter als eine Illusion, und er würde hier die Ewigkeit verbringen, in dieser Vision, die der Energie seiner letzten Gedanken entstammte. Die Kameraden hatten Geschichten von den verlorenen Seelen Gefallener erzählt, die keine Ruhe fanden, weil sie so grausam abrupt aus dem Leben gerissen worden waren – dazu verdammt, weiter auf Erden zu wandeln, obwohl sie längst nicht mehr unter den Lebenden weilten.

Genau so fühlte er sich gerade.

Er blickte auf seine Hand. Kräftig sah sie aus, sonnengebräunt und durchzogen von dicken Venen, doch während er auf seine Finger starrte, waren sie plötzlich rot, von oben bis unten voller Blut. Er griff nach einem Lappen, rieb und rieb, doch als er ihn wegnahm, war nichts zu sehen. Die Holzwände verwandelten sich in von Einschlägen übersäte Mauern, die rechteckigen Fenster der Bar in große Bogenfenster, denen die Scheiben fehlten, und plötzlich hörte er sie, die Melodie von »Amazing Grace«, gespielt auf einem verstaubten Klavier von einem Mann, der lange tot war. Er war wieder dort, in der zerschossenen Kirche in Exermont. Er hatte sie nie verlassen. Und das Gewicht in seiner Jackentasche war der Grund, warum er sie nicht verlassen konnte.

»Alles okay, Boss?« Thomas' Stimme schien aus weiter Ferne an seine Ohren zu dringen.

Galle stieg in seiner Kehle hoch. Er musste sich bewegen, irgendwas tun. An den Tischen, auf dem Boden sah er Schatten, die wie Gefallene aussahen. Er stieg über sie hinweg und eilte zur Tür. Er musste herausfinden, ob er noch lebte. Vielleicht würde er die Antwort nebenan finden.

»Komme später wieder«, sagte er.

Im Pearl's herrschte nicht mehr ganz so viel Betrieb. Etwa die Hälfte der Tische war besetzt, auf anderen standen schon die Stühle. Felix nickte ihm zu und fuhr fort, den Boden zu wischen.

Eine dunkelhäutige Frau erhob sich von ihrem Stuhl, um ihn zu begrüßen. Sie kam ihm vage bekannt vor, außerdem wirkte sie mit ihrem zu einem züchtigen Knoten im Nacken frisierten Haar und dem eleganten grünen Kleid vollkommen fehl am Platz. Sie roch sauber, trug kein schweres Parfüm, und sie hatte auch nicht den müden, wissenden Gesichtsausdruck der anderen Mädchen. Ihr Teint war außergewöhnlich, schimmerte fast golden im Schein der Lampen, und im nächsten Moment wusste er, dass sie genau das war, was er brauchte, um die letzten zwei Jahre zu vergessen. Und so lächelte er sie an, mit jenem leicht zögernden, unwiderstehlichen Grinsen, von dem er wusste, dass es seine Wirkung niemals verfehlte. Er war nicht eitel, schlicht pragmatisch und daran gewöhnt, auf Anhieb Erfolg zu haben, doch die unbewegte Miene des Mädchens veränderte sich nicht. Sie wich seinem Blick aus, sah halb über seine Schulter, als redete sie mit jemandem hinter ihm. »Guten Abend, Sir, kann ich Ihnen …«

Beatriz tauchte neben ihr auf. »Du kannst schlafen gehen, Alicia, den Herrn übernehme ich.« Sie griff ihn am Arm. »John! Wie schön, dich zu sehen, *amigo*.«

John kam sich ein klein wenig blöd vor, als er sich von Beatriz zur Bar führen ließ, und sah der Frau mit dem dunklen Teint hinterher, die die Treppe hinaufstieg, so langsam, als wären ihre Füße mit Ketten gefesselt. *Alicia.* Die ehemalige Empfangsdame war eine Blondine mit hartem New Yorker Akzent gewesen. *Hat sich einiges verändert während meiner Abwesenheit. Aber was habe ich erwartet?* Immerhin war Beatriz noch da. Sie hatten sich vor einer halben Ewigkeit kennengelernt, damals, als sie beide neu im Geschäft gewesen waren und versucht hatten, sich im Haifischbecken von Key West zu etablieren. Sie hatten sich über Lieferanten und Bezugsquellen ausgetauscht, sich wegen der Schmiergelder abgesprochen. John und Thomas hatten sich einen unzufriedenen Kunden vorgeknöpft, der das Pearl's anzuzünden versucht hatte. Sie hatten sich ihre Alkoholvorräte geteilt, wenn wieder einmal eine Lieferung ausgeblieben war. Beatriz hatte ihm die Grundlagen der Buchhaltung beigebracht und manchmal eine Gratisnacht mit einem der Mädels spendiert.

Sie ging hinter die Bar und schenkte ihm einen Schnaps ein.

»Wer ist denn die Neue?«, fragte er. Der Schnaps zeigte ebenso wenig Wirkung wie der übrige Alkohol an diesem nicht enden wollenden Abend, aber er glaubte nicht, dass Beatriz ihm irgendeinen Pansch andrehte.

Sie füllte ihm nach, einen leicht fragenden Ausdruck in den schwarzen Augen. »Meine Cousine aus Havanna. Ist heute mit der Fähre angekommen. Ganz schöner Hingucker, was? Gut fürs Geschäft.«

Na klar. Das grüne Kleid. Das Mädchen, das auf der Fähre gekotzt hatte.

»Lass dich mal ansehen«, sagte sie. »Hast einiges durchgemacht, stimmt's? Und wie war's drüben?«

»Es ist vorbei. Und das war's auch schon.« Er hatte nicht vor, darüber zu reden. Niemals. Nichts auf der Welt hätte ihn dazu bewogen, auch nur ein Wort über das Geschehene zu verlieren.

»Aber ihr habt gewonnen, richtig? Und jetzt sind alle glücklich und zufrieden, und das Leben geht weiter.« Sie polierte ein paar bereits saubere Gläser.

Er merkte, dass sie auf eine Reaktion wartete. »Da wir gerade vom Geschäft reden – ich habe gehört, dass das hier verboten werden soll.« Er hob sein leeres Glas, damit sie ihm nachschenkte. Es war ein derart verrücktes, schwachsinniges, ja unamerikanisches Vorhaben, dass der Gedanke daran sein Gefühl der Unwirklichkeit noch verstärkte. Es kam ihm vor, als schwebte er, als beobachtete er das Treiben im Pearl's von oben. Er fuhr mit dem Daumen über die Kante des Tresens. Ein Splitter bohrte sich schmerzhaft in sein Fleisch. *Aha. Ich bin also doch noch am Leben.*

Ihre Miene wurde ernst. »Was sollen wir unternehmen? Von irgendwas müssen wir ja leben. Den meisten Umsatz mache ich mit Alkohol, und wer kommt schon in ein trockenes Bordell? Wir brauchen einen Plan.«

»Plan?« Er zuckte mit den Schultern. »Vergiss es. Hier unten kommt uns keiner in die Quere. Die Keys waren schon immer ein Paradies für Schmuggler. Wir müssen bloß rauskriegen, wen wir schmieren müssen. Wahrscheinlich sind es sowieso die üblichen Kerle. Kein Grund, sich Sorgen zu machen.«

Beatriz wirkte nicht sonderlich überzeugt. »Willst du noch einen? Oder ein Mädel? Geht aufs Haus. Maxine ist noch wach.«

Er war tatsächlich ins Pearl's gekommen, um im Körper einer Frau süße Vergessenheit zu finden, doch plötzlich überkam ihn eine unendliche Erschöpfung, die jeden einzelnen seiner Knochen in Gummi zu verwandeln schien. Er fühlte sich, als hätte er den Weg von den Argonnen nach Key West mit seinem Dreißig-Kilo-Seesack zu Fuß zurückgelegt. Ohne den massiven Tresen vor sich wäre er wahrscheinlich wie ein nasser Haufen auf dem Boden gelandet.

»Danke, aber ich hau mich lieber in die Falle.« Er stemmte sich hoch. »Und du siehst auch aus, als könntest du mal wieder eine Mütze Schlaf vertragen.«

»Ich bin hellwach«, erwiderte sie. »Willkommen zu Hause, John.«

Als er in die drückende Schwüle hinaustrat, war sein letzter Gedanke: *Tja, du warst scharf auf den nächsten Kampf. Jetzt hast du ihn.*

Kapitel 5

Eine Woche später wurde Alicia in aller Herrgottsfrühe vom Krähen des Hahns geweckt. Im ersten Moment wusste sie nicht, wo sie war, doch dann fiel der Groschen. So ging es jeden Morgen. Es war, als weigerte sich ihr Gehirn, die Wahrheit zu akzeptieren, und ließe sie Tag für Tag aufs Neue einen Schock erleben. Sie war nicht in dem behaglichen Zimmer in dem Haus in der Calle Cuarteles mit Ausblick auf den Präsidentenpalast. Stattdessen lag sie in ihrem schmalen, harten Bett, das nach den Ausdünstungen anderer Leiber roch. Vom Korridor drangen Rufe herein. Eines der Mädchen hatte einem anderen die Seife gestohlen. Stöhnend vergrub sie den Kopf unter dem Kissen und fragte sich, wie lange sie wohl noch brauchen würde, bis sie sich endlich eingewöhnt hatte.

Statt des gewohnten Gardeniendufts wehte der Gestank des Außenklosetts durchs Fenster und riss sie vollends aus dem Schlaf.

Wie üblich lag ein langer und anstrengender Abend hinter ihr; alle Tische waren besetzt gewesen, und ständig waren neue Gäste hereingeströmt, die meisten davon in Uniform und alle entweder bereits betrunken oder versessen darauf, es so schnell wie möglich zu werden. Ihre Aufgabe bestand darin, den Ansturm zu bewältigen, die Männer bei Laune zu halten, bis ein Tisch frei wurde, und sie zu ermutigen, sich in der Zwischenzeit einen Drink nach dem anderen zu bestellen. Die Männer kämen zwar wegen der Mädchen, verprassten ihr Geld aber in erster Linie für den Alkohol, sagte Beatriz immer. Für den Fall, dass es Ärger gab, stand Felix parat, notfalls mit Isabella als Verstärkung.

Am Ende jedes Abends verschmolzen die Gesichter der Kerle zu einer Fratze unverbrämter animalischer Begierde. In ihrem Gelächter schwang eine ungeschlachte Verzweiflung mit, und ihre Gesichter waren verzerrt, so als flöhen sie vor einem imaginären Feind und fänden lediglich Rettung im warmen Fleisch einer willigen Frau. Sie drängten Alicia Bündel schmutziger Geldscheine entgegen, die sie mit Felix' Unterstützung dankend ablehnte. Fragmente ihrer Geschichten wehten an ihre Ohren, wenn sie zwischen ihnen herumging, sorgsam darauf bedacht, ihren gierigen Händen auszuweichen – Geschichten von verlorenen Freunden und verpassten Chancen und, wieder und wieder, von der grauenhaften, dummen Verschwendung des Krieges.

Faszination und Ekel mischten sich in den Blicken der Männer, die ihr durch den Salon folgten, und den ganzen langen Abend hindurch summten die Worte wie Moskitos in ihren Ohren: *mulatto*, *morena*, Niggerblut.

Mischling.

Äußerlich ließ sie sich nichts mehr anmerken, weil sie sich auch daran bloß aufgeilten.

Nur einer war anders gewesen: der dunkelhaarige Soldat, John, wie Beatriz ihn genannt hatte; derjenige, der an ihrem ersten Abend kurz vor der Sperrstunde aufgetaucht war. Er war einen Kopf größer als alle anderen, mit breiten, aber erschöpft hängenden Schultern, und schien nur Verachtung für die verschwitzte Ungehobeltheit seiner Kameraden übrigzuhaben. Seine Nase war mindestens einmal gebrochen, auf seinem Kinn prangte eine Narbe, und in seinen dunkelbraunen Augen lag eine tödliche Eisigkeit, die auch dann nicht verschwunden war, als er ihr ein routiniertes Lächeln geschenkt hatte, so als hätte er es eher aus Gewohnheit als aus aufrichtigem Drang heraus getan. Seither war er einige weitere Male aufgetaucht, um sich mit Beatriz übers Geschäft zu unterhalten; es ging um irgendein neues Gesetz, das den Ausschank von Alkohol verbieten würde, was absolut lächerlich war. Doch er redete nie mit ihr, sondern blickte sie lediglich durchdringend an, als versuchte er, sich an ihren Namen zu erinnern.

Du glaubst, du bist anders als alle anderen, aber das bist du nicht.

Inzwischen hatte sich eine Art Routine eingestellt. Tagsüber half sie beim Putzen, Einkaufen und bei allem, was sonst noch so anfiel, und kümmerte sich um die Heilmittel, die sie Kitty und Paulina versprochen hatte. Beatriz lachte sie zwar wegen ihrer Kräuterbündel und Salbentiegel aus, verbot ihr aber nicht, sie anzuwenden. Während der Nachmittagshitze durfte sie Siesta machen, bevor es ans Abendgeschäft ging. Sie lernte anhand von Gesten oder Blicken zu erkennen, welche Männer besonders spendabel waren und welche sich als Störenfriede entpuppen könnten. Auf ihr Signal hin stand Felix parat und briet dem potenziellen Übeltäter mit Isabella eins über, noch bevor dieser zum ersten Schlag ausholen konnte.

Unterdessen stand der Laden unter Beatriz' Fuchtel, um nicht zu sagen, ihrem Kommando. Alicia konnte nur staunen, wie sie zwischen den Tischen umherschwebte, lachend und scherzend, fluchend und neckend. Keiner der Gäste machte jemals Anstalten, sie anzufassen; vielmehr schienen sie lediglich Spaß am Geplänkel mit ihr zu haben. »Männer sind das kleinste Übel. Sie sind nichts als schlichte Tiere, deren Verhalten du jederzeit vorhersehen kannst«, sagte sie, als Alicia sich bei ihr über die Unflätigkeit der Gäste beschwerte. »Frauen dagegen ...« Stirnrunzelnd blickte sie zu zwei Mädchen hinüber, die sich um einen zerrissenen, ausgebleichten Morgenrock zankten. »... möge *Dios* mich vor Weibern verschonen.«

Alicia versuchte, sich Beatriz' Sichtweise zu eigen zu machen: Der kahlköpfige Soldat mit der Hakennase wurde zur Schildkröte, den mit dem riesigen Schnurrbart nannte sie im Geiste Schnauzer, und der untersetzte Zigarrendreher mit den braunen Triefaugen war der gerade aus dem Winterschlaf erwachte Bär. Es mochte ein bisschen verrückt sein, doch es half, denn sie zuckte nicht mehr zusammen, wenn sie sich ihr näherten.

Gähnend schlug sie das schweißfeuchte Laken zurück und trat ans Fenster. Trotz der frühen Stunde war es bereits warm. Unter ihr erhellte goldenes Sonnenlicht den Garten.

In diesem Moment hörte sie es erneut. »Mischling«, sagte eine Stimme mit tiefem, gedehntem Südstaatenakzent.

Mamacita hatte sich immer einen weißen Ehemann für sie gewünscht – aus denselben Gründen, weshalb sie Papa geheiratet hatte.

»Das ist das Beste für eine anständige Zukunft. Für deine eigene und die deiner Kinder«, hatte sie gesagt. »Du wirst es einmal leichter haben als ich, weil du heller bist, und deine Tochter wird noch ein bisschen heller sein. Und so weiter und so weiter.«

Alicia wusste von dunkelhäutigen Nachbarsmädchen, die versucht hatten, ihren Teint künstlich aufzuhellen, um damit ihre Chancen auf eine bessere Arbeit und einen besseren Ehemann zu erhöhen. Damals war sie froh gewesen, so etwas nicht nötig zu haben, vor allem, als eine Klassenkameradin von einem ihrer Versuche schlimme Verätzungen davongetragen hatte. Sie hatte ihrem Vater voll und ganz vertraut, daher hatte sie, wie man es ihr eingeschärft hatte, nur freundlich gelächelt und wenig gesprochen, als er ihr Raoul, den Sohn des Chefs, vorgestellt hatte. Raoul hatte die richtige Hautfarbe, stammte aus der richtigen Familie und wohnte in der richtigen Gegend. Und eigentlich sah er auch ganz gut aus. Alle meinten, sie habe Glück. Riesenglück. Sie verstand durchaus, worauf sie hinauswollten, und von ihrer ersten gemeinsamen Nacht an hatte er dafür gesorgt, dass auch sie es kapierte.

Ihre Zeit im Tea Room hatte bestätigt, was sie ohnehin bereits gewusst, sich jedoch nicht hatte eingestehen wollen: Am Ende lief alles, was sich zwischen einem Mann und einer Frau abspielte, auf ein Geschäft hinaus. Raoul hatte sich mithilfe seiner hellen Haut und seines guten Namens eine Ehefrau gekauft. In dem einen Jahr ihrer Ehe war sie ein exotisches Spielzeug für ihn gewesen, mit dem er hatte umspringen können, wie es ihm gerade in den Sinn gekommen war. Im Grunde war sie keinen Deut anders als Beatriz' Mädchen. Sie stellten ihre Dienste gegen Bares zur Verfügung, sie selbst hingegen hatte sich für ihre Sicherheit und den Wohlstand ihrer Familie verkauft. Wenigstens machten die Mädchen im Pearl's keinen Hehl aus dem, was sie taten.

Der Duft nach frischem Brot und Kaffee ließ sie vom Fenster wegtreten. Ein alter blinder Spiegel reflektierte angsterfüllte Augen über einem verkniffenen Mund. Was war sie? Hier, in dieser Stadt, wo nichts so war, wie es schien, wo ihre eigene Cousine die Familie schamlos belogen hatte und wo ein Gorilla eine Arbeit fand, sie hingegen nicht? Zu Hause war klar definiert, wohin sie gehörte: in jenes Niemandsland zwischen Weißen und Farbigen. Dort war sie eine Kuriosität, ein Magnet für neugierige Blicke. Hier hingegen, in dieser Wildnis ... Maxine hatte gemeint, sie sei eine Schwarze, in Paulinas Augen ging sie als Weiße durch.

»Was bin ich hier?«, fragte sie ihr Spiegelbild und fuhr mit den Fingern über ihre karamellfarbenen Wangen. »Gut fürs Geschäft«, antwortete sie mit Beatriz' Stimme. Wie es schien, hatte ihre Cousine mit ihrer Einschätzung absolut recht gehabt. Es hatte sich bereits herumgesprochen, dass im Tea Room eine atemberaubende Empfangsdame angefangen hatte, und die Geschäfte liefen hervorragend. Seufzend wusch sie sich mit dem abgestandenen Wasser aus dem Krug und zog ein frisches Kleid an. Mit jedem Tag enthüllte Beatriz etwas mehr von den Abläufen im Tea Room. Sie war stets als Erste auf den Beinen, ganz egal, wie spät es am Vorabend geworden war. Sie holte das kubanische Brot herein, das der Bäcker auf die Veranda gelegt hatte, und setzte den Kaffee auf.

Doch als Alicia nach unten ging, war von Beatriz weit und breit nichts zu sehen.

Der Gestank nach Zigarettenqualm und Rum vom Vorabend hing schwer im Salon. Die Mädchen saßen bei Brot, Kaffee und Zigaretten in der Küche im hinteren Teil des Hauses um den alten Tisch. Die Fenster waren fettverschmiert – das Resultat der fruchtlosen Versuche des Kochs, etwas Essbares zustande zu bringen. Die Mahlzeiten, die er ihnen vorsetzte, waren so ungenießbar, dass Alicia sich inzwischen selbst etwas zubereitete, während er nebenan auf seiner Pritsche schlief.

Eine schwüle, nach Moschus riechende Brise wehte zur offenen Tür herein. Ein alter, leicht zerrupft aussehender Hahn mit nur einer Schwanzfeder stolzierte vorbei; ein Leguan von einer Größe, wie Alicia noch nie einen gesehen hatte, lag in der Sonne und blinzelte einmal, als hätte er ihren Blick bemerkt, ehe er die Augen schloss und einschlief.

»Das ist Miguel«, erklärte Paulina. »Er gehört mir.«

»Er ist dein … Haustier?«

»Oh, er ist viel mehr als das. Hier, sieh mal.« Sie pflückte ein Stück Fettrand von dem in Wachspapier eingeschlagenen Schinken. »Miguel, *venga aquí!* Komm her, *amigo!*« Sie machte laute Kussgeräusche.

Und tatsächlich schlug das Reptil die Augen auf und kam gemächlich zur Hintertür geschlendert. Paulina ließ das Fettstück vor seiner Schnauze baumeln, woraufhin Miguel den schuppigen Kopf vorschnellen ließ und es schnappte. Seine leuchtend rosa Zunge glitt dabei über seine mit messerscharfen Zähnen bewehrten Kiefer.

»Siehst du«, seufzte Paulina. »Wir sind so verliebt.«

Alicia verging schlagartig der Appetit.

»Hast du einen Liebsten zu Hause?«, wollte Kitty wissen.

»Nein …« Die Wahrheit konnte Alicia nicht preisgeben, und für eine Lüge war sie nicht schlagfertig genug. Obwohl sie völlig erledigt gewesen war, hatte sie auf der dünnen Matratze schlecht geschlafen und war von einem wiederkehrenden Albtraum heimgesucht worden, in dem sie durch einen dunklen Korridor gehetzt war, auf dessen Boden lose Perlen herumgekullert waren. »Das interessiert mich nicht.«

»Oh, unsere Neue mag wohl lieber Mädchen!«, trompetete Maxine und lüftete ihr Nachthemd, woraufhin Alicia vor Scham errötete. Dabei hatte Beatriz sie vor ihr gewarnt. »Bei Maxine ist Vorsicht geboten. Sie kann ein hinterhältiges Miststück sein.«

»Nein, ich …«

»Lass sie zufrieden«, warf Kitty ein, wenn auch eher gelangweilt denn aus purer Menschenliebe.

Paulina musterte sie, doch Alicia ignorierte ihren inquisitorischen Blick. Weshalb sollte sie diesen Mädchen von ihrer kurzen, von Gewalt dominierten Ehe oder deren Ende erzählen, von jenem kurzen Moment des Irrsinns, der sie von Havanna in diese schmierige Küche voller Fliegen geführt hatte? Allmählich zeigten ihre Heilmittel bei Paulina und Kitty Wirkung – was logischerweise bloß neue Spötteleien von Maxine heraufbeschwor. Zwar lockerten die Erfolge ihr Verhältnis ein klein wenig auf, aber dennoch war Alicia vorsichtig und fühlte sich nach wie vor sehr allein in der Gesellschaft der Mädchen.

Paulina verfütterte ein weiteres Schinkenstück an Miguel.

»Beatriz bringt dich um, wenn sie dich erwischt«, warnte Kitty und nahm einen langen Zug von ihrer Zigarette.

»Was sie nicht weiß, macht sie nicht heiß«, konterte Paulina.

»Wo steckt das faule Miststück überhaupt?«, fragte Maxine, nachdem sie sich noch einen Kaffee eingeschenkt hatte.

»Keine Ahnung, ich hab sie heute noch nicht gesehen«, antwortete Kitty.

»Du bist doch ihre Cousine«, meinte Maxine und wedelte mit ihrer Zigarette in Alicias Richtung. »Los, geh sie wecken.« Sie schnippte die Asche genau auf Alicias Füße.

Alicia ging nach oben und klopfte an Beatriz' Tür, doch niemand reagierte.

»Beatriz!«, rief sie. »Ich bin's, Alicia!« Sie hörte schniefende Geräusche hinter der Tür, dann einen leisen Schrei. Sie trat ein.

Das Zimmer befand sich im schattigen Teil des Hauses. Die Vorhänge waren zugezogen, weshalb Alicia das Mobiliar nur schemenhaft ausmachen konnte. Sie folgte dem mühsamen Zischen der Atemzüge zum Bett und zog die Vorhänge ein Stück zur Seite. Beatriz hatte den ganzen Abend geniest und sich beklagt, ihr sei so kalt. Alicia wusste, was dagegen am besten half.

»Du Ärmste«, sagte sie. Dass Beatriz sich keiner robusten Gesundheit erfreute, lag auf der Hand. Allein die Treppe hinaufzusteigen ließ sie außer Atem geraten.

Alicia hatte sich erboten, ihr einen Wickel zu machen, doch Beatriz hatte barsch abgelehnt.

»Na, Schlafmütze«, sagte Alicia. »Ich bringe dir eine heiße Zitrone mit Honig, dann fühlst du dich bestimmt gleich besser und ...«

Sie hielt abrupt inne.

Die Augen ihrer Cousine waren geschlossen und lagen tief in den Höhlen. Ein ersticktes Zischen drang aus ihrem offen stehenden Mund. Ihre Haut war gräulich – nein, nicht grau, sondern eher violett, wie ein Bluterguss. Ihr ganzes Gesicht hatte diese Färbung angenommen, selbst die Spitzen ihrer Ohren. Beatriz begann zu husten und schauderte trotz der stickigen Hitze im Raum.

»*Ay*, Beatriz, was ist denn mit dir los?« Alicia legte ihr die Hand auf die Stirn, die sich glühend heiß anfühlte. Derartige Symptome der *grippa* hatte sie bereits mehrmals gesehen, doch nie so schlimm und nie in Kombination mit dieser merkwürdig verfärbten Haut. Und nie war die Krankheit derart schnell ausgebrochen. Als Alicia zu Bett gegangen war, hatte Beatriz noch unbeschwert mit den Gästen geplaudert. Und nun, innerhalb weniger Stunden, hatte sich ihr Zustand rapide verschlechtert. Ihre Gedanken überschlugen sich. Ein solches Fieber war gefährlich und musste unverzüglich unter Kontrolle gebracht werden. Knoblauch, Weidenrindentee, Holunderbeeren ... in ihrer Hausapotheke daheim hätte sie all das parat, aber wo sollte sie die Heilpflanzen hier nur herbekommen?

Und blieb ihr überhaupt noch genug Zeit? Wären sie stark genug, um das Fieber zu senken? In diesem Moment stieß Beatriz ein lautes Stöhnen aus und erbrach einen gewaltigen Schwall roter Flüssigkeit, der sich über ihr Nachthemd ergoss. *»Ayudame«*, flüsterte sie mit blutunterlaufenen Augen. »*Por favor*. Hilf mir, bitte.«

»Hilf mir, John«, jammerte Rudy. »Ich sterbe!«

John blickte vom Schreibtisch auf, an dem er mit Thomas saß, und sah Rudy bleich und schweißüberströmt im Türrahmen stehen. Er hatte Mühe, dass ihm die Zigarette nicht aus den zitternden Fingern fiel.

»So schnell stirbt man nicht«, meinte John und lehnte sich mit verschränkten Armen zurück. »Du hast eine Erkältung, das ist alles. Setz dich eine Weile raus in die Sonne, dann fühlst du dich gleich besser.« In der kurzen Zeit ihrer Bekanntschaft hatte John begriffen, dass Rudy allenfalls unter Hypochondrie im Endstadium litt. Ein leichtes Ziehen im Rücken war unweigerlich der Beginn einer Kinderlähmung, ein steifer Nacken bedeutete Wundstarrkrampf, und leichte Verdauungsbeschwerden wiesen auf eine ernst zu nehmende Ruhr-Erkrankung hin. Und obwohl seine Lungenflügel vom Nikotin vermutlich längst schwarz waren, schien ihm sein ständiger Husten keinerlei Sorgen zu bereiten.

»Nein«, widersprach Rudy und legte sich die Hand auf die Stirn. »Fühl mal. Ich muss ins Krankenhaus.«

»Ich werde dir ganz bestimmt nicht die Stirn fühlen.« John war nicht in der Stimmung, sich auf Rudys Paranoia einzulassen. Endlich hatte er wieder festen Boden unter den Füßen. Das grauenhafte Gefühl der Schwerelosigkeit war verflogen, und er hatte zu seiner alten Kraft und Kampfbereitschaft zurückgefunden.

Er und Thomas waren mit den Vorkehrungen für die Einführung des neu beschlossenen Schnapsverbots, der sogenannten Prohibition, beschäftigt. Und obwohl er Beatriz versichert hatte, dass es ein Kinderspiel werden würde, hatten sie alle Hände voll zu tun. Es galt neue, verlässliche Lieferanten zu finden und ein Geheimversteck für ihre Vorräte einzurichten. Natürlich hatten all seine Konkurrenten genau dieselben Pläne. Ihnen stand eine Art alkoholischer Stuhlpolonaise bevor, und er hatte nicht die Absicht, am Ende keinen Sitz abzubekommen. Außerdem war dieses Projekt genau das Richtige für ihn, eine echte Herausforderung. Seine erste Aufgabe: ein neues Boot kaufen. Key West verdankte seine lange, schillernde Geschichte als Schmugglerparadies einer Flotte aus schnellen, wendigen Booten, die sich mühelos sowohl auf dem offenen Meer als auch durch die Mangrovensümpfe manövrieren ließen und dadurch den behäbigeren Schiffen von Polizei und Küstenwache entgehen konnten.

Er musterte Rudy eingehend. Dem Mann ging es dreckig, so viel stand fest, trotzdem gab es keinen Grund zur Panik. Hinter ihnen lagen zwei Jahre des anstrengenden Kampfes bei miserabler Ernährung, gekrönt von einer langen, zermürbenden Schiffspassage über den Atlantik. Das Marinekrankenhaus befand sich am anderen Ende der Stadt, und es würde ihn praktisch den ganzen Tag kosten, wenn er Rudy hinbrachte, selbst wenn sie die elektrische Straßenbahn nahmen.

»Ob du ins Krankenhaus gehst oder nicht«, meinte er, »ist allein deine Sache. Du bist der Tourist hier. Ich muss meine Arbeit erledigen. Aber ich mache dir einen Vorschlag«, sagte er über die Schulter hinweg, während er sich wieder seinen Unterlagen zuwandte. »Wenn du blau anläufst, bringe ich dich hin.«

In Frankreich hatten die Ärzte es als »Heliotrop-Wangen« bezeichnet, wenn sich das Gesicht eines Erkrankten im Endstadium der Spanischen Grippe leuchtend violett verfärbt hatte. Diese Bezeichnung hörte sich fast romantisch an, dabei war es alles andere als das; vielmehr erstickten die Leute qualvoll an der leuchtend roten Flüssigkeit, die aus ihrer sich auflösenden Lunge sprudelte. Die Ironie daran war, dass sich die Pandemie ausgerechnet jetzt, nach dem Waffenstillstand, ausbreitete und zahllose Soldaten dahinraffte, die es geschafft hatten, die Gräuel der Schlachten zu überleben. »Trocken ertrinken«, so nannten es die Männer, und auch John hatte es beinahe erwischt, gemeinsam mit Abertausenden von Kameraden. Eines Morgens war er mit Halsweh aufgewacht und hatte sich noch am selben Abend im Krankenhaus wiedergefunden, nach Luft ringend, während die Gesichter der Jungs rings um ihn herum eine violette Farbe angenommen hatten, als Zeichen akuten Sauerstoffmangels, der unweigerlich zum Tod führen würde. Eine Woche später war er wieder zu sich gekommen und hatte festgestellt, dass sämtliche Männer um ihn herum verschwunden waren.

Aber das lag beinahe ein Jahr zurück. Ja, es war schlimm gewesen, aber es war vorbei, ebenso wie der Krieg. *Zeit, dass wir unser Leben endlich wieder in die Hand nehmen und all das hinter uns lassen.*

»Gut aussehen tut er allerdings nicht«, meinte Thomas, nachdem Rudy davongeschlurft war.

»Ach, der wird schon wieder«, entgegnete John. »Was liegt an?«

»Hast du den Colt noch?«

»Klar. Hat mir die ganze Zeit über den Arsch gerettet.« Der Colt war das Einzige, was sein Vater ihm je geschenkt hatte, zum zehnten Geburtstag: ein Prachtstück mit Walnussgriff, das im Lauf der Schlachten förmlich zu seiner verlängerten Hand geworden war und das er – trotz der teils beachtlichen Summen, die ihm manche dafür geboten hatten – niemals hergeben würde. Im Nahkampf hatte sich die Waffe als überaus effizient entpuppt, wenn Bajonette und Gewehrläufe in den Brustkästen des Feindes stecken geblieben waren. Nur ein einziges Mal hatte er sich gewünscht, die Waffe nicht bei sich zu haben, sondern, mehr noch, sie in Einzelteile aus Holz und Stahl zerschmettert und zu Staub zermalmt zu wissen: in einer dunklen Ecke einer zerbombten Kirche in Frankreich, in der die Klänge von »Amazing Grace« auf einem wie durch ein Wunder intakt gebliebenen Piano widerhallten.

»Gut«, sagte Thomas. »Nach allem, was ich von meinen Leuten im Norden gehört habe, sind die Zollbeamten bei Weitem nicht das Schlimmste, was uns hier blühen kann.«

John konnte sich nicht erinnern, Thomas jemals so besorgt erlebt zu haben, nicht einmal, als John verkündet hatte, dass er sich freiwillig gemeldet hatte und schon bald auf dem Weg nach Frankreich wäre. »Was ist los? Du siehst aus, als hättest du eine Hornisse verschluckt.«

»Na ja, man hört schlimme Dinge aus Georgia. Die Leute sagen … der Klan käme runter, und zwar nicht bloß für eine Versammlung oder so. Sondern, dass die sich hier breitmachen wollen.« Sein Blick schweifte zum Fenster, als hätte er Angst, eine Horde mit brennenden Kreuzen bewaffneter Weißkutten könnte jeden Moment hereinstürmen.

»Was? Diese Clowns?«, platzte John in einer Mischung aus Belustigung und Erleichterung heraus. »Einen Moment lang dachte ich schon, hier wäre was Ernstes im Gange. Aber wieso sollten die Typen den ganzen Weg hierher zu uns kommen? Und selbst wenn, dann dauert der Spuk bestimmt keine fünf Minuten, jede Wette. In Key West ticken die Uhren anders als sonst wo. Die Leute hier knüpfen sie an ihren eigenen dämlichen Kutten auf. Und ich bin der Allererste, der ihnen den Strick knüpft.«

Die Bewohner von Key West hatten schon Schlimmeres erlebt, und zwar mehr als einmal, angefangen mit den ersten Piraten über die Spanier bis hin zu den Verbrechern aus dem Norden. Die Leute hatten nur wenig für Politik und große Reden übrig, sondern wollten lediglich in Ruhe ihr Leben führen, angeln gehen, trinken, ihre eigenen Werte pflegen – mit anderen Worten, Geld verdienen und es dafür ausgeben, wonach ihnen der Sinn stand, ohne dass Kirche oder Staat Einfluss darauf nahmen. Der Rest des Landes – und der Welt – konnte sich zum Teufel scheren.

Doch Johns Bemerkung schien Thomas' Angst nur noch zu schüren. »Nach allem, was ich gehört habe, ist keiner mehr sicher, wenn die sich erst mal eingenistet haben. Meinen Cousin in Tampa haben sie gelyncht, nur weil eine weiße Lady behauptet hat, er hätte sie scheel angesehen.«

»Glaub mir, Thomas, so weit wird es hier nicht kommen. Und wann habe ich dir jemals etwas erzählt, das nicht stimmt?«

Thomas blickte ihn bloß an.

John stand auf. »Ich treffe mich jetzt mit jemandem, der ein Boot verkaufen will.«

»Ich sehe später nach Rudy.«

Achselzuckend ging John zur Tür. Nach seinem Dafürhalten war Rudy kerngesund. Ihm würde schon nichts passieren.

Es war bereits früher Nachmittag, als es Alicia gelang, Beatriz ins Marinekrankenhaus zu schaffen, nachdem man sie im Maloney-Hospital wegen Überfüllung und in der Casa del Pobre abgewiesen hatte, weil Beatriz nicht arm, sondern vermögend war. Felix half ihr, die halb bewusstlose Beatriz in ein Taxi zu verfrachten, wohingegen keines der Mädchen Anstalten machte, sie zu unterstützen. Stattdessen hatten sie bei ihrem Anblick nur gekreischt und waren in ihre Zimmer geflohen.

»Hilfe!«, rief Alicia, als sie durch die Türen des Krankenhauses traten. »Bitte, ich brauche Hilfe!«

Eine Schwester erschien. Sie war von Kopf bis Fuß in weiße Tracht gehüllt, die lediglich die Augen freiließ. »Wir können sie hier nicht aufnehmen. Das Krankenhaus ist ausschließlich für Soldaten und Angehörige des Militärs vorgesehen. Sie sollte zu Hause sein, bei ihrer Familie.«

Alicia registrierte die Nässe an ihrer Schulter, wo Beatriz' Kopf gelegen hatte. Blut tropfte aus einem ihrer Ohren. »Sie lebt im Tea Room, und ich bin ihre einzige

Angehörige«, sagte sie leise. Diese traurige Wahrheit schien Beatriz' Gewicht auf ihr nur noch schwerer zu machen. »Bitte. Wir haben es schon überall versucht.«

Alicia sah, wie die Schwester hinter ihrer Maske den Mund öffnete und wieder schloss, ehe sie auch ihr eine Maske reichte. »Hier, legen Sie die an und nehmen Sie sie nicht wieder ab. Pfleger!«, bellte sie. »Noch eine!«

Der Pfleger schob Beatriz in die hinterste Ecke der Station, hinter eine Abtrennung. Die Jalousien waren geschlossen, damit die Sonne nicht hereinfiel. Eine weitere Schwester erschien und richtete das Bett her, stellte hier einen Eimer hin, zog dort die Laken zurecht, wischte Beatriz das Blut vom Hals und von der Nase, aus der es neuerlich zu strömen begonnen hatte; als Letztes legte sie ihr eine feuchte Kompresse auf die Stirn, alle Bewegungen wie ein perfekt einstudierter Tanz.

Mit dem weißen Kissen im Hintergrund sah Beatriz' Gesicht noch schlimmer aus, beinahe bräunlich-rot. Sie hatte die Augen geschlossen, ihr Atem kam harsch und stoßweise, und sie schien völlig in sich versunken zu sein, nichts mehr wahrzunehmen, was um sie herum vorging.

»Was fehlt ihr?«, flüsterte Alicia der Schwester zu und sah ihr Hilfe suchend in die Augen. »Was ist das?«

Die Augen der Schwester verrieten keinerlei Gemütsregung. »Warten Sie hier. Ich hole den Arzt.«

Alicia setzte sich zu ihrer Cousine ans Bett und hielt ihre Hand. Sie hatte schon andere Schwerkranke betreut, vor denen die Leute entsetzt zurückgeschreckt waren, und sie wusste, wie man ihnen Trost spendete. Beatriz' Lider flatterten, doch ihre Augen blieben geschlossen. Alicia wurde bewusst, dass sie keine Ahnung hatte, wer ihre Cousine in Wirklichkeit war, was für ein Mensch sich hinter der Frau verbarg, die sie bei sich aufgenommen hatte. *Was nützen meine Heilkräfte, wenn ich dem einzigen Menschen nicht helfen kann, den ich hier kenne?*

Ringsum glitten Schwestern wie Gespenster in ihren weißen Trachten zwischen den Betten hindurch. Alicia fiel auf, dass die Patienten, die in den Betten direkt neben Beatriz lagen, dieselbe leuchtend violette Gesichtsfarbe aufwiesen. In der Luft hing der Geruch nach Desinfektionsmittel und frischem Blut, mischte sich mit rasselndem Husten und erstickten Atemzügen.

»Wasser«, krächzte eine heisere Stimme neben ihr. »Bitte.«

In dem Bett lag eine Frau von etwa dreißig Jahren mit kastanienbraunem Bob und blutunterlaufenen blauen Augen inmitten eines violett verfärbten Gesichts. Alicia nahm das Glas vom Nachttisch und hob es an ihre Lippen.

»Danke«, stöhnte sie. »Tut mir leid … für Ihre Freundin.«

»Der Arzt kommt gleich und bringt Medizin. Bestimmt geht es ihr bald besser.« Das *musste* einfach so sein.

»Sie wissen es nicht«, erwiderte die Frau mit einem mitfühlenden Blick, der Beatriz wie auch Alicia einschloss.

»*Was* weiß ich nicht?«, fragte Alicia abwesend und blickte zur Tür.

»Hier, in dieser Ecke, gibt es keine Medikamente. Wir sind praktisch tot.« Sie hustete und hob die Hand vor den

Mund, vergeblich. Blut rann ihr übers Kinn und auf das weiße Laken.

»Was … wie meinen Sie das?«

»Es ist die Spanische Grippe. So wie letztes Jahr auch. Hierher, in diese Ecke, schieben sie diejenigen, die es nicht schaffen. Mich, Ihre Freundin. Sie ist wieder … Aaaaaaaah!« Ein Schwall roten Schleims spritzte aus ihrem Mund, gefolgt von einem hohen, markerschütternden Stöhnen.

Alicia sprang auf und schlug sich die Hand vor den Mund. *La grippe* hatte sich auch bis nach Kuba vorgedrängt, aber Papa hatte sie alle in die Berge gebracht, wo sie in Sicherheit gewesen waren. Jeder in Kuba kannte jemanden, den es erwischt hatte, und noch Monate später hatten Leichenzüge die Straßen blockiert.

Sie musste sich setzen, als alles Blut aus ihrem Kopf in die Beine zu strömen schien.

Die Schwester schob sie beiseite und zog abrupt einen Vorhang vor, während ein älterer Mann im weißen Kittel, mit Maske und einer Halbbrille auf der Nase an das Bett trat.

»Sie müssen meiner Cousine helfen«, flehte Alicia. »Ihr Fieber, es muss …«

»Es tut mir leid«, sagte er in einem Tonfall, als hätte er die Worte bereits hundert Mal an diesem Tag ausgesprochen. »Wir hatten nicht damit gerechnet, dass es noch einmal dazu kommen würde.« Er fuhr sich mit der Hand über seine Halbglatze. »Wir waren auf einen weiteren Ausbruch einfach nicht gefasst.«

Lautes Gurgeln ertönte hinter dem Vorhang, dann herrschte unvermittelt Stille.

Millionen Menschen waren bei der ersten Grippewelle umgekommen. Panik breitete sich in Alicias Brust aus, immer weiter, bis sie glaubte, sie würde gleich zerbersten. »Aber wie ist das möglich?«

»So wie bei der ersten Welle auch. Ich nehme an, die haben sie eingeschleppt.« Er nickte in Richtung der Soldaten in all den Betten. »Bisher scheint es nicht so viele zu treffen wie beim letzten Mal. Ihre Cousine hat ... einfach Pech.«

Ein Gedanke kam ihr und ließ ihre Panik augenblicklich abebben. *Natürlich wird sie wieder gesund. Wir sind hier in Amerika, nicht auf Kuba.* »Aber wenn die Grippe wieder ausgebrochen ist, müssen Sie doch inzwischen Medikamente dagegen haben, oder nicht? Irgendein Mittel, um sie zu heilen.«

Er sah sie an, als wäre ihm noch nie zuvor solch ein Unsinn zu Ohren gekommen. »Wir können nichts tun, außer es ihnen so angenehm wie möglich zu machen. Mit Aspirin und etwas zu trinken. Whiskey. Das macht es ... erträglicher. Ein klein bisschen.«

Er beugte sich über Beatriz und hielt ihr einen steinernen Krug an die Lippen, doch sie wandte murmelnd den Kopf ab.

»Meine Cousine trinkt keinen Alkohol.« Das sollte das Einzige sein, was man für Patienten in dieser dunklen Ecke eines amerikanischen Krankenhauses tun konnte? Selbst ihre Heilkräuter würden eine größere Wirkung erzielen, doch sie hatte sie nicht bei sich, und sie wollte Beatriz in diesem Zustand nicht alleine lassen, um welche suchen zu gehen.

»Aspirin lindert die Schmerzen«, meinte er. »Mehr

können wir leider nicht ausrichten, so leid es mir tut.« Er schob sich an ihr vorbei und trat zu der Frau hinter dem Trennschirm.

Alicia ließ sich auf Beatriz' Bett sinken; ihre Augen waren halb geöffnet, jedoch ins Leere gerichtet. »Ich sterbe«, sagte sie kaum hörbar.

Alicia wusste, dass sie recht hatte und sie nichts dagegen tun konnte. Doch die entsetzliche Geschwindigkeit, mit der all das vonstattenging, machte sie fassungslos. Ihr schwirrte der Kopf. Vor wenigen Stunden noch hatte Beatriz sie durch den Salon voller Matrosen und Soldaten gescheucht und Felix angewiesen, mehr Rum bereitzustellen. *Wie ist das möglich?* Doch es passierte. Worte des Trostes erstarben ihr auf den Lippen, und es war, als würde sie daran ersticken. Es gab nichts, was sie sagen oder tun konnte. Zum ersten Mal war sie mit einer Krankheit konfrontiert, gegen die sie nichts ausrichten konnte. »Es tut mir so leid.«

»Du musst … du musst …« Beatriz' Atem klang, als zerknüllte jemand ein Blatt Papier.

»Ich tue alles, was du willst, Cousine. Sag mir, was du brauchst.«

»Der Tea Room … er gehört jetzt dir. Versprich mir, dass du …«

»Nein!« Entsetzt schüttelte sie den Kopf. Das konnte doch nicht Beatriz' Ernst sein. Sie war im Delirium, kein Zweifel. »Nein, das geht nicht! *Lo siento!* Es tut mir leid. Eines der Mädchen soll den Laden führen. Oder Felix. Oder …«

»Nein, du musst es machen. Nur du, weil du ein Naturtalent bist. Das sehe ich.« Ein heftiger Hustenanfall schüttelte sie. »Versprich es mir!« Mit weit aufgerissenen, blutunterlaufenen Augen und vor roten Tränen glitzernden Wangen packte sie Alicias Hand und hielt sie mit erstaunlicher Kraft fest. »Versprich es mir!«

»Ja! Ja, ich tue es. Ich verspreche es!«, beteuerte sie, um Beatriz zu beschwichtigen, während sie versuchte, ihr die blutigen Tränen abzuwischen, doch es waren zu viele, sie quollen aus sämtlichen Poren. Ihr Taschentuch war bereits rot getränkt, und das Leben schien immer weiter aus Beatriz zu sickern, unaufhaltsam. Trotz der Hitze war ihre Haut klamm und kalt.

»Bitte, bitte, lass mich nicht allein, Beatriz. Du bist doch die einzige Freundin, die ich hier habe. Oh, Beatriz, wie soll ich all das ohne dich nur schaffen?«

Erschöpft fiel Beatriz in die Kissen zurück. »Geh zu John … Er wird … dir helfen.« Die Anstrengung war zu groß für ihre in Auflösung begriffene Lunge. Sie wurde von einem so heftigen Husten geschüttelt, dass sie beinahe aus dem Bett fiel. Roter Schleim haftete an ihren Lippen. »Du …«, japste sie. »Du bist jetzt die Pearl.« Und damit schloss sie die Augen und ließ ein letztes Mal den Atem entweichen, ehe sie erschlaffte.

Alicia tastete nach der Schwester, die neben ihnen stand.

»Es tut mir leid«, sagte sie. »Aber wenigstens musste sie nicht so leiden wie manch anderer.« Sie legte Alicia die Hand auf die Schulter.

»Danke.«

»Ich meine, es tut mir leid, aber wir brauchen das Bett. Sie können sie morgen für das Begräbnis abholen.«

Die Schwestern verfielen wieder in ihren gewohnten

Tanz, schafften Beatriz fort und richteten das Bett neu her, während Alicia ratlos danebenstand. Innerhalb weniger Minuten wurde die nächste lilagesichtige Frau eingeliefert, und das Schauspiel begann von Neuem.

»Ich werde doch wieder gesund, oder?«, jammerte sie. »Jemand muss mir sagen, dass es mir bald wieder gut geht.« Keiner antwortete.

Wie betäubt verließ Alicia die Frauenstation, durchquerte die Männerstation auf dem Weg zum Ausgang. Beatriz war tot und hatte ihr die Verantwortung für den Tea Room und alles übertragen, was damit zu tun hatte. Es war, als täte sich der Erdboden vor ihren Füßen auf und als fiele sie, fiele, fiele in die Tiefe, ohne eine Chance, etwas dagegen zu tun.

Die Sonne drang in breiten Streifen durch die Fenster und schien auf die Soldaten. Bleich und hohläugig lagen oder saßen sie in ihren Betten, einige spielten Karten, andere rauchten. Es schien völlig ausgeschlossen, dass sie unter derselben Krankheit litten, die nur wenige Meter neben ihnen Beatriz das Leben gekostet hatte. Wie konnten einige überleben, wohingegen die anderen innerhalb weniger Minuten starben? Inwiefern waren sie anders?

Doch es war müßig, über diese Frage nachzugrübeln, denn die Antwort würde Beatriz auch nicht wieder lebendig machen. Mit bleischweren Beinen schleppte sie sich weiter in Richtung Tür. Sie musste zurück in den Tea Room und den anderen berichten, was geschehen war, und dann alles daransetzen, um den Laden irgendwie in den Griff zu bekommen, was auch immer das bedeutete. Allein die Vorstellung lastete wie ein Zentnergewicht auf ihren Schultern. Sie hatte Beatriz ihr Wort gegeben, und das Versprechen war der letzte und einzige Trost für ihre Cousine gewesen. In diesem Moment hätte sie mit Freuden ihre Seele verkauft, nur um ihrem letzten Wunsch nicht nachkommen zu müssen.

Die Schwestern führten einen jungen Mann herein, der versuchte, sie in ein Gespräch zu verwickeln, doch sie machten sich an die Arbeit, ohne ihm Beachtung zu schenken. »Hallo, Mädels«, witzelte er, »wenn wir hier fertig sind, könnten wir doch ein bisschen die Stadt unsicher machen, was sagt ihr dazu?« Er war Anfang zwanzig und schlank, fast mager, mit einem leicht lila verfärbten Gesicht und angstvoll aufgerissenen Augen – einer von vielen, denen ein grausiges Schicksal bevorstand, und sie konnte ihm nicht helfen, ebenso wenig wie sich selbst, daher setzte sie ihren Weg fort, eingehüllt in eine Wolke fatalistischer Angst.

Seine Hand schnellte vor und legte sich um ihr Handgelenk. Er zitterte am ganzen Leib. »Bitte«, sagte er. »Bleiben Sie bei mir.«

Sie sah ihm ins Gesicht, erkannte die Hoffnung und die Angst in seinem Blick … und setzte sich, weil er sie darum gebeten hatte und weil sie keine Ahnung hatte, wie sie das, was nun auf sie zukam, in Angriff nehmen sollte.

Kapitel 6

Am späten Nachmittag betrat John das Krankenhaus. Thomas hatte ihm gesagt, er hätte Rudy hingeschickt, weil sich sein Zustand drastisch verschlechtert hätte.

Kaum trat er durch die Tür, wurde er von einem heftigen Déjà-vu heimgesucht: Die Schwestern in ihrer weißen Tracht, die leisen Stimmen, die Atmosphäre mühsam beherrschter Panik … all das kam ihm grauenhaft bekannt vor.

Er schnappte sich eine Maske und folgte einer der Schwestern zur Station, wo er die Bettreihen nach Rudys knabenhafter Gestalt absuchte. Aus der hintersten Ecke drang eine Stimme mit ausgeprägtem New-Jersey-Akzent. »Bald kommt mein Kumpel. Er ist ein echter Kriegsheld, müssen Sie wissen.«

Zwei Augenpaare richteten sich auf ihn – eines davon war fieberglänzend und gehörte Rudy, das zweite dem dunkelhäutigen Mädchen aus dem Tea Room, Beatriz' Cousine. Alma? Nein, Alicia. Im Tea Room hatte sie stets distanziert gewirkt, so als gehörte sie gar nicht dorthin, sondern befände sich lediglich auf der Durchreise. Das Weiß der Maske ließ die Farbe ihrer Augen umso deutlicher hervortreten – ein leuchtender Farbton zwischen Hellblau und Grau mit ein wenig Grün, und in ihrem Blick lag eine Intensität, die es ihm unmöglich machte wegzusehen. Mit einem Mal war sein Kopf wie leergefegt.

»John«, sagte Rudy. »Darf ich dir meine neue Freundin Alicia vorstellen? Sie hat mir Gesellschaft geleistet. Alicia, das ist mein alter Kamerad John.«

»Wir sind uns schon einmal begegnet«, sagte Alicia. »Meine Cousine Beatriz ist … ich meine, war … oh, nein!« Tränen liefen ihr über die Wangen, verschwanden unter der Maske. »Es tut mir leid, aber wenn Sie mich jetzt entschuldigen würden.« Sie wandte sich zum Gehen.

»Einen Augenblick«, warf John ein. »Was ist mit Beatriz?«

Alicia wischte sich mit dem Handrücken über die Augen. »Sie … gestern Abend hat sie eine Grippe bekommen, und jetzt … jetzt ist sie tot.« Sie blickte ihn in hilfloser Verzweiflung an. »Ich verstehe das nicht. Niemand wollte mir etwas Genaues sagen. Wie ist so etwas möglich?« Wieder kamen ihr die Tränen.

John stand wie ein Idiot vor ihr. Wenn er ehrlich war, würde er lieber geradewegs in ein deutsches Maschinengewehrfeuer laufen, als eine Frau weinen zu sehen. Er hob eine Hand, ließ sie wieder sinken.

»Unser aufrichtiges Beileid, Miss«, sagte Rudy.

»Ja.« Mehr brachte John nicht heraus.

Rudys Husten durchbrach die verlegene Stille. »Ich glaube, mir geht's schon ein bisschen besser … Bestimmt bin ich in ein paar Tagen wieder auf dem Posten. Etwas Ruhe und ein sonniges Fensterplätzchen, und ich bin im Nullkommanichts bereit für die Heimreise.« Ein neuerlicher Hustenanfall ließ seine schmalen Schultern beben. »Genau so, wie du gesagt hast, John.«

John zog einen Stuhl heran. Mittlerweile leuchtete Rudys Gesicht lavendelfarben. John dämmerte, dass ihm bloß noch ein paar Stunden blieben. »Jede Wette, Rudy. Das wird schon wieder.« Erst jetzt wurde ihm bewusst, dass sie inzwischen ihre Positionen getauscht hatten: John wusste, dass Rudy sterben würde, wohingegen Rudy seine gewohnte Hypochondrie abgelegt hatte. John hatte in der Vergangenheit mehr als einmal Männer im Angesicht des Todes erlebt: Manche stellten sich ihrem Schicksal voller Angst, mit aufgesetzter Tapferkeit oder in stiller Resignation, andere wiederum verweigerten sich der bitteren Wahrheit bis zum letzten Atemzug. »Du wirst wieder gesund.«

Er spürte Alicias fragenden Blick, ignorierte ihn jedoch.

»John hat immer recht«, sagte Rudy und ließ sich ins Kissen zurückfallen. Blut sickerte aus seinem Ohr auf den weißen Baumwollbezug. »Ein echter Kriegsheld, müssen Sie wissen«, murmelte er.

Alicia und John traten vom Bett weg. Die untergehende Sonne tauchte den Raum in goldenes und bronzefarbenes Licht und fing sich in den Metallstangen der Bettgestelle. Der warme Schein ließ die Gesichter der Männer auf wundersame Weise plötzlich wieder gesund aussehen. Durchs Fenster war der Himmel zu erkennen, Rechtecke in strahlendem Azurblau. Ein wunderschöner Abend zum Sterben.

Alicias Augen füllten sich erneut mit Tränen. »Gehen Sie nur, wenn Sie müssen«, sagte John.

»Ja, ich … ich sollte tatsächlich nach Hause zurück.« Sie sah sich verloren im Raum um. »Beatriz hat gesagt …

sie sagt, ich sei jetzt die neue Pearl. Ich habe keine Ahnung, was das bedeutet.« Sie verkrallte die Hände ineinander. Ihr Gesicht war verzerrt, und sie murmelte etwas auf Spanisch, als ränge sie mit sich selbst, ehe ihr einfiel, dass John neben ihr stand. »Beatriz hat gesagt … ich solle Sie bitten … Sie würden mir … vielleicht helfen.«

Einer Frau beizubringen, wie man einen Teesalon führte, war so ziemlich das Letzte, was er in dieser Situation gebrauchen konnte, doch ohne seine Hilfe stünde der Tea Room mit Sicherheit ganz schnell vor dem Ruin, selbst wenn diese junge Frau alles tun würde, um ihn weiter zu betreiben, was an sich schon reichlich unwahrscheinlich war. Wenn der Tea Room pleiteginge, käme der Umsatz für die Getränke ihm zugute, andererseits besuchten die Männer das Hurenhaus wegen der Mädchen und landeten im Zuge dessen bei ihm, nicht umgekehrt. Daher war es durchaus in seinem Interesse, ihr zu helfen, selbst wenn es ihn eine Menge Zeit kosten würde. »Ja, das werde ich.«

»Danke.« Ihre Stirn glättete sich. »Das mit Ihrem Freund tut mir leid.«

»Er ist nicht mein Freund.« John sah zu Rudy hinüber, der schwach den Daumen in seine Richtung reckte. Wie oft musste er es ihr noch sagen? Genau das war der Grund, weshalb er enge Bindungen mied. Er spürte, wie Rudy ihn mit sich zog, tiefer und tiefer, wie ein Anker, der den Meeresboden suchte. Natürlich war es nett, ihn um sich zu haben, außerdem war es praktisch, weil ihm nie die Zigaretten ausgingen, er war ein Witzbold vor dem Herrn, ein ganz feiner Kerl und …

Nein. Jetzt ist nicht der richtige Zeitpunkt, um wegen eines Burschen rührselig zu werden, den ich eigentlich kaum kenne. Er ist nur einer von vielen.

Rudys Glückssträhne war vorüber, so einfach war das, genauso wie bei den Abertausenden von Männern, die er in den Schlachten hinter sich gelassen hatte. Er richtete sich auf, straffte die Schultern. Bald wäre Rudy Vergangenheit, bloß eine Erinnerung, so wie all die anderen, und John würde sein Leben allein fortführen. »Er ist nur ein Kamerad, der mit mir auf demselben Schiff war.«

Sie musterte ihn mit zusammengekniffenen Augen. »Er scheint das anders zu sehen. Zumindest hat er mir erzählt, Sie beide seien dicke Freunde.« Ihr Blick schweifte zum Bett und wieder zurück. »Vielleicht bleibe ich ja noch ein Weilchen.«

Er widerstand dem Drang, sich unter der Eindringlichkeit ihrer blaugrauen Augen zu winden, die alles zu sehen schienen, was er je in seinem Leben getan hatte. *Was weiß sie schon? Dieses dumme Mädchen, das gerade mal ein paar Tage hier ist*? Alicia hatte keine Ahnung, wer er war, was er gesehen und erlebt hatte. Unvermittelt verspürte er das Bedürfnis, mit seinen Leistungen herauszuplatzen, sie mit seiner Tapferkeit und seinen Heldentaten auf dem Schlachtfeld zu beeindrucken, ihr zu erzählen, wie vielen Männern er das Leben gerettet, wie viele Feinde er getötet hatte. Irgendetwas, ganz egal, was, nur damit dieser Blick wegging.

»Wieso machen Sie sich die Mühe?«, flüsterte er stattdessen. »Er ist doch ein Niemand für Sie.«

»Ich mache mir die Mühe«, entgegnete sie, »weil er ein Niemand für *Sie* ist, ganz einfach.«

Der Tod kam gegen drei Uhr früh. Alicia war auf dem Stuhl neben seinem Bett eingeschlafen, doch irgendwann fuhr sie hoch und sah ihn da liegen, mit weit aufgerissenen Augen, in denen die blanke Angst stand. Am Himmel stand kein Mond, nur der Schein der Straßenlaterne erhellte sein Gesicht und ließ seine Tränen schwarz aussehen. John schlief auf dem Stuhl auf der anderen Seite des Bettes.

Rudy sagte kein Wort, sondern weinte nur, den Blick wie gebannt auf die Raumdecke geheftet, als drohte etwas Riesiges, Grauenvolles auf ihn niederzugehen. Sie löste eine seiner Hände vom Laken und streichelte sie. John wachte auf, sagte jedoch nichts, sondern beobachtete sie nur mit unergründlicher Miene im trüben Licht.

Ganz allmählich schien die Spannung aus Rudys Körper zu weichen, seine ruhelosen Beine wurden still, und seine um ihre Hand verkrallten Finger lösten sich. Gerade als sie Hoffnung schöpfte, er würde ganz friedlich und ruhig entschlafen, riss er die Hände hoch und schnappte, die Finger um die Kehle gekrallt, verzweifelt nach Luft, während sein gesamter Körper stocksteif wurde. Er wurde von heftigen Krämpfen geschüttelt und begann wild um sich zu treten. Erstickte Laute drangen über seine Lippen, die sich über die blutverschmierten Zähne spannten.

»Mom!«, japste er. »Hilf mir!«

Alicia sprang auf. »Was ist los? Wo ist die Schwester? Der Arzt?«

»Sie können ihm nicht helfen.« John trat an ihre Seite. »Er ertrinkt innerlich.«

Er klang so ruhig und gefasst, als redete er übers Wetter. »*Dios mio*«, schluchzte sie. »Wie können Sie einfach nur danebenstehen und zusehen?«

»Es ist zu spät«, sagte er. Noch immer war seine Stimme ruhig, doch seine Augen über der weißen Maske glitzerten. »Es ist immer zu spät.«

Sie hatte noch nie einen so eiskalten Menschen erlebt.

Stumm standen sie da und verfolgten, wie Rudys Stöhnen anschwoll, immer lauter und lauter wurde, bis es in einen Schrei tödlicher Qualen mündete. Ein paar Reihen weiter ließen die Männer auf den Betten ihre Karten sinken. Rudy wurde von einem gurgelnden, nicht enden wollenden Husten geschüttelt, immer wieder unterbrochen von röchelnden Atemzügen, die von den schwarzen Fenstern, der Decke und den Wänden des Krankensaals widerhallten. Einige der Patienten pressten sich die Hände auf die Ohren und drehten sich in ihren Betten um.

Rudys Gebiss schnellte ihm aus dem Mund und schlitterte über den Fußboden bis vor Johns Füße, dann bäumte er sich ein letztes Mal auf, ehe er in die Kissen zurückfiel, die Augen weit aufgerissen, der Blick starr.

Eine Schwester kam, jedoch nur, um den Vorhang um sie herum zuzuziehen.

John schob Rudy das Gebiss in den Mund zurück und schloss ihm die Augen. Seine eigenen Augen wirkten vollkommen ausdruckslos, lediglich ein kaum wahrnehmbares Zittern seiner Hand verriet eine Gefühlsregung.

»Es tut mir leid«, sagte Alicia und wollte seinen Arm berühren, doch er wischte ihre Hand weg.

Die Augen auf den Leichnam gerichtet, murmelte er etwas wie: »Ist nur noch einer mehr.«

John war beinahe schwindlig vor Erschöpfung, während er zusah, wie Alicia in Richtung Ausgang strebte. Er sollte sie begleiten, in die Bar zurückkehren. Es wartete so viel Arbeit auf ihn. Trotzdem saß er da, während das Leben auf der Station seinen gewohnten Lauf nahm.

Während des Krieges war der Tod an der Tagesordnung gewesen, und er hatte schon viel Schlimmeres miterlebt. Er sah all die Gesichter vor sich, Gesichter, die immer schneller vor ihm aufflammten, bis sie zu einer undefinierbaren Masse verschwammen, einige voller Hoffnung, andere verschmitzt, wieder andere völlig verängstigt. Oft riefen sie nach ihren Müttern, wenn es dem Ende zuging, so wie auch Rudy es getan hatte.

Rudy hatte seine Mutter mit seiner Rückkehr überraschen wollen. »Allein ihr Gesicht, wenn sie mich sieht …«, hatte er mit seinem gewohnten Raucherlachen gesagt. »Das wird ein unbezahlbarer Anblick.«

Typisch Rudy, ohne Drama geht es einfach nicht.

Es gab keinen Grund, weshalb ihm all das an die Nieren gehen sollte. Absolut keinen.

Er ist doch bloß einer mehr, den es erwischt hat.

Und trotzdem saß er da, unfähig, sich zu bewegen, und starrte Rudys vom Todeskampf verzerrtes Gesicht an. Es war falsch, einfach falsch, dass dieser Knirps die Schlachten überlebt hatte, bei denen so viele größere, stärkere Kerle umgekommen waren, dass er in seine Heimat zurückgekehrt war, nur um … so zu enden. Die Wut überkam ihn plötzlich, ohne Vorwarnung, ein übermächtiges

Bedürfnis, etwas kaputtzumachen, nur um irgendetwas anderes zu fühlen als diese Hilflosigkeit.

Stimmengewirr drang von der Tür herüber.

»Mein Junge«, rief eine Frau mit einem Jungen im Teenageralter in den Armen. »Bitte, jemand muss meinem Jungen helfen!«

Sofort war Alicia an ihrer Seite, um ihn zu stützen.

Mit weit ausholenden Schritten trat er zu ihr, hob den Jungen auf seine Arme und trug ihn zu einem freien Bett, während die Frau davoneilte, um eine Schwester zu holen.

»Dwayne?«, stieß Alicia hervor.

John richtete sich auf. »Sie kennen ihn?« Der Junge war kreidebleich, seine Atemzüge waren flach, doch noch wies sein Gesicht nicht die typisch bläuliche Verfärbung auf.

»Er erledigt die Besorgungen für den Tea Room«, erklärte sie und wandte sich dem Jungen zu. »Dwayne?«, wiederholte sie, diesmal etwas lauter.

»Miss Alicia?« Verwirrung und Angst erschienen in seinen blutunterlaufenen Augen. »Wo ist Ma?«, krächzte er.

»Sie kommt gleich wieder. Versuch, dich auszuruhen. Hilfe ist schon unterwegs.«

John registrierte die Worte nur vage. Dwayne wurde von einem heftigen Hustenanfall geschüttelt. Blut lief ihm aus der Nase. »Was ist mit mir?«, rief er und blickte sich panisch um. »Ich will meine Ma!«

»Ich bin hier, Schatz.« Die Frau, inzwischen mit einer Maske über Mund und Nase, erschien in Begleitung einer Schwester. »Wir kriegen dich schon wieder hin, du wirst sehen.« Sie blickte die Schwester flehend an. »Er wird doch wieder gesund, oder?«

Die Schwester war allenfalls ein paar Jahre älter als Dwayne. »Wir tun unser Bestes«, gab sie zurück, schien jedoch den Tränen nahe zu sein. »Ich hole den Doktor.« Sie hastete davon.

»Sie kennen meinen Sohn?«, fragte die Frau Alicia.

»Ja … von der Arbeit. Er ist ein anständiger, braver Junge.«

»Ja, das ist er. Ich bin Lily.«

»Alicia. Freut mich, Ihre Bekanntschaft zu machen. Und das ist John.«

John stand mit hängenden Armen neben dem Bett und blickte auf den Jungen hinab. Die Haut um seinen Mund hatte sich bereits zu verfärben begonnen, wenn auch kaum merklich.

Der Arzt kam angelaufen, überprüfte Dwaynes Puls und hörte seine Lunge ab. Schließlich stand er auf und steckte das Stethoskop in seine Tasche. »Er ist jung und kräftig. Er könnte es schaffen. Wir machen es ihm so angenehm wie möglich.« Er wandte sich ab, mit den Gedanken bereits beim nächsten Patienten.

Noch bevor John wusste, wie ihm geschah, brach sich die aufgestaute Wut in einem einzigen Wort Bahn. »Moment!«

»Ja?«, stieß der Arzt ungeduldig hervor.

»Sie müssen ihm helfen.«

»Ich habe es doch schon erklärt«, erwiderte der Arzt mit einem Blick auf seine Uhr. »Wir können nichts tun. Entweder, er schafft es von alleine, oder … Wenn Sie mich jetzt entschuldigen wollen.«

»Es gibt etwas, das Sie tun können«, meinte John. »Aber es muss schnell gehen.«

»Was meinen Sie?«

»Irgendetwas geschieht mit dem Blut derer, die überlebt haben. Ich weiß nicht, was, aber es kann helfen, wenn man es anderen verabreicht. Manchmal funktioniert es, zumindest wenn man es ihnen gibt, bevor die Rötung einsetzt.« Als John nach einer Woche im Lazarett aus der Bewusstlosigkeit aufgewacht war, hatte er in die erschöpften, erleichterten und zugegebenermaßen verblüfften Gesichter einer Gruppe von Ärzten geblickt. Sie hatten Plasma aus dem Blut eines Überlebenden isoliert, in der Annahme, dass es enthielt, was auch immer das Virus erfolgreich besiegt hatte, und John in die Venen gespritzt. Diese Vorgehensweise erläuterte John dem Doktor nun, dessen Brauen sich bis zu seinem nicht vorhandenen Haaransatz hoben.

»Ich habe Gerüchte gehört, dass Kollegen Plasma extrahieren konnten, uns ist es allerdings nie gelungen.« Er musterte John mit neu erwachtem Interesse.

»Worum geht es?« Lily blickte verwirrt zwischen dem Arzt und John hin und her. »Ich verstehe nicht ganz.«

»Ich glaube …«, schaltete sich Alicia ein, »er sagt, dass es Hoffnung gibt.«

»Oh, danke, Mister! Danke!«, sagte Lily zu John. »Kennen Sie meinen Jungen denn auch?«

»Nein.«

»Aber warum …«

Er konnte nicht sagen, warum es ihm auf einmal so wichtig war. Schließlich war der Junge ein Wildfremder für ihn. Trotzdem gab es eine Chance, wenngleich eine winzige, dass er gerettet werden konnte. Für so viele andere, für Hundertschaften, gab es keine Hoffnung, doch … mit ein bisschen Glück und wenn sie sich beeilten, könnte dieser Junge überleben. Achselzuckend und mit einem Seitenblick zu Alicia antwortete er: »Weil es das Richtige ist.«

Der Arzt wandte sich an Lily. »Ihnen muss allerdings klar sein, dass ich keine Versprechungen machen kann. Garantien gibt es nicht. Ich habe keinerlei Erfahrungswerte. Vielleicht klappt es ja auch nicht.«

»Und schon gar nicht, wenn wir uns nicht beeilen«, warf John ein und rollte seinen Ärmel hoch. »Los, an die Arbeit.«

Als sie John Blut abgenommen und die roten Blutkörperchen herausgelöst hatten, sodass lediglich das Plasma übrig blieb, hatte Dwayne bereits das Bewusstsein verloren. Ganz langsam sickerte die transparente Flüssigkeit über einen Schlauch in seine Vene. Lily saß an seinem Bett und redete leise und beruhigend auf ihn ein. Seine Nase und sein Mund waren noch immer leicht malvenfarben, ansonsten jedoch hatte sich die Verfärbung nicht weiter ausgebreitet.

Gerade als John aufbrechen wollte, ertönten laute Stimmen auf dem Korridor.

Ein ganz in Schwarz gekleideter Mann stürmte herein. Er war groß und kräftig, mit schulterlangem Haar in derselben Farbe wie Dwaynes. »Wo ist er? Ich will sofort meinen Sohn sehen!«

Obwohl der Mann die Stimme gesenkt hatte, spürte John, wie sich seine Nackenhärchen sträubten. Dies war ein Mann, der daran gewöhnt war, recht zu haben, daran bestand kein Zweifel, und seiner Erfahrung nach waren das die gefährlichsten.

Lily wurde blass, so als versuchte sie, mit der Wand hinter ihr zu verschmelzen. »Großer Gott«, flüsterte sie. »Er wollte nicht, dass ich Dwayne herbringe. Sein Schicksal liege in Gottes Hand, meinte er, aber es ging ihm so schlecht, und ich hatte solche Angst.«

»Hier ist sie ja, meine Familie.« Der Vorwurf in seiner Stimme war unüberhörbar. »Da gehe ich los, um den armen Seelen meiner Gemeinde, die von dieser Seuche heimgesucht wurden, zur Seite zu stehen, nur um beim Nachhausekommen festzustellen, dass meine Frau und mein Sohn verschwunden sind. Dwayne gehört nicht hierher, sondern nach Hause. Und dasselbe gilt auch für dich.«

»Es tut mir leid.« Lilys Stimme war brüchig vor Angst. »Ich habe mir solche Sorgen gemacht …«

»Du weißt, wie ich darüber denke. Ganz genau.«

Bei jedem Wort, das über seine Lippen kam, schien Lily weiter in sich zusammenzusinken. Sie hatte den Blick gesenkt und zitterte am ganzen Leib.

Männer, die ihre Frauen und Familien terrorisierten, ärgerten John am allermeisten. »Was sie getan hat, war richtig«, sagte er leise.

»Wer ist dieser Mann, und was hat er hier zu suchen?« Dwaynes Vater starrte ihn an, als wäre er ein hässlicher Fleck auf seiner Hose.

»Mit seinem Blut hat er womöglich Ihrem Sohn das Leben gerettet«, warf Alicia ein.

Seufzend wandte Dwaynes Vater sich seiner Frau zu.

»Du verweigerst mir den Gehorsam«, sagte er, noch eine Spur sanfter als zuvor, »und dann muss ich feststellen, dass du mit einem Mischling hier herumstehst und zulässt, dass das Blut eines Wildfremden durch die Adern meines Sohnes fließt.« Er schüttelte den Kopf, als wäre er von tiefer Traurigkeit erfüllt, wobei sein dichtes rotes Haar über seine breiten Schultern strich. »Du verstößt gegen das Gesetz Gottes. Und gegen das meine.«

In diesem Moment schlug Dwayne die Augen auf. »Pa? Du bist hier. Was ist passiert?«

»Wir gehen nach Hause, Sohn. Wir alle.«

Lily hatte aufgehört zu zittern, stattdessen saß sie stocksteif auf ihrem Stuhl. Dwaynes Vater packte sie am Arm, so fest, dass es zweifellos schmerzte, doch ihre Miene verriet keinerlei Regung.

»Das war es wert«, sagte sie, als er sie wegführte, so leise, dass John es kaum hören konnte.

Kapitel 7

Es war noch dunkel, als Alicia sich die Treppe zum Tea Room hinaufschleppte, doch der Bäcker hatte bereits die Tasche mit dem frischen Brot an die Tür gehängt. Augenblicklich verspürte sie Bärenhunger. Gierig riss sie ein Stück ab und stopfte es sich in den Mund.

Der Himmel im Osten begann sich bereits zu verfärben und kündigte einen neuen Tag an; einen Tag, von dem sie nicht wusste, wie sie sich ihm stellen sollte. Der Tea Room ohne Beatriz … undenkbar. Sie erwartete fast, sie im Türrahmen stehen zu sehen, beide Hände in die Hüften gestemmt und mit der Frage auf den Lippen, wo sie die ganze Nacht gesteckt hatte.

Kurz blieb sie auf der Veranda stehen, weil sie nicht wusste, was sie als Nächstes tun sollte. Die Versuchung, ihr Versprechen einfach in den Wind zu schreiben – schließlich gab es keine Zeugen – und die Beine in die Hand zu nehmen, war überwältigend. Aber nein, das konnte sie nicht machen. Teils aus Prinzip, aber auch, weil sie keine Ahnung hatte, wo sie sonst hingehen sollte. Sie saß fest, in der Falle, mit dem Rücken zur Wand, sodass ihr nur die Flucht nach vorne blieb.

Sie durchquerte den dunklen Salon, um sich aus der Küche ein Glas Wasser zu holen, wobei sie hier und da gegen Möbelstücke stieß. *Vielleicht wache ich ja gleich in meinem Zimmer in Havanna auf,* dachte sie. In ihrem völlig übermüdeten Zustand erschien es ihr durchaus möglich. Sie spürte förmlich die nach Gardenien duftende Brise, die die Vorhänge bauschte, als sie das Licht anknipste – und schrie. Sie schrie, schrie, schrie, bis sie keine Luft mehr bekam.

Alles war von einem schwarzen Teppich aus Küchenschaben bedeckt: der Tisch, die Stühle, die Arbeitsfläche, der Herd, das Gefäß mit dem Besteck. In einer lebenden Woge quollen die Insekten über die Metallspüle, flitzten über den Fußboden, um Schutz vor dem hellen Licht zu suchen. Noch während sie in Ritzen und Spalten verschwanden, stand auch schon Felix mit Isabella über dem Kopf im Türrahmen, lediglich in Shorts und mit vom Schlaf zerzaustem Haar.

»Was … wo?«, stammelte er und fuchtelte mit dem Schläger herum, während er nach dem Eindringling Ausschau hielt.

Eine Hand um ihre Kehle gelegt, versuchte Alicia zu sprechen, doch es kam lediglich ein heiseres Krächzen heraus. »Niemand. Da.« Sie spürte, wie ihr das trockene Brot hochkam, und schluckte. *»Las cucarachas«*, stieß sie schließlich hervor, während die schwarzen Krabbeltiere immer noch zu Tausenden vor ihrem geistigen Auge herumwuselten. *»En todas partes* … überall.«

Weitere schlaftrunkene Gestalten erschienen. Zuerst Paulina mit irgendeiner getrockneten Masse im Gesicht, die sie wie ein Ungeheuer zum *Día de los Muertos* aussehen ließ, dann Maxine und Kitty, die sich das Haar mit Schleifen zusammengebunden hatte.

Felix ließ den Schläger sinken. »Falscher Alarm,

Mädels. Unsere kleine Kaffeebraune macht sich wegen einer Handvoll Kakerlaken in die Hose«, sagte er über die Schulter hinweg. »Ich geh wieder ins Bett.«

»Jetzt kann ich genauso gut aufbleiben und Kaffee kochen«, meinte Kitty gähnend und trat an den Herd. Wenig später begann der Kessel zu pfeifen, und Kaffeeduft zog durch die Küche. Sie legte das Brot auf den Tisch und stellte die Butter daneben.

Alicia war sich sicher, dass sie nie wieder etwas essen oder auch nur anfassen könnte, was aus dieser Küche kam. Sie spürte förmlich die Insekten über ihre Haut krabbeln, in ihren Mund, in jede Ritze ihres Körpers. Ihre Knie gaben nach.

Eilig zog Paulina einen Stuhl heran und drückte sie darauf. »Hier, *chica*. Du hast wohl eine ziemlich harte Nacht hinter dir. Wie geht es Beatriz?«

Alicia hatte keine Zeit gehabt, sich eine Antwort zu überlegen, deshalb platzte sie heraus: *»Muerta!«* Und auch jetzt war keine Möglichkeit für Erklärungen, weil alle drei Mädchen gleichzeitig auf sie einredeten. »Es tut mir leid«, sagte sie, als das Geplapper ein wenig abflaute. »Es war zu spät.«

Paulina bekreuzigte sich mehrmals nacheinander. »*Madre de Dios*, die arme Beatriz. Aber wir waren mit ihr zusammen! Es ist genauso wie bei der letzten Welle! Wir werden alle sterben!« Tränen drangen durch die dicke weiße Paste und bahnten sich einen Weg über ihre Wangen.

»Seid ihr letztes Mal alle gestorben?«, fragte Maxine gedehnt und zündete sich eine Zigarette an.

»Na ja, nein …«, räumte Paulina ein.

»Ihr hattet die Grippe?«, fragte Alicia. »Schon beim letzten Mal?«

»Ja«, bestätigte Kitty. »Etwa eine Woche lang ging es uns richtig dreckig. Miss Beatriz hat sich um uns gekümmert.« Und dann begann auch sie zu schniefen.

»Das ist gut«, meinte Alicia. »Wenn ihr damals davon genesen seid, wird euch nichts passieren.«

»Aber was sollen wir denn jetzt tun?«, wollte Kitty wissen und zog sich die Schleifen aus dem Haar. »Wo sollen wir hin? Nach Hause kann ich jedenfalls nicht zurück, auf keinen Fall.«

Paulina starrte zu Boden.

»Nein, wir werden nirgendwo hingehen, stimmt's, Herzchen«, sagte Maxine leise, fast nachdenklich, ehe sie eine weit ausholende Geste machte, als kündigte sie eine Varieté-Nummer an. »Darf ich vorstellen, Mädels … die neue Pearl.«

Kitty schien erleichtert zu sein, Paulina verwirrt. Maxines Miene verriet nichts. Das Licht der kahlen Glühbirne über ihren Köpfen spiegelte sich in ihren tief liegenden Augen. Paulina stellte den Kaffee vor Alicia auf den Tisch, die ihn mit geschlossenen Augen an die Lippen hob und gierig trank.

»Es ist wahr«, gestand sie, den Blick auf ihre Tasse geheftet. Der Kaffeesatz war schwarz wie Teer. Mamacita hatte stets daraus gelesen, sehr zu Papas Belustigung. Alicia hatte nie etwas anderes als Schwärze darin erkennen können. Wie lange war sie schon fort von zu Hause? Ihr Zeitgefühl hatte sich völlig verschoben – gedehnt und komprimiert zugleich. Dem fahlen strohgelben Licht, das durch die Küchenfenster hereinfiel, nach zu schließen, konnte es entweder Abend oder früher Morgen sein. Es war, als hätte sich ein feiner Nebel über ihre Sinne gelegt.

»Beatriz hat mich gebeten, den Tea Room zu übernehmen.«

Maxine stieß ein Schnauben aus.

»Ich weiß, ich weiß. Glaubt mir, ich will das alles gar nicht. Weit gefehlt. Aber was soll ich denn tun?« Fragend blickte sie in die Gesichter der Mädchen, wusste nicht, wie sie etwas erklären sollte, das sie selbst nicht verstand. »Sie wollte, dass ich es ihr verspreche. Aber wenn eine von euch lieber übernehmen will, nur zu.«

Paulina ließ sich auf den Stuhl gegenüber von ihr fallen. Kitty setzte sich ebenfalls, wenngleich ganz langsam, beide Hände um ihre Tasse gelegt, als brauchte sie die Tröstlichkeit ihrer Wärme.

Ihre ratlosen Blicke ließen keinen Zweifel daran, dass sie noch weniger Ahnung hatten, wie man ein solches Etablissement führen sollte.

»Ich muss bleiben, aber euch steht es natürlich frei zu gehen, euch allen«, fuhr Alicia fort. »Ich kann euch nicht zwingen. Und das werde ich auch nicht tun. Wenn ihr also anderswohin gehen, etwas anderes tun wollt …«

»Ich weiß nicht, wohin ich sonst gehen sollte«, sagte Kitty. »Und was sollte ich schon anfangen? Seit ich erwachsen bin, habe ich nie etwas anderes gemacht, als mich um meine Freier zu kümmern. Nein, nein, ich bleibe bei dir, Ali… Miss Pearl, meine ich. Solange du mich hier haben willst oder bis ich wieder mal ein Brötchen im Ofen habe.« Sie knibbelte an einer Schürfwunde an ihrer Hand.

Der Kaffee half Alicia, einen halbwegs klaren Kopf zu bekommen; zumindest so weit, um Mitleid mit diesem jungen Mädchen zu haben. Oder sogar noch mehr. »Ein … Brötchen?«

»Bislang waren es zwei«, warf Maxine ein und zupfte mit finsterer Miene einen Tabakkrümel von ihren Zähnen. »Und dabei wird's bestimmt nicht bleiben.«

Kitty zuckte die Achseln. »Miss Beatriz hat dafür gesorgt, dass ich sie loswerde. Ich sei einfach zu fruchtbar für den Job, hat sie immer gesagt.«

»Kitty.« Alicia war entsetzt über die Zwangslage der Mädchen und die Art, wie sie eine Schwangerschaft gewissermaßen als Berufsrisiko in Kauf nahmen. »Wir können dafür sorgen, dass es aufhört. Bloß ein Klecks Honig in eure *chacha*, und schon können die Spermien nicht weiterwandern. Keine … Brötchen mehr, es sei denn, ihr wollt eines.«

»So einfach soll das sein?«, fragte Kitty, die alles andere als überzeugt klang. »Wieso hat mir das keiner früher gesagt? Ich kriege jedes Mal schier einen Herzinfarkt, wenn meine Periode wieder mal später einsetzt.«

»Es ist tatsächlich so einfach. Aber was meinst du damit, dass du nicht zu deiner Familie zurückkehren kannst?«

Kitty starrte bloß schweigend in ihre Tasse.

»Sie haben sie verkauft«, sagte Paulina schließlich. »Ihr Vater hat sie an den Tea Room verhökert. Für fünfzehn Dollar.«

»Das war damals eine ziemliche Stange Geld«, murmelte Kitty.

Alicia dachte kurz nach. »Wie lange bist du schon hier?«

»Seit fünf Jahren. An meinem fünfzehnten Geburtstag habe ich angefangen.«

Zu Alicias fünfzehntem Geburtstag hatte es mit kandierten Früchten und Kerzen verzierte Kuchen, eine Haarbürste mit Mahagonigriff und liebevoll lächelnde Gesichter gegeben. Sie wandte sich Paulina zu. »Und was willst du tun?«

Paulina schloss die Augen. Einige Sekunden verstrichen, dann löste sich eine einzelne Träne aus ihrem linken Augenwinkel und kullerte über ihre Wange. Schniefend stieß sie einen zittrigen Atemzug aus und presste sich ein Taschentuch auf den Mund, während sich ihr ein leiser Schluchzer entrang.

Alicia berührte ihren Arm. »Was ist denn, *chica?* Brauchst du mehr Zeit?«

»Ich habe nur gerade an meine alte *nana* gedacht.« Sie putzte sich geräuschvoll die Nase. »Sie hat mich großgezogen, in unserem Heimatdorf. Aber sie ist bei einem Brand auf der Zuckerrohrplantage umgekommen. Und nach ihrem Tod« – wieder wischte Paulina sich die Augen – »konnte ich nicht länger dort bleiben. Ich hatte alles verloren.« Und dann zündete sie sich mit entwaffnender Lässigkeit eine Zigarette an.

Alicia kniff die Augen zusammen. »Stimmt auch nur ein Wort von alldem?«

»Natürlich nicht.« Paulina blies eine Qualmwolke in Richtung Zimmerdecke. »Wenn die Bezahlung stimmt, lüge ich dir das Blaue vom Himmel runter.« Sie fixierte Alicia mit kalten Augen. »Ich bin in einem Vorort von Havanna aufgewachsen. Und ich hatte ein eigenes Pony.«

»Aber wieso …«

»Wieso ich dieses Leben hier führe?« Ihr Achselzucken ließ ahnen, dass sich ein ganzes Füllhorn an Geheimnissen in ihrem Innern verbarg. »Weil ich es so will. Wir verkaufen uns doch alle, auf die eine oder andere Art. Und das hier kann ich nun mal am allerbesten.«

So ziemlich alles, was Alicia über Paulina gedacht hatte, entpuppte sich als Irrtum. In Wahrheit waren sie sich ähnlicher, als ihr bewusst gewesen war. *Bist du auf dieselbe Schule gegangen wie ich? Sind wir uns vielleicht sogar schon einmal auf der Straße begegnet?*

»Claro«, sagte Paulina. »Natürlich bleibe ich. Ich könnte in ein anderes Haus in der Stadt gehen, aber ich kenne einige Mädchen, die dort arbeiten. Da gibt es schlechtes Essen, keinen Schutz, und schmutzig ist es obendrein noch. Hier ist es wenigstens sauber. Ich bleibe.«

Allein bei der Vorstellung, irgendwo leben zu müssen, wo es noch schmutziger war als hier, wurde Alicia ganz anders. Sie war fest entschlossen, das Geld für eine Putzfrau zusammenzukratzen, ganz egal, wie. Und für einen neuen Koch. Sie wandte sich Maxine zu, in der festen Annahme, dass sie ihre Sachen packen und gehen würde. Doch Maxine sagte: »Ich bleibe. Zumindest vorläufig. Paulina hat recht. Es gibt schlimmere Häuser als dieses.« Sie zündete sich mit dem Stummel ihrer Zigarette eine neue an. »Viel schlimmere.«

»Maxine kennt sich am besten aus«, erklärte Kitty. »Ihre Narben zeigen das.«

Maxine schob den Ärmel ihres Morgenrocks zurück, unter dem eine wellige Brandnarbe zum Vorschein kam, die fast ihren gesamten Unterarm bedeckte und sich dunkelviolett von ihrer weißen Haut abhob. »Die habe ich mir in der Nacht zugezogen, als Hattie Mallorys Hurenhaus abgebrannt ist.«

»Hattie …?«, begann Alicia.

Maxine zog den Stoff wieder herunter. »Miss Hattie's war ein Bordell in den oberen Keys, hauptsächlich für die Männer, die die Bahnlinie gebaut haben. Der alte Henry Flagler hat in den Lagern für die Arbeiter keine Mädchen geduldet, deshalb hat Miss Hattie kurzerhand ein Hausboot gemietet, das einfach mit den Männern weitergezogen ist, immer dicht am Ufer, die ganzen Keys runter. Ich habe dort als Wäscherin gearbeitet, als mein Mann beim Bau der Eisenbahn ums Leben gekommen ist.«

Vergeblich versuchte Alicia, ihre Verblüffung zu verbergen, doch ihre Reflexe waren eigentümlich verlangsamt, und ihr Hörvermögen schien eingeschränkt zu sein. Ihr wurde unangenehm warm, deshalb öffnete sie die obersten Knöpfe an ihrem Kleid.

»Schon klar«, sagte Maxine mit einem leisen Lachen. »Du dachtest natürlich, ich wäre immer schon eine Nutte gewesen, aber das stimmt nicht. Als mein George umgekommen ist, musste ich unser Haus im Camp verlassen. Ich und meine kleine Sophie. Es ginge nicht, dass eine alleinstehende Frau oder Kinder dort lebten, sagten sie. Also bin ich zu Miss Hattie gegangen, die mich aufgenommen hat. Ich sage euch, ich habe schon so einige schmutzige Laken in meinem Leben gewaschen, aber die Bettwäsche in einem Hurenhaus schlägt alles um Längen.«

Inzwischen war das Licht, das durch die Fenster fiel, greller als der Schein der Glühbirne über ihren Köpfen und schmerzte Alicia in den Augen. Ihre Kehle fühlte sich trocken und kratzig an. »Wie hast du …«

Maxine überkreuzte die Arme und wandte sich ab.

Kitty räusperte sich. »Miss Hattie hatte ein Auge auf Sophie geworfen, obwohl sie noch so klein war. Aber es gibt nun mal Männer mit … na ja, gewissen Vorlieben.« Mit einem Mal klang sie deutlich älter als zwanzig. »So kam Maxine ins Geschäft. Sie ist anstelle von Sophie gegangen. Und dann, eines Nachts, kam das Feuer.« Sie warf Maxine einen Blick zu, als fragte sie um Erlaubnis, fortzufahren. »Das Boot ist in Flammen aufgegangen und gesunken. Maxine war die ganze Nacht im Wasser, hat sich an einem Balken festgeklammert. Sophie haben sie nie gefunden.«

»Es tut mir leid« war alles, was Alicia in diesem Moment sagen konnte.

»Spar dir dein Mitleid für dich selbst auf, Zuckerpfläumchen«, gab Maxine zurück. »Jetzt, wo dich deine Familie nicht mehr haben will, sitzt du doch hier fest, oder etwa nicht? Und versuch nicht, uns einen Bären aufzubinden.« Sie schwenkte drohend ihre Zigarette. »Lasst euch bloß nicht von ihrem rechtschaffenen Getue und ihren netten Manieren täuschen, Mädels. Die bleibt gerade mal so lange hier, bis irgendein reicher Schnösel daherkommt, den sie sich anlacht.« Sie fixierte Alicia. »Deine Sorte kenne ich.« Sie blies Alicia den Rauch mitten ins Gesicht.

Alicia konnte sich vor Erschöpfung kaum aufrecht halten. Sie brauchte Schlaf, viel Schlaf, am besten gleich mehrere Tage am Stück. Danach würde es ihr bestimmt besser gehen. Trotzdem konnte sie diesen Vorwurf nicht auf sich sitzen lassen. »Nein. Ich bin mit dem Thema durch.«

»Du warst schon mal verheiratet?«, hakte Paulina nach. »Was ist mit deinem *esposo* passiert? Ist er gestorben, so wie Maxines?«

»Nein. Er ist noch am Leben. Unsere Ehe wurde nach einem Jahr für ungültig erklärt, weil ...«

»Weil er dich wegen einer anderen Frau verlassen hat?«, warf Kitty ein.

»Weil er dich wegen eines *muchacho* verlassen hat?«, meinte Paulina.

»Nein«, erwiderte Alicia. »Weil ...« Sie hatte die Geschichte noch nie jemandem erzählt. Wieder hörte sie im Geiste das Klackern von Perlen, die über den Holzfußboden eines Hotelzimmers in Havanna gekullert waren, als Raoul ihr das Hochzeitskleid von den Schultern gerissen hatte. In seinen geweiteten Pupillen hatte sie sich selbst gesehen, die Arme vor die Brust gepresst, während er seinen Ledergürtel über der geballten Faust enger gezogen hatte.

»Ich bin jetzt dein Mann«, hatte er mit einem Lächeln gesagt, das sie noch nie zuvor an ihm gesehen hatte. »Dein Ehemann, dem du vor Gott Gehorsam gelobt hast. Und jetzt wirst du gehorchen, *puta*.«

Es hatte genau ein Jahr gehalten. Die brutale Gewalt in der Hochzeitsnacht hatte sich zwar nicht wiederholt, doch sie wirkte nach. Fortan fügte Alicia sich, erfüllte brav all seine Wünsche und Forderungen. Wenn er von der Arbeit nach Hause kam, wusch sie ihm die Füße und zog ihm die Hausschuhe an. Sie servierte ihm das Essen, das er verlangte, auch wenn ihr *arroz con pollo* niemals so köstlich war wie der seiner geliebten verstorbenen Mutter. Sie hielt das Haus tadellos sauber und machte sich hübsch, wenn sie mit seinen Kollegen ausgingen, die alle unbedingt einen Blick auf seine frisch angetraute *mulatta* werfen wollten.

Ihre Mutter hatte ihr keinen Trost gespendet, als sie versucht hatte, sich ihr anzuvertrauen.

»Es tut mir so leid, dass er nicht zärtlicher ist, *niña*, aber so sind die Männer nun mal, vor allem in jungen Jahren. Sie müssen einfach über alles und jeden die Oberhand haben. Das ist sehr anstrengend, aber mit ein bisschen Glück wird er mit den Jahren milder. In der Zwischenzeit kann ich dir einen Rat geben: Männer haben ein furchtbar schlechtes Zeitgefühl. Sieh zu, dass du immer einen Vorrat an Hühnerblut zu Hause hast, für den Fall, dass du ein wenig Frieden brauchst.«

Das war der einzige Ratschlag, den ihre Mutter ihr mit auf den Weg gegeben hatte.

Es passierte am Abend vor ihrem ersten Hochzeitstag. Sie plauderte mit Pablito, ihrem zahmen Kolibri, der oftmals ihre einzige Gesellschaft war. Allein der Anblick seines bunten Gesichtchens munterte sie auf und schenkte ihr neue Hoffnung und Zuversicht.

Sie hörte Raoul nicht kommen. Eigentlich hätte sie ihm die Tür öffnen und ihn begrüßen müssen, doch sie war völlig vertieft in die Zubereitung eines neuen Rezepts, für das sie Schweinefleischwürfel scharf in einer Pfanne anbriet.

»Es tut mir leid«, sagte sie, als er in die Küche trat. »Ich habe dich nicht kommen hören. Pablito war zu Besuch, und ich ...«

Ohne ein Wort durchquerte er die Küche und packte Pablito. Für einen eher kleinen Mann hatte er erstaunlich große Hände. Er zerquetschte den Vogel kurzerhand mit seiner Pranke und ließ das leblose Tier achtlos auf den Fußboden fallen.

Ein Teil von Alicia starb mit Pablito, und einen Moment lang blickte sie in die kalte, schwarze Leere ihres künftigen Lebens. Sie weinte nicht. Weil sie nichts empfand, rein gar nichts.

»Mm, das riecht gut«, meinte er mit einem Blick auf das Fleisch in der Pfanne. »Lass mich mal probieren.«

Ihre Gedanken überschlugen sich, brachen in einer wilden, unkontrollierbaren Flut über sie herein. Ein ganzes Jahr lang war sie sein Besitz gewesen. Ein ganzes Jahr lang hatte sie sich ihm in jeder Hinsicht untergeordnet. Für den nächsten Tag war eine Party geplant, mit Freunden und Familie, und alle erwarteten von ihr, dass sie wie gewohnt ihre Rolle erfüllte. Und sie wusste genau, was danach passieren würde, wenn die Gäste fort wären.

Sie spießte einen Bissen Schweinefleisch mit der Wendegabel auf.

Er lächelte, als wäre dies ein Moment ganz besonderer Intimität zwischen ihnen. »Und jetzt musst du mich füttern.« Voller Vorfreude öffnete er den Mund.

Sie zog das Fleischstück von der Gabel und schob es ihm zwischen die Zähne. Er schloss die Augen und genoss den Moment – das Fleisch und das Gefühl völliger Dominanz. *Jeden Abend, Abend für Abend*, dachte sie. *Für den Rest meines Lebens. Für immer. Amen.*

Ein Ausdruck tiefer Befriedigung lag auf seinen Zügen.

Es war, als hätte sie mit einem Mal keine Kontrolle mehr über ihren Körper. Wie von selbst bewegte sich ihr Arm nach hinten, wie bei einer Marionette. Gerade als er den Bissen hinunterschluckte, ließ sie den Arm nach vorn schnellen und rammte ihm mit aller Kraft die Gabel in den Leib. Vor Schock und Schmerz riss er die Augen auf, ehe ein von Schweinefleisch erfüllter Schrei aus seinem Mund drang und er sich wie wild im Kreis drehte und versuchte, das Werkzeug aus sich herauszuziehen.

Alicia stürzte zur Tür hinaus, hetzte die Straße hinunter und blieb erst stehen, als sie das Haus ihrer Eltern erreichte. Drei Tage später befand sie sich auf dem Weg nach Key West …

Paulinas Stimme riss sie ins Hier und Jetzt zurück. »Und wieso?«, fragte sie. »Wieso wurde die Ehe aufgelöst?«

Alicia holte tief Luft und kämpfte gegen den Nebel an, der sie einzuhüllen schien. »Weil ich auf ihn eingestochen habe.«

Einen Moment lang herrschte völlige Stille in der Küche, ehe sich Jubelrufe erhoben.

»Aber da er immer noch lebt«, meinte Maxine, »kannst du nicht ernsthaft versucht haben, ihn zu töten. Wenn ich auf einen Mann einsteche, ist er tot, so viel steht fest.«

»Ich wollte ihn nicht umbringen«, meinte Alicia. »In diesem Moment habe ich nicht nachgedacht, sondern wollte nur, dass es aufhört. Ich wollte … dass er aufhört.«

»Und wo genau hast du ihn erwischt?« Kittys Augen glitzerten fasziniert. »In den Bauch? Oder in die Brust?« Sie hielt inne. »In den Pimmel?«

»In die *cojones*. Ich habe ihm eine Fleischgabel in die Eier gerammt.«

Paulina fiel die Kinnlade herunter. Kittys Augen waren so groß wie die runden Abdrücke der Kaffeetassen auf dem Tisch. Selbst Maxine vergaß einen Moment lang die Zigarette zwischen ihren Fingern. Ein langes Aschestück fiel auf ihren Schoß. Erschrocken sprang sie auf und schlug es von ihrem Morgenmantel.

»Es verdad?«, flüsterte Paulina. »In die *cojones?*«

Bis zu diesem Moment war Alicia nie aufgefallen, wie komisch ihre Tat in Wahrheit war, schon gar nicht am Tag des Geschehens, doch aus irgendeinem Grund brach sie beim Klang der Worte aus Paulinas Mund in hemmungsloses Kichern aus, in das eine nach der anderen einstimmte, bis sie sich die Bäuche hielten und sich die Tränen abwischen mussten. Alicias Kopf fühlte sich an, als hätte sich eine Horde Bauarbeiter eingenistet, die ihn mit Spitzhacken und Hämmern traktierten. Sie lachte und lachte, über den Irrsinn, die Winde und Wellen, die sie zueinander gespült hatten, um diesen Tisch in der schmutzigen, kakerlakenverseuchten Küche eines Hurenhauses in Key West. Sie lachte und lachte, um ihrer aller willen: Kittys bettelarme Familie, Maxines fehlgeschlagenen Versuch, sich und ihre Tochter zu retten, Paulinas weißes Maskengesicht und ihre fatalistische Ergebenheit in ihr Schicksal und Beatriz und Rudy. Und letzten Endes lachte sie um ihrer selbst willen.

Sie lachte, weil es tausendmal besser war, als sich die Taschen mit Steinen zu füllen und ins Wasser zu gehen.

Mit einem Mal wurde es wieder still. Alicia spürte die Blicke der anderen auf sich ruhen. »Was denn? Oh je, meine Schminke muss völlig zerlaufen sein.«

»Miss Pearl«, sagte Kitty, deren Stimme im Rauschen von Alicias Ohren beinahe unterging. »Deine Nase, sie blutet.«

Kapitel 8

John kam sich wie der letzte Idiot vor. Nach zehn Tagen des Schweigens hatte er eine Notiz erhalten, dass Miss Pearl ihn sehen wolle. Eine Viertelstunde lang hatte er im Nebenzimmer des großen Salons gewartet, wie ein Schuljunge, der zum Direktor zitiert worden war. Alles wegen seines hirnrissigen Versprechens, der *morena* – Alicia – zu helfen. Er hatte weiß Gott genug anderes zu tun, wichtige Dinge, die ihm auf den Nägeln brannten. Beatriz war eine clevere, praktisch denkende Frau gewesen, ihr Arrangement für sie beide von Nutzen. Aber Alicia war anders; er ahnte, dass es mit ihr Ärger geben würde. Er war drauf und dran, wieder zu gehen. Zum Teufel mit seinem Versprechen … Lieber jetzt einen klaren Strich ziehen, statt mit ihr unterzugehen! Sein Vater hatte ihm seinerzeit einen guten Rat gegeben: Spring niemals einem Ertrinkenden hinterher. In ihrer Panik ziehen sie alles mit sich herunter, was in ihre Reichweite gerät.

Es war ein stiller, wolkiger Nachmittag. Den ganzen Morgen hatte es geschüttet, ein nicht enden wollender, deprimierender Regen, der die Straße in braunen Matsch verwandelte und ihn unangenehm an die französischen Schlachtfelder erinnerte. Seine Stiefel waren verkrustet von Dreck, Dung und zementhart gewordenem Kalkstaub. Seit Tagen war er völlig durcheinander. Jedes Mal, wenn er ein Zimmer betrat, war ihm, als hätte Rudy es gerade verlassen, als könnte er eben noch seine Gestalt in der Khakiuniform um die Ecke verschwinden sehen. Manchmal wachte er mitten in der Nacht auf, weil er Rudys pfeifendes Lachen hörte, und wenn er die Augen aufschlug, war niemand da, obwohl er jedes Mal Zigarettenrauch zu riechen glaubte. Und obwohl Tote tot waren – darüber machte er sich keine Illusionen –, wurde er das Gefühl nicht los, dass hier irgendetwas nicht zu Ende war.

Es reichte. Er ging zur Tür. *Fahren Sie zur Hölle,* Señorita.

In diesem Moment hörte er eine Stimme hinter sich. »Danke, dass Sie gekommen sind, John.«

Sie hatte sichtlich an Gewicht verloren. Ihre Lippen waren spröde. Ihr wie üblich im Nacken frisiertes Haar hatte seinen Glanz verloren, doch ihre Augen waren immer noch dieselben. Er fühlte sich nackt unter ihrem Blick. Im Krieg hatte er sich Aberdutzende von Malen auf seinen Bauch verlassen, und diesmal sagte er ihm, dass er sich aus dem Staub machen sollte, und zwar schleunigst. Sofort. *Mach schon, hau ab!* Doch im selben Moment sah sie ihn an, nur einen Wimpernschlag lang. Ihre Blässe betonte ihre Augenfarbe noch, und zum ersten Mal pfiff er auf seinen Instinkt.

Er nahm neben ihr Platz. »Ich wusste nicht, dass Sie krank waren.«

Sie zuckte mit den Schultern. »Schwer zu vermeiden. Aber ich gehöre zu den Glücklichen, so wie Sie auch. Knoblauch und Chili haben mir beim Auskurieren geholfen. Diese Heilpflanzen empfehle ich auch meinen Kunden, wenn sie sich die Grippe einfangen.«

»Kunden?« Er lächelte. »Nennt man so die Freier in Havanna?«

Ein unangenehmes Schweigen machte sich breit, doch im nächsten Augenblick kam ein dürres Mädchen herein, das eine Tasse Tee und eine Schale mit Bougainvilleenblüten auf dem Tischchen neben Alicia abstellte. John kannte sie noch aus der Zeit vor dem Krieg. Klein, zierlich, blonde Ringellöckchen; sie hatte ihn immer an einen Welpen erinnert, der seiner Mutter zu früh weggenommen worden war.

»Bitte sehr, Miss Pearl«, sagte sie bemüht höflich. »Wenn Sie noch etwas brauchen sollten, rufen Sie mich einfach.« Sie wandte sich zu John. »Ich verrate Ihnen was, Sir. Was immer Sie plagen mag, diese Lady kennt das Heilmittel dafür. Sie ist einfach unglaublich.« Mit einem Schwung ihrer jungenhaften Hüften machte sie kehrt und verließ das Zimmer.

Leicht verwirrt sagte er: »Ihr erstes Freudenhaus ist das hier doch bestimmt nicht.«

Sie stellte ihre Teetasse vorsichtig ab und räusperte sich. »Das glauben Sie?«

»Was denn sonst.« Er lehnte sich auf dem wackeligen Stuhl zurück; plötzlich wurde ihm bewusst, wie verdreckt seine Stiefel waren. »Wenn man eine Hummerfalle aus dem Wasser zieht, erwartet man ja wohl nicht, Hühner darin zu finden.« Er versuchte es mit einem weiteren Lächeln. Ihre Miene ließ keinen Zweifel daran, dass er etwas Falsches gesagt hatte, doch er kam beim besten Willen nicht darauf, was das gewesen sein sollte.

Wie, verdammt noch mal, ringt man dieser Frau ein Lächeln ab? Er beschloss, es anders zu versuchen. »Ich habe kein Problem mit Huren. Ihr macht einen Job, genau wie alle anderen auch. So wie ich es sehe, hättet ihr einen Orden für eure Verdienste um die amerikanische Armee verdient.« Er hakte die Daumen in den Gürtel und lachte, auch wenn ihm seine Worte plötzlich völlig absurd vorkamen gegenüber dieser Frau, die so prüde wirkte in ihrem grünen Kleid mit dem spitzenbesetzten Kragen und den züchtig nebeneinander platzierten Füßen.

Er musste sich in Erinnerung rufen, dass er sich nicht in irgendeinem Etepetete-Etablissement, sondern in einem Hurenhaus befand. Mit Beatriz war alles so viel einfacher gewesen. Allmählich dämmerte ihm, dass er sich in die Nesseln gesetzt hatte. Er schwitzte, während sie ihn kühl musterte. Seine Kehle war staubtrocken. »Gibt's hier irgendwas zu trinken?«

»Selbstverständlich.« Sie machte Felix ein Zeichen, woraufhin der ihm ein Bier brachte.

Er trank die Flasche auf einen langen Zug aus, als hätte er gerade die Sahara durchquert. Die Kohlensäure verursachte ihm leichte Übelkeit, und er spürte, dass sie ihn aus dem inneren Gleichgewicht gebracht hatte, was ihm ganz und gar nicht gefiel. Sein Instinkt beschwor ihn inzwischen regelrecht, das Feld zu räumen, doch statt der Stimme der Vernunft zu gehorchen und sich zu entschuldigen, schaltete er auf stur. Kein Mädchen dieser Welt würde John Morales den Schneid abkaufen, nicht mal eins mit solchen Augen, solcher Haut, solchen Kurven, die sich trotz des grünen Kleids mehr als nur erahnen ließen … Es war Zeit für ein paar heimliche Wahrheiten.

Er wischte sich über den Mund und beugte sich vor, die Ellbogen auf die Knie gestützt.

»Hören Sie mir gut zu, Miss. Mag ja sein, dass Sie sich etwas anderes wünschen, aber Sie sind jetzt die Madame eines Bordells. Ein, zwei hübsche Teppiche oder ein paar Blümchen ändern nichts an der Tatsache, dass Männer aus genau zwei Gründen hierherkommen: um sich zu besaufen und sich abzureagieren.« Er genoss den säuerlichen Ausdruck, der über ihre Miene huschte. »Und wenn Ihnen das nicht passt, nehmen Sie lieber die nächste Fähre zurück nach Havanna und suchen sich dort einen reichen Mann. Sie haben die Wahl.« Er schlug sich mit der flachen Hand aufs Knie. »Sie wollten meine Hilfe. Bitte sehr, das war Lektion Nummer eins.«

Die schlammigen Abdrücke seiner Stiefel auf dem Teppich waren ihm plötzlich ein wahres Fest. Er verschränkte die Arme vor der Brust und wartete auf ihre Reaktion, rechnete fest damit, dass sie ihn hinauswerfen oder so wie im Krankenhaus in Tränen ausbrechen würde. Aber irgendetwas war diesmal anders. Sie blickte aus dem Fenster auf die Gasse hinaus. Ihre Miene war verschlossen, und er glaubte bereits, dass er jetzt gehen könnte, als sie sich ihm wieder zuwandte.

Aus ihrem Blick sprach pure Entschlossenheit. »Welche Wahl? Ja, ich habe mir tatsächlich etwas vorgestellt. Ich wünschte, ich könnte nach Havanna zurück, aber das geht nicht. Ich wünschte, Beatriz würde noch leben und ich Ihre Hilfe nicht benötigen. Männer wie Sie haben ja keine Ahnung – Frauen wie mir bleibt keine Wahl. Sie glauben, dass Sie mich kennen? Oder sonst jemanden hier?« Mit einer knappen Kopfbewegung deutete sie zur Bar, wo die Mädchen die Ohren aufsperrten. »Sie haben keinen blassen Schimmer. Jede von uns hat ihre eigene Geschichte.«

»Dann erzählen Sie mir mehr.« *Du lieber Himmel, was war denn jetzt auf einmal los?*

Er hatte keine Zeit für diesen Weiberkram, wollte erst recht nicht mit irgendwelchen persönlichen Dingen behelligt werden. Wenn ihm der Sinn nach weiblicher Gesellschaft stand, würde er sich einfach eins der Mädchen nehmen, ein ehrlicher Deal, bei dem beide Seiten Bescheid wussten. Dennoch blieb er sitzen.

»Warum?« Sie beugte sich vor, so wie er ein paar Minuten zuvor. »Sie glauben doch sowieso, Sie hätten die Weisheit mit Löffeln gefressen. Denken Sie doch, was Sie wollen. Für unsere geschäftliche Beziehung hat das ohnehin keinerlei Bedeutung.«

Ihr Atem war warm und roch süß nach Tee.

Es waren nicht ihre leicht geschürzten Lippen, die ihn irritierten, dieser Ausdruck um den Mund, als würde er schlecht riechen, oder die Art und Weise, wie sie eine lose Haarsträhne zurückstrich. Und auch nicht, wie sie an dem emaillierten Vogelanhänger an ihrem Hals herumspielte oder den Blick auf den Teppich richtete, während sie überlegte.

Nein, es lag daran, dass er sich ungerecht behandelt fühlte. Es war einfach unfair. Am liebsten hätte er sie angeschnauzt, dass er einer der wenigen Männer mit Anstand in diesem Höllenloch sei, dass es mehr als genug andere mit weit schlimmeren Umgangsformen und erheblich kürzerer Lunte als ihn gebe, dass er ihr einen Riesengefallen tue und ein bisschen Dankbarkeit sicher nicht ganz fehl am Platz sei. Er wollte ihr zu verstehen geben, dass er sich das Pearl's im Handumdrehen unter den Nagel reißen konnte, wenn ihm danach war, dass er die Macht und die Mittel dazu hatte und sich andere bereits fragten, warum er es nicht längst getan hatte.

Sie hat nicht die geringste Ahnung, mit wem sie es zu tun hat.

Sie schien sein Unbehagen nicht zu bemerken, strich über ihr Kleid und sagte: »Ich würde gern mit der Buchhaltung anfangen. Setzen wir uns doch in die Küche.«

Und damit stand sie auf, während er noch einen Moment sitzen blieb und sich ratlos fragte, was hier gerade vor sich ging.

Als John das Pearl's mehrere Stunden später verließ, war Alicia völlig erschöpft. Bis zum Vortag hatte sie noch das Bett gehütet, und allein die Anstrengung, sich aufrecht zu halten, hatte ihr alles abverlangt.

Sie musste noch so viel lernen, wahnsinnig viel, und sie war hundemüde. Sie brauchte dringend eine Pause, bevor der abendliche Andrang losging. Aber immerhin hatten sie eine ganze Menge erledigt. Als sie sich auf ihr Bett sinken ließ, verspürte sie trotz ihrer Mattigkeit ein bislang ungekanntes Gefühl der Zufriedenheit. Mit Johns Hilfe war es ihr gelungen, Beatriz' verschnörkelte, von Tintenflecken durchsetzte Handschrift auf den eng beschriebenen Seiten zu entziffern. Bis hin zu den Schmiergeldern hatte ihre Cousine Einnahmen und Ausgaben akribisch festgehalten. Auf der letzten Seite – sie trug das Datum vom Tag vor ihrer Ankunft in Key West – war der Eingang einer Summe verzeichnet, die sie zusammenzucken ließ: ›Cortez/Zahlung 100 $‹. Eine ziemliche Stange Geld, um sich seiner lästigen Tochter zu entledigen.

Und immer noch kein Wort von Mamacita; beim bloßen Gedanken daran krampfte sich ihr der Magen zusammen. Aber egal. Sie hatten Beatriz eine Stange Geld gezahlt, damit sie sie bei sich aufnahm. Wahrscheinlich genossen ihre Eltern den Frieden, der mit ihrer Abreise Einzug in ihr Haus gehalten hatte.

John war es gewesen, der den wichtigsten Eintrag zuerst entdeckt hatte. Während er mit dem Finger die Spalten entlanggefahren war, hatte er ganz hinten plötzlich innegehalten und durch die Zähne gepfiffen. »Ich habe ja schon immer gedacht, dass Beatriz ziemlich geschäftstüchtig ist, aber das ... Du lieber Himmel, das ist ja ein kleines Vermögen.« Er schüttelte den Kopf. »Anscheinend habe ich mir das falsche Metier ausgesucht.«

Zehntausend Dollar hatte Beatriz angehäuft. Genug, um davon viele Jahre äußerst komfortabel leben zu können.

»Ich muss sofort zur Bank«, war Alicia völlig perplex herausgeplatzt, hatte sich aber im selben Moment gefragt, warum der Tea Room in einem derart erbärmlichen Zustand war, die Mädchen x-mal ausgebesserte Sachen trugen und das Mobiliar von nichts als Spucke und Bindfaden zusammengehalten wurde.

Doch John hatte nur ein leises Schnauben von sich gegeben. »Den Banken hat Beatriz genauso wenig über den Weg getraut wie ich. Banken, das sind doch bloß Schaufensterauslagen für Bankräuber. Nein, in der Hinsicht war sie wie ich – Geld hat sie nur äußerst ungern aus der Hand gegeben.« Er hatte den Blick über die verrußte Küchendecke schweifen lassen. »Jede Wette, dass das Geld irgendwo hier im Haus versteckt ist.«

Während sie die Beine ausstreckte und versuchte, es sich auf dem durchgelegenen Bett so bequem wie möglich zu machen, stellte sie sich vor, was sie mit dem Geld alles kaufen könnte: neue Kleider für sie alle – gut für Moral und Geschäft –, ein paar Hühner, da ihr einziges zerrupftes Exemplar weder zum Eierlegen noch für den Topf zu gebrauchen war, einen neuen Herd, da der Holzkohleofen in der Küche nur zwei Stufen hatte: aus oder Flammenhölle. So viele Möglichkeiten. Sie ließ ihrer Fantasie freien Lauf: Ja, sie würden einen richtigen Garten haben, vielleicht sogar – und jetzt wurde sie zum ersten Mal seit ihrer Ankunft richtig ausgelassen – fließend Wasser. Die bloße Vorstellung einer blitzsauberen Porzellantoilette statt eines von Riesenspinnen bevölkerten Donnerbalkens ließ sie lächeln. Tatsächlich hatte Maxine nur leicht übertrieben. Und natürlich würde es richtiges Klopapier geben statt eines alten Warenhauskatalogs an einem rostigen Nagel.

Sie gab es auf, eine bequeme Position finden zu wollen, und fügte ihrer Einkaufsliste ein paar neue Matratzen hinzu. Die Unzulänglichkeit des Betts war ihr während der letzten zehn Tage erst so richtig klar geworden, als sie, entkräftet von der Grippe, flach auf dem Rücken im dunklen Zimmer gelegen hatte, während ihr eine Reihe verschwommener Traumgestalten ekelhafte heiße Flüssigkeiten eingeflößt hatten. Ihr war so heiß gewesen, dass sie das Gefühl gehabt hatte, innerlich zu verbrennen; sie hatte nichts trinken, sondern einfach nur in Ruhe gelassen werden, schlafen, zur Not auch sterben wollen. Schlaf war ihr das Wichtigste gewesen, doch alle paar Stunden war sie abrupt geweckt und zum Trinken gezwungen worden. Trotz des Fiebers hatte sie sich mit Leibeskräften gewehrt, und sie erinnerte sich, wie jemand, Felix vielleicht, entnervt gegrunzt hatte: »Verdammt, halt sie fester, Paulina!« Es hatte keine Zeit mehr gegeben, weder Tag noch Nacht, nur das Gefühl, tausend Meilen unter dem Meer zu sein – hier war sie vor den Schmerzen sicher, während ihre Lunge bei jedem Atemzug gegen Tonnen von Wasser anzukämpfen schien.

Die Mädchen hatten ihr erzählt, dass sie ihnen gerade noch rechtzeitig eingeschärft hatte, ihr weiter Aspirin, Knoblauch und Chilitee einzuflößen, egal, was sie auch sagen mochte. Zuletzt hatte sie sie noch eindringlich daran erinnert, sie unter keinen Umständen ins Krankenhaus zu bringen. Als sie schließlich an einem grauen Morgen erwacht war, hatte Paulina auf einem Stuhl neben dem Bett geschnarcht. Später hatten ihr die Mädchen berichtet, dass die zweite Grippewelle vor allem unter den Soldaten gewütet, aber nicht viele Einwohner dahingerafft hatte. Beatriz hatte anscheinend einfach nur großes Pech gehabt.

Vorsichtig setzte sie sich auf. Ihr Blick fiel auf die abgetretenen, von Termiten zerfressenen Dielen. *Höchste Zeit, dass sich ein Schreiner darum kümmert. Und die Treppe ist die reinste Todesfalle.* Ihr Körper gehorchte ihr nur zögernd, ihre Muskeln, allzu lange zur Untätigkeit verdammt, protestierten, doch der Nachmittag in Johns Gesellschaft hatte immerhin den Nebel aus ihrem Kopf vertrieben. Eine seltsame Unruhe ging von ihm aus, die ihr zuvor nicht aufgefallen war. Seine Unterstellungen waren beleidigend, aber letztlich bedeutungslos. Männer glaubten sowieso grundsätzlich, dass Frauen ihrer Hautfarbe *putas* waren. Er war nicht der Erste, der sie falsch einschätzte, und würde auch nicht der Letzte sein. Für sie war entscheidend, dass ihre Zusammenarbeit funktionierte. Beatriz hatte davon profitiert, und sie hatte vor, genauso davon zu profitieren.

Als sie aufstand und darauf wartete, dass das Schwindelgefühl nachließ, fühlte sie sich wie ein neuer Mensch. Während der vergangenen zehn Tage war irgendetwas mit ihr passiert; schon als sie aus ihrem fast komatösen Zustand erwacht war, hatte sie es gespürt, und die Zahlung ihrer Eltern an Beatriz bestärkte nur ihr Gefühl, dass die Tür zur Vergangenheit, *ihrer* Vergangenheit, endgültig verschlossen war. Vor ihr lagen andere Türen. Und auch wenn es nicht ihre freie Entscheidung gewesen war, verspürte sie selbst in ihrem geschwächten Zustand eine lodernde Gewissheit: dass sie nie wieder jemandes Besitz sein würde, weder der ihrer Eltern noch ihres Ehemanns. Sie war zum letzten Mal an jemanden verkauft worden.

Der Schlüssel zu allem war das Geld, das Beatriz hinterlassen hatte. Und John hatte wahrscheinlich recht, es musste irgendwo hier im Haus versteckt sein. Sie ging über den Flur zu Beatriz' Zimmer, das seit ihrem Tod keiner mehr betreten hatte; nur die Bettwäsche war abgezogen worden. Vor der Tür hielt sie einen Moment lang inne, während sie das von Flecken übersäte, blutüberströmte Gesicht und den flehenden Blick ihrer toten Cousine vor sich sah. Sie öffnete die Fenster, um Licht und Luft hereinzulassen.

»Wo ist es, Beatriz? Zeig mir das Versteck.« Doch sie hörte nichts außer dem Rascheln der Vorhänge und den Stimmen der Männer im Hinterhof, die gekommen waren, um die *mierdas* aus den Außenklos zu entsorgen.

Alicia durchstöberte die Schubladen, dann den Schrank, auch wenn sie sich alles andere als wohl dabei fühlte, in den Sachen einer Toten herumzukramen. Immer wieder legte sie Pausen ein, um zu verschnaufen. Sie kniete nieder und lugte unter das Bett, aber dort waren nur ein paar Wollmäuse, die sie zum Niesen brachten, als sie die Matratze von unten betastete. Sie kam wieder hoch, rang nach Luft und war drauf und dran, aufzugeben, als ein hohles Knarren unter einem ihrer Füße ertönte. Die Diele ließ sich problemlos anheben. Darunter befand sich eine matt glänzende Geldkassette.

Mit zitternden Händen stellte Alicia sie auf das Bett; sie war so aufgeregt, dass ihre Finger ihr einen Atemzug lang den Dienst versagten. Dann hatte sie den Deckel geöffnet; ein Sonnenstrahl fiel auf ein paar Unterlagen, eine Kette mit Perlen von der Farbe alter Zähne und ein Bündel Briefe. Das war alles.

Vor Enttäuschung wäre sie um ein Haar in Tränen ausgebrochen – sie war felsenfest davon überzeugt gewesen, auf das Versteck gestoßen zu sein –, doch dann kam ihr das Briefpapier irgendwie bekannt vor. Als sie den ersten Brief umdrehte, stand dort ihr Name in Mamacitas Handschrift. Jeden einzelnen Tag seit ihrer Abreise aus Kuba hatte sie ihr einen Brief geschickt, und nun strömten die Tränen über ihre Wangen, als sie las, was ihre Mutter geschrieben hatte. Sie berichtete von ganz alltäglichen Dingen, vom Arztbesuch, der Hochzeit einer ihrer ehemaligen Schulfreundinnen – und eine andere Freundin hatte gerade ein Baby bekommen. Sie schloss immer mit der gleichen Liebesbekundung: »*Te amo,* Mamacita.«

Die Briefe weckten eine so überwältigende Erinnerung an zu Hause, dass sie Mamacitas Parfüm förmlich riechen, das Köcheln der *ropa vieja* auf dem Herd hören konnte. Was, wenn sie an der Grippe gestorben wäre, so wie Beatriz und Rudy? Ihre Eltern hätten nie davon erfahren, sich immer wieder gefragt, warum sie ihnen nie geantwortet hatte.

»Wie konntest du das nur tun?«, rief sie, die Briefe an ihre Brust gepresst. »Wie konntest du nur?«

Dann, als ihre Tränen versiegt waren, ließ sie den Blick noch einmal durch das Zimmer wandern. Ihre Cousine war clever, äußerst clever gewesen. Dass sie Mamacitas Briefe versteckt hatte, zeigte klar, was sie zu tun bereit gewesen war, um eine Investition zu schützen. Wie weit wäre sie gegangen, um etwas wirklich Wertvolles zu bewahren?

Alicia zwang sich, logisch nachzudenken. Was wusste sie über ihre Cousine, abgesehen von ihrem ausgeprägten Geschäftssinn? Reinlichkeit war nicht ihre Stärke; sie schnarchte, das war durch die Wand klar zu hören gewesen; sie war nicht eitel und sah oft so aus, als hätte sie sich im Dunkeln angezogen; und sie hatte wider besseres

Wissen gern scharf gegessen, was zu häufigen Ausflügen zum Außenklo geführt hatte.

Vom Hinterhof drangen Rufe und Flüche zu ihr herauf, während die Arbeiter die schweren Fässer auf einen Karren wuchteten. Im selben Augenblick ging ihr ein Licht auf. Sie lief ans Fenster. »Warten Sie! Die Scheiße bleibt hier! Ich komme gleich runter!«

Kapitel 9

Dwayne wachte auf und sah sich in seinem Zimmer um. *Es geht mir schon besser*. Mit jedem Tag fühlte er sich ein bisschen kräftiger. Der Schwindel hatte nachgelassen, und er konnte wieder leichter atmen. Er war noch nie in seinem Leben krank gewesen, daher war Nichtstun ein Fremdwort für ihn. An jenem ersten Morgen nach seiner Rückkehr aus dem Krankenhaus hatte er die Beine über die Bettkante geschwungen und einen tiefen Atemzug genommen – und war prompt auf dem Fußboden zusammengebrochen.

Sofort war seine Mutter aufgeregt ins Zimmer gestürzt. Er hatte gesehen, wie sich ihr Mund bewegte, jedoch nur gedämpfte Laute wahrgenommen, so als befände sie sich hinter einer dicken Glasscheibe. Angestrengt hatte er auf ihren Mund gestarrt und zu begreifen versucht. »Nur die Ruhe«, hatte er von ihren Lippen abgelesen. »Der Arzt hat gesagt, dass du eine Weile brauchen wirst, um wieder auf die Beine zu kommen. Dass du es langsam angehen musst.«

»Ma!«, hatte er gerufen, jedoch auch seine eigene Stimme kaum wahrgenommen. »Ich kann nichts hören!«

Sie hatte ihm ins Bett geholfen und dabei ganz langsam gesprochen. »Du bist sehr krank, Schatz. Sie sagen, es könnte eine Weile dauern, bis du wieder gesund bist.«

Ihre Handfläche hatte sich angenehm kühl auf seiner Stirn angefühlt. »Aber es geht dir schon so viel besser. Ich hatte solche Angst. Und dein Pa auch.« Sie hatte sich erhoben und ihren Rock glatt gestrichen. »Ich hole dir etwas Brot und Bratensoße. Frisch gekocht. Und dann ziehe ich neue Bettwäsche auf.«

Das war jetzt einige Tage her, und die Taubheit war immer noch so schwer zu ertragen. Er müsse einfach auf seinen Glauben vertrauen, sagte seine Ma. Gott habe ihm das Leben gerettet und werde schon dafür sorgen, dass er wieder ganz gesund wurde. Seine Ohren fühlten sich an, als hätte jemand Melasse hineingekippt, doch es wollte einfach nicht besser werden, auch wenn er die Finger noch so tief in die Muscheln schob oder sich mit der Hand wiederholt gegen die Schläfen drosch. Die Stille ließ seinen Glauben mit jedem Tag weiter schwinden, zwang ihn, den Blick nach innen zu richten, während er immer noch versuchte, die Puzzleteilchen seines Dämmerzustands zu einem Gesamtbild zusammenzusetzen. Zehn Tage seien erst vergangen, sagte Ma, aber es fühlte sich wie eine halbe Ewigkeit an.

Er erinnerte sich an weiß gekleidete Menschen, die abwechselnd auftauchten und wieder aus seinem Blickfeld verschwanden und deren Gesichter bis auf ihre Augen verhüllt waren. Ma hatte er an der Stimme erkannt, aber die anderen … Jemand leuchtete ihm mit einer Lampe in die Augen, spähte in seinen Hals. Sie schienen sich über etwas zu streiten, aber er war so hundemüde, dass er bloß schlafen wollte. Dann schwebte auf einmal ein blaugraues Augenpaar über ihm, das ihn mit wilder Entschlossenheit anstarrte. Er erkannte Miss Alicia, wollte lächeln und sie fragen, wie es sein könne, dass sie im Krankenhaus sei, doch er konnte sich nicht bewegen. Schlimmer noch, er bekam kaum Luft. Mit jedem weiteren mühsamen Atemzug breitete sich seine Panik weiter aus. Sein Herz schlug viel zu schnell. Und dann spürte er auf einmal einen scharfen Schmerz im Arm und stellte fest, dass eine Nadel darin steckte, aus der ein Schlauch zu einem Infusionsbeutel mit einer durchsichtigen Flüssigkeit führte. Dahinter saß ein dunkelhaariger Fremder mit Militärhaarschnitt, der auf etwas zu warten schien. Er hörte Pas und andere laute Stimmen, und dann war alles schwarz, bis er in seinem Zimmer wieder aufwachte.

Dwayne fühlte sich wie ein Hundertjähriger. Seine Muskeln zitterten so heftig, dass Ma ihm helfen musste, zum Außenklosett zu gelangen. Die helle Morgensonne wärmte sein Gesicht, während er, immer noch todmüde, untätig im Bett herumlag.

Er schlief wieder ein und träumte von blaugrauen Augen in einem kaffeebraunen Gesicht, als Ma mit einem Tablett hereinkam. »Los, raus aus den Federn, Schlafmütze. Ich bringe dir dein Lieblingsfrühstück.«

Erschrocken fuhr er hoch. »Was hast du gerade gesagt, Ma?«

»Ananas, Dwayne, heute Morgen frisch gepflückt«, antwortete seine Mutter etwas lauter.

»Ma!«, rief er und stand vorsichtig auf. »Ich kann dich hören!« Er schwankte leicht.

Sie stellte das Tablett auf dem Bett ab und schlang die Arme um ihn. »Ein Wunder! Los, wir müssen es Pa erzählen!«

Zwar schien sich sein Gehör nur auf einem Ohr vollständig erholt zu haben, doch das genügte für den Moment. Das Klappern des Geschirrs, das Gebell eines Hundes – endlich war er wieder Teil der Welt. Es genügte. Alles andere würde sich im Lauf der Zeit schon von allein regeln, wenn der Herr ihm gnädig war.

Pa war in der Küche mit Mr. Simpkins, den alle nur »Bucket« nannten, weil er als Kind ein derartiges Geschäftstalent gewesen war, dass er seine Einnahmen im Eimer mit sich herumgetragen hatte. Er mochte noch jung sein, verströmte jedoch die Souveränität und das Selbstbewusstsein eines deutlich älteren, erfahrenen Mannes. Pa bezeichnete ihn häufig als treibende Kraft bei dem Versuch, die Stadt »weißer« zu machen. Dwayne spürte, wie stolz sein Vater war, ihn als Gast in ihrem Haus begrüßen zu dürfen – die Arme auf dem alten Holztisch verschränkt, hatte er sich interessiert vorgebeugt, während sein Blick wie gebannt an Mr. Simpkins' Gesicht hing. Ma hatte das gute Service hervorgeholt, und es gab ihren berühmten Kokoskuchen, dazu selbst gemachte Limonade in Gläsern, die feuchte Ringe auf dem Holz hinterließen. Bei dem Anblick lief Dwayne das Wasser im Mund zusammen.

»Ich kann wieder hören, Pa!«

Sein Vater blickte verblüfft auf. Einen Moment lang schoss ihm der absurde Gedanke durch den Kopf, dass er ihn womöglich gar nicht erkannte; so als hätte ihn die lange Zeit im Krankenbett auf wundersame Weise vom Familienfoto verschwinden lassen. Aber da stand es, im Regal über dem Ofen, die körnige Aufnahme in dem billigen Papprahmen, die sie alle an Dwaynes dreizehntem

Geburtstag zeigte. Die dicke Schicht Pomade, mit deren Hilfe er seine Locken zu bändigen versucht hatte, leuchtete im Licht der Scheinwerfer. Auf allen drei Gesichtern lag die grimmige Entschlossenheit, bloß nicht zu lachen. In diesem Moment verschwamm die Aufnahme vor seinen Augen, und ihm wurde schwindlig. Schnell hielt er sich an einem Stuhlrücken fest, während er sich fragte, ob dies ein neuerlicher Schub eines Fiebertraums war.

Pa warf ihm einen Blick zu; seine Miene war so ernst wie auf der Fotografie. »Lobet den Herrn«, sagte er und wandte sich wieder Mr. Simpkins zu. »Was meinten Sie gerade, Charlie? Dass Sie die Unterschriften beinahe zusammenhaben?«

Mr. Simpkins betupfte sein Gesicht mit einem blütenweißen Taschentuch und steckte es in seine Jackentasche. Sein makelloser Strohhut ruhte auf dem Tisch. Auf seinem Knie lag ein Paar feiner Handschuhe, wie körperlose Hände. Er musterte Dwayne einen Moment lang – eisblaue Augen inmitten des blassesten Gesichts, das Dwayne je gesehen hatte. Alles an ihm wirkte makellos, so als würden Staub und Schmutz förmlich an ihm abprallen. »Wir setzen unser Gespräch besser ein andermal fort, Reverend. Ich sehe, dass Sie sich jetzt um Ihre Familie kümmern müssen.« Er hatte eine freundliche, verbindliche Art. Dwayne dachte an den Klatsch, der ihm auf seinen Runden zugetragen wurde: Es hieß, Simpkins sei ein potenzieller Kandidat für das Amt des Bürgermeisters. Ja, er wirkte wie ein Mann, der es einmal weit bringen konnte.

»Ganz und gar nicht«, protestierte Pa. »Ich freue mich, Sie bei uns zu haben.«

Doch Mr. Simpkins hatte sich bereits erhoben und Hut und Handschuhe genommen. Obwohl er nicht größer war als Dwayne, verhielt er sich, als überragte er alle ringsum um Haupteslänge – er stand breitbeinig da, die Ellbogen leicht nach außen gewinkelt, als versuchte er so viel Raum einzunehmen, wie er nur konnte. Es musste eine optische Täuschung sein, oder aber seine Sinne spielten ihm einen Streich, denn mit einem Mal wirkte der Besucher beinahe so groß wie Pa. Außerdem hatte Dwayne noch nie jemanden Handschuhe tragen sehen, es sei denn, bei einer Parade.

Ein missmutiger Ausdruck erschien auf Pas Zügen. »Ich begleite Sie noch hinaus.«

Dwayne sah zu, wie sie zum Gartentor gingen, wobei Pa hektisch auf den nickenden Mr. Simpkins einredete. Er legte Pa die Hand auf die Schulter und sagte etwas, doch Dwayne konnte seinen Mund nicht sehen. Pa blieb stehen und sah zu, wie Mr. Simpkins in seinen grünen Oldsmobile stieg und in einer dichten Staubwolke davonbrauste.

Als Pa zurückkam, waren seine Verärgerung und Ungeduld einer stillen Zufriedenheit gewichen. Er zog Dwayne mit einer Hand zu sich heran, Ma mit der anderen. Gemeinsam standen sie in einer festen Umarmung da. Pas Geruch nach Tabak und Lakritzbonbons, die er für einen frischen Atem lutschte, stieg Dwayne in die Nase. Mas Miene verriet, dass sie die ungewohnte Zuneigungsbekundung ebenso wenig einzuschätzen vermochte wie Dwayne. Es war lange, lange her, seit sein Vater ein solches Verhalten an den Tag gelegt hatte. Ehrlich gesagt, konnte er sich nicht erinnern, seinen Vater überhaupt jemals in so aufgeräumter Stimmung gesehen zu haben. Nie.

Schließlich ließ Pa von ihnen ab. Mit einem vorsichtigen Lächeln steckte Ma eine Strähne fest, die sich aus ihrem Knoten gelöst hatte. »Alles in Ordnung, Pa?«

»Noch nicht«, erwiderte Pa mit einem tiefen, befriedigten Seufzer, als hätte er soeben das köstlichste Abendessen seines Lebens genossen. »Aber bald. Oh ja, ich sage es euch: Rettung naht. Die Ritter des Unsichtbaren Reiches kommen uns zu Hilfe. Und all das haben wir nur Charlie zu verdanken.«

Dwayne hatte keine Ahnung, was er damit meinte, wollte jedoch den Augenblick des Friedens nicht mit einer seiner gewohnt dummen Fragen ruinieren. »Um den Dämon Alkohol zu vertreiben?«

»Nein, etwas noch Besseres, mein Sohn. Endlich können wir uns darauf freuen, dass unsere wunderbare kleine Stadt gesäubert werden wird.« Den Blick gen Himmel gewandt, klatschte er in die Hände. Das Geräusch hallte unangenehm in Dwaynes gesundem Ohr wider. Mas Hand wanderte zu der Kameenbrosche an ihrem Ausschnitt. »Charlie hat mir Neuigkeiten überbracht. Wir haben jetzt genug Unterschriften beisammen, um eine Neuordnung hier in Key West in die Wege zu leiten. Wenn der Große Hexenmeister zustimmt, was wir stark hoffen, ist es eine reine Zeitfrage, bis sie kommen.«

»Wer ist das, Pa?« Dwayne hatte keine Ahnung, was es mit diesem Hexenmeister auf sich haben könnte. Pa ging häufiger abends zu irgendwelchen Versammlungen, bei denen für die Stadt wichtige Themen besprochen wurden, aber Dwayne hatte nie genauer nachgefragt; ihm war lediglich aufgefallen, dass diese Versammlungen Pas Stimmung auffallend zu heben schienen.

Seine Ignoranz brachte ihm prompt eine Kopfnuss ein. »Wie ich sehe, brauchst du dringend ein paar Nachhilfestunden, Sohn. Ich spreche natürlich vom Imperialen Hexenmeister und dem Unsichtbaren Reich des Klans. Aber«, fuhr er fort und rieb sich die Hände, »jetzt wollen wir doch erst mal sehen, wer noch ein Stück Kuchen bekommt, oder?«

Nachdem die Teller abgeräumt waren, nahm Ma einen Stapel frischer Bettwäsche und brachte Dwayne in sein Zimmer zurück. »Du bleibst kurz hier stehen, während ich das Bett frisch beziehe«, sagte sie.

Erinnerungsfetzen kamen ihm in den Sinn, aber vielleicht hatte er auch bloß geträumt: Ein finster dreinblickender schwarzhaariger Fremder, der ihn eindringlich ansah, als würde er den heftigen Wortwechsel neben sich gar nicht bemerken. Dann Mas bekümmertes Gesicht, Pas Hand, die sich wie ein Schraubstock um ihren Oberarm legte. Und die ganze Zeit tropfte diese klare Flüssigkeit durch einen Schlauch in seinen Arm.

»Ma, was ist vorgefallen, als ich im Krankenhaus lag? Ich kann mich an fast nichts mehr erinnern.«

»Nichts, worüber du dir den Kopf zerbrechen müsstest, Junge.« Ächzend zog sie die verschwitzten Laken ab. »Konzentriere dich darauf, wieder gesund zu werden. Um den Rest kümmere ich mich schon.« Als sie die Bettwäsche auf einen Haufen neben der Tür legte, löste sich die Brosche an ihrem Ausschnitt und gab den Blick auf mehrere fingerförmige Abdrücke an ihrem Hals frei. Mit zittrigen Händen hob sie die Brosche auf und steckte sie sich wieder an.

»Ma. Etwas ist vorgefallen, das weiß ich ganz genau. Wieso hat er dir wehgetan?« Ihm wurde wieder schwindlig, deshalb setzte er sich auf die kahle Matratze. »War es meinetwegen?«

Sie setzte sich neben ihn. »Bei der letzten Grippewelle haben wir gleich zehn Gemeindemitglieder verloren, quasi über Nacht. Ich wollte unter keinen Umständen, dass das auch meinem einzigen Kind passiert, ganz egal, was es kostet. Nicht nachdem dein Bruder ...« Sie strich ihm übers Haar und über die Wange. »Wäre Mr. Morales nicht gewesen ...«

»Der schwarzhaarige Mann? Du kennst ihn?«

»Nein.« Sie schüttelte heftig den Kopf. »Ich war völlig verzweifelt. Niemand konnte helfen, und Mr. Morales hat dem Doktor erzählt, ihn habe die Grippe ebenfalls erwischt, während des Krieges, aber die Blutspende eines anderen Mannes habe ihn gerettet. Und er hat angeboten, das Gleiche für dich zu tun. Ich verstehe zwar nicht ganz, wie das vor sich ging, aber es hat funktioniert.« Liebevoll rieb sie seine Finger zwischen ihren rauen, schwieligen Händen. »Was auch immer in seinem Blut war, hat dir das Leben gerettet, mein Junge.« Ihre Augen waren angstgeweitet, so als durchlebte sie noch einmal diese grauenvolle Nacht im Krankenhaus. »Ich musste es tun, aber dein Pa, er ...«

»Das Blut eines Fremden, Ma«, flüsterte er, einerseits schockiert über die Schwere seiner Erkrankung, andererseits erschüttert darüber, wie seine Rettung vonstattengegangen war. Nun verstand er die Wut und Kälte seines Vaters. Für ihn gab es nichts Wichtigeres als die Reinheit des Blutes. Die Campbells konnten ihren Stammbaum bis zu den kühnen Presbyterianern zurückverfolgen, die aus Schottland eingewandert waren. Durch die Blutspende war er quasi vergiftet worden. Er entzog ihr seine Hände und schob sie zwischen die Knie.

»Gott wird mir verzeihen, selbst wenn dein Pa es nicht tut«, sagte seine Mutter mit einem traurigen Lächeln. »Und du verdankst Mr. Morales dein Leben, Junge. Wenn du erst wieder auf den Beinen bist, musst du zu ihm gehen und dich bei ihm bedanken. Das ist eine Christenpflicht.«

Erst einen ganzen Monat später konnte Dwayne den Tea Room wieder auf seine Route setzen. Inzwischen hatte der Sommer seinen schwül-heißen Höhepunkt erreicht. Trotz seines jugendlichen Alters dröhnte Dwayne der Schädel, und seine Schultern schmerzten, als er den Karren durch die Straßen schob. Inzwischen schien es, als würde sich sein Gehör niemals wieder vollständig erholen, doch er machte sich nichts daraus. Mit jedem Tag gelang es ihm besser, den Leuten von den Lippen abzulesen.

Staunend registrierte er die Veränderungen im Tea Room seit seinem letzten Besuch: neue Tische und Stühle, alles auf Hochglanz poliert; bunte Farben, wo zuvor triste Grau- und Brauntöne vorgeherrscht hatten. Überall standen dicke Trinkgläser mit Blumen, deren Duft sich mit dem schalen Geruch nach Bier und Rauch mischte. Er fragte sich, was die sonst so geizige Miss Beatriz geritten haben mochte, derart viel Geld in den Tea Room zu stecken.

Aus der Küche ertönten allerlei Getöse und erhobene Männerstimmen. Eine klein gewachsene, mit Besen und Eimer bewaffnete Frau schob sich mit einem verdrossenen *perdóname* an ihm vorbei und begann mit wütenden Bewegungen die Stufen zu wischen.

»Ich wollte Miss Beatriz' Schuhe abliefern«, sagte er. »Ist sie da?«

»Esta muerta. La grippe«, antwortete die Frau.

Tot? Wie konnte Miss Beatriz tot sein? Und noch dazu an derselben Krankheit gestorben, die auch ihn heimgesucht hatte? Ein Schauder überlief ihn, als ihm bewusst wurde, wie knapp er dem gleichen Schicksal entronnen war. Ohne Mr. Morales …

Die Frau schlug ihm mit dem Besen auf den Fuß. »Miss Alicia schmeißt jetzt den Laden. Aber die ist ja völlig verrückt. Wenn du mich fragst, hätte ich lieber eine tote *jefa* als eine verrückte *jefa*.« Sie trat zur Treppe und trompetete mit einer Stimme, die eher zu einem Hafenarbeiter gepasst hätte: »*Chicas*, der Schuhbursche ist da!«

Die Mädchen kamen die Treppe herunter. Einen Moment lang war er sicher, dass Miss Alicia nicht nur das Mobiliar erneuert, sondern auch andere Mädchen engagiert haben musste.

Sie trugen hübsche Kleider in Rosa, leuchtendem Grün und Violett, die ihre Waden umspielten, und ihr Haar glänzte. Paulinas Haut war nicht gänzlich glatt, aber zumindest waren die schlimm entzündeten Pickel verschwunden; Kittys Mundverletzung war verheilt, außerdem hatte sie ein paar Pfund zugelegt. Maxine sah eigentlich aus wie immer, aber um ihr widerborstiges Naturell zu bezähmen, war vermutlich mehr notwendig als ein hübsches neues Kleid.

Gerade als sich die Mädchen setzten, ertönte ein lautes Scheppern aus der Küche, gefolgt von einer Reihe wilder Flüche.

»Was geht denn hier vor?«, fragte er.

»Neue Küche«, erklärte Paulina. »Miss Alicia verändert ein paar Dinge. Es wird alles ganz neu.«

»Verstehe.«

»Kaum zu glauben, dass es immer noch derselbe Tea Room ist«, meinte Kitty. »Ich habe eine neue Matratze … aus Baumwolle. Keine Strohhalme mehr, die einen in den Hintern piksen! Und sie überlegt sogar, ein Wasserklosett einbauen zu lassen. Kannst du dir das vorstellen?« Ihre Augen leuchteten, als bekäme sie einen Brillantring geschenkt.

»Und sie bezahlt uns das Doppelte von dem, was wir bei Miss Beatriz bekommen haben«, rief Paulina. »Jetzt kann ich mir alle Schuhe kaufen, die ich haben will.«

»Trotzdem ist es immer noch der Tea Room«, warf Maxine ein und steckte sich eine Zigarette an. »Ein Schwein bleibt ein Schwein, auch wenn du es mit Blattgold überziehst.«

»Und wer ist die Frau mit dem Besen?«, erkundigte Dwayne sich und öffnete den ersten Schuhkarton.

»Hortensia, die neue Köchin«, sagte Paulina. »Ihr *arroz con pollo* ist ein Gedicht. Fast so gut wie der von meiner Mama.«

»Das Ganze muss ein Vermögen gekostet haben«, sagte er und wickelte die Schuhe aus dem Papier.

»Darauf kannst du wetten«, schnaubte Maxine. »Beatriz hat die Scheine gebunkert, während wir uns abgerackert haben. Unser Zuckerpfläumchen hat das Geld unter den Bodendielen im Klosett gefunden. Bis zu den Ellbogen musste sie reintauchen.« Sie erlaubte sich ein schadenfrohes Grinsen. »Was für eine Vorstellung! Ich lache mich jedes Mal kaputt, wenn ich bloß daran denke!«

Dwayne hatte sie noch nie in guter Stimmung gesehen. Und er war nicht sicher, ob er es unbedingt erleben wollte.

»Oh, die sind ja schön!«, sagte Paulina. »Die will ich probieren.« Sie hob einen Fuß.

Als er sich vorbeugte, um ihr den Schuh überzustreifen, spreizte sie bereitwillig die Beine. *Nur gut, dass manches auch beim Alten geblieben ist.*

Als er fertig war, machte er sich auf die Suche nach Miss Alicia, um abzukassieren. Mr. Jolovitz wäre bestimmt begeistert, wenn Dwayne ihm erzählte, dass er nicht ein oder zwei, sondern gar drei Paar Schuhe verkauft hatte. Damit bekam der Tea Room – neben der Gato-Fabrik – einen festen Platz auf seiner Runde.

Hortensia polierte den Tresen mit Bienenwachs. »Ist Miss Alicia hier?«, fragte er.

»Nebenan, mit Señor Morales«, sagte sie mit einem Nicken.

Er hatte noch nie einen Fuß ins Last Resort gesetzt, doch es stand in dem Ruf, dass dort die übelsten Gesellen ein und aus gingen – was in Key West eine echte Auszeichnung war – und die besten Drinks serviert wurden. »Bier 5 ¢« stand in geschwungenen Lettern auf dem riesigen Schaufenster neben dem Eingang, und ein Maler war dabei, das Wort »Kräuter-« voranzustellen. Er folgte dem Klang der Stimmen ins Innere.

Miss Alicia saß mit zwei Männern an einem Tisch und war tief ins Gespräch versunken: Der eine war der Schwarzhaarige aus seinem Fiebertraum – Mr. Morales, wie er vermutete –, der andere ein riesiger Neger mit einem von Brandwunden übersäten Gesicht und mandelförmigen Indianeraugen.

»Ich habe doch gesagt, ich schließe mich Ihnen an«, sagte Miss Alicia. »Es ist mein Laden. Würden Sie ihn an meiner Stelle etwa jemand anderem überlassen?« Sie fuhr fort, ohne seine Antwort abzuwarten. »Natürlich nicht. Nur weil ich eine Frau bin …«

Mr. Morales schob abrupt seinen Stuhl zurück. »Wir haben das alles längst besprochen. Wenn das Boot voll beladen ist, reicht der Platz nicht für Sie. Ich brauche einen Drink.« Er trat zur Bar.

»Aber für Sie und Thomas ist doch auch Platz.« Sie überkreuzte die Arme. »Im Übrigen ist es gerade einmal zehn Uhr morgens.«

Er kippte einen Schnaps hinunter und wischte sich mit dem Handrücken den Mund ab. »Thomas und ich müssen Rumfässer und Kisten mit Brandyflaschen wuchten. Wenn Sie das schaffen, können Sie gern meinen Platz haben, und ich bleibe solange hier, wo es schön und trocken ist. Im Übrigen kümmern Sie sich gefälligst um Ihre eigenen Angelegenheiten.«

Der riesige Neger sagte nichts, sondern blickte nur schweigend zwischen den Streithähnen hin und her.

Dwayne hüstelte.

»Ja?«, bellte sie. Sie wirkte ganz anders als die zurückhaltende junge Frau, deren Koffer er vor wenigen Wochen erst vom Hafen auf seinem Karren hergeschoben hatte. Ihr Haar war immer noch zu einem ordentlichen Knoten frisiert und ihr Kleid bis oben zugeknöpft, doch ansonsten wirkte sie deutlich lebhafter. Er fragte sich, was Pa wohl zu alldem sagen würde, aber in Wahrheit wusste er es natürlich längst: So etwas konnte doch nicht normal sein. Geschäfte waren Männersache, und Harmonie konnte nur dann vorherrschen, wenn jeder seinen Platz auf der Welt kannte und blieb, wo er hingehörte.

»Ich wollte nur für die Schuhe abkassieren, Miss Alicia – ich meine, Miss Pearl. Heute waren es drei Paar. Das macht dann zehn Dollar, Ma'am.«

Sie zog ein Bündel aufgerollter Geldscheine aus der Tasche ihres Kleids und reichte ihm zwei Fünfer und einen einzelnen Dollarschein. »Der ist für dich. Und du kannst gern Alicia zu mir sagen.«

»Donnerwetter! Vielen Dank, Miss Alicia.«

Doch sie hatte sich inzwischen wieder Mr. Morales zugewandt. »Wie gesagt …«

Dwayne hüstelte abermals. »Ich habe ein Boot. Es ist nicht groß, aber schnell. Damit kann ich Sie gern überall hinbringen, Miss Alicia.« Soweit er wusste, gab es im Moment weit und breit keine kleinen, wendigen Boote. Man hatte ihm in der Vergangenheit durchaus gutes Geld für sein Glasbodenboot geboten, doch er hatte alle Offerten rundweg abgelehnt. Angesichts der bevorstehenden Prohibition schafften gerade sämtliche Händler und Barbesitzer im Schutz der Dunkelheit Alkoholvorräte herbei, die sie bei irgendwelchen Schmugglern gekauft hatten. »Und mit zwei Booten können Sie die doppelte Menge transportieren.«

»Du bist doch der Junge aus dem Krankenhaus«, sagte Mr. Morales, als hätte er ihn erst jetzt bemerkt.

Dwayne strahlte ihn an. »Dwayne Campbell, Sir. Sie haben mir das Leben gerettet, als ich schon beinahe hinüber war. Meine Ma hat gesagt, ich soll mich bei Ihnen bedanken. Ich stehe in Ihrer Schuld, Sir. Es heißt, Sie wären ein echter Kriegsheld, und ich ...«

»Und so sieht also dein Dank aus? Du mischst dich in meine Geschäfte ein?«

»Der Junge hat völlig recht.« Die Stimme des Negers dröhnte wie ein Nebelhorn in Dwaynes gesundem Ohr. »Auf zwei Booten können wir viel mehr transportieren.«

Aus der Nähe betrachtet, bildeten die Brandnarben ein rosa-braunes Flickwerk aus Haut und Falten, das sich vom Ohr zum Kinn erstreckte und den einen Mundwinkel nach unten zog. Black Caesar, der im Last Resort fürs Grobe zuständig war, besaß in der Stadt einen Ruf wie Donnerhall, doch Dwayne hätte in seinen kühnsten Träumen nicht gedacht, ihm jemals persönlich gegenüberzustehen. Der Neger ertappte ihn, wie er ihn anstarrte, und verzog das Gesicht zu einem halben Lächeln, bei dem es Dwayne eiskalt den Rücken hinunterlief.

Mr. Morales warf dem Mann einen vernichtenden Blick zu. »Du bist also auch auf ihrer Seite, was? So viel zum Thema Loyalität.«

»Das ist keine Frage der Seite, sondern des gesunden Menschenverstands.« Er zuckte mit den Schultern. »Außerdem zahlt sie die Hälfte.«

»Danke, Dwayne.« Alicia strahlte. »Ich nehme dein

Angebot gerne an. Sei am Samstag um Mitternacht am Smathers Beach.«

Für ein einziges weiteres Lächeln von ihr wäre Dwayne bis nach Kuba und zurück geschwommen, ohne auch nur mit der Wimper zu zucken.

Alicia blickte Dwayne hinterher, als er die Bar verließ. »Was für ein netter Junge«, sagte sie. »Und so hilfsbereit. Wie schade, dass er solche Eltern hat. Worüber streiten sie sich nur so?«

John zuckte die Achseln. »Keinen blassen Schimmer. Geht mich nichts an und Sie genauso wenig. In der ganzen Stadt ginge es viel friedlicher zu, wenn die Leute sich um ihren eigenen Kram kümmern würden«, fügte er mit einem vielsagenden Blick in ihre Richtung hinzu. »Thomas weiß es wahrscheinlich. Er weiß immer alles.« Und damit stapfte er davon.

Es war das erste Mal, dass sie mit Thomas alleine war, der sich ohne Johns Gegenwart ziemlich unwohl zu fühlen schien. Wieder und wieder schweifte sein Blick zur Tür. »Wissen Sie, warum, Thomas?«

Der Riese zuckte mit den Schultern und zog mit dem Fingernagel eine Linie in die Tischplatte. Er schien nicht mehr sagen zu wollen, deshalb durchforstete sie ihr Gehirn nach einem anderen Thema. Thomas war ein wichtiger Teil ihres Vorhabens, daher war es nur in ihrem Interesse, dass sie sich gut verstanden. Und sie war neugierig. Er hatte die Sprechweise eines Farbigen, doch seine Gesichtszüge erinnerten sie an die Taíno auf Kuba – Indianer, die lange vor Christoph Kolumbus auf der Insel gelebt hatten. Um den Hals trug er einen silbernen Pantherkopf an einem Lederband. Sie berührte das Medaillon um ihren Hals. *Er gehört nirgends dazu, genauso wie ich.*

Alicia wartete, in der festen Überzeugung, dass er aufstehen und davonlaufen würde, wenn sie ihm zu sehr auf die Pelle rückte. Sie war zum allerersten Mal in diesem Büro hinter der Bar, und ihr Blick schweifte zum offenen Fenster, hinter dem sich eine unerwartete Farbenpracht bot. »Ist das ein Garten, Thomas?«

»Ja, Ma'am. Nichts Besonderes. Bloß ein paar Süßkartoffeln, Kürbisse, Kohlköpfe und Steckrüben. Dazu Tomaten, Ananas, Limonen und Erdbeeren. John isst ziemlich gern Erdbeeren.«

»Würden Sie ihn mir mal zeigen?«

Gemeinsam traten sie durch die Fliegentür nach draußen. Der Garten war rechteckig und etwa von derselben Größe wie das Grundstück hinter dem Tea Room, nur dass hier Obst und Gemüse in ordentlichen Reihen gepflanzt waren, mit leuchtend rotem Hibiskus, bunten Gardenien und orangefarbenen Strelitzien dazwischen.

»Das ist ja das reinste Paradies!«, rief sie. »Wer pflegt diesen Garten?«

»Ich. Als John weg war, hab ich etwas gebraucht, um mich zu beschäftigen. Inzwischen ist die Ernte groß genug für uns beide, und wir haben sogar noch was übrig. Ich schätze, die Außenklosetts machen's aus.« Seine unversehrte Gesichtshälfte verzog sich zu einem schiefen Grinsen.

»Sí, claro«, prustete sie.

Einen Moment lang musterte er sie, dann wandte er den Blick ab.

Sie beugte sich vor und schnupperte an einer Gardenie. »Ich hatte auch so einen Garten. Er erinnert mich an zu Hause. Würden Sie … mir helfen, wenn ich hinter dem Tea Room auch einen Garten anlege? Ich würde Sie natürlich bezahlen.« *Es könnte funktionieren. Platz genug haben wir*. Dank Hortensia, der neuen Köchin, hatte sich die Kost inzwischen erheblich verbessert, doch mit kostenlosem Obst und Gemüse könnte sie wahrscheinlich echte Köstlichkeiten zaubern. Und es bliebe immer noch genug Platz für ihre Heilkräuter.

»Warum nicht«, erwiderte er, den Blick auf den Garten geheftet. »Ich kenne ein Mädchen, das manchmal bei Missus Campbell aushilft. Sie sagt, irgendwo in der Familie der Missus hätte sich Negerblut druntergemischt.«

Alicia horchte auf. »Sie meinen …«

»Hmhm.« Er nickte. »Es ist rausgekommen, als Dwayne noch ganz klein war. Ein Onkel von ihr ist gestorben. In Georgia. Die haben ihr wohl irgendwelche Papiere geschickt.«

Sie sah Lily Campbells Gesicht vor sich, ihre Augen mit dem Ausdruck eines geprügelten Hundes. Trotzdem hatte sie sich gegen Mr. Campbell gestellt, um ihren Jungen zu retten. »Dort, wo ich herkomme, ist das kein Grund, dass ein Mann seine Frau so behandelt«, sagte sie.

»Sie leben noch nicht lange genug hier, Miss.« Mit erstaunlicher Behutsamkeit rückte er eine Tomatenstange gerade. »Das sei gegen das Gesetz, sagen sie. Selbst durch das kleine bisschen Negerblut ist Missus Campbell so schwarz wie ich.«

»Aber wieso lässt sich Mr. Campbell dann nicht scheiden?«

»Sie müssen erst noch lernen, wie es hier ist.« Zum ersten Mal wandte er sich ihr zu und sah ihr ins Gesicht. »Für den Reverend wäre es das Allerschlimmste, was passieren könnte, ein echter Skandal. Immerhin ist er ein Kirchenmann.«

Also ließ Neil Campbell seine Frau jeden Tag aufs Neue für ihre Herkunft bezahlen. Kein Wunder, dass sie so etwas wie Verbundenheit mit der Frau empfunden hatte. *Ich kenne dich. Weil ich genau dasselbe erlebt habe.*

Und nun verstand sie auch, wieso der Reverend so wütend geworden war, als er von Johns Plasmatransfusion erfahren hatte.

»Das heißt, dass auch Dwayne betroffen ist«, sagte sie, während ihr der freundliche, gutmütige Junge mit dem sommersprossigen Gesicht in den Sinn kam. Er hatte keine Ahnung.

Thomas zuckte unbeteiligt mit den Schultern. »Hier gibt's viele Familien mit Negerblut in den Adern, aus Sklavenzeiten. Die Männer verschlägt es ab und zu mal in die schwarzen Freudenhäuser. Ist ja auch egal, aber manchmal kommt eben ein Mischlingsbaby dabei raus, und dann tun alle so, als könnten sie's nicht glauben. Diese ganze Stadt ist auf einem riesigen Sumpf aus Lügen und Geheimnissen aufgebaut.« Thomas ließ den Blick über die Häuser ringsum schweifen, als beherbergten sie finstere Gestalten, ehe er sich mit ernster Miene an sie wandte. »Ich kann Ihnen nur einen Rat geben, Miss – halten Sie sich von den Sümpfen fern.«

Kapitel 10

Eine Woche später am Smathers Beach. Es war eine warme, klare Nacht, am Himmel hing ein großer silbriger Mond. Der Wind, der den ganzen Tag an den Palmen gezerrt hatte, war abgeflaut, sodass lediglich sanfte Wellen die im Mondschein glitzernde Wasseroberfläche kräuselten.

Alicia hatte sich eine schwarze Hose und Bluse von Paulina ausgeliehen und ihr Haar unter eine alte Mütze von Felix gestopft. Das Mondlicht tauchte alles ringsum in Grau und Schwarz; lediglich am Ufer tanzte eine Reihe gelber Lampen, auf die sie, die Schuhe in einer Hand, zueilte.

Dwayne und John standen im seichten Wasser und hielten die Boote fest, die in der sanften Dünung schaukelten. Winzige silbrige Fischchen flitzten zwischen ihren Füßen umher.

»Ich habe dir ja gleich gesagt, dass sie zu spät sein wird.« Johns Stimme.

»Kommen Sie.« Dwayne nahm ihre Hand. »Ich helfe Ihnen.«

Seit Alicia darauf bestanden hatte, sie zu begleiten, fragte sie sich, ob John womöglich recht gehabt hatte und es tatsächlich eine dumme und unnötige Idee gewesen war. Doch es war ihr wichtig erschienen, ein wesentlicher Bestandteil ihrer neu gewonnenen Unabhängigkeit. Mithilfe von Beatriz' gehortetem Geldschatz hatte sie längst überfällige Veränderungen im Tea Room vornehmen können, und das daraus erwachsende Machtgefühl war berauschender als Alkohol, auch, weil es so neu und ungewohnt war.

Doch das Platschen der Wellen gegen den Schiffsrumpf zwang sie, sich vor Augen zu führen, dass sie gleich ihr Leben jenem Element anvertrauen würde, vor dem sie sich am meisten fürchtete. Hier, am Strand, konnte sie die majestätische Schönheit des Ozeans durchaus wertschätzen, aber Dwaynes Boot nahm sich vor der schwarzen Endlosigkeit wie die reinste Nussschale aus. Seit Kindertagen hatte sie panische Angst vor dem Wasser, und ihr schlimmster Albtraum bestand darin, dass sie ertrank, während sie verzweifelt versuchte, sich durch die Wassermassen zu kämpfen, in Richtung eines immer kleiner werdenden Lichts. Jedes Mal erwachte sie nach Luft ringend aus ihrem Traum. Und auch jetzt musste sie dem Drang widerstehen, die Füße in den Sand zu graben, sich an die Sicherheit des festen Bodens zu klammern. Für immer.

Natürlich hatte sie John nichts davon erzählt, dass sie nicht schwimmen konnte: Er hätte ihr – durchaus zu Recht – vorgeworfen, dass sie den Verstand verloren haben musste. Selbst der junge Dwayne hätte sich vermutlich geweigert, sie mitzunehmen. *Es ist noch nicht zu spät, einen Rückzieher zu machen.* Worüber sie bestimmt ein halbes Dutzend Mal nachgedacht hatte, daher die Verspätung. Das Blut rauschte in ihren Ohren. Aber sie musste gehen, musste die Galle in ihrer Kehle hinunterschlucken, dafür sorgen, dass ihre Hände zu zittern aufhörten, sich bloß nichts anmerken lassen. Es stand nicht nur ihr Stolz auf dem Spiel, sondern in gewisser Weise ihre gesamte Zukunft. Sie wusste, dass man Risiken nicht ausschließen konnte, sondern lediglich mit ihnen umzugehen lernen musste, und auch wenn sie die bevorstehende Gefahr nicht gerade mit offenen Armen willkommen hieß, fühlte sie sich zumindest bereit, ihr ins Auge zu blicken.

Daher nahm sie das Herz in die Hand und watete in die seichten und zugleich trügerischen, schwappenden Wellen, wo Dwayne sie bereits mit ausgestreckter Hand erwartete.

»Nein«, wandte John ein. »Sie fahren bei mir mit, damit ich Sie im Auge habe und verhindern kann, dass Sie irgendwelchen Unsinn anstellen. Thomas, du begleitest den Jungen.«

Mühelos glitt das Boot durch das dunkle Wasser. John ließ Dwaynes Boot nicht aus den Augen, obwohl er gleichzeitig nach Josés Lampe Ausschau hielt. So ziemlich jeder, den er kannte, hatte sich irgendwann einmal als Schmuggler betätigt und alles verhökert, was mit Zöllen und Steuern belastet war: Rum, Gold, Opium. Und auch Menschen. Regelmäßig wurden an den Handgelenken gefesselte Chinamänner ans Ufer gespült, eiskalt von den Menschenhändlern über Bord geworfen, wenn ihnen die Gesetzeshüter auf den Fersen waren.

John war mit den alten Schmugglergeschichten seines Vaters groß geworden, der sie ihm im Schein einer Lampe in ihrer Hütte im Wald erzählt hatte. Manche sagten, die

Wälder seien eine riesige Schatztruhe, die bloß darauf wartete, gehoben zu werden, wenn die Leute genau genug hinsähen. Andere berichteten von unmarkierten Gräbern all jener, die einfach Pech gehabt oder nicht aufgepasst hatten und deren ruhelose Seelen nach Einbruch der Dunkelheit umherstreiften. Wie auch immer, jedenfalls hatte der Schmuggel seit über hundert Jahren Tradition in Key West, nicht zuletzt wegen der vielen Mangrovenwäldchen und Buchten, die das perfekte Versteck für alles Mögliche darstellten. Der Schmuggel war wie ein roter Faden im Lebensgeflecht der Knocheninsel, und die bevorstehende Einführung der Prohibition hatte Hunderte quasi dazu gezwungen, ebenfalls ins Geschäft einzusteigen. Dies war seine erste Schmuggelerfahrung. Ihm war bewusst, welche Risiken damit verbunden waren, und er war wie immer bereit, notfalls auch dafür zu kämpfen. Er und Thomas hatten in der Vergangenheit so manch übler Gestalt den Garaus gemacht, daher wusste er genau, dass er mit seinem alten Freund rechnen konnte und wie er reagieren würde. Doch mit einem Mädchen und einem halbwüchsigen Jungen im Schlepptau wurde es kompliziert. Seiner Erfahrung nach galt: Je einfacher ein Plan, umso besser, wohingegen Komplikationen in aller Regel Ärger bedeuteten.

Alicia saß stocksteif da, beide Hände derart fest um das Schanddeck geklammert, dass ihre Knöchel weiß hervortraten, so als befänden sie sich inmitten eines heftigen Sturms, dabei glitt das Boot mühelos durch das ruhige Wasser. Ein angespannter Passagier war eine echte Last. Er hatte zu viel um die Ohren, um sich Sorgen darüber zu machen, was ihr solche Angst bereitete.

Er konnte nur hoffen, dass sie ihm nicht in die Quere kam. Sonst könnte es für alle Beteiligten übel ausgehen. *Soll sie sich in Gottes Namen ansehen, wie das Ganze abläuft. Schließlich wollte sie es ja unbedingt wissen. Aber einmal und nie wieder!*

Nach gerade einmal einer halben Meile hörte er sie rufen und auf das Meer deuten.

»Was ist denn, verdammt noch mal?«, stieß er hervor und verlangsamte das Tempo, in der Erwartung, das Platschen eines Körpers zu hören.

Rings um sie herum schimmerte das Wasser in einem leuchtenden Blaugrün; die Kielwelle schuf ein Muster aus Wirbeln und Linien, die funkelten wie ein Unterwasserstrom aus Smaragdsplittern, deren Schimmer sich in ihren Gesichtern spiegelte. Sie beugte sich über Bord.

»Haben Sie schon mal so etwas Schönes gesehen?« Sie lachte und klatschte verzückt in die Hände. Das Boot begann zu schaukeln, woraufhin sie jedoch nur noch lauter lachte. Die Männerkleider und die Mütze verliehen ihr etwas Verwegenes – noch ein Problem, das sich ihm stellte.

»Still!«, zischte er. »Oder wollen Sie, dass die Küstenwache auf uns aufmerksam wird? Und setzen Sie sich hin, sonst bringe ich Sie auf der Stelle ans Ufer zurück, ich schwör's!«

Sie gehorchte; ihre Miene war im Halbdunkel nicht zu erkennen. Sie fuhren weiter; nicht einmal eine Viertelstunde später hatten sie Josés Männer aufgestöbert, die in zwei flachen Booten auf dem Wasser trieben. Hier draußen war der Wind spürbar stärker.

John fuhr näher heran, Dwayne hielt sich steuerbord. »*Hola*, John«, wehte eine leise Stimme über die Wellen.

»*Hola*, José.« Mit Mühe konnte er die Umrisse dreier schwach erleuchteter Gesichter ausmachen.

Dwaynes Boot glitt neben sie. »Wir haben nicht mit Gesellschaft gerechnet«, maulte José verärgert. »Das war nicht abgemacht. Du hättest dich an die Abmachung halten sollen, John. *Andale*.«

Das Ganze war eine echte Schnapsidee. Wie gesagt, einmal und nie wieder. »Warte! *Amigo*, nur die Ruhe. Ich habe gute Nachrichten. Ich habe Hilfe mitgebracht, weil ich meine Bestellung erweitern möchte. Ich weiß, dass es anders vereinbart war, aber ich hatte gehofft, es macht dir nichts aus, noch ein bisschen mehr zu verdienen.«

Die Männer debattierten auf Spanisch, zu schnell, als dass er sie hätte verstehen können. Eine Wolke schob sich über den hellen Mond, tauchte alles in tiefe Schatten.

»Komm näher, John, damit wir verhandeln können.«

Es fühlte sich falsch an, ganz und gar falsch, das sagte ihm sein Bauchgefühl laut und deutlich. Doch José genoss einen ausgezeichneten Ruf, außerdem hatte er die besten Preise, niedriger als die von allen anderen. Unvermittelt fragte er sich, warum das wohl so war. Doch er wollte verdammt sein, wenn er mit leeren Händen wieder abzog. Er drehte den Gashebel ein Stück weiter auf. In diesem Moment schnellte eine Hand vor und legte sich auf seinen Arm.

»Die wollen uns umbringen und sich die Boote schnappen«, flüsterte eine Stimme direkt neben seinem Ohr, so sanft wie eine weiche Brise.

Ganz leise und verstohlen zog er seinen Colt, dem er seine sichere Rückkehr nach Hause verdankte. Doch es war so dunkel, dass er allenfalls seinen eigenen Fuß treffen würde. »Ich lenke sie ab, und Sie übernehmen das Gas. Auf mein Zeichen drehen Sie auf«, raunte er.

»Ich habe eine andere Idee.« Sie riss sich die Mütze vom Kopf und rief: *»Hola, muchachos! Qué pasa?«*

Stille. Dann – schallendes Gelächter. »Eine Frau? Hey, John, es heißt, du wärst ein ganz harter Knochen, aber vielleicht gibt es ja noch einen anderen John Morales in Key West, einen, der keine Angst hat, ohne seine *mujer* einen Fuß aus dem Haus zu setzen.«

»Su mujer?«, rief sie und stemmte die Hände in die Hüften. Im Schein der Lichter wirkte ihr Haar wie eine goldene Krone um ihren Kopf. Sie ließ einen spanischen Wortschwall folgen, bei dem die Männer nur noch lauter lachten, so übermütig und ausgelassen, dass sie sich die Bäuche hielten und …

»Jetzt«, flüsterte sie.

Jack riss den Gashebel zurück und rammte das erste Boot. Sie hörten drei laute Platscher, gefolgt von wütenden Schreien.

»Thomas«, schrie er. »Spring rüber und schwing die Fässer auf Dwaynes Boot, dann kappst du den Motor. Sollen sie doch nach Kuba rudern. Oder vielleicht haben sie auch Glück, und die Küstenwache fischt sie vorher heraus.«

Mit erstaunlicher Gelenkigkeit sprang der Riese an Bord des Schmugglerboots; kurz darauf war Dwaynes Glasbodenboot beladen, und der Motor von Josés Boot trudelte gen Meeresboden. Die Männer versuchten zwar, an Bord zu klettern, doch eine Handvoll Kugeln, die von den Seitenschotten prallten, ließen sie ihr Vorhaben ganz schnell vergessen.

»Okay, José, da ihr ja leider keinen Motor mehr habt, nehmen wir euch die schwere Last der Fässer im anderen Boot auch noch ab. Thomas, schnapp dir die Leine!«

Kaum war das Tau am Heck befestigt und Thomas an Bord zurückgekehrt, winkte John ihnen mit einem fröhlichen »Schönen Abend noch, *muchachos!*« zu.

Und damit glitten sie in der nächtlichen Dunkelheit davon. Kaum waren sie außer Hörweite von José und seinen Männern, brach er in lautes Gelächter aus. »Was für ein Schauspiel! Ich wünschte bloß, ich hätte ihre Gesichter sehen können. Was haben Sie zu ihnen gesagt?«

Sie saß mit dem Rücken zu ihm am Bug, ihr Haar flatterte im Wind. »Ich habe ihnen gesagt, ich sei nicht Ihre *mujer*, weil Ihr *pinga* die Größe eines Babyshrimps hätte.«

»Äh …« Er hüstelte. »Das … das hat ja offenbar funktioniert. Sehr clever. Gut gemacht.« *Babyshrimp, ja? Aber es kann mir doch egal sein. Ich bin schließlich derjenige, der mit Alkohol im Wert von einem Riesen nach Hause fährt.* Natürlich würde der Vorfall nicht ohne Folgen bleiben. Das war immer so. Und fürs nächste Mal war er vorbereitet. Er drehte den Gashebel noch ein bisschen weiter auf. Plötzlich hatte er es eilig, ans Ufer zu kommen und ihre Ausbeute in Augenschein zu nehmen. Die See schimmerte silbrig im Schein des Mondes.

Und dann erstreckte sich erneut dieses leuchtend grüne Wasser vor ihnen, und wieder stieß sie einen spitzen Begeisterungsschrei aus. Es erschien ihm nur recht und billig, das Tempo ein wenig zu drosseln, damit sie ihre Freude hätte, doch mittlerweile war das Meer deutlich aufgewühlter als vorhin, und bevor er sie warnen konnte, lieber sitzen zu bleiben, hatte sie eine Welle erfasst und über Bord gespült, so schnell, dass ihr noch nicht einmal Zeit zum Schreien geblieben war. Alles, was er sah, war ein dichter Haarschopf, der im grünlichen Wasser leuchtete.

Er machte den Motor aus und drehte hart bei, doch das schwere Boot im Schlepptau wirkte wie ein Anker und zog ihn von der Stelle fort, wo sie ins Wasser gefallen war. Ohne zu zögern, schnappte er sein Messer, schnitt das Tau ab und hielt auf die immer noch aufsteigenden Bläschen zu.

Dwayne kam um ihn herumgefahren und machte den Motor aus. Sein Gesicht war kreidebleich. »Wo ist sie?«, rief er. »Ich kann sie nicht sehen! Wo ist sie?«

Stille. Sie standen da, den Blick auf das trübe erhellte Wasser geheftet, als sie wenige Meter neben der Backbordseite durch die Oberfläche brach. »Hilfe!«, schrie sie und ging erneut in einem schaumigen Strudel unter.

Versuch nie, einen Ertrinkenden zu retten. John hörte die Stimme seines Vaters so klar und deutlich, als stünde er neben ihm. Noch bevor sie verklungen war, hatte er sich in die Fluten gestürzt.

Das salzige Wasser brannte in seinen Augen, als er zu der Stelle tauchte, wo er sie zuletzt gesehen hatte. Eine dünne Bläschenspur stieg vor ihm auf, und er tauchte noch weiter hinab, obwohl ihm seine Lunge bereits sagte, dass es höchste Zeit war, an die Oberfläche zurückzukehren.

Sein Gehirn schrie nach Sauerstoff, und er spürte, dass er sich der Grenze des Erträglichen näherte. Da bekam er sie am Kragen ihrer Bluse zu fassen und ließ sich nach oben schnellen, bis er mit einem lauten Japsen durch die Oberfläche brach. Sie war neben ihm, doch sie regte sich nicht. *Atme, verdammt noch mal!* In diesem Moment hob sie den Kopf und schnappte japsend nach Luft. Ihre Arme schlangen sich um seinen Hals, so fest wie ein Schraubstock, ihre Beine legten sich um seine Taille. Er versuchte etwas zu sagen, doch sein Mund war voller Wasser. Panisch blickte sie sich um, ohne irgendetwas zu erkennen. Weinend und schreiend klammerte sie sich fest, zog sich an ihm nach oben wie an einer Stange, wobei sie seinen Kopf unter Wasser drückte. Er spürte ihr gesamtes Körpergewicht auf sich. Mit aller Kraft versuchte er, sich ihrem Griff zu entwinden, doch ihre Panik war stärker. Er schlug wild um sich, aber es gab kein Entrinnen.

Das Meer rings um sie herum blubberte wie ein Schaumbad. Auch als er das Bewusstsein verlor, registrierte er noch seine Schönheit … und wie lächerlich es war, auf diese Weise zu sterben. *Nächstes Mal bin ich schlauer. Oh. Aber es wird kein nächstes Mal geben.*

In diesem Moment packten ihn kräftige Hände und wuchteten ihn auf den Boden des Boots, wo er hustend, japsend und keuchend liegen blieb, während er verzweifelt Luft in seine Lunge zu saugen versuchte. Sekunden später landete sie neben ihm, ein Gewirr aus Armen und Beinen und Haaren. Thomas' massige Gestalt ragte über ihnen auf.

»Wenn jetzt alle wieder an Bord sind, kann's ja weitergehen«, bemerkte er.

Zu viert und mit der Ladung lag Dwaynes Boot so tief im Wasser, dass die Wellen über das Schanddeck schwappten. John nickte – noch immer war seine Luftröhre voller Wasser, sodass er keinen Ton herausbrachte. Er erwartete, dass sie in Tränen ausbrechen und laut hinausschreien würde, dass sie nie, nie wieder einen Fuß in ein Boot setzen würde. Was unter diesen Umständen mehr als verständlich, wenn auch bedauerlich wäre, denn ohne sie würde er jetzt vermutlich mit einer Kugel im Bauch auf dem Meeresgrund liegen.

Sie hob den Kopf. Klatschnasse Strähnen klebten in ihrem Gesicht, und sie spuckte eine Ladung Wasser aus. Nach ein paar tiefen Atemzügen krächzte sie: »Sie …«, ehe sie ein neuerlicher Hustenanfall schüttelte. »Sie werden mir das Schwimmen beibringen.«

Rosa und golden zog die Dämmerung über den Palmen auf, als Dwayne durchs Fenster in sein Zimmer kletterte. All seine Nervenenden schienen vor Erregung zu vibrieren. Es war, als hätte sein Leben erst jetzt richtig begonnen, innerhalb von nur einer Nacht. Abenteuer … Das Wort hallte in seinem Kopf wider. Er war Teil von etwas Wildem, Gefährlichem gewesen. Mitten in der Nacht. Mitten auf dem Ozean. Männer mit Waffen – all das fügte sich zum großartigsten Erlebnis seines ganzen bisherigen Lebens zusammen, neben dem sich die kurzen Blicke unter Paulinas Rock geradezu lächerlich ausnahmen.

Mr. Morales war unglaublich gewesen, so überlegen und ruhig, als es mit José zur Sache gegangen war, ganz zu schweigen davon, mit welcher Ritterlichkeit er Miss

Alicia hinterhergetaucht war. Genau wie Zorro. Alle fünf Ausgaben lagen unter seinem Bett versteckt, die komplette Serie aus *All-Story Weekly*. Auch Zorro war spanischer Herkunft. Und er kämpfte für die Schwachen und Verletzlichen. Auch an Mr. Morales' Seite stand eine leidenschaftliche, exotische Frau. Natürlich trug Mr. Morales keine schwarze Maske, doch Dwayne war bereit, über dieses kleine Detail hinwegzusehen.

Auch Miss Alicia hatte sich als gewieft und furchtlos entpuppt. Noch nie hatte er ein solches Verhalten bei einer Frau beobachtet. Pa würde ihm die Seele aus dem Leib prügeln, wenn er von Dwaynes Gedanken erführe; sie war die Verführung in Person, noch dazu eine mit kaffeebrauner Haut. Ihr Gesicht war es, das er vor sich sah, wenn er nachts allein in seinem Bett lag und sich an Gott und an sich selbst versündigte.

Selbst seine Angst vor Thomas hatte er ein Stück weit verloren. Auf dem Rückweg zum Ufer hatte er sich verpflichtet gefühlt, Konversation zu machen, aus purer Höflichkeit, doch seine ersten Versuche waren am breiten Rücken des Negers abgeprallt und im Pfeifen des Windes verklungen.

Aber dann hatte er gerufen: »Wie ich höre, ist Mr. Morales ein echter Kriegsheld.«

Erst da hatte Thomas sich umgedreht, und der Anflug eines wehmütigen Lächelns hatte um seinen unversehrten Mundwinkel gespielt. »Er ist der großartigste Mann, den ich kenne.«

Verblüfft, dass er tatsächlich eine Antwort erhalten hatte, hatte Dwayne sich vorgebeugt. »Kennen Sie ihn schon lange?«

»Seit der Kindheit. Wir haben alles zusammen gemacht. Und dann ist er in den Krieg gezogen …« Thomas' Stimme verklang. »Er war lange fort. Ich habe währenddessen versucht, den Laden ohne ihn zusammenzuhalten, aber es war schwer. Sehr schwer.«

Erst jetzt begriff Dwayne, dass Thomas Mr. Morales ein echter und treuer Freund war, selbst wenn er ein halber Neger sein und ein zur Hälfte zerstörtes Gesicht haben mochte. »Aber jetzt ist er ja wieder zu Hause«, sagte er, um Thomas aufzumuntern, »und alles kann wieder so sein, wie es früher war.«

»Nein.« Thomas blickte in die Dunkelheit. »Nein, das kann es nicht.«

Zurück in seinem Zimmer, schlüpfte Dwayne in seliger Erschöpfung unter die Decke, wohl wissend, dass ihm allenfalls ein, zwei Stunden blieben, bis Ma ihn zum Frühstück rufen würde.

Doch es schienen nur Minuten vergangen zu sein, seit er den Kopf aufs Kissen hatte sinken lassen, als Pa neben seinem Bett stand und ihn grob an der Schulter packte.

»Los, steh auf, Sohn.«

»Aber Pa«, protestierte er mit schlafverklebten Augen. »Ich arbeite heute nur den halben Tag.«

»Zieh dich an.« Pa warf ein paar Kleider aufs Bett. »Du kommst mit mir.«

Er weiß es. Ich bin erledigt. Er zog sich an, während er nur darauf wartete, dass Pa ausholte und ihm den ersten Hieb verpasste. *Bitte, Gott, ich tu's auch nie wieder, ich schwöre.* Doch der Schlag blieb aus. Dwayne entspannte sich. Er hatte gelogen. Er hatte Gott belogen, und diese Lüge würde nicht ohne Folgen bleiben; er würde auf kurz oder lang dafür bezahlen, aber für den Augenblick überwog die Erleichterung und verjagte seine Müdigkeit. »Wohin gehen wir, Pa? Was machen wir?«

Die Augen seines Vaters schienen von einem Leuchten erfüllt, als er sich ihm zuwandte. »Geschichte schreiben, Junge. Wir werden Geschichte schreiben.«

Kapitel 11

Der Versammlungssaal hinter dem Gerichtsgebäude war bereits voll, als Dwayne und sein Vater eintrafen. Dichter Zigarrenrauch umwölkte die vertrauten Gesichter der Männer: Jeb »Snapper« Reynolds, der Besitzer der Schildkrötensuppen-Fabrik, außerdem Baxter, der Polizeichef, und »Slim« Smith, der Notar. Aus der anderen Ecke ertönte das Gelächter von Bret »Donkey« Hightower, dem Besitzer des Landfall Hotels, der mit einer Gruppe von Bankiers, Anwälten und Geschäftsmännern beisammenstand. Die meisten Männer kannte Dwayne flüchtig. Er nickte ihnen zu, wenn er sie auf seinen Liefertouren sah; aber so nahe war er den Honoratioren der Stadt mit Ausnahme der Feierlichkeiten zum 4. Juli bislang nie gekommen. Es musste schon ein ganz besonderer Anlass sein, wenn sie sich an einem Sonntag versammelten.

Trotz der Freundlichkeit, mit der die Männer Pa begrüßten, entgingen Dwayne ihre neugierig-argwöhnischen Blicke nicht, als er seinem Vater durch den Raum folgte. Die Gespräche verebbten, während immer mehr der Anwesenden ihn bemerkten. Verlegen trat er von einem Fuß auf den anderen und wäre am liebsten im Erdboden versunken.

Chief Baxter ergriff als Erster das Wort. »Kinder sind hier nicht erlaubt, Neil.«

Pa legte ihm die Hand auf die Schulter. »Ich habe meinen Jungen mit Charlies Erlaubnis hergebracht. Dieser Besuch soll ihm zeigen, was wir tun.« Er hielt inne, dann fuhr er mit einer Stimme fort, die Dwayne noch nie aus seinem Munde gehört hatte. »Ich hoffe, er wird eines Tages selbst ein Ritter, wenn meine Brüder und Gott ihn der Ritterschaft für würdig betrachten.«

»Ein hehres Ziel«, erwiderte Snapper Reynolds.

»Das Beste, was man tun kann«, warf der Notar zwinkernd ein.

Dwayne spürte, wie seine Verlegenheit einem Anflug von Stolz wich, weil sein Vater unter den Meinungsmachern in der Stadt ein solches Ansehen genoss; trotzdem war er verwirrt. Die einzigen Ritter, die er kannte, waren die Edelmänner um König Arthur aus seinen Büchern. Zudem gab es auch keinen runden Tisch im Raum.

Nichtsdestotrotz fühlte er sich mit jeder Minute wohler. Er straffte die Schultern und genoss dieses Gefühl. Was auch immer die Männer hier im Sinn hatten – er war bereit, sich an ihre Seite zu stellen.

Die Tür ging auf, und eine kleine, schmächtige Gestalt erschien: Charlie »Bucket« Simpkins, der sich händeschüttelnd und wohlwollend nickend einen Weg durch die Versammlung bahnte. Wie zuvor trug er einen perfekt gebügelten dunkelblauen Anzug mit weißem Einstecktuch in der Brusttasche und dazu Handschuhe. Neben ihm wirkten die Männer in ihren knittrigen Hemden mit den aufgerollten Ärmeln und den Schweißflecken unter den Achseln wie eine Horde Landstreicher. Dwayne fragte sich, ob es ihm jemals gelingen würde, so elegant zu wirken wie Mr. Simpkins, wie ein echter Gentleman, und das scheinbar ohne jede Mühe. Zu sehen, wie die anderen vor ihm kuschten, ließ seinen Respekt für den Mann noch größer werden. *Und gerade erst war er bei uns zu Hause und hat Mas Kokoskuchen gegessen.*

Mr. Simpkins nahm seinen Platz am Kopf des Tisches ein, unter einem riesigen Ölporträt von George Washington, wie er den Delaware River überquerte. Der General stand an Bord, hochgewachsen und stolz, ein Fuß auf dem Bug, ungeachtet des Schneegestöbers, das ihn umtoste, während eine Handvoll verzweifelter Soldaten wie verrückt durch die auf dem Fluss dahintreibenden Eisschollen paddelten. Solche Witterungsverhältnisse überstiegen Dwaynes kühnstes Vorstellungsvermögen. Bisher war er erst ein einziges Mal mit Eis in Berührung gekommen: als sein Vater ihn zum Hafen mitgenommen hatte, um das Eisschiff zu begrüßen, das den ganzen Weg von Maine nach Süden gesegelt war; damals, bevor sie elektrischen Strom gehabt hatten. Dwayne hatte an Bord kommen und kurz in den Kühlraum spähen dürfen, nur um seinen Pa bis auf die Knochen zu blamieren, weil ihm die Kälte einen solchen Schreck eingejagt hatte, dass er in Tränen ausgebrochen und schreiend zurück auf das Dock gelaufen war. Dies war nur eine der vielen Enttäuschungen, die er seinem Vater bereitet hatte. *Es wird Zeit, dass er stolz auf mich ist. Von jetzt an werde ich genauso wie General Washington sein, furchtlos und standhaft.*

»Gentlemen«, rief Mr. Simpkins, »meine Ritterbrüder. Ich erkläre dieses außerordentliche Klonklave für eröffnet.« Seine Stimme erinnerte Dwayne stark an Pas – sie war ruhig und beherrscht und zugleich voller Autorität. Simpkins öffnete eine Schublade und zog eine Konföderiertenflagge heraus, die er mit präzisen Bewegungen und ohne jede Eile auf dem Tisch ausbreitete, um sodann eine Bibel exakt in die Mitte zu legen. Dwayne war nicht überrascht gewesen, als er erfahren hatte, dass Mr. Simpkins der Schatzmeister der Gemeinde und damit für die gesamten Finanzen verantwortlich war.

Pa bedeutete Dwayne, sich auf einen der Stühle an der Wand unter dem Gemälde zu setzen, und legte einen Finger auf die Lippen. »Du bist hier, um zuzuhören, nicht um zu sprechen«, sagte er und nahm seinen Platz an der Tafel neben den anderen ein.

»Ich gebe zu Protokoll«, fuhr Mr. Simpkins mit einem Blick auf Donkey Hightower fort, der sich fleißig Notizen machte, »dass sich heute auch Dwayne Campbell, der Sohn unseres geschätzten Kludd Neil Campbell, unter den Anwesenden befindet.«

Dwayne setzte sich etwas gerader hin. *Erst das Abenteuer in der Nacht und jetzt das hier. Heiliger Strohsack, das läuft ja alles wie geschmiert … Aber was um alles in der Welt ist ein Klonklave? Und wieso nennt Mr. Simpkins Pa »Kludd«?* Die Worte hörten sich irgendwie kindlich an, als wäre das ein Spiel, doch keiner der Männer am Tisch verzog eine Miene.

Mr. Simpkins hielt inne und ließ den Blick von einem zum nächsten wandern, als wartete er nur darauf, dass einer etwas sagte. Doch es herrschte Schweigen. Wie ein Rudel gehorsamer, wohlerzogener Hunde, die darauf horchten, was Herrchen ihnen befahl. »Als Kleagle ist es mir eine Ehre und Freude zu berichten, dass unser Antrag, den Klan in den Keys zu etablieren, vom Imperialen Hexenmeister persönlich genehmigt wurde.«

Fäuste trommelten auf die Tischplatte, begeisterte Rufe wurden laut, Hände geschüttelt. »Gott segne Amerika!«, verkündete Chief Baxter, sprang auf und schleuderte seinen Hut in die Luft. Mr. Simpkins blieb völlig ruhig und gelassen, als wäre ihm jede Zurschaustellung von Gefühlen ein Gräuel. Ein Blick von ihm genügte, und der Chief setzte sich wieder hin.

Als Ruhe eingekehrt war, fragte Donkey Hightower: »Und wann ist nun der große Tag, Charlie? Wann werden wir unsere schöne Stadt endlich von ihren Fesseln befreien?«

»Der Tag wird kommen, Bruder Klokard, aber noch müssen wir uns ein paar Monate gedulden. Es gibt viel vorzubereiten, vor allem, was die Rekrutierung neuer Mitglieder betrifft – und dies, meine Brüder, ist noch etwas, was ich mit großer Freude verkünden darf. Der Imperiale Hexenmeister wird höchstpersönlich herkommen, um die Massenaufnahme unserer neuen Mitglieder vorzunehmen.« An dieser Stelle konnte sich selbst Mr. Simpkins ein breites Lächeln nicht verkneifen, während ringsum Jubelrufe laut wurden. »Und nun«, fuhr er fort, »bitte ich Kludd Campbell, ein Gebet mit uns zu sprechen.«

Dwaynes Vater erhob sich und schloss einen Moment die Augen. Die Männer am Tisch senkten die Köpfe. Dann hob Pa die Hände. »Gütiger Herr, bitte gewähre uns den erfolgreichen Abschluss unserer Mission, unser wunderbares Land zu retten, auf dass es den wahren Amerikanern gehöre, und gebe uns die Kraft, unsere schöne Stadt von Negern, Juden, Katholiken und allen anderen zu befreien, die nicht als weiße Protestanten geboren wurden. Möge es uns gelingen, diese Stadt in die südlichste Zitadelle des Unsichtbaren Reiches zu verwandeln.«

Ein aufrichtiges »Amen« nach dem anderen ertönte. Mr. Simpkins hob den Kopf. »Amen, Bruder. Und nun wollen wir uns unserer Tagesordnung zuwenden, deren erster Punkt aus der Rekrutierung neuer Mitglieder besteht. Ich bitte unseren Klokard, die Namen infrage kommender Kandidaten zu verlesen.«

Donkey Hightowers nasale Fistelstimme füllte den Raum.

Natürlich hatte Dwayne schon vom Klan gehört, doch lediglich aus anderen Städten, weit weg, irgendwo im Norden oder gar in anderen Bundesstaaten. Gelegentlich wurde von Lynchaktionen in Miami in den Zeitungen berichtet, mit grobkörnigen Fotos von Gestalten in weißen Kutten neben brennenden Kreuzen oder vor den baumelnden Füßen eines an einen Baum geknüpften Schwarzen. Jeder wusste, dass der Klan die Schwarzen hasste, doch dass auch andere dazugehörten, verwirrte ihn. Juden waren doch weiß, genauso Katholiken, soweit er wusste.

Und er sah keine Kutten im Saal, keine spitzen Kapuzen oder geheimnisvolle Insignien, keine Kreuze, weder in Flammen stehende noch sonst welche. Stattdessen war es bloß eine gewöhnliche Versammlung von Männern, denen das Wohl ihrer Heimat am Herzen lag. Daher musste wohl mehr an der Sache dran sein, wenn sich die Honoratioren der Stadt so dafür starkmachten. Ihm schwirrte der Kopf von all den Begriffen und Bezeichnungen. Dazu kam der dichte, Übelkeit erregende Zigarrenqualm, der es ihm schwer machte, einen klaren Gedanken zu fassen. Er rutschte auf seinem Stuhl herum und hatte Mühe, nicht einzuschlafen. *Pa muss mir alles erklären. Er wird mir sagen, was ich wissen muss, wie immer.*

Mehrere Stunden später traten sie aus dem Versammlungsraum in die grelle Sonne. Pa setzte seinen Strohhut auf, der auch schon bessere Tage gesehen hatte, und schob sich ein Lakritzbonbon in den Mund. Sie stiegen in die Straßenbahn und fuhren wortlos bis zur Endstation. Dwayne war dankbar für die Stille, weil sie ihm gestattete, seine Gedanken zu ordnen. Er hatte so viele Fragen, doch etwas sagte ihm, dass es klüger war, sie nicht in aller Öffentlichkeit auszusprechen. Pa verströmte eine fast übernatürliche Ruhe. Sein Blick war in die Ferne gerichtet, so als hätte er den ganzen Morgen mit den Engeln im Himmel zugebracht statt in einem stickigen, verqualmten Versammlungsraum.

Sie stiegen aus und gingen die ungepflasterte Straße entlang nach Hause. Dwayne konnte es kaum erwarten, endlich ein Glas kühle Limonade in den Händen zu halten. Doch Pa hatte es offensichtlich nicht eilig, vielmehr schien er das gemächliche Tempo regelrecht zu genießen. Dwayne konnte sich nicht erinnern, wann sie das letzte Mal nebeneinanderher geschlendert waren. Er versuchte, den schmalen Streifen Schatten zu nutzen, den die Palmen warfen, dabei aber unter keinen Umständen in die Nähe des giftigen Sandbüchsenbaums in Mrs. Hendersons Garten zu kommen, weil er als Kind eine der explodierenden Früchte abbekommen hatte.

»Weißt du, Junge«, sagte Pa, die Hände in den Taschen, »als ich in deinem Alter war, hat jeden Abend um halb zehn die Glocke zum Zapfenstreich geläutet.«

»Wieso, Pa?«, fragte er.

»Für die Neger, damit sie nach Hause gehen, um sie vor sich selbst zu beschützen. Jeder weiß, dass sie ihre ursprünglichsten Triebe nicht kontrollieren können, vor allem nicht bei Nacht. Genau diese Art von vernünftiger Herangehensweise brauchen wir jetzt. Und die Männer, die du heute kennengelernt hast, werden dafür sorgen, dass wieder Zucht und Ordnung in der Stadt herrschen.« Pa hielt inne und sah ihn scharf an. »Bisher habe ich das von dir ferngehalten, aber du wirst jetzt ein Mann, und es wird Zeit, dass du deinen Platz an meiner Seite einnimmst ... natürlich nur, wenn du dich als würdig erweist. Wirst du dich als würdig erweisen, Junge?« Sein Tonfall war unbeschwert, doch Dwayne war sich des Gewichts seiner Frage durchaus bewusst.

Dwayne hatte sich nie in seinem Leben als würdig erwiesen, weder im Hinblick auf Dannys Erbe noch auf Pas Liebe. Dies war seine große Chance, seinen Vater endlich stolz zu machen. Er war fest entschlossen, ihn wenigstens jetzt nicht im Stich zu lassen. »Ja, Sir, das werde ich.«

Sie gingen weiter. Dwayne glaubte bereits die ersten Anzeichen einer neuen Verbundenheit zwischen ihm und seinem Vater zu erkennen. Er durchforstete sein Gehirn nach intelligenten Fragen, die bewiesen, dass er seiner neuen Rolle tatsächlich gerecht werden konnte. »Wieso hasst der Klan so viele Menschen, Pa?« Das war die drängendste Frage, die ihm durch den Kopf ging. Es erschien ihm viel einfacher, immer bloß eine einzelne Gruppierung zu hassen.

Pa blieb so abrupt stehen, dass eine weiße Wolke Kalksteinstaub aufwirbelte. Augenblicklich bereute Dwayne es, sein blödes Mundwerk aufgemacht zu haben.

Doch Pa lächelte ihn nachsichtig an. »Siehst du, genau das ist der Grund, weshalb ich dich heute mitgenommen habe. Um diese Fehlvorstellung zu korrigieren. Es ist sehr wichtig, dass du diese gleich richtig verstehst, noch bevor du dich bemühst, ein Mitglied des Unsichtbaren Reiches zu werden.« Er nahm Dwayne bei den Schultern und blickte ihm tief in die Augen. Sein süßer Lakritzatem schlug Dwayne heiß ins Gesicht. »Wir hassen niemanden, mein Sohn. Der Klan ist keine Gruppe von Hassern. Und nun hör gut zu, denn ich werde dir sagen, worum es hier geht: Für den guten, anständigen Neger, der seinen Platz kennt und keine Anstalten macht, ihn zu verlassen, gibt es keinen besseren Freund als den Klan. Und alle anderen«, fuhr er fort und ging weiter, ohne seinen Arm von Dwaynes Schultern zu lösen, »bewahren wir vor der Enttäuschung ihrer fehlgeleiteten Bestrebungen.«

Die ungewohnte Zurschaustellung von Gefühlen verlieh Dwayne neuen Mut, deshalb fragte er: »Also tut man den Leuten in Wahrheit einen Gefallen, indem man sie lyncht?«

»Ganz genau«, erwiderte Pa, als hätte Dwayne soeben eine komplizierte mathematische Gleichung gelöst. »Ganz genau so ist es.«

Dwayne war heilfroh, dass all die Gerüchte über die grausame Gewalt, die Zeitungsberichte über brutale

Morde, über geteerte und gefederte Menschen, in Wahrheit das Resultat einer völligen Fehleinschätzung waren: Es ging lediglich darum, dass jeder wusste, wohin er gehörte, und schon gab es keinen Ärger mehr. »Und was ist mit den anderen, Pa? Ist der Klan auch der beste Freund von Mr. Jolovitz?« Sein Chef schien seinen Platz durchaus zu kennen; in Wahrheit sah er ihn nie irgendwo anders als in seinem eigenen Laden.

Pa musterte ihn mit finsterer Miene. Inzwischen brannte die Sonne mit all ihrer Kraft auf sie herab. Dwayne konnte die kühle Süße der Limonade, die in der Küche auf ihn wartete, förmlich auf der Zunge schmecken, wagte es jedoch nicht, Pas eisigem Blick auszuweichen.

»Liebst du dein Heimatland, Sohn?«

»Jawohl! Mehr als alles andere auf der Welt!«

»Willst du dieses wunderbare Land vor Menschen schützen, die es zerstören wollen?«

»Jawohl!«

»Eines musst du begreifen, mein Sohn. Die Juden, die Katholiken und die Neger gehören alle zusammen. Sie haben nur ein Ziel: unsere Nation zu Fall zu bringen.«

Dwayne war so heiß, dass er kaum einen klaren Gedanken fassen konnte. Er gab einen verblüfften Laut von sich und blinzelte gegen die Schweißtropfen an, die ihm in die Augen gekullert waren.

»Die jüdische Religion«, fuhr Pa fort, »dient einzig und allein dem Ziel, die Weltherrschaft an sich zu reißen, und die Katholiken leisten einen Schwur, die Interessen des Papstes über alles andere zu stellen. Das habe ich mit eigenen Augen gesehen. Sie gehören nicht hierher, und daher ist es die Pflicht jedes wahren Amerikaners, sie von hier zu vertreiben. Und genau das tun wir, gemeinsam, mein Sohn, sobald du einer von uns geworden bist. Du und ich und unsere Brüder, wir alle holen uns unser geliebtes Amerika zurück.«

Dwayne dachte wieder an George Washington, der über den vereisten Fluss gefahren war, um Amerika von den britischen Unterdrückern zu befreien. Doch obwohl er es genoss, endlich seinem Vater ein Stück nähergekommen zu sein, wurde er einen Gedanken nicht los, der sich wie ein lästiger Wurm durch seine Gehirnwindungen fraß. Im Grunde war es doch genau dasselbe, oder nicht? Nur mit einem anderen Feind. Wieso fühlte es sich dann nicht so an? »Aber was ist mit dem Gesetz, Pa?« Die Worte platzten aus ihm heraus, ehe er es verhindern konnte. Ungeachtet von Chief Baxters durch die rauchgeschwängerte Luft fliegendem Hut brauchte es doch bestimmt mehr als eine Handvoll Männer in weißen Kutten und Kapuzen, um diese große Aufgabe zu erfüllen, von der Pa ihm erzählte.

»Noch etwas musst du verstehen, wenn du zu uns gehören willst, Sohn. Es gibt das Gesetz, das die Menschen niedergeschrieben haben, und es gibt ein moralisches Gesetz, das schwerer wiegt als alles, was sich der Mensch jemals ausdenken kann.« Die grelle Mittagssonne verwandelte Pas Gesicht in eine kreideweiße Maske. »Und genau das ist das Gesetz des Klans. Wahre Gerechtigkeit.«

Kapitel 12

Im Wald vor der Stadt wimmelte es nur so von Moskitos, als John und Thomas mit Josés Selbstgebranntem am Kohlenmeiler ankamen. Es war Johns erster Besuch am Grab seines Vaters. Er hatte ihn aus guten Gründen immer wieder hinausgeschoben, aber jetzt führte kein Weg mehr daran vorbei. Die aus Treibholz gezimmerte Hütte, in der es noch immer nach dem würzigen Tabak seines Vaters roch, war das ideale Versteck für den Schnaps, und sein alter Herr hätte sicher nichts dagegen gehabt, ein unsinniges Gesetz auf diese Weise zu umgehen.

John stand neben dem kümmerlichen Holzkreuz, das die letzte Ruhestätte seines Vaters schmückte; deprimierend, was am Ende an ein ganzes Leben erinnerte. Das Grab befand sich im Schatten der Hütte, in der er so viele Jahre seines Lebens verbracht hatte. Er hatte John nichts hinterlassen, keine Fotos, keine Andenken; es war, als hätte er nie gelebt.

»Ich weiß, viel macht das nicht her.« Thomas zuckte schuldbewusst mit den Achseln.

»Es erfüllt seinen Zweck. Und hier wollte er ja auch begraben werden, an dem Ort, der ihm am meisten bedeutet hat. Tja, und wir haben hier unsere Jugend verbracht.« Im selben Moment kam die Erinnerung über ihn. Er sah Thomas vor sich, gerade einmal zehn Jahre alt, wie er mit selbst gebasteltem Bogen und Pfeilen in der Hand zwischen den verkrüppelten Kiefern hindurchrannte. »Erinnerst du dich an den Tag?«

Thomas wusste genau, von welchem Tag er sprach. »Muss um diese Jahreszeit gewesen sein. Man konnte die Hand nicht vor Augen sehen, weil so viele Mücken herumschwirrten.«

Sie hatten ein Rehkitz verfolgt, das ihren unbeholfenen Anstrengungen mit Leichtigkeit entwischte; seine flinken Hufe hatten kaum den Boden berührt. Als sie sich auf den Rückweg gemacht hatten, war es urplötzlich wieder an ihnen vorbeigeflitzt. John hatte versucht, es mit einem Hechtsprung zu erwischen, doch vergebens, und als er sich aufgerappelt hatte, da hatte er sich Auge in Auge mit dem größten Puma befunden, den er je gesehen hatte. Beim bloßen Gedanken daran stellten sich ihm die Nackenhaare auf.

Es war ein Männchen, fast so groß wie er. Ein widerlicher Raubtiergestank ging von ihm aus; es fixierte ihn mit kalten gelben Augen und entblößte die Fänge. John sah, wie das Biest zum Sprung ansetzte, doch er war wie gelähmt, brachte keinen Ton hervor, unfähig, nach seinem Revolver zu greifen. Ebenso unfähig war er, den Blick abzuwenden, während er spürte, wie er sich in die Hose machte.

Der Pfeil zischte an seinem Ohr vorbei, traf den Puma direkt in den Hals. Er stieß einen Schmerzensschrei aus und flüchtete, brach dann aber unter einem Baum zusammen. Sein honiggoldenes Fell war rot verfärbt, sein Atem ging schnell und flach. Thomas kniete neben dem

Tier nieder; Tränen standen in seinen Augen, als er über seine Flanke strich und Worte murmelte, die John nicht verstand. Mit zitternden Händen hob er den Colt, brachte es aber nicht über sich, den Abzug zu drücken. Thomas nahm ihm die Waffe aus der Hand und schoss das Tier in den Kopf.

»Ein Bruder musste sterben, damit der andere leben kann«, sagte er mit einem traurigen, schiefen Lächeln.

Es war ihr erstes Abenteuer gewesen, und im Lauf der Jahre hatten sie noch viele andere erlebt; die Schmuggelnummer könnte allerdings ihr gefährlichstes werden, wie John jetzt aufging.

»Gut, Bruder«, sagte er. »Lass uns erst mal den Schnaps verstauen.« Das Risiko, von anderen Schmugglern bestohlen zu werden, war etwa ebenso hoch, wie die Zollfahnder am Hals zu haben.

Thomas gab ein zustimmendes Grunzen von sich, hievte eine Kiste auf seine Schulter und griff sich zwei der großen Korbflaschen mit der anderen Hand. »Dieser José wird dich bei den Cops hinhängen.«

»Soll er ruhig.« John paffte hektisch an seiner Zigarette, um die Mücken zu vertreiben. »Ich habe es schon mit weit härteren Kalibern als ihm zu tun gehabt. Es gibt andere Lieferanten. Außerdem haben wir ja unsere Geheimwaffe.«

»Du willst sie wieder mitnehmen?«

»Sie spricht Spanisch, und mit ihr haben wir das Überraschungsmoment auf unserer Seite.« Auch wenn Thomas ihm nicht in die Augen sah, merkte er an seiner Körperhaltung, dass ihm etwas nicht passte. »Was ist los? Hast du was dagegen?«

Die Flaschen klirrten, als Thomas seine Bürde auf den Boden der Hütte sacken ließ. »Du bist der Boss. Ich glaub bloß … Na ja, vielleicht besser für alle, wenn sie nächstes Mal kein Bad nimmt.«

»Ich denke darüber nach.« John hockte sich auf eine Kiste und trank einen Schluck Wasser.

Thomas kniff die Augen gegen den Rauch zusammen. Sein Großvater war ein entlaufener Sklave gewesen, der bei einem Seminolen-Stamm Unterschlupf gefunden hatte. Auch wenn Thomas nie von seiner indianischen Mutter sprach, die an Tuberkulose gestorben war – er war damals noch ein Baby gewesen –, wusste John, dass er immer noch einigen der alten Rituale anhing. Jeden Frühling nahm er am Green-Corn-Tanz des Puma-Clans teil, und wenn er zurückkehrte, spiegelten sich Erschöpfung und Euphorie in seinem Blick. Aber er war nicht abergläubisch, nur vorsichtig, und John vertraute seinem Urteil.

Thomas zögerte einen Moment. »Was ist denn so besonders an der?«, platzte er dann heraus. »So einen Affentanz hast du bisher nie um eine Hure gemacht.«

John nahm noch einen Schluck Wasser und reichte Thomas die Feldflasche. Letztlich hatte er selbst Vorbehalte, Alicia bei der nächsten Tour wieder mitzunehmen. Schon deshalb, weil er das Gefühl hatte, dass sich die Welt um ihn herum dauernd veränderte, wie eine Sandbank, die von der Flut überspült wurde. Jedes Mal, wenn er sich auf etwas eingestellt hatte, geschah etwas, das es wieder infrage stellte. Sie schien alles viel besser und gleichzeitig viel schlimmer zu machen, und er kam einfach nicht darauf, wie das möglich war.

Außerdem musste er ständig daran denken, wie sie in das schimmernde grüne Wasser gestürzt war, an ihr leuchtendes Haar und die endlosen Sekunden, bevor er ihren Kragen zu fassen bekommen hatte. Sein Körper hatte instinktiv reagiert, ohne dass er auch nur die geringste Kontrolle darüber gehabt hätte. *Wie kann man jemanden zum Teufel wünschen und sich gleichzeitig zu ihm hingezogen fühlen?*

»Du kennst ja das Sprichwort«, fuhr Thomas fort. »Willst du eine Frau vergessen, nimm dir fünf andere.«

Den Spruch kannte John noch nicht, und kurz fragte er sich, wie es kam, dass Thomas derartige Weisheiten parat hatte, da er sich seines Wissens noch nie mit einer Frau eingelassen hatte. Noch so etwas, das sie zusammenschmiedete. »Wie gesagt, ich denke darüber nach.«

»Vergiss nicht den Klan. Wenn die mitkriegen, dass da was zwischen dir und dem Mädel läuft …«

»Da läuft *nichts*, verdammt noch mal! Aber ich sage dir: Hätte ich irgendwas mit ihr, würde ich mir ganz bestimmt nichts von irgendeinem weißen Kuttenheini vorschreiben lassen.« In gemäßigterem Tonfall fuhr er fort: »Mach dir keine Sorgen um mich, Mann. Als Weißer bin ich ein König in diesem Land. Die werden mich in Ruhe lassen oder die Konsequenzen tragen müssen. Und was dich angeht, mein Lieber: Sollten die Dinge hier aus dem Ruder laufen, nimmst du dir einfach eine Auszeit bei deinem Stamm, bis sich die Lage wieder beruhigt hat.«

Thomas schüttelte den Kopf. »Ich lasse dich nicht im Stich.«

»Dann wäre ja alles klar. Und jetzt?«

»Wie wär's, wenn du deinem alten Kumpel mal deinen Orden zeigst?«

»Vielleicht ein andermal. Eins steht jedenfalls fest: Wenn ich irgendwann mal abtreten muss, dann will ich auf dem Friedhof unter einer fetten weißen Marmorplatte liegen, da, wo auch die anderen Kriegshelden sind. Aber ich will einen großen weißen Engel dazu, verstanden? Und weißt du auch, warum? Weil ihnen das verdammt stinken wird. Ja, mein Freund, an John Morales werden sie sich noch lange erinnern.«

Eine Mücke stach ihn hinters Ohr, und er schlug zu. Als er einen Blick auf seine Hand warf, sah er, dass er den Quälgeist erwischt hatte. Er wischte das Blut an seiner Hose ab und steckte die Hände in die Taschen.

Die Sonne ging unter, und mit der Dunkelheit würden noch mehr Blutsauger kommen. Er sah ein letztes Mal zum Grab seines Vaters hinüber. »Komm, lass uns abhauen«, sagte er dann. »Bevor uns die Biester noch leer saufen.«

Als er Stunden später in seinem Bett lag, kam es ihm vor, als wäre ihm ein Schwarm Mücken durch die Ohren in den Schädel geflogen, so wild summten und schwirrten seine Gedanken durcheinander. Vor seinem inneren Auge sah er Gesichter aus der Gegenwart und der Vergangenheit: die Männer seiner Einheit, die sich um das französische, von Staub und Putz übersäte Klavier scharten, Moscowitz, der die Finger über die Tasten gleiten ließ, überragt von der Statue der Mutter Maria, der die Nase fehlte; den überraschten Ausdruck in Jenkins' Augen, als ihn die Kugel des deutschen Heckenschützen im Nacken traf; seinen Vater, dessen Zähne weiß in seinem rußgeschwärzten Gesicht leuchteten, während er das Feuer im Meiler schürte; und immer wieder sah er sie, wie sie in das grüne Wasser stürzte.

Am Fußende hockte Rudy und starrte ihn aus leeren Augenhöhlen an, sein zahnloser Mund rot vom Blut. »Das ist mein Kumpel«, sagte er, »ein echter Kriegsheld.« Und dann salutierte er, wie immer eine Kippe zwischen den knochigen Fingern.

Stöhnend schwang John die Beine aus dem Bett und zündete sich die nächste Zigarette an.

Die Erinnerungen hatten ihn eingeholt, und sie war schuld daran. Wie eine Termite hatte sie ihn von innen ausgehöhlt, hatte eine leere Hülle hinterlassen, die beim lauesten Lüftchen zerkrümeln würde. Er konnte sich auf nichts mehr konzentrieren, alle paar Minuten schweiften seine Gedanken ab. Er war immer ein Kämpfer gewesen, aber es war ihm schleierhaft, wie er diesen Kampf gewinnen sollte.

Im selben Moment fiel ihm Thomas' Ratschlag wieder ein: Fünf andere Huren, und sein Problem war gelöst.

Ja, verdammt, Thomas hatte recht.

Er beschloss, in der kommenden Woche jeden Abend ein anderes Bordell aufzusuchen, so lange, bis er sich von ihr befreit hatte. Ja, das war die richtige Methode, um sein inneres Gleichgewicht wiederzuerlangen und den Deckel auf die Truhe mit seinen Erinnerungen zu bekommen. Sobald er sie aus seinem Kopf vertrieben hatte, würden ihn auch die Bilder aus der Vergangenheit nicht mehr verfolgen; die Stimmen würden verstummen und er sich nicht mehr fühlen, als versänke er mit dem nächsten Schritt in Treibsand.

Es war spät, aber hoffentlich nicht zu spät.

Ja, so wird's gemacht. Am Ende wirst du frei sein.

In den Bars herrschte noch reichlich Betrieb, als John auf die Straße hinaustrat; alle nutzten die Gelegenheit, sich ordentlich vollaufen zu lassen, bevor das Prohibitionsgesetz in Kraft trat. Im Nieselregen ging er zum Lottie Mae's hinüber, einem klasse Laden, seiner Nummer zwei nach dem Tea Room. Lotties Mädels waren sauber, und er besaß immer noch ein ganzes Arsenal an wiederverwendbaren Gummis, dick wie Fahrradreifen, die er erworben hatte, nachdem sich einige seiner Kameraden im selben französischen Puff einen Tripper eingefangen hatten.

Lottie empfing ihn an der Tür, eine Zigarre zwischen den Fingern. Sie ließ sich die Lötkolben direkt aus Gatos Fabrik liefern, und außer ihr kannte er keine Frau, die die Dinger rauchte. »Sieh mal einer an.« Mit breitem Grinsen entblößte sie ihre Goldzähne. »Ich hab gehört, du hättest dir eine neue Perle angelacht.«

Er schüttelte den Regen von seinem Hut. »'n Abend, Lottie. Von wegen angelacht – alles rein geschäftlich. Ist Carla noch bei dir?« Carla hatte Brüste wie reife Tomaten und einen Hintern wie ein Federkissen; ihre Anschmiegsamkeit und sexuelle Unternehmungslust machten sie zu einer Favoritin der Freier. Geradezu schmerzhaft sehnte er ihre warmen, willigen Rundungen herbei. Er fühlte sich bereits besser, war fast schon wieder der Alte. *Ja, es funktioniert. Bald werde ich wieder frei sein.*

Sie gab ein abfälliges Schnauben von sich. »Carla? Die Schlampe hat sich mit einem Viehzüchter aus Okeechobee aus dem Staub gemacht – dass der Kerl Frau und Kinder hatte, war ihr egal.« Sie lachte trocken und schnippte die Asche von ihrer Zigarre. »Aber Lottie Mae hat trotzdem, was ein Mann wie du braucht – ein Mann von Welt, der du ja jetzt bist, mein Lieber. Ich habe was ganz Besonderes für dich. Jasmine?«, bellte sie die Treppe hinauf. »Beweg deinen Arsch herunter.«

Auch wenn er ziemlich enttäuscht war, dass Carla nicht mehr da war, vertraute er Lottie Maes Geschmack und sah zur Treppe ... und wich im selben Augenblick erschrocken einen Schritt zurück.

»Nicht die«, zischte er. »Ruf irgendeine andere.«

Es war sie – Alicia, oder zumindest eine Frau, die ihre Schwester hätte sein können. Die gleichen Sturmwolken in den Augen, die gleiche milchkaffeebraune Haut, die gleichen wilden bronzefarbenen Locken.

»Was ist denn mit dir los?« Lottie Mae richtete die Zigarre auf ihn. »Stimmt was nicht mit ihr?«

Er wich ihrem Blick aus. »Keine Kubanerinnen.«

Lottie Mae starrte ihn fassungslos an. »Hat dir in Übersee jemand in die Birne geschossen? Jasmine ist keine Kubanerin, sondern eine verdammte Chinesin! Sie und ihr Mann sind von Menschenschmugglern über Bord geworfen worden, als die Küstenwache sie entdeckt hat. Er ist ertrunken, aber sie hat es ans Ufer geschafft.« Sie stemmte die Hände in die Hüften und musterte ihn argwöhnisch. »Sieh noch mal hin, Soldat.«

Das machte er. Das Mädchen – es lächelte ihn zögernd an – hatte glattes, glänzendes schwarzes Haar, das ihre ausgeprägten Wangenknochen und die mandelförmigen Augen einrahmte. Das schwarze Kleid betonte ihre schlanke Figur. Alicia und sie hätten unterschiedlicher nicht sein können. »Kommst du?«, fragte sie. »Wir machen uns eine schöne Zeit.«

Er spürte die erwartungsvollen Blicke der beiden Frauen. *Komm, das wird schon.* Und so folgte er Jasmines zierlicher Gestalt die Treppe hinauf, während ihm der Rauch von Lottie Maes Zigarre hinterherzog.

Es wurde gar nichts.

Auch wenn ihm Jasmine durchaus Momente lustvoller Entspannung verschaffte, machte es alles nur noch schlimmer. Sein Körper war befriedigt, doch nun konnte er erst recht keinen klaren Gedanken fassen, und an Schlaf war überhaupt nicht mehr zu denken. Aber aufzugeben hatte noch nie in seiner Natur gelegen. Tagsüber arbeitete er mit Thomas, ließ den Tea Room links liegen, und nachts zog er seine Runden. Thomas warf ihm den einen oder anderen fragenden Blick zu, war aber schlau genug, sich um seine eigenen Angelegenheiten zu kümmern.

Nachdem er das Lottie Mae's aufgesucht hatte, stattete er dem Pit Stop einen Besuch ab; am Abend darauf sah er im Geraldine's im Schwarzenviertel vorbei. Dann gab es noch die Pine Lodge, die von Touristen des Öfteren für ein bescheidenes Hotel gehalten wurde, und den Titty Shack, der keinerlei Gefahr lief, mit einer Pension verwechselt zu werden.

Als sich die Woche dem Ende näherte, blieb nur noch eine Frage offen: ob ihn seine Erschöpfung oder seine Verzweiflung erledigen würde. Wenn er die Augen schloss, tanzten die Bilder von den Gesichtern und Körpern der Mädchen wie in einer endlosen Prozession durch seinen Kopf. Schenkel und Brüste, Münder und Beine, runde Hintern und magere Hintern, hübsche, nicht weiter bemerkenswerte, schlicht unansehnliche Mädchen, weiß, schwarz, gelb ...

Keine, mit der er es nicht getrieben hätte.

Nur mit braunen nicht.

Und nicht genug damit, dass ihn ihre Gesichter, ihre Körper nachts verfolgten. Tagsüber quälten ihn ihre Geschichten. Vor seinem inneren Auge sah er, wie Jasmine und ihr Mann über Bord geworfen wurden und untergingen, und dann kam *sie* ihm wieder in den Sinn. Das Mädchen im Miss Susan's hatte Narben an den Handgelenken, entweder von einem Messer oder Handschellen, und er fragte sich, was ihr zugestoßen war. Und die Hübsche in der Pine Lodge hatte eine Lumpenpuppe unter ihrem Kissen versteckt.

An einem denkwürdigen Abend sah er nach einer schnellen Nummer bei Geraldine's noch bei Lottie Mae vorbei; *sie* aus seinen Gedanken zu vertreiben, dachte er, war letztlich nur eine Frage der Quantität.

War es nicht.

Und so näherte er sich dem House of Eve – dem exklusivsten Bordell der Stadt – mit leiser Beklommenheit; es befand sich in einem malerischen Cottage mit verschnörkelten Holzverzierungen an der Fassade in einer von Bäumen gesäumten Straße abseits der Amüsiermeile. Allmählich beschlich ihn das dumpfe Gefühl, dass ihm die Zeit davonlief, und hier lag seine letzte Hoffnung.

Auch wenn sein Körper nach Ruhe verlangte, war er entschlossen, seine Mission zu Ende zu bringen – aus dem einfachen Grund, weil ihm keine andere Lösung einfallen wollte.

Eve saß in einem Korbstuhl auf der Veranda; sie trug einen türkisfarbenen Kimono, hielt einen reich verzierten Fächer in der einen und einen Cocktail in der anderen Hand. Sie war der berüchtigtste Transvestit von Key West, ein hochgewachsener Haitianer, der früher Pierre geheißen hatte. Ihre Mädchen, so hieß es, beherrschten ihr Geschäft so gut, dass ein Mann hinterher nicht einmal mehr seinen eigenen Namen wusste. Und genau das war es, was John wollte: dass er sich an nichts mehr erinnern konnte.

»Ich habe gehört, dass sich *un grand soldat* mit dunklem Haar quer durch unsere Hurenhäuser vögelt.« Ihr schwerer Akzent war halb französisch, halb vom Inseldialekt gefärbt. »Was immer Ihr Herz begehrt, *Monsieur*, hier werden Sie es finden.« Sie nippte an ihrem Cocktail. »Immer vorausgesetzt, Sie haben Ihr Geld noch nicht komplett ausgegeben.«

»Ich bin flüssig.« Obwohl das House of Eve erst seit Kriegsende existierte – Zehntausende von Kriegsheimkehrern hatten die Nachfrage angekurbelt –, stand es jetzt schon im Ruf, das beste Bordell weit und breit zu sein. Dieser Ruf hatte natürlich seinen Preis. Er drückte Eve ein Bündel Scheine in die Hand.

Sie stand auf; auf ihren hochhackigen Schuhen war sie locker einen Kopf größer als er. *»Venez avec moi«*, sagte sie. »Ich habe, was Sie brauchen.« Sie strahlte derartiges Selbstbewusstsein aus, dass die Anspannung der gesamten Woche mit einem Mal von ihm abfiel. Wortlos folgte er Eve ins Innere des Hauses.

Weniger als eine Viertelstunde später hatte er es so eilig, wieder wegzukommen, dass er noch dabei war, seinen Gürtel zu schließen, als er die Verandastufen hinunterstürmte.

»Mais, attendez!« Eve stampfte mit ihrem Absatz auf. »So was passiert schon mal, das ist keine Schande!« Ihre Stimme hallte hinter ihm her. *»Putain!«*, rief sie. »Das nächste Mal geht's aufs Haus!«

Seine Scham war so groß, dass ihm die Dunkelheit nur recht kam. Normalerweise bestand sein Problem darin, dass er in den ungelegensten Situationen eine Erektion bekam. Tatsächlich musste er sich regelrecht anstrengen, *keine* zu bekommen. Er hatte noch nie versagt, seit seinem ersten Mal, das ihm sein Vater zum fünfzehnten Geburtstag spendiert hatte, mit den Worten: »Und komm nicht wieder raus, bevor du ein Mann bist.«

Ja, auf der Straße, die er nun entlangging, hatte alles angefangen, und er hatte so viele Mädchen gehabt, dass er sich in tausend Jahren nicht an alle hätte erinnern können. Er bekam, was er wollte, sie bekamen, was sie brauchten. Ein fairer Deal, der beide Seiten zufriedenstellte, hatte er stets gedacht. Bis zu diesem Abend.

Was, zum Teufel, stimmt nicht mit mir?

Am liebsten hätte er es dem Mädchen in die Schuhe geschoben. Dem Mädchen, dessen Namen er so gern verdrängt hätte, da er alles nur noch realer machte. Sie war keine besondere Schönheit gewesen, dazu älter als die meisten, mit einem durchschnittlichen Gesicht, aber immerhin mit Kurven an den richtigen Stellen. Eve hatte sein Zögern bemerkt und geflüstert: »Vertrau mir. Sie ist genau das, was du brauchst.«

Und alles hatte so vielversprechend angefangen. Ihre Finger an seinen Schläfen, und mit einem Mal hatte ihn ein tiefer Frieden eingehüllt wie sanfter Nebel. *Ist sie womöglich eine Hexe?* Er schlief nicht, aber er war auch nicht mehr ganz wach. Das Mondlicht stand ihr gut, und plötzlich verstand er, warum Eve gesagt hatte, sie sei genau das, was er brauche. Sie war eine echte Könnerin, und als sie ihn mit Händen und Mund zu bearbeiten begann, gab er sich ihr ganz hin, ja, sie war es, die ihn endlich vergessen machen würde. Es fühlte sich gut an, einfach großartig. Es war jeden einzelnen Penny wert. *Diesmal würde es funktionieren.*

Doch just, als er sie nehmen wollte, fiel sein Blick auf ein Foto auf dem Tischchen neben dem Bett. Es zeigte ein kleines Mädchen mit widerspenstigen Locken, mit mürrischem Blick und heruntergezogenen Mundwinkeln – auf dem Schoß derselben Frau, die eben ihr Kleid für ihn aufgeknöpft hatte.

Das war das Ende: Danach tat sich südlich seiner Lenden überhaupt nichts mehr. Trotz ihrer einsatzfreudigen, höchst akrobatischen Bemühungen sah er nur noch die Frau mit dem kleinen Mädchen auf dem Schoß vor sich. »Jede von uns hat ihre eigene Geschichte«, hatte Alicia ihm erklärt. Und jetzt wollte er plötzlich wissen, was ihr widerfahren war.

So etwas war ihm noch nie passiert. Und die Frau verstand sein Dilemma, versuchte es schnell, zärtlich und professionell zu beheben.

Er hatte schlagartig die Flucht ergriffen.

Und während er durch die stillen Straßen ging, kamen ihm abermals ihre letzten Worte in den Sinn. Mit einem traurigen Schulterzucken hatte sie gesagt: »Frei sein? Das kannst du nur, wenn du zu kämpfen aufhörst.«

Kapitel 13

Eine Woche später – die Sonne begann gerade unterzugehen – erschien Alicia, leicht außer Atem, in der kleinen, versteckt gelegenen Bucht, die ihr John als Treffpunkt genannt hatte. Sie nahm an, dass er diesen abgeschiedenen Ort ausgewählt hatte, weil er nicht mit ihr in der Öffentlichkeit gesehen werden wollte. Was sie durchaus für vernünftig hielt, doch dann stellte sie überrascht fest, dass es sie verletzte. Sehr sogar. Sie hatte angefangen zu glauben, dass er anders als die anderen war. *Aber da habe ich mich anscheinend gründlich getäuscht. Er unterscheidet sich kein bisschen von all den Kerlen, die in den Tea Room kommen.*

Das Badekostüm hatte sie eigens bei Jolovitz gekauft; der Verkäufer hatte ihr versichert, dass es sich um den neuesten Schrei handelte. Der Kragen des gestreiften Kleids scheuerte an ihrem Hals, in den Falten des schwarzen Kniebundhöschens sammelte sich heiße Luft, und die bis zu den Knien reichenden Socken fühlten sich eher nach Winter- als nach Badezeug an. Aber immerhin war sie angemessen gekleidet, im Gegensatz zu so manch anderen Frauen, die sie auf dem Weg zum Smathers Beach gesehen hatte; sie liefen allen Ernstes mit nackten Armen und Knien herum. Der Schlapphut schützte ihr Gesicht vor der Sonne und neugierigen Blicken. Dennoch hatte sie sie gespürt, als sie mit der Straßenbahn gefahren war; selbst jetzt verfolgten sie sie noch, während sie den sandigen Pfad entlangging, den John ihr in seiner mit »Schwimmunterricht« betitelten Nachricht beschrieben hatte.

Seit dem nächtlichen Zusammentreffen mit den Alkoholschmugglern hatten sie sich nicht mehr gesprochen. Er war nie in seiner Bar gewesen, wenn sie vorbeigesehen hatte. Doch dann hatte sie seine Nachricht erhalten, mit seinem Angebot, ihr das Schwimmen beizubringen, nachdem sie bei ihrem ersten gemeinsamen Abenteuer um ein Haar ertrunken wäre. In jenen Momenten, bevor Thomas sie aus dem Wasser gefischt hatte, war sie dem Tode nahe gewesen – Ruhe, Resignation oder Frieden hatte sie dabei allerdings nicht empfunden, auch nicht Engel und das Paradies in greifbarer Nähe gewusst, wie es manche Menschen erzählten, die dem Tod im letzten Moment von der Schippe gesprungen waren. Stattdessen hatte sich die Angst wie ein Dolch in ihr Herz gebohrt, als die tiefe Schwärze sie hinabzuziehen drohte. Und als John neben ihr in die Fluten getaucht war, hatte sie ihn nicht einmal erkannt, sondern war von dem allumfassenden Drang überwältigt gewesen, zu überleben, um jeden Preis, selbst um den eines anderen Lebens. Nie zuvor hatte sie eine derartige grausame Panik ergriffen, die wie ein Tier in ihr gewütet hatte, ein Tier, das bis zum Äußersten kämpfen würde, bis zum letzten Atemzug. Sie hatte sich nie als Kämpferin betrachtet, viel eher als jemanden, der Konflikte auf zurückhaltende Weise zu lösen versuchte, doch in jenen Augenblicken, als sie den Würgegriff des Todes gespürt hatte, da hatte sich alles von einer Sekunde auf die andere geändert. Es würde lange dauern, bis sie diesen Schock verdaut hatte. Falls das überhaupt möglich war.

Unwillkürlich fasste sie sich an die Kehle. Allein der Gedanke an jene Nacht ließ das Adrenalin durch ihre Adern schießen.

Er stand mit dem Rücken zu ihr. Das seichte Wasser umspülte seine Knöchel auf dem halbmondförmigen Sandstreifen zwischen den Mangroven. Er trug eine ärmellose schwarze Weste, einen Gürtel und blaue Shorts, in denen seine muskulösen Beine perfekt zur Geltung kamen. Seltsam, dachte sie, ohne seine normale Kleidung sah er viel stromlinienförmiger aus, fast so, als wäre das Wasser sein eigentlicher Lebensraum. Tropfen flogen durch die Luft und glitzerten in der Sonne, als er sein Haar ausschüttelte. Oh, wie sie ihn um seine physische Ungezwungenheit beneidete, die Freiheit, sich so leicht bekleidet präsentieren zu dürfen, während sie schier umkam im Kokon ihres Badekostüms.

Mücken schwirrten um ihren Kopf. Fuchtelnd verscheuchte sie die Biester, und als sie sich umdrehte, sah sie seine lachenden Augen auf sich gerichtet.

»Was ist los?«, platzte sie heraus. So befangen, ja verlegen hatte sie sich noch nie gefühlt. Das Wasser sah einladend kühl aus, aber ihre Angst war größer als ihr körperliches Unbehagen. Diese Angst … sie wurde sie einfach nicht los.

»Wo haben Sie denn das … äh, Kostüm her?« Er musterte sie mit verschränkten Armen. Im Ausschnitt seiner Weste kräuselte sich dichtes schwarzes Haar. Und auch seine Arme und Beine waren ziemlich behaart, außer einer Stelle an seinem Schenkel, wo eine lange weiße Narbe verlief. Das helle Sonnenlicht fiel auf seinen Kopf und die muskulösen Schultern.

»Bei Jolovitz. Mir wurde gesagt, das wäre die neueste Mode.« Die Hitze wurde schier unerträglich; neben seiner delfingleichen Statur kam sie sich wie ein gestrandeter Wal vor. Das sanfte Rauschen der Brandung klang überaus verlockend, und die Wasseroberfläche war glatt wie ein Spiegel.

Er grinste. »Wenn Sie meinen.«

Die nächsten Mücken begannen sie zu drangsalieren. Sie ging an ihm vorbei zum Ufer und zögerte nur eine winzige Sekunde, bevor sie bis zu den Knien ins Nass watete. Es war, als würde sie in ein warmes Bad steigen; das Wasser war nur unmaßgeblich kühler als die Luft. *Vergiss es*, sprach sie sich gut zu, *du stehst in einer großen Wanne, das ist alles. Nicht am Rand eines unaussprechlich tiefen, mit Wasser gefüllten Abgrunds, der nur darauf wartet, dich in ewige Dunkelheit hinabzuziehen. Schluss jetzt. Es ist nichts weiter als eine Badewanne.*

Er trat zu ihr, nahm ihr den Hut vom Kopf. »Den brauchen Sie jetzt nicht mehr«, sagte er und warf ihn in den Sand. »Kommen Sie.«

Sie wateten ein Stück weiter hinaus und kamen in kühleres Wasser. Es fühlte sich herrlich an. *Alles kein Problem*, dachte sie, während er ihr erzählte, dass er einen neuen Lieferanten aufgetan hatte und reichlich Leute bei den Behörden geschmiert werden mussten, die bereits gierig die Hände ausstreckten. Dann aber reichte ihr das Wasser bis zur Brust, und mit einem Mal verließ sie der Mut.

Ihr Kleid trieb um ihre Schultern, das Kniebundhöschen fühlte sich an, als wäre es mit Gewichten gefüllt. Es ging immer tiefer, nur noch ein paar Schritte, dann würde ihr das Wasser bis zum Kinn reichen, ihr in den Mund laufen, und dann … Sie schlang die Arme um seinen Hals, ehe ihr bewusst wurde, was sie da tat.

»Hey«, rief er, während er sich auf den Beinen zu halten versuchte. »Lassen Sie das!«

Aber gleichzeitig fasste er sie fest um die Hüften, sodass sich ihre Panik ein wenig legte, zumindest genug, um die Arme von seinem Hals zu lösen.

»Wenn Sie mich noch mal zu ertränken versuchen, wird das aber nichts«, sagte er.

»Tut mir leid«, keuchte sie. »Auch wegen neulich.«

»Egal.« Sie spürte wieder den sandigen Boden unter ihren Füßen. »Es war mein Fehler, Ihnen hinterherzuspringen.« Er legte den Kopf schief und betrachtete sie skeptisch. »Mag ja sein, dass dieses Ding der neuesten Mode entspricht, aber für unsere Zwecke ist es jedenfalls nicht das Richtige.«

Das Kleid war züchtig genug, entschied sie, außerdem trug sie ja auch noch ihr Höschen. »Drehen Sie sich um.« Eilig entledigte sie sich der Kniebundhose und ließ sie forttreiben. Es war eine Erlösung. »Ich bin bereit«, log sie.

»Also«, begann er. »Schwimmen ist letztlich nichts weiter als Schweben mit ein bisschen Bewegung, und genau das werde ich Ihnen jetzt beibringen. Auf den Rücken.«

»Das … das kann ich nicht. Ich …«

»Vertrauen Sie mir. Habe ich Sie schon mal hängen lassen?«

»Nein, aber …« Und dann schwebte sie auch schon im Wasser, über sich der Himmel, an dem ein paar wenige, an den Rändern von der untergehenden Sonne orange gefärbte Wolkenfetzen dahinzogen, unter sich Johns Arme, stabil wie Eisenträger. Sie konzentrierte sich ganz auf den Halt, den er ihr gab. *Nein, er lässt mich nicht im Stich.*

Seine Lippen waren nah an ihrem Ohr, und seine Stimme vibrierte in ihrem Körper. »Na, sehen Sie? Ist überhaupt nichts dabei.«

Doch dann spülte ein bisschen Wasser über ihr Gesicht, und schon war er wieder da, der Drang, sich wie ein Affe an ihn zu klammern. Der Himmel war zu groß, das Meer zu gewaltig. Sie war ein Pünktchen, ein Stäubchen, ein Nichts im Universum, und im nächsten Moment drohte sie erneut Panik zu überkommen. Als spürte er es, sagte er: »Sehen Sie mich an.«

Und da war er, sein Gesicht eingerahmt von nassem dunklem Haar, und ließ sie einen Moment lang das unendliche, gähnende Nichts um sie herum vergessen. Auch wenn sie so starr wie ein Holzbalken war, kämpfte sie mit aller Macht gegen die Angst an, und langsam, ganz langsam gelang es ihr, sich auf das so gefürchtete Element einzulassen. *All das ist bloß eine große Wanne … mehr nicht … eine gigantische, abgrundtiefe Wanne … in der lauter Ungeheuer nur darauf warten, mich mit sich auf den Grund zu ziehen und* – NEIN! Während sie in seine Augen starrte, fiel ihr auf, dass sie gar nicht schwarz waren, sondern nur sehr, sehr dunkelbraun, durchsetzt von kaum wahrnehmbaren Goldsplittern, die wie winzigste Pinselstriche anmuteten.

»Gut«, sagte er. »So, und jetzt lasse ich Sie los, und dann ...«

»Warten Sie! Noch nicht!«

»Breiten Sie die Arme aus. Denken Sie an gar nichts – entspannen Sie sich, überlassen Sie dem Meer die Arbeit. Stellen Sie sich vor, es wäre ein riesiges Federbett.«

Sie war drauf und dran zu protestieren – das ging alles viel zu schnell –, doch dann fühlte sie sich tatsächlich, als schwebte sie. Die Arme von sich gestreckt wie ein Seestern, erwartete sie, jede Sekunde unter die Wasseroberfläche zu sinken, aber sie ruhte gleichsam darauf, wurde von ihren sanften Bewegungen gehalten. Und sie musste Arme und Beine nur ein ganz kleines bisschen bewegen, um weiter eins mit dem Wasser zu sein. *Ach, wenn Mamacita mich nur sehen könnte!*

Sie begann zu lachen. »*Míra!* Ist das nicht unglaublich? Ich ...« Und schon schoss ihr Wasser in den Mund. Sie verschluckte sich, ihre Füße strampelten im Nichts, ihr Kopf ging unter. Sie versuchte Luft zu holen, doch es gab keine.

Dann wurde sie aus dem Wasser gehoben, lag an seiner Schulter wie ein Sack Mehl und hustete sich die Seele aus dem Leib. Er trug sie zurück ins Seichte, und sie kroch keuchend ans Ufer. Während sie, am ganzen Körper zitternd, nach Luft rang, wartete er, die Hände auf die Knie gestützt.

Er wischte sich über den Mund. »Sie vertrauen mir nicht.«

»Wieso auch?« Das Salzwasser brannte immer noch in ihrer Kehle. »Für Sie bin ich doch nur eine nützliche Idiotin!« Sie senkte den Kopf. Die Niederlage musste sie sich eingestehen; manche Dinge sollten eben einfach nicht sein. Ihr lächerliches, klatschnasses Badekleid war sandverklebt. Salzwasser brannte in ihren Augen, ihr Haar war völlig verfilzt. Als sie den Saum ihres Kleids auswrang, fiel ein kleiner Krebs zu Boden.

»Nützlich?« Er zog die Augenbrauen bis zur Stirn hoch. »Ich habe Schuhe, die mehr gesunden Menschenverstand als Sie besitzen. Und mein Leben wäre ohne Sie weit weniger kompliziert. Ich habe Ihnen geholfen, weil ich Beatriz etwas schuldig war. Aber die Schuld habe ich inzwischen beglichen.«

»Na schön. Ich werde Sie garantiert um nichts mehr bitten, das verspreche ich Ihnen.« Nun fühlte sie sich auch noch gedemütigt. Sie rappelte sich auf.

»Dann ist ja alles bestens.« Er zuckte mit den Schultern und fuhr sich mit den Fingern durch das feuchte Haar. »War ja auch Ihre Schnapsidee.« Und damit wandte er sich wieder zum Wasser.

Sie war nur ein paar Schritte gegangen, als er leise nach ihr rief. Sie beschloss, ihn zu ignorieren, während sie sich aus ihrem Kleid kämpfte, um den Sand loszuwerden.

»Alicia«, rief er noch einmal, so leise, als wollte er vermeiden, ein Baby zu wecken. »Kommen Sie her. Das müssen Sie sehen.«

»Wenn Sie glauben, Sie könnten mich … oh.« Sie ließ das Kleid fallen und watete zu ihm.

Zuerst sah sie nur einen Schemen im Wasser, halb verborgen vom Schatten der Mangroven, doch dann berührte John sacht die Wasseroberfläche, und der Schemen glitt auf sie zu. Eine Nase mit Schnurrhaaren tauchte auf, dann ein grauer, leicht gerundeter Rücken. Das Tier war bestimmt zwei Meter lang, und sein Körper erinnerte ein bisschen an eine überdimensionale Zigarre, von der Schnauze, die sanft Johns Hand berührte, bis zu der massiven Schwanzflosse, die den Sand aufwühlte.

»Was ... was ist das?« Aus dem klaren Wasser blickte ein neugieriges Auge zu ihr herauf, braun und rund wie ein Kieselstein. Und dann blinzelte es ihr zweimal zu.

»Wir nennen sie Seekühe. Thomas' Leute nennen sie Manatis. Sie essen sie auch.«

Tatsächlich erinnerte die Schnauze an die einer Kuh. Das Tier senkte den Kopf, riss ein Büschel Gras vom Grund und begann zu kauen. Dann drückte es seinen Rumpf an ihren Oberschenkel und hätte sie damit um ein Haar zu Boden gerissen. Die Haut der Seekuh war rau; ein Rempler von einem Pferd hätte sich wohl ähnlich angefühlt.

»Was macht sie da?« Alicia vergaß all das Wasser um sie herum, sogar, dass sie so gut wie nackt war. Sie hatte sich immer zu Tieren hingezogen gefühlt, sich aber von ihnen ferngehalten, seit Raoul ihren kleinen Pablito getötet hatte. Diese Kreatur verzauberte sie mit ihrem massigen, aber seltsam anmutigen Körper, dem hässlichen, aber in seiner Gutmütigkeit anrührenden Gesicht; das sanfte Augenzwinkern tat sein Übriges.

»Sie sagt Hallo. Passen Sie auf.« Er bückte sich und griff unter den schweren Körper des Tiers. »Sie mag es, unter den Flossen gekrault zu werden.« Und im selben Moment vollführte die Seekuh eine Drehung, bot ihnen den fahlen Bauch dar. »Sehen Sie?«, sagte er. »Jetzt sind Sie dran.«

Vorsichtig berührte Alicia den Bauch des Tiers – er war erstaunlich glatt – und strich ein paar Mal darüber. Eine weitere Rolle seitwärts brachte den Kopf der Seekuh einen Augenblick lang an die Oberfläche. Erschrocken trat Alicia einen Schritt zurück.

»Fester, viel fester«, sagte John. »Unter der Flosse. Ihre Haut ist wie ein Traktorreifen.«

Alicia folgte seinen Anweisungen, und diesmal rollte sich die Kreatur auf den Rücken und wedelte mit den Flossen in der Luft. Kichernd kraulte Alicia sie noch fester. *»Es bonita, muy bonita«,* gurrte sie. Die Seekuh drehte sich vor Wonne mehrmals im Wasser.

»Sie scheint Sie zu kennen«, sagte Alicia.

»Ich komme seit meiner Kindheit hierher. Ich habe sie vor ein paar Jahren gefunden, vor Kriegsausbruch. Sie war noch ein Kalb, ihre Mutter wegen ihres Fleischs abgeschlachtet worden. Eigentlich sind Seekühe ziemliche Einzelgänger, aber die Jungen spielen für ihr Leben gern. Manchmal habe ich hier Stunden mit ihr verbracht.« Er streichelte das Tier erneut. Es drängte sich liebevoll an seine Beine, und plötzlich drang ein Lachen reiner Freude aus seiner Kehle, das den Linien seines Gesichts die Härte nahm und seinem Blick eine ungekannte Wärme verlieh.

»Hat sie auch einen Namen?«

»Ich nenne sie Pilar. Meine Mom hatte einen kleinen Hund, der so hieß.«

Es hatte tatsächlich etwas von einem Hund, wie die Seekuh ihnen folgte; immer wieder durchbrach ihre Schnauze die Wasseroberfläche. »Lebt Ihre Mutter noch in Key West?«

Irgendetwas in seinem Gesicht schien sich zu verdunkeln. »Sie hat sich aus dem Staub gemacht, als ich fünf war. Den Hund hat sie mitgenommen.«

Den Hund statt des eigenen Kindes? Was für eine Mutter macht so etwas? Alicia stellte sich vor, wie der junge John, braun gebrannt von der Sonne, das Haar verklebt vom Meersalz, mit einem selbst geschnitzten Speer durch die Mangroven streifte. Ein einsamer kleiner Junge, begleitet von seinem einzigen Freund, einem Mischling mit schlimm verbranntem Gesicht.

»Ich hätte nicht geglaubt, dass sie sich noch an mich erinnert.« Sein leises Lachen klang fast zärtlich. »Ich war schließlich verdammt lange fort.«

»Tut sie aber.«

»Tja, sieht so aus.« Sein Gesichtsausdruck war offen und entspannt, sein Blick sanft, während er über ihren Rücken strich. »Für mich ist Pilar eine Schönheit. Und sie mag Sie – haben Sie's gemerkt?«

»Mehr als die … anderen, mit denen Sie schon hier waren?«

»Ich habe noch nie jemanden hierhergebracht.« Wasser spritzte auf, als Pilar abermals abrupt die Schnauze reckte. Er lachte wieder und wischte sich über das Gesicht.

Alicia merkte, dass sie sich ziemlich weit vom Ufer entfernt hatten, ihre Füße von der Dünung immer wieder vom Meeresboden gehoben wurden. Zu ihrem Erstaunen ging sie trotzdem nicht unter, weil sich ihr Körper instinktiv den Wellenbewegungen anpasste. Pilar stieß erneut gegen ihr Bein; unter anderen Umständen hätte ihr schon die schiere Größe des Tiers eine Heidenangst eingejagt, doch stattdessen empfand sie in seiner Gegenwart eine tiefe Ruhe, als könnte ihr nichts geschehen, solange Pilar sich in ihrer Nähe befand. Sie zog die Beine an und streckte sie wieder, legte den Kopf in den Nacken. Ihr Haar breitete sich auf dem Wasser aus wie Seetang.

Johns Arme glitten unter sie, warm und fest. Der erste Stern erschien über ihnen am Himmel. Sie ließ die Angst, die sie so lange beherrscht hatte, forttreiben wie Algen. Sie spürte seinen Blick auf ihrem Körper – die nasse Seide verbarg sicher so gut wie gar nichts –, doch sie empfand keinerlei Scham.

»Alles in Ordnung?« Seine Stimme klang anders, so als wehte sie von weit weg zu ihr herüber.

»Ja.« Sie hielt die Augen geschlossen, ließ sich sanft vom Wasser schaukeln. »Sie können mich jetzt loslassen.«

Es gab eine Zeit des Kampfes, dachte sie, und eine Zeit des Nachgebens. Sie fühlte sich leicht wie ein Blatt, gehalten von der unendlichen, zeitlosen Weite des Meeres. Und von ihm. Sie stellte sich vor, dass ihr rechter Zeigefinger auf Kuba gerichtet war, ihre Heimat, neunzig Meilen von hier entfernt, doch plötzlich empfand sie keinen Schmerz mehr, keine magnetische Sehnsucht. Während sie auf dem Element trieb, das ihr am meisten Angst einflößte, in den Armen eines Mannes, den sie nicht kannte, fühlte sie sich zum ersten Mal in ihrem Leben wahrhaft frei.

Er ließ sie nicht los. Sie sah zu ihm auf, in sein plötzlich ernstes Gesicht, seine Augen zwei funkelnde Schlitze in den Schatten ihrer Höhlen. Seine Lippen bewegten sich, aber sie hatte Wasser in den Ohren. *»Qué dice?«*

»Ich sagte …« Und mit diesen Worten schwang er sie zu sich herum. »Ich will das nicht … Sie loslassen.«

Sie schlang die Beine fast instinktiv um seine Hüften, die Arme um seinen Hals, doch diesmal nicht in Todesangst. Aber sie zögerte. Raoul hatte sie nie geküsst, nicht ein einziges Mal in jenem langen, langen Jahr. *Putas* küsst man nicht, hatte er gesagt. Allerdings schien John nicht so zu denken. Seine Lippen trafen die ihren, wenn auch ein wenig unbeholfen, und seine Hände glitten begierig über ihre Brüste. Sie wehrte ihn ab.

»Ist irgendwas?« Er wirkte irritiert.

»Nur damit du's weißt.« Sie legte ihre ganze Würde in ihre Stimme. »Ich bin kein leichtes Mädchen.«

Er holte tief Luft. »Nur damit du's auch weißt«, erwiderte er ebenso feierlich. »Selbst wenn es so wäre, wär's mir schnurzegal.«

»Aber du hast mich hierhergebracht. Damit niemand sehen kann, dass du dich mit einer *morena* triffst.«

»Das glaubst du?« Er musterte sie verblüfft. »Glaubst du wirklich, ich würde mich um irgendwelchen Unsinn scheren, den irgendwelche Schwachköpfe verbreiten? Ich habe dich hierhergebracht …« – er strich so behutsam über ihre Wange, als wäre sie eine Perle aus dem Meer –, »… weil es der einzige Ort ist, an dem ich mit dir allein sein kann.« Er ließ die Hände über ihren Hintern gleiten und zog sie eng an sich.

»Um mit mir zu schlafen?« Es war ihr nichts Neues, dass Männer sie begehrten. Und dass sie ihn selbst begehrte, und zwar mit einer Macht, die sie selbst erstaunte, spielte momentan keine Rolle. *Oh bitte, bitte. Sei nicht so wie die anderen.*

»Um es mit dir zu machen?« Er lachte und presste sie fest an die steinharte Erhebung in seinen Shorts. »Ja, oh ja.« Er ließ seine Stirn gegen ihre sinken. »Aber du musst das verstehen.« Ein tiefer, unendlich tiefer Seufzer. »Eine ganze Woche habe ich versucht, dich zu vergessen, und dabei auch noch eine Menge Geld zum Fenster hinausgeworfen. In jener Nacht, als du vom Boot gefallen bist und ich erst dachte, du wärst ... Wie auch immer, ich bin ins Wasser gesprungen, obwohl mir klar war, dass wir wahrscheinlich beide umkommen würden, weil du mich mit dir in die Tiefe ziehen würdest. Aber es war mir egal. *Du* warst mir wichtig. Verstehst du es denn nicht? Verdammt noch mal, Mädchen ...« – er stöhnte leise auf –, »siehst du nicht, was du mit mir machst?«

Zum ersten Mal bemerkte sie in seinen Augen etwas, das sie dort noch nie gesehen hatte: Angst. Es war, als stünde er an einem Abgrund, und in diesem Moment traf sie ihre Entscheidung.

Sie wehrte ihn nicht ab, als er seine Lippen fest auf die ihren presste, die Finger in ihrem Haar vergrub. Und so küssten sie sich, küssten sich, küssten sich, und sie spürte, wie die Hitze seines Körpers allmählich die Dunkelheit um sie herum vertrieb. Sie ließ all die Jahre des Kummers und der Enttäuschung in diesen ersten Kuss fließen, all die schrecklichen, einsamen Stunden, all die Zeit, in der sie sich gefragt hatte, was nicht mit ihr stimmte.

Er zog sie noch enger an sich, bis sie sich schließlich aus seiner Umarmung löste und ihn mit großen Augen ansah.

»Tja«, keuchte er. »Das ist der Beweis.« Er grinste im

schwindenden Licht. »Keine Hure hat mich je so geküsst.«

Sie schlug ihm hart ins Gesicht. Und dann küsste sie ihn noch einmal.

»Und keine wird es je tun.«

Dwayne beobachtete all das aus seinem Versteck unter den ausladenden Ästen eines Meertraubenbaums. Tränen der Enttäuschung rannen über seine Wangen, und er wischte sie ärgerlich fort, peinlich berührt, dass er wie ein Baby geweint hatte. Er hatte doch nur dafür sorgen wollen, dass Miss Alicia sich nicht verirrte, wieder sicher nach Hause zurückfand. Er war ihr gefolgt, als sie in ihrem seltsamen Badeanzug in die Straßenbahn gestiegen war, und dann den sandigen Pfad hinunter, der durch das Palmettogestrüpp zu der kleinen Bucht führte. Irgendjemand musste ja auf sie aufpassen, sie kannte sich doch überhaupt nicht aus. Trotz ihres heißblütigen Temperaments hatte sie etwas Zerbrechliches an sich, das seinen Beschützerinstinkt weckte, und hier an der Küste gab es gerade dieser Tage jede Menge übler Kerle, denen man zufällig über den Weg laufen konnte. Eine Frau, die sich allein herumtrieb, forderte es regelrecht heraus, dass ihr etwas zustieß. Jedenfalls redete er sich das ein.

Als er gesehen hatte, dass Mr. Morales sie erwartete, hätte er eigentlich gehen können. Mr. Morales war ein Kriegsheld, ganz zweifellos ein mutiger und ehrbarer Mann, in dessen Händen sie bestens aufgehoben war. Dennoch war er dageblieben, hatte sie beobachtet. Und nun war er völlig durcheinander. Natürlich war es falsch, heimlich zu spannen, aber er brachte es einfach nicht über sich, den Blick abzuwenden. Und je länger er ihnen zusah, desto verwirrender wurde es. Hunderte von Feuerameisen schienen unter seiner Haut zu krabbeln.

Und dann blieb ihm der Mund offen stehen, als sie sich bis auf ihr Höschen auszog und ins Wasser trat – es war, als würden die Seiten für Frauenunterwäsche im Sears-Roebuck-Katalog zum Leben erwachen, nur besser. Er konnte nicht hören, was sie redeten – dafür waren sie zu weit entfernt –, doch was zwischen ihnen passierte, verstand er nur allzu genau, als sie sich zu küssen begannen. Nackte Begierde ergriff Besitz von ihm; er stellte sich vor, dass es seine Lippen waren, die sich auf die ihren pressten, seine Hände auf ihren Brüsten, seine Schultern, die sie umklammerte. Es kam schlicht über ihn. Wenn es um Frauen ging, hatte er sich stets mit dem Katalog begnügt und mit ein paar alten, fleckigen Postkarten, die ihm der eine oder andere Seemann am Hafen verkauft hatte. Andere Jungs in seinem Alter kamen durchaus bei den Mädchen an, aber ihm schien diese Gabe zu fehlen. Sie lachten ihn aus, machten sich lustig über seine roten Haare und die Sommersprossen. Und er wurde knallrot, wenn er eine von ihnen anzusprechen versuchte. Miss Alicia war die erste Frau, die jemals nett zu ihm gewesen war. Und sie jetzt so zu sehen, kein Mädchen, sondern eine richtige Frau, die nichts weiter als einen Fetzen feuchte Seide trug … das war einfach zu viel.

Zu all den Gefühlen, die in ihm brodelten, gesellten sich nun auch noch Scham und Zorn. Er schämte sich vor sich selbst, war wütend auf sie, weil sie ihm seine

Schwäche so deutlich vor Augen geführt hatte, die Verdorbenheit seiner Seele, von der sein Vater so oft sprach. Er hatte geglaubt, sie sei anders als die anderen Mädchen, die er aus dem Tea Room kannte – bescheidener, damenhafter, trotz ihres Metiers. Doch nun wusste er, dass auch sie nur eine Hure war, und es fühlte sich an, als hätte jemand etwas überaus Kostbares vor seinen Augen in tausend Stücke zerschlagen.

Er musste sich von ihr befreien. Die Bibel würde ihm Läuterung verschaffen, und künftig würde er Pas Predigten in der Kirche mehr Aufmerksamkeit schenken. Er würde sich dem Klan mit Leib und Seele verschreiben, den Männern beweisen, dass er ein würdiges Mitglied ihrer Gemeinschaft war. Und sich selbst würde er ein für alle Mal von den verderbten, widerwärtigen Gedanken befreien, die sie ihm in den Kopf setzte.

Ja, das würde er tun, dachte er. Aber erst einmal riskierte er noch einen weiteren Blick.

Kapitel 14

Erschöpft und immer noch ein wenig benommen ließ Alicia sich von John vom Strand zurück zum Tea Room führen. Sie war von oben bis unten sand- und salzverkrustet.

Obwohl es bereits stockfinster war, blieb sie wachsam. »Was, wenn uns jemand sieht?« Raoul war stets so stolz auf seine exotische Braut gewesen und hatte bei jeder sich bietenden Gelegenheit vor seinen Freunden mit ihr geprahlt, doch hier tickten die Uhren anders.

»Es ist meine Pflicht, die Lady sicher nach Hause zu bringen«, sagte er, als sie die Stufen hinaufgingen. »Und ich sage es zum letzten Mal – es interessiert mich nicht, was andere denken. Für mich zählt nur deine Meinung.«

Durch die geöffnete Tür wehte der Duft von Hortensias Essen, vermischt mit dem obligatorischen Gestank nach Schweiß und Rum. Erst jetzt wurde ihr bewusst, dass sie einen Bärenhunger hatte. »Bleib doch und iss etwas mit mir«, schlug sie vor, obwohl ihr etwas sagte, dass sie damit eine Grenze übertrat. Damit würden sie ihr Verhältnis gewissermaßen offiziell machen, was ihr plötzlich ein klein wenig zu überstürzt erschien. »Egal. War nur eine dumme Idee.«

»Ganz und gar nicht«, meinte er. »Ich könnte jetzt ohne Weiteres eine Seekuh verdrücken.«

Sie verzog das Gesicht, öffnete die Tür – und stolperte geradewegs in Mamacitas Arme.

Spitze Schreie ertönten, dann blickten sie einander in verblüfftem Schweigen an.

»Alicia? Ist das … meine *niña?*«

Alicia erhaschte einen Blick auf sich im Spiegel über der Bar. Ihr Haar hatte sich in eine wirre, salzverklebte Lockenmasse verwandelt. Der Badeanzug hing wie ein nasser Sack an ihr herunter, aus dem das Meerwasser in ihre quietschenden Schuhe tropfte. Immerhin hatte sich zumindest John umgezogen, doch auch seine Sachen waren salzverkrustet. Sie sahen aus wie Schiffbrüchige. Ihr eigener Schock spiegelte sich auf Mamacitas Zügen wider.

»Sí, soy yo.« Alicia hatte keine Ahnung, was sie sagen sollte, weil es anscheinend schlicht nichts zu sagen gab. Also stand sie da, starrte ihre Mutter fassungslos an, die sie wiederum fassungslos anstarrte.

»In deinem Brief hat es sich angehört, als würdest du dich einsam fühlen«, sagte ihre Mutter schließlich. »Deshalb habe ich beschlossen, dich mit einem Besuch zu überraschen. Aber ich sehe, du hast … Gesellschaft gefunden.« Ihr Blick huschte flüchtig über John.

»Tja«, sagte er. »Dann bis bald, Miss Pearl.« Er tippte sich gegen den Hut. *»Buenas tardes,* Señora.«

Mamacita schien der Ohnmacht nahe, deshalb drückte Paulina sie eilig auf einen Stuhl.

»Por favor«, sagte Mamacita. »Kann ich einen Tee bekommen?«

Mit einem unsicheren Blick in Alicias Richtung zuckte Paulina die Achseln. »Es tut mir leid, Señora, aber wir haben hier keinen Tee.«

»Keinen Tee?« Mamacita blickte sich fragend um. »Was ist das hier? Wieso sitzen so viele Männer an den Tischen? Wo ist Beatriz? Und wieso hat er dich ›Miss Pearl‹ genannt?«

»Geh und hol Señora Cortez ein Glas Wasser«, wies Paulina Kitty an. »Mit einem Schuss Medizin«, fügte sie im Flüsterton hinzu.

Mamacita zog ihren Fächer aus dem Ausschnitt und begann sich hektisch Luft zuzuwedeln. »Würde mir bitte endlich einer verraten, was hier los ist?«

Alicia betrachtete ihr liebes Gesicht. »Willkommen in Key West, Mamacita. Wir beide haben eine Menge zu besprechen.«

Nach einem warmen Bad saß Alicia am Tisch und legte ihrer Mutter bei einer Portion von Hortensias erstklassigen *patitas de puerco* die Situation dar – zumindest so viel davon, wie Mamacita ihrer Meinung nach verkraften konnte. Anfangs behauptete Mamacita, sie sei nicht hungrig, doch irgendwann schnappte sie sich eine Gabel und schaufelte sich eine ganze Portion des wohlschmeckenden Gerichts aus gekochten Schweinefüßen mit Gemüse in den Mund, um sich gleich danach mit derselben Hingabe dem cremigen *flan de caramelo* zu widmen, den es zum Nachtisch gab.

Einer der Stammgäste spähte in die Küche. »Das riecht aber lecker, Miss Pearl. Haben Sie noch was davon?«

Schnaubend gab Hortensia eine Portion auf einen Teller, doch Alicia wusste nur zu gut, dass die Köchin sich in Wahrheit geschmeichelt fühlte. Seit sie im Tea Room angefangen hatte, wollten immer mehr Gäste neben den üblichen Dienstleistungen auch etwas essen. Und dank Hortensias Gabe, aus den billigsten Zutaten wie beispielsweise Schweinefüßen wahre Köstlichkeiten zu zaubern, machten sie beachtlichen Gewinn damit. Außerdem ließen sich in der neu renovierten Küche auch wesentlich größere Mengen kochen. *Wenn das so weitergeht, muss ich noch Kellnerinnen einstellen.*

Schließlich unterdrückte Mamacita einen Rülpser und wischte sich mit der Serviette den Mund ab. »Dein Papa darf nie von alldem erfahren. Niemals.«

»Natürlich nicht. Aber da ich sowieso nicht nach Havanna zurückkehren werde ...« Sie wartete darauf, dass ihre Mutter Einwände erhob, doch sie rülpste nur noch einmal.

»Dort bist du nicht sicher, aber ich bete dafür, dass du es eines Tages wieder sein wirst. Und bis dahin bist du ... eben hier.« Sie deutete mit einer geringschätzigen Geste um sich, die nicht nur den Tea Room, sondern die ganze Stadt mit einschloss. »Es ist sehr schwer, dich hier zu sehen, und zu hören, wie die Leute dich ›Miss Pearl‹ nennen, ist schlicht unerträglich. Dein Haar ist auch anders als früher.«

»Es ist doch völlig unwichtig, wie die Leute mich nennen. Es ist bloß meine Arbeit.« Seit ihrem nächtlichen Ausflug aufs Meer trug sie ihr Haar nicht mehr in dem üblichen Knoten, sondern ließ es, lediglich von einem Band zusammengehalten, über ihre Schultern hängen. Sie dachte daran, wie es im Wasser getrieben hatte, wie ein Fächer zwischen Johns Fingern ... »Vieles hat sich verändert.« Einen Moment lang fragte sie sich, ob ihre

Haut wohl schimmerte, wo er sie berührt hatte, so wie das phosphoreszierende Meer bei ihrem nächtlichen Abenteuer.

»Du hast mir so gefehlt, *pajarita.*« Mamacita streichelte ihre Hand, so wie früher, als Alicia noch ein kleines Mädchen gewesen war.

Mit ihrer Mutter in der Küche zu sitzen beschwor Erinnerungen an die vielen Male herauf, wenn sie gemeinsam Papas Lieblingsleckereien zubereitet hatten, allen voran den obligatorischen Schweinebraten zu Weihnachten. Seit Alicia groß genug war, um den Spieß zu erreichen, war ihr die Aufgabe zugekommen, ihn regelmäßig zu drehen, damit der Braten von allen Seiten schön gleichmäßig bräunte. Die Erinnerung bohrte sich wie eine Glasscherbe in ihr Herz.

Ihre Finger schlossen sich um den Vogelanhänger um ihren Hals. »Vermisst … Papa mich auch?«

»Aber natürlich vermisst er dich«, sagte Mama, doch ihre Stimme klang nicht allzu überzeugt. »Natürlich. Du fehlst ihm ebenfalls. Und wir hoffen wie gesagt beide, dass … dass es eines Tages sicher für dich ist, wieder zu uns nach Hause zurückzukehren. Aber in der Zwischenzeit müssen wir einen anderen Ort finden, wo du leben kannst. Und einen besseren Job.« Sie blickte zur Decke hinauf, die im Takt zu Maxines Aktivitäten im Zimmer über ihnen vibrierte.

Offenbar war es im Hauptsalon zu einem Handgemenge gekommen. Alicia hörte das hölzerne Krachen von Isabella, ein Kreischen von Kitty und wütendes Schimpfen. In diesem Moment sah sie ihr eigenes Leben durch Mamacitas Augen – in all seiner Hässlichkeit. Natürlich wusste ihre Mutter nichts von all ihren Neuerungen, von den Hürden, die sie hatte überwinden müssen, von den gewonnenen Schlachten; darüber, wie sie das lausige Blatt, welches das Leben ihr zugeteilt hatte, in die Hand genommen und in etwas verwandelt hatte, wofür sie sich nicht zu schämen brauchte.

»Das hier ist jetzt mein Leben, Mamacita. Das Leben, in das *du* mich geschickt hast. Und genau hier werde ich auch bleiben. Und jetzt entschuldige mich bitte, ich werde gebraucht.«

Stunden später lag sie, zu erschöpft, um Schlaf zu finden, auf einer dünnen Matratze auf dem Fußboden ihres vom Mondschein erhellten Zimmers und lauschte Mamacitas Schnarchen. Obwohl sie bereits ahnte, dass sie am nächsten Morgen voller blauer Flecke und mit schmerzenden Muskeln aufwachen würde, fühlte es sich an, als schwebte sie ein weiteres Mal auf den dahinplätschernden Wellen. Erinnerungen kamen ihr in den Sinn, überschlugen sich in ihren Gedanken: sein Mund, seine Hände, seine braun-goldenen Augen, die sie anblickten, voller Angst und Faszination zugleich; ihre Begierde, ebenso überraschend wie sein Hunger nach ihr; die unverhoffte Freude darüber, mit einem anderen Menschen eins zu werden, und ihr Ringen darum zu verstehen, was dies für ihre Zukunft bedeutete. Und Mamacita, deren Auftauchen ihre Vergangenheit wieder aufwühlte, so instabil und unkalkulierbar wie ein Treibsandfeld. Sie wusste nicht, was sie denken sollte, sondern trieb dahin, haltlos wie auf dem offenen Meer.

In seiner Gegenwart war ihr alles so klar vorgekommen, so natürlich und richtig. Doch nun, in diesen Stunden zwischen dunkler Nacht und Morgendämmerung, jenen grauen Stunden, in denen nichts wirklich real erschien, kamen von überall Zweifel auf, redeten flüsternd auf sie ein, wie Geister mit Mamacitas Stimme:

Was weißt du denn schon über ihn?

Er ist doch keinen Deut besser als Raoul, er verbirgt es nur geschickter.

Am besten bist du dran, wenn du für dich bleibst.

Du wirst immer allein bleiben.

Und Mamacita hatte die Gerüche Havannas mit sich gebracht, in ihrem Haar, ihren Kleidern, auf ihrer Haut, so intensiv, als wäre Alicia erst gestern fortgegangen. Und als wachte sie in ihrem einstigen, vom zarten Gardenienduft erfüllten Zimmer wieder auf, wenn sie es sich nur inbrünstig genug wünschte. Das war ihr letzter Gedanke, ehe sie in einen unruhigen Halbschlaf verfiel.

Am nächsten Morgen fand sie das kubanische Brot an seinem gewohnten Platz auf der Veranda vor und schob sich einen Bissen in den Mund, während sie darauf wartete, dass der Milchmann kam.

Ihre Glieder schmerzten. Sie knetete die steifen Muskeln in ihrem Nacken. Immerhin war die drückende Schwüle vom Vorabend verflogen. Dies könnte der erste Tag sein, an dem der Sommer seinen Würgegriff ein klein wenig lockerte.

Mr. Clemens und Emily kamen gerade die Straße herauf, als Mamacita blinzelnd auf die Veranda trat.

»Guten Morgen«, sagte Alicia und hielt die Milchflasche unter Emilys Euter, während Mr. Clemens mit routinierten Bewegungen die schaumige Milch hineinlaufen ließ.

Sie reichte ihm eine Münze.

»Das ist es allerdings«, bestätigte er und tippte sich an den Hut. »Endlich ist der Sommer vorbei. Los, komm schon, altes Mädchen.« Er führte Emily weiter die Straße entlang.

»Was ... was war denn das?«, fragte Mamacita beim Anblick von Emilys schwankendem Hinterteil.

»Das war nur der Milchmann. Und wenn du lange genug wartest, kriegst du auch noch Percy, den Gorilla, zu sehen, wenn er zur Arbeit geht.« Trotz des leisen Unbehagens weidete sie sich mit geradezu kindlichem Vergnügen an Mamacitas entsetzter Miene. »Frühstück?«

Noch bevor sonst jemand im Haus aufgestanden war, hatte Dwayne bereits die Kohlen für den Ofen hereingeholt. Er war der Erste in der Küche. Ma hatte noch nicht einmal den Kaffee aufgesetzt. Dies war ein Teil seines neuen Wegs auf dem Pfad der Tugend: Kein Herumliegen im Bett bis zur letzten Minute mehr. Zwar mochte er des Dämonenpaars Lust und Neid, das ihn nachts heimsuchte, noch nicht Herr geworden sein, aber es war ihm zumindest gelungen, es ein klein wenig in den Hintergrund seines Bewusstseins zu drängen. Wobei ihm klar war, dass ständige Wachsamkeit erforderlich war, um den flüsternden Versuchungen zu widerstehen.

»Du bist ja schon so früh auf den Beinen«, meinte Ma und zerzauste ihm liebevoll das Haar, als sie den Kessel aufsetzte.

»Es ist ein herrlicher Morgen.«

Mit einem neugierigen Blick stellte sie frisches Brot und einen Teller mit einem großen Stück Butter auf den Tisch. »Ist alles in Ordnung mit dir, Junge?«

»Es ging mir nie besser, Ma. Ich habe heute eine Menge Bestellungen auszuliefern. Gute, ehrliche Arbeit.« Er hatte zwar beschlossen, wie üblich auch im Tea Room haltzumachen, den Blick jedoch von Paulinas verborgenen Schätzen fernzuhalten; schließlich hatte er tags zuvor am Strand schon genug gesehen. Ohne sein Zutun flammte das Bild neuerlich vor seinem Auge auf – Alicia, die wie eine Meerjungfrau in Mr. Morales' Armen den Wellen entstieg ... Er ballte die Fäuste unter dem Tisch und zwang sich, die Gedanken zu verdrängen, die sich wie Würmer in sein Gehirn fraßen. *Verschwinde, hinterlistiges Weibsbild, und lass mich in Frieden!*

Pa kam herein und rollte die Hemdsärmel auf. »Das freut mich zu hören«, sagte er. »Du kannst dafür sorgen, dass das hier in die richtigen Hände gelangt. Ich nehme an, es sollten einige auf deiner Route liegen.« Er zog einen Stapel Karten aus der Tasche.

Auf jeder von ihnen stand eine Botschaft:

Bruder: Wir beobachten dich. Vielleicht bist du der Richtige für uns. Sei bereit! Bist du willens und in der Lage, dich uns anzuschließen? Sprich mit niemandem darüber!

»Was ist das, Pa?«

»Das ist der erste Schritt, die Männer zusammenzutrommeln, die wir benötigen. Kleagle Simpkins hat sie mir anvertraut, mein Sohn, und ich vertraue sie nun dir an.« Er holte eine Namensliste hervor. »Befinden sich die Häuser dieser Männer auf deiner Route?«

Es waren die Namen von Männern der besten Familien in Key West, viele davon sogar in öffentlichen Ämtern.

»Jawohl! Bei den meisten kann ich vorbeigehen.« Mit der Hand des Vaters spürte er auch das Gewicht der Verantwortung auf seiner Schulter. Beide wogen schwer. Und fühlten sich richtig an. Er setzte sich aufrecht hin. »Und was geschieht dann?«

»Wir lassen die Botschaft ein wenig wirken, ehe eine zweite und schließlich eine dritte folgen. Jede weicht sie ein wenig mehr auf, bis wir sie zu uns holen, um ihnen ein paar Fragen zu stellen. Wenn sie bestehen, dürfen sie uns beitreten, und als Nächstes erfolgt die offizielle Aufnahme.«

Das Ganze hörte sich ziemlich heimlichtuerisch und zudem zeitaufwendig an. »Aber wieso geht ihr nicht einfach hin und fragt sie, ob sie mitmachen wollen?«

»Weil, mein Sohn, unsere Feinde alles tun würden, um uns daran zu hindern, dass wir unsere Ziele erreichen. Notfalls würden sie sogar die Gesetze verbiegen. Du musst lernen, dass Diskretion oberstes Gebot ist. Sie ist das wichtigste Werkzeug des Klans.«

Dwayne hatte in der Schule als Klatschbase gegolten, weil er jedes Geheimnis ausgeplaudert hatte, sobald es ihm zu Ohren gekommen war. Dies war einer der Gründe gewesen, weshalb er keine Freunde gehabt hatte. Er konnte nur über sich selbst staunen, dass es ihm gelungen war, seine nächtlichen Aktivitäten mit Mr. Morales und Miss Alicia vor Pa geheim zu halten. Dabei waren ihm zwei Faktoren zugutegekommen: Erstens war die Schmuggeltour ein so absurdes Abenteuer gewesen – sie schien weder hierher nach Key West noch in diese Zeit zu passen –, dass es nicht weiter schwierig gewesen war, sich nicht damit zu brüsten. Zweitens war sein Vater so mit der Rekrutierung neuer Mitglieder beschäftigt, dass er fast nichts von dem mitbekam, was um ihn herum vor sich ging. Vermutlich könnte Dwayne sogar in ein Hahnenkostüm schlüpfen und durch die Küche stolzieren, ohne dass sein Vater den Blick von seiner Kandidatenliste lösen würde. Fast eine Woche war vergangen, seit er nächtliche Streitgeräusche aus dem Schlafzimmer seiner Eltern gehört hatte und Pa das letzte Mal die Faust hatte sprechen lassen. Bislang schien sich das bevorstehende Eintreffen des Klans also nur positiv auf den Frieden in der Familie auszuwirken.

Er schwor, keines der Geheimnisse preiszugeben, die ihm anvertraut wurden.

»Und noch was, Dwayne: Halte die Augen und Ohren offen. Sollte dir irgendetwas ungewöhnlich vorkommen, will ich es wissen. Kapiert? Augen und Ohren offen halten.«

»Jawohl.« Endlich war es so weit. Dwayne spürte förmlich, wie er endlich zum Mann reifte.

Ein paar Stunden später machte Alicia sich fertig, um Mamacita zur Fähre zurück nach Havanna zu bringen. Ihre Mutter war in Tränen aufgelöst und presste sich ein feuchtes Taschentuch gegen die Brust.

»Du kannst doch jederzeit wiederkommen, Mamacita«, sagte Alicia. Und sie meinte es auch so. Bei Hortensias *huevos Habaneros* hatte ihre Mutter allem Anschein nach einen Entschluss gefasst, während sie die Köchin für ihre Künste gelobt und sich gleichzeitig angeregt mit Felix und den Mädchen unterhalten hatte. Nun verabschiedete sie sich tränenreich von allen Anwesenden, wobei sie ihnen das Versprechen abnahm, sich auch gut um ihre kostbare *pajarita* zu kümmern.

Die Mädchen winkten ihr hinterher, und Kitty schniefte. »Meine Mama kommt nie her, um nach mir zu sehen. Nicht ein einziges Mal hat sie mich besucht.«

In diesem Moment fuhr Dwayne mit seinem Karren vor, der nicht nur mit den gewohnten Schuhen, sondern mit allerlei Haushaltswaren und dergleichen aus Mr. Jolovitz' Geschäft vollgeladen war.

»Guten Morgen, Dwayne«, begrüßte Alicia ihn. »Darf ich dir meine Mutter vorstellen?«

»Morgen, Ma'am«, sagte er und hielt den Blick gesenkt.

»Dwayne ist uns eine große Hilfe, Mamacita«, sagte sie. »In vielerlei Hinsicht.« Sie wartete darauf, dass er lächelte, schließlich wusste sie nur zu genau, wie sehr er seinen ersten Schmugglerausflug genossen hatte. Trotz oder gerade wegen der Gefahr war es ein riesiges Abenteuer für ihn – für sie alle – gewesen. Dies war nur einer der Vorfälle, von denen sie ihrer Mutter lieber nichts erzählt hatte.

»Ja, Ma'am. Aber jetzt muss ich mich sputen, Ma'am.« Noch immer würdigte er sie keines Blickes.

»Ist alles in Ordnung, Dwayne?«

»Ja, Ma'am. Ich habe nur viel zu tun.«

»Nun, es wird dich freuen zu hören, dass Mr. Morales

dich und dein Boot für eine weitere Botenfahrt benötigt. Morgen Abend, selber Ort wie beim letzten Mal.«

John hatte ihr von einem neuen Lieferanten erzählt, einem Erzfeind von José, der alles dafür tun würde, um ihm eins auszuwischen, daher würden sie auch Dwaynes Boot benötigen.

»Es tut mir leid, Miss, aber ich kann nicht mitkommen. Wenn Sie mich jetzt entschuldigen wollen …«

»Aber natürlich, Dwayne.«

Und damit hastete er, beladen mit Schuhkartons, die Treppe hinauf.

»Seltsamer Junge«, murmelte Mamacita. »In diesem Alter haben sie doch normalerweise bloß eins im Kopf. *Pingas* auf zwei Beinen, das sind sie. Na ja, eigentlich in jedem Alter.«

Trotz ihres Schocks über die unflätige Ausdrucksweise ihrer Mutter konnte Alicia einen Anflug von Unbehagen nicht abschütteln. »Ja.« Sie sah ihm hinterher. »Aber ich dachte, er sei anders als alle anderen.«

»Und dieser *hombre* von gestern – der, der dich nach Hause gebracht hat –, mit dem gibt es bloß Ärger, das sehe ich von Weitem.«

»Mein Geschäftspartner, John Morales.«

»Geschäftspartner. Hmhm.« Mamacita nickte. »So einen hatte ich auch mal. Vor langer Zeit.«

Unter Mamacitas wissendem Blick schoss Alicia prompt die Röte ins Gesicht, gepaart mit der Erkenntnis, dass sie in Wahrheit so gut wie nichts über diese Frau wusste. Noch nie hatten sie so offen miteinander gesprochen, nicht einmal nach dem, was mit Raoul vorgefallen war. Sie hatte sich nie gefragt, weshalb ihre Eltern getrennte Schlafzimmer hatten. Über so etwas wurde in der Familie schlicht nicht geredet. Ihre gemütliche, gut gepolsterte Mamacita gab sich damit zufrieden, sich Papa zu fügen und ihm die Hausschuhe hinzustellen, wenn er von der Arbeit kam.

»Du und dein … Geschäftspartner«, begann Alicia. »Wusste Papa davon?«

»Dein Papa ist ein guter Mann.« Mit einem traurigen Lächeln wandte sie den Blick ab. »Sogar ein sehr guter. Ich habe mich wegen des Lebens für ihn entschieden, das er dir bieten konnte. Der andere dagegen … *ay, niña.*« Mamacitas Augen leuchteten. Mit einem Mal sah Alicia ihre Mutter als junge Frau vor sich, strahlend vor Glück und vor Liebe … und wie sie all das aufgab, nur um der Zukunft ihres Kindes willen. »Aber ich bereue nichts.« Sie berührte Alicias Wange. »Aber zu wissen, dass du jetzt hier bist, mitzuerleben, wie er dich gestern Abend angesehen hat … Sei vorsichtig, *pajarita,* aber nicht zu vorsichtig.«

Alicia schloss sie in die Arme. »Nächstes Mal«, flüsterte sie, »bleibst du ein bisschen länger.«

»*Sí*, aber in einem Hotel«, flüsterte Mamacita zurück.

Am Fährhafen herrschte reger Betrieb. Überall tummelten sich ankommende Passagiere und Straßenhändler, die sie mit allerlei Kinkerlitzchen in Versuchung zu führen versuchten. Mehrere Haifischkadaver lagen auf dem Boden, neben ihnen ihre aufgehäuften Innereien. Wie üblich tauchten Negerjungen nach Münzen; Schneckenschalen und Meeresschwämme zerbarsten knirschend unter den massiven Hufen der Brauereipferde. Es war das erste Mal seit ihrer Ankunft, dass Alicia herkam. *Wie ahnungslos ich damals doch war, in jeglicher Hinsicht.* Sie dachte an den riesigen Truppentransporter mit all den Soldaten in ihren khakifarbenen Uniformen zurück, während ihr erschaudernd bewusst wurde, dass sich auch John unter ihnen befunden haben musste. Sie dachte an Beatriz, wie sie aufgelöst und atemlos den Steg heraufgelaufen gekommen war, und an Dwaynes offenes, fröhliches Gesicht. *So viel hat sich in so kurzer Zeit verändert.*

»Dios mio.« Mamacita presste sich ihr Taschentuch auf die Nase. »Was ist denn das für ein grauenhafter Gestank?«

Doch Alicia lächelte nur beim Anblick der auf dem Dock aufgereihten Fässer voll *mierda.* Der Gestank brachte sie längst nicht mehr aus dem Konzept.

Nachdem die ankommenden Passagiere von Bord gegangen waren, durften die Abreisenden sich auf den Weg machen. Mamacita klammerte sich an sie und machte ihr Kleid ganz nass mit ihren Tränen. Über ihre Schulter hinweg beobachtete Alicia, wie ein Mann vorsichtig seinen Pferdekarren rückwärts in den Laderaum der Fähre manövrierte, ehe er die Plane abnahm, unter der fünf schlichte Pinienholzsärge zum Vorschein kamen.

Mamacita tupfte sich ein weiteres Mal die Tränen ab und bekreuzigte sich. »*Pobrecitas*, wenigstens kehren sie nach Hause zurück und werden auf kubanischem Boden beerdigt«, meinte sie, gefolgt von einer neuerlichen Tränenflut.

Alicia drehte sich um, als das Schluchzen eines Grüppchens schwarz gekleideter Frauen an ihre Ohren drang, die sich Halt suchend aneinanderklammerten, während sie zusahen, wie die Särge an Bord gebracht wurden.

»So wird es bei dir nicht sein, *niña*. Nein, eines Tages wirst du wieder zu Hause sein, bei uns, das schwöre ich bei allem, was mir heilig ist.«

Alicia bugsierte ihre Mutter die Gangway hinauf, ehe diese vollends in Tränen zerfließen konnte. Ihre letzten Abschiedsworte gingen im Tuten des Signalhorns unter.

Doch als Alicia in einer Wolke aus Dieseltreibstoff und wehenden Taschentüchern dem Kai den Rücken zukehrte, musste sie daran denken, wie Mamacita bald zu Hause sein und sich neben Papa an den Abendbrottisch setzen würde; wie Alicias Stuhl immer noch leer wäre, ganz genauso wie am Vortag, als sie von zu Hause aufgebrochen war.

Obwohl nur ein paar Monate vergangen waren, schien ihr altes Leben hinter ihr zu liegen, fast so, als gehörte es einer anderen Frau. Selbst wenn sie die Chance bekäme zurückzukehren – was höchst unwahrscheinlich war –, könnte sie nicht einfach wieder an dem Tag anknüpfen, an dem sie ihre Heimat verlassen hatte. Es kam ihr ein wenig so vor wie in ihrer Jugend, als sie jedes Jahr während der langen Sommerferien aus ihrer Schuluniform herausgewachsen war. Dieses naive Mädchen mit dem kecken Strohhut von einst war inzwischen beinahe zur Fremden geworden. Würde sie ihr heute auf der Straße begegnen, würde sie geradewegs an ihr vorbeigehen, allenfalls mit dem vagen, beinahe mulmigen Gefühl, sie schon einmal irgendwo gesehen zu haben.

Kapitel 15

Es war ein kühler Morgen Anfang November. In seinem Schlafzimmer über dem Last Resort wandte sich John zu Alicia. »Verdammt, Frau, du bist so bildschön, einfach zuckersüß.«

Statt einer Antwort ließ sie sich mit einem Seufzer auf dem schmalen Bett zurücksinken. So sah er sie am liebsten, nackt und bebend vor Leidenschaft; ihre dunkle Haut schien auf dem zerwühlten Laken regelrecht zu glühen, und ihre Locken ergossen sich in braunen Kaskaden über das Kissen.

Allmählich gewöhnte er sich an ihre Seufzer und ihre Geheimnisse. Beides entfachte jedes Mal von Neuem das Feuer in ihm, wenn er es am wenigsten erwartete, etwa, wenn er an der überfälligen Buchhaltung saß, sein Federhalter ein Eigenleben entwickelte und obszöne Kritzeleien an den Rand zeichnete, was Thomas mit kaum verhohlener Missbilligung zur Kenntnis nahm.

So etwas hatte er noch nie erlebt. Nie zuvor hatte er sich um die Wünsche einer Frau geschert, sich nicht einmal auch nur entfernt gefragt, was eine Frau wollte oder brauchte, sondern sie schlicht und einfach für ihre Dienste bezahlt. Doch nachdem er von ihrer kurzen Ehe erfahren hatte, wurde ihm so manches klarer: warum sie ihm nie den Rücken zudrehte, warum der Schatten der

Wachsamkeit selbst in den leidenschaftlichsten Momenten nie ganz von ihren Zügen wich, warum sie sich grundsätzlich so hinsetzte, dass sie die Tür im Auge behalten konnte. Bei einem Händler in den Docks hatte er ihr eine Perlenkette gekauft, nichts wirklich Wertvolles, aber sehr hübsch. Doch statt ihrer Begeisterung mit einem Jauchzer Ausdruck zu verleihen, hatte sie den Kopf geschüttelt und ihm die Kette zurückgereicht: »*No gracias*. Keine Perlen.«

Er beschloss, ihren Körper und dessen Sprache zu studieren, um sie nach allen Regeln der Kunst zu verwöhnen, so als ginge er einer Arbeit nach – die Ironie des Ganzen machte dies nur umso angenehmer. Eine Liebkosung hier, eine Berührung da, schnell, langsam, hart, sanft … sie war wie eine unerforschte Insel, auf der er auf Entdeckungsreise ging.

Und trotzdem … da war etwas, an das er nicht herankam, etwas, das sie nicht preisgeben wollte. Und ihm wurde klar, dass seine Landkarte von ihr wohl nie vollständig sein würde, nicht einmal, wenn sie ein ganzes Leben miteinander verbringen würden.

Immer wenn sie ihn mit diesem Blick aus ihren wolkengrauen Augen ansah, wollte ihm schier das Herz brechen. Jedes Mal tat es weh, und jedes Mal hieß er den Schmerz willkommen. Vielleicht hätte er lieber fliehen sollen, aber dann wieder kam er sich vor wie die glücklichste Fliege auf der ganzen Welt, komplett eingesponnen in ihr warmes, weiches Netz. Und obwohl er seine Angst nicht von der Hand weisen konnte, war sie leise, kaum wahrnehmbar, wie eine Stimme, die aus der Ferne an seine Ohren drang.

Am meisten hatte ihn verblüfft, was in ihrer ersten gemeinsamen Nacht geschehen war, nachdem Alicias Mutter zurück nach Havanna gefahren war. Auf seinem schmalen Bett an sie geschmiegt, hatte er tief und fest geschlafen, so wie nie mehr seit dem Krieg ... oder, nein, auch schon vorher nicht. Er erinnerte sich noch genau, wie er es nicht gewagt hatte, die Augen zu schließen, nachdem seine Mutter sie verlassen hatte. In seinem kindlichen Denken war er felsenfest davon überzeugt gewesen, dass die schlimmsten Dinge passieren konnten, wenn er schlief. Und so war es ihm ab jenem Zeitpunkt unmöglich gewesen, voll und ganz loszulassen, sich wirklich zu entspannen. Stets war ein Teil seines Gehirns auf der Hut gewesen – eine höchst effektive Methode, wenn es ums Überleben ging, doch nach seiner ersten Nacht mit ihr war ihm bewusst geworden, dass er einen Großteil seines Lebens im Erschöpfungszustand verbracht hatte.

Bis jetzt. Wenn er neben ihr erwachte, war die Erinnerung an die Nacht wie fortgewischt; nur die sanfte Berührung ihres Körpers konnte er noch spüren. Er zählte nicht mehr die Minuten, bis der Sonnenaufgang die Gespenster wieder in die Schatten trieb. Sie waren immer noch da – und würden wohl nie ganz verschwinden –, doch nun waren sie still, als hätte ihnen jemand erlaubt, sich ebenfalls auszuruhen.

»Du liebe Güte!« Sie stand auf und rieb sich die Schulter. »Dieses Bett ist grauenvoll, das ist ja schlimmer als auf Kieselsteinen. Wieso schlafen wir nicht bei mir? Da hätten wir es auf jeden Fall bequemer.«

Ihr Haar war ein schimmernder Vorhang zwischen

ihm und der Welt. »Im Tea Room ist zu viel Betrieb.« Er ließ sich zurücksinken, verschränkte die Hände hinter dem Kopf und sah zu, wie sie in seinem Zimmer auf und ab ging. Zugegeben, es war möbliert, als würde ein Mönch darin hausen. »Mein Privatleben geht andere einen feuchten Kehricht an.«

Sie zog ihr Unterkleid an, wobei sie seine bewundernden Blicke sichtlich genoss. »Ist das der Mann, der behauptet, dass es ihm egal ist, was andere von ihm denken?«

»Nur weil es mir egal ist, heißt das noch lange nicht, dass ich ihnen Grund zum Denken geben will.«

Spielerisch spritzte sie ihm ein bisschen Wasser aus dem Krug ins Gesicht. Statt einer Erwiderung erntete er nur einen skeptischen Blick, der sie in ihrer zerzausten Müdigkeit umso verführerischer machte. Wie schaffte sie das bloß? Er spürte, wie er sie schon wieder begehrte.

Was ihr nicht entging. Mit einem aufreizenden Grinsen beugte sie sich über die Waschschüssel. »Wenn sich die Leute nichts denken sollen, wird es Zeit, dass ich schleunigst rübergehe.«

Ihm war bewusst, dass sie recht hatte, doch die verführerischen Rundungen ihres Hinterteils waren schlicht überwältigend. Es kostete ihn einige Mühe, den Blick abzuwenden und sich auf den bevorstehenden Tag zu konzentrieren.

»Heute Abend fahren wir endlich wieder mit dem Boot raus. Ich hoffe, diesmal läuft es besser als beim letzten Mal. Wieso können wir Dwaynes Boot nicht noch einmal leihen? Beim ersten Mal war er doch so scharf darauf, uns auszuhelfen.« Inzwischen kannte er auch den

Grund, warum Josés erbitterter Rivale unbedingt mit ihnen ins Geschäft kommen wollte. Als sie mit ihrer Fracht zurückgekehrt waren und sich zur Feier des Tages ein Schlückchen genehmigt hatten, war ihnen einiges klar geworden: Das Zeug schmeckte eher wie mit Schnaps versetztes Wasser, eine erbärmliche Imitation echten Alkohols. Andere potenzielle Bezugsquellen hatten sich als ebenso unnütz erwiesen. Ihre Lage war zwar nicht hoffnungslos, aber trotzdem ziemlich düster.

»Wenn ich das nur wüsste.«

»Das ist übel. Wir hätten den zusätzlichen Platz gut gebrauchen können. Donkey Hightower hat sämtlichen guten Stoff in der Gegend aufgekauft und verhökert ihn nun zum doppelten Preis.«

Sie wandte sich zu ihm. »Ziemlich clever.«

»Ich wäre eher bereit, ihm zu applaudieren, wenn ich Alternativen hätte. Aber wie es aussieht« – er streckte sich genüsslich – »… müssen wir uns schleunigst etwas einfallen lassen.«

Je näher das Jahresende rückte – und damit das Inkrafttreten der Prohibition –, desto mehr nahmen die Spannungen in der Stadt zu; alle versuchten, ihre Vorräte zu sichern, bevor die große Dürre einsetzen würde. Schmiergelder flossen in vorauseilendem Gehorsam, und es ging das Gerücht, dass zunehmend Gewalt im Spiel war, während sich die Händler gegenseitig übers Ohr hauten, um sich bei ihren Bossen lieb Kind zu machen. Was sie brauchten, war eine zuverlässige Versorgungslinie.

Sie legte den Kopf schief. »Bist du zufällig mit dem Bestatter befreundet?«

»Befreundet?« Er setzte sich auf. »Eigentlich nicht, aber Thomas kennt so gut wie jeden in der Stadt. Warum?«

»Ich hätte vielleicht eine Idee. Aber wir bräuchten ein viel größeres Boot.«

»Raus damit.«

»Als ich Mamacita zur Fähre gebracht habe, wurden gerade Särge auf die Fähre verladen. Überleg mal, wie groß die sind und wie viel da reinpasst.«

Sofort war sein Geschäftsinstinkt erwacht. Er sah es bereits vor sich: Leere Särge, die auf die Fähre geladen wurden, in Begleitung von ein paar angemessen untröstlichen Damen – Särge, die auf der Rückfahrt bis obenhin voll mit Whiskeyflaschen sein würden. Natürlich würden jede Menge Hände geschmiert werden müssen, doch der Vorteil des Plans lag auf der Hand, da sie sich damit die gefährlichen nächtlichen Ausflüge sparen konnten. Und das Beste war, dass das Ganze am helllichten Tag in aller Öffentlichkeit stattfinden würde, vor den Augen Hunderter von Menschen.

Ja, dachte er: Ihre atemberaubenden Kurven und ihr messerscharfer Verstand waren eine unschlagbare Kombination – berauschender als jeder Schnaps, den er je probiert hatte.

Er zog sie zu sich und küsste sie. »Señorita, Sie sind ein echtes Genie!«

Während sich in ihrem Gesicht reine, mädchenhafte Freude spiegelte, sah er sie plötzlich als kleines Kind vor sich: mutig, schlau, mit wilden Locken und scheuem Lächeln, stets Unfug im Sinn, ein Mädchen, das kaum Freundinnen hatte. *Ganz ähnlich wie ich in dem Alter.*

Und im selben Moment fragte er sich, ob ihre gemeinsamen Kinder wohl ihre Augen haben würden. Offenbar hatte er sie angestarrt, da sie sich ihm entzog und ihn fragend musterte.

»Und? Glaubst du, das könnte funktionieren?«

Der Schlag seines Herzens hallte in seinen Ohren wider, und er verscheuchte das Bild aus seinem Kopf. »Ja, durchaus. Ich kümmere mich drum. Gibst du mir mal die Hose? Ich mache mich gleich auf den Weg.«

Als sie die Hose vom Boden aufhob – wie immer hatten sie es verdammt eilig gehabt, ins Bett zu kommen –, hörte sie ein metallisches Klirren und griff in die Tasche. »Was ist das?«

»Nichts.« Er zündete sich seine erste Zigarette des Tages an und sog den süßen Rauch in die Lunge. »Gib her.«

Aber sie zögerte. »Ist das dein Orden? So viele sagen, du wärst ein Held. Du solltest stolz darauf sein, was du für dein Land getan hast. Darf ich ihn sehen?«

Er stand auf, riss ihr fast grob die Hose aus der Hand und zog sie an. Auf einen Schlag war seine entspannte Stimmung verflogen. Er wagte es kaum, ihrem Blick zu begegnen. *Wenn sie davon wüsste, würde sie mich nie mehr mit denselben Augen ansehen.*

»Hast du Hunger?« Er griff nach seinem Hemd. Es war zwar alles andere als sauber, aber in letzter Zeit hatte er sich nicht um die Wäsche kümmern können.

Sie hockte sich auf die Bettkante, presste die Knie zusammen und taxierte ihn mit jenem unnachgiebigen Blick, den er inzwischen so gut kannte.

Er griff in seine Hosentasche. Ein überwältigendes

Gefühl des Verlusts wusch über ihn hinweg, während er sich gegen das Fensterbrett lehnte und mit zittrigen Fingern einen weiteren Zug von seiner Zigarette nahm, die Arme vor der Brust verschränkt. Er spürte die Wärme der Morgensonne auf seinen Schultern, ganz anders als an jenem Tag in …

»Zwing mich bitte nicht dazu.« Seine Stimme klang plötzlich wie die eines alten Mannes. Die Tabakkrümel auf seiner Zunge erinnerten ihn an Rudy, wie immer. »Ich … ich kann es dir nicht erzählen. Du würdest die Straßenseite wechseln, wenn du mich auch nur von Weitem sehen würdest.«

»Ganz bestimmt nicht. Ich …«

»Doch.« Aber im selben Moment überkam ihn eine seltsame Ruhe, so wie er sie immer dann verspürt hatte, bevor er in die Schlacht gezogen war; jetzt gab es kein Zurück mehr. Er blies den Rauch aus mit dem Gefühl, dass alles, was er seit jenem Tag in jener halb zerstörten französischen Kirche getan hatte, sich in genau diesem Moment bündelte. Die Gewissheit der Ausweglosigkeit hatte sogar etwas Tröstliches; er fühlte sich, als wäre er an einen Schienenstrang gefesselt und könnte den Zug schon in der Ferne hören. Er hatte keine Wahl, und das schien zumindest einen Teil der Last von seinen Schultern zu nehmen. Ein flüchtiger Gedanke, schneller als eine Kugel: *Deshalb war ich all die Zeit zur Einsamkeit verdammt.*

Zum zehntausendsten Mal fuhr er mit den Fingern über die Konturen des Gegenstands in seiner Tasche – und dann hatte er ihn auch schon hervorgezogen, ohne weiter darüber nachzudenken. Er lag schwer in seiner

Hand: ein Spielzeugsoldat aus Blei, gefertigt in einer wahrscheinlich längst zerstörten französischen Fabrik. Steif stand er in Habachtstellung da, mit dem starren Blick aller Fußsoldaten dieser Welt. Er trug eine historische Uniform – eine weiße Hose, einen königsblauen Rock und einen Helm mit goldenem Busch –, nicht das verwaschene Blau der französischen Soldaten, an deren Seite sie Tag für Tag gekämpft hatten. Die leuchtenden Farben von einst waren verblichen; in der Hand hielt die Figur eine alte, gen Himmel gerichtete Muskete, ein Indiz mehr, dass es sich um einen Soldaten aus einer anderen Zeit, einem anderen Krieg handelte.

Verwirrt runzelte sie die Stirn. »Aber ich dachte … Wo ist er?«

»Mein berühmter Siegesorden?« Er blickte hinaus auf die Straße, die gerade zum Leben erwachte. Thomas pflückte im Garten Erdbeeren fürs Frühstück. »Den habe ich einem aus meiner Einheit geschenkt.« Er hielt das Figürchen in die Höhe. »Das hier ist mein wahrer Orden.«

Sein Schatten fiel auf die staubigen Dielen, und schon merkte er, wie seine Gedanken in die Vergangenheit schweiften, während sich die Konturen des hellen Schlafzimmers aufzulösen schienen. Er konzentrierte sich auf ihre Augen; sie waren sein einziger Anker, während er wieder die Kälte spürte, die Dunkelheit, und er die Trümmer, die Leichenberge in der kleinen französischen Stadt vor sich sah.

Er und seine Kameraden hatten seit drei Tagen nicht mehr geschlafen, sich durch das Aire-Tal nach Exermont durchgeschlagen. Sie waren auf offenem Feld von schwerer Artillerie mit Granaten und Giftgas beschossen worden; in den Wäldern waren sie unter Maschinengewehrbeschuss geraten.

»Als wir nach Exermont kamen«, sagte er, »hatten wir zwar noch Proviant, aber kein Wasser mehr. Die Krauts hatten alle Brunnen und Wasserläufe weit und breit vergiftet. Aber das soll keine Entschuldigung sein, beileibe nicht.« Er gestikulierte fahrig mit seiner Zigarette. »Nichts könnte je entschuldigen, was dort geschehen ist.«

Sie nickte, schlug die Beine übereinander und lehnte sich gegen die grobe Holzwand. Um ein Haar hätte er die Nerven verloren; er war drauf und dran, die Flucht zu ergreifen, hinaus aus dem Zimmer, aus der Stadt, aus dem Land, egal wohin, Hauptsache, er musste die nächsten Worte nicht aussprechen.

Seine Kehle war mit einem Mal staubtrocken, als er sich daran erinnerte, wie sie halb verdurstet Meilen um Meilen über brachliegende Äcker marschiert waren, durch verwilderte Obstgärten, in denen die reifen Früchte vor sich hin faulten; nach vier Jahren Krieg war das ganze Land in einem verheerenden Zustand. An jenem Tag fiel Regen, und es war kalt.

»Wir waren uns sicher, dass wir auf erbitterten Widerstand stoßen würden, doch der Ort war menschenleer. Jenkins sah den Brunnen als Erster. Er ging davon aus, dass die Deutschen wohl kaum das Wasser vergiften würden, auf das sie selbst angewiesen waren – tja, und der Heckenschütze erwischte ihn genau in dem Moment, als er seine Feldflasche füllen wollte. Der Nächste war O'Brien, und wir verstreuten uns. Ich kümmerte mich um den Heckenschützen – der Dreckskerl hatte sich über der Bäckerei verschanzt.«

John hatte den Schützen in einem Zimmer aufgespürt, in dem offensichtlich einmal ein Mädchen gewohnt hatte. Die mit Fliedersträußchen gemusterte Tapete war von Kugeln durchsiebt gewesen. Als der Boden unter seinem Stiefel geknarrt hatte, war der Kerl mit dem Gewehr herumgefahren, aber gegen den Fensterrahmen geprallt – was John gerade genug Zeit verschafft hatte, seinen Colt abzufeuern. Der Heckenschütze war mit einem verblüfften Grunzen vornübergesackt, sein Gewehr aus dem Fenster auf das Kopfsteinpflaster gefallen. Ein Beweis mehr, dass der Colt auf kurze Distanz eine unschlagbare Waffe war. Von draußen hatten Johns Kameraden applaudiert.

Kurz darauf hatten sie die Zivilisten gefunden – achtlos übereinandergeworfene Leichen, anonym, reglos.

»Dann ertönte ein Ruf aus der Kirche«, fuhr er fort, im Strudel seiner eigenen Geschichte gefangen, wohl wissend, dass es jetzt kein Zurück mehr gab. »Wir liefen hinüber, erwarteten, dass es noch mehr Ärger geben würde, aber es war bloß Moscowitz. Er war der Musiker in unserer Einheit, ein ziemlich guter Jazzpianist aus New York. Und er hatte ein Klavier gefunden – zwar von Putz und Mauerwerk bedeckt, aber voll funktionstüchtig.«

In Kleinholz verwandelte Bänke, der Boden mit Glassplittern übersät, dazwischen von den Wänden gerissene Heiligenbilder. Er erinnerte sich noch genau an die Statue der Jungfrau Maria, der die Nase fehlte; aus ihrer Marmornische blickten ihre allwissenden Augen auf sie herunter.

Er hielt inne. Nun war der Moment gekommen, aber er war nicht sicher, ob er weitersprechen konnte.

»Erzähl weiter«, sagte sie. »Ich bin bei dir.«

Er holte tief Luft, als spränge er von einem Felsen in einen See. »Die Jungs wollten, dass Moscowitz etwas Fetziges zum Besten gab, aber stattdessen spielte er ›Amazing Grace‹ – und zwar so, wie ich es nie zuvor gehört hatte.« Die Melodie verfolgte ihn immer noch; natürlich hatte er sie erkannt, auch wenn sie ganz anders war als die Version, die der Organist in seiner Kindheit in der Kirche mit Händen wie Hämmern in die Tasten gehauen hatte. Moscowitz' Finger schienen die Klaviatur kaum zu berühren; die Töne stiegen auf wie Rauch, schienen jeden Spalt in dem zerstörten Kirchenraum zu durchdringen. Dann brach die Sonne durch die leeren Kirchenfenster, brachte ihre Helme und das steinerne Gesicht der Jungfrau zum Glühen.

Abermals hielt er inne, während die Erinnerungen jenes Tages in ihm aufstiegen, immer höher, als wären sie Wasser, als könnte er in ihnen ertrinken. Doch dann überließ er sich ihnen, als sie gleichsam über ihm zusammenschlugen.

Sie sah ihn an, wich seinem Blick keine Sekunde aus, und seine Perspektive verengte sich noch mehr. Plötzlich hörte er Rudys Stimme an seinem Ohr, eine Mischung aus Zischen und Husten. »Na los, erzähl's ihr schon«, sagte er. »Erzähl ihr, was für ein großer Held du bist. Wir hören dir zu, wir sind alle hier.«

Jenkins saß neben Alicia auf dem Bett, sein Nacken eine blutige Masse, und drüben an der Tür stand O'Brien, ein sauberes Loch in der Stirn, und dann sah er auch

Moscowitz, der eine Woche später durch eine Granate ums Leben gekommen war, die Hände auf den Tasten eines Klaviers, dessen Melodie im Raum verklang …

… und plötzlich war da ein Geräusch, das sich in ebendiese Melodie schlich, ein Geräusch, das vom anderen, in den Schatten liegenden Ende der Kirche an seine Ohren drang.

»Ich hatte bereits fünf Schüsse abgefeuert, bevor mir überhaupt klar wurde, dass ich den Colt in der Hand hielt.«

Die Patronenhülsen klingelten wie Glöckchen auf dem Kirchenboden, während die Wände ihr Echo zurückwarfen. Alle hatten ihre Waffen gezogen, doch er grinste nur: »Ihr seid zu langsam, Jungs! Ohne Lightnin' Jack wärt ihr jetzt allesamt tot.«

»Ach was, wahrscheinlich nur ein streunender Köter.« Moscowitz' Stimme bebte vor Erleichterung. »Dafür wirst du wohl kaum einen Orden kriegen.«

»Quatsch«, entgegnete John. »Das war kein Hund.« Er wusste ganz genau, wie es sich anhörte, wenn Kugeln in einen menschlichen Körper einschlugen. »Leuchtet mal da drüben hin.«

Der Lichtkegel der Taschenlampe fand zuerst seinen Fuß. Er lebte noch.

Scully, ein braver Bauernbursche aus Minnesota, den nie jemand hatte fluchen hören, platzte heraus: »Verdammte Scheiße!« Und dann kotzte er auf Moscowitz' Stiefel.

»Was siehst du, John?«, flüsterte Alicia. »Sag es mir, *por favor*.«

Er blickte auf. Die Szenerie verschwamm vor seinen

Augen, während er sich an das Fensterbrett hinter ihm klammerte. »Ich hatte einen Jungen erwischt. Er war etwa acht Jahre alt und hatte versucht, unter der Leiche einer Frau hervorzukriechen, wahrscheinlich die seiner Mutter. Sie war offenbar schon eine ganze Weile tot. Einer meiner Schüsse hatte ihn hier getroffen.« Er deutete auf seine Brust. Der Junge, sein Gesicht fahl im Taschenlampenlicht, hatte keinen Ton gesagt, nur die Hand ausgestreckt. »Er hat mir das hier gegeben.« John blickte auf den Spielzeugsoldaten in seiner Hand, als sähe er ihn zum ersten Mal. Alles hatte sich in Sekunden abgespielt, und als er erneut hingesehen hatte, war der Junge tot gewesen.

Sie schwieg, hatte die Arme um ihre Knie geschlungen und wiegte sich leise weinend hin und her.

»Jetzt weißt du alles«, sagte er. »Jetzt weißt du, mit wem du es zu tun hast. Und dafür haben sie mir dann einen Orden verliehen. Mir, John Morales, dem großen Kriegshelden.« In seiner rauen Stimme hallten all die ungeweinten Tränen wider, die sich im Lauf der Jahre in ihm angesammelt hatten. »Tja, genau so war's.« Sie schwieg immer noch. »Du kannst jetzt gehen.«

Und damit wandte er sich zum Fenster. Er wollte nicht, dass sie sah, was sie in ihm ausgelöst hatte.

Er war nicht sicher, wie lange er dort so gestanden hatte. Er hatte sie nicht gehen hören, fühlte sich aber plötzlich mutterseelenallein.

Im selben Moment schlang sie von hinten die Arme um ihn. Ihre tränenfeuchte Wange schmiegte sich an seinen Rücken. »Ich bin hier«, sagte sie.

»Bleib bei mir.«

»Immer.«

»Nein, nicht bloß über Nacht. Bleib hier bei mir.«

»Aber ich wohne doch gleich nebenan.«

»Ich weiß, aber das ist nicht dasselbe. Ich will mit dir … zusammen sein.« Ihre Nähe war das Einzige, was noch zählte. Sie würde sein Leben wieder ins Gleichgewicht bringen, davon war er fest überzeugt, auch wenn er nicht hätte sagen können, warum. »Leb mit mir zusammen. Mehr will ich nicht … nur dich.« *Wo, zum Teufel, war das jetzt hergekommen?*

Ihre Miene spiegelte seine eigene Ungläubigkeit wider. »Ohne zu heiraten?«

Oh Gott. Mädchen wie sie erwarteten, dass man sie heiratete. Sie wollte mit ihm vor den Altar treten. Na gut, wenn es nicht anders ging …

Er öffnete den Mund, bereit, die Worte auszusprechen, von denen er stets geglaubt hatte, dass er sie niemals über die Lippen bringen würde, doch sie kam ihm zuvor.

»Ich werde dich nicht heiraten. Weder dich noch irgendeinen anderen Mann.«

Er fühlte sich halb erleichtert, halb zurückgewiesen. Im Lauf der Jahre hatten verschiedenste Frauen versucht, ihn an die Kette zu legen, aber er hatte sich stets wieder losgerissen. Alicias Gleichgültigkeit war, vorsichtig ausgedrückt, irritierend.

Doch dann hatte sich sein verletztes Ego auch schon wieder erholt. »Na gut, dann ohne zu heiraten. Wie du willst. Aber bleib bei mir.« Er holte tief Luft. »Bitte.« Das Wort brach aus seinem tiefsten Innern heraus. Unmöglich, es zurückzuhalten; genauso gut hätte er versuchen können, das Atmen einzustellen.

Sie blieb auf der Hut. »Und die Leute? Sie werden über uns reden.«

Sie hatte die Hand an ihren Anhänger gelegt, ein deutliches Zeichen für ihre Nervosität. Ein Gedanke kam ihm: Inzwischen kannte er sie besser als jeden anderen Menschen in seinem Leben, Thomas eingeschlossen. Früher wäre das für ihn Grund genug gewesen, sich schleunigst aus dem Staub zu machen, doch jetzt sehnte er sich nur nach ihrer Nähe. Das ergab keinen Sinn, und je länger er über dieses Problem nachdachte, desto mehr entzog es sich ihm, wie in einem Traum, wenn sich Schatten weiter und weiter zusammenzufügen schienen, aber letztlich doch nicht greifbar wurden.

»Glaubst du wirklich, wir würden jemandem auffallen? Bei dem Betrieb, der hier tagtäglich herrscht? Verdammt, wir könnten eine Konfettiparade veranstalten, und alle würden bloß denken, das wäre ein Trick, um das FBI an der Nase herumzuführen.« Wie auf ein Stichwort drangen von der Straße zornige Rufe und das Geräusch von splitterndem Glas zu ihnen herauf.

Sie runzelte die Stirn. »Aber ist es nicht doch zu gefährlich?«

»Gefährlich?« Er zuckte mit den Schultern und drückte seine Zigarette aus, bevor er sich die Finger verbrannte. »Na ja, ein bisschen schon, aber ich habe einen Krieg überlebt, in dem die Hälfte aller Jungs umgekommen sind, die sich wie ich freiwillig gemeldet haben. Mit ein paar fetten alten Heuchlern werde ich auch noch fertig.« Er nahm sie in die Arme, hoffte, dass sein Körper mehr ausrichten würde als seine Worte. »Die machen mir keine Angst.«

»Mir schon«, flüsterte sie. »Aber ich werde bei dir bleiben. Unter einer Bedingung.«

Er wartete in der Annahme, dass sie ihn bitten würde, ihre Unabhängigkeit zu respektieren. Oder von ihm verlangte, dass er künftig nicht mehr im Bett rauchte. Sie hasste das.

»Ich bleibe bei dir, *mi amor*«, hauchte sie ihm ins Ohr, »wenn du uns ein größeres Bett kaufst.«

Und so standen sie zusammen am Fenster und sahen zu, wie die Sonne aufging.

Mi amor hatte sie ihn genannt.

Kapitel 16

Einen Monat später schob Dwayne seinen Wagen zur Straßenbahnhaltestelle. Es war seine Lieblingsjahreszeit – die schwüle Hitze war einer angenehm frischen Kühle gewichen, und Weihnachten stand fast schon vor der Tür. Er liebte die Vorfreude auf die Feiertage, die Dekoration, das leckere Essen ... Außerdem war es überaus passend, dass er ausgerechnet zur Zeit der Geburt Christi ein neues Kapitel in seinem Leben aufschlagen würde.

Doch noch viel mehr als die Weihnachtszeit beschäftigte ihn, was ihm schon bald bevorstand: das Aufnahmeritual des Klans, bei dem ihm eine ganz besondere Rolle als Helfer zugedacht worden war. Zwar bestand sie lediglich darin, dafür zu sorgen, dass alle Requisiten und Utensilien an ihrem Platz waren, aber trotzdem war es ein großes Privileg. Er würde auch keine Kutte tragen, weil er noch zu jung war, um in ihren Kreis aufgenommen zu werden, allerdings hatte Pa ihm versprochen, dass er in einem Jahr bestimmt so weit wäre, einen Platz an seiner Seite einzunehmen.

Die Auslieferung der Karten hatte während des letzten Monats eine wahre Flut an Bewerbungen ausgelöst, sehr zur Freude seines Vaters und der anderen führenden Persönlichkeiten, und es wurde allgemein erwartet, dass sich die Zahl der Mitglieder rasch vergrößern würde. Und die Krönung stellte der baldige Besuch des Imperialen Hexenmeisters dar. Dwayne konnte sich nicht erinnern, sich jemals zuvor so wertgeschätzt gefühlt zu haben, so voller Entschlusskraft. Nach einiger Überlegung gelangte er zu dem Schluss, dass dieses Gefühl daher rührte, Teil von etwas zu sein, das größer war als er, ja, sogar größer noch als Pa. Er war als Kind oft allein gewesen, und die Gewissheit, ein Rädchen – und sei es noch so klein – in der gewaltigen, perfekt geölten Maschinerie des Klans zu sein, verlieh ihm ein Hochgefühl, das seinen ganzen Körper erfasste, bis zu den Fingerspitzen. Zum ersten Mal in seinem Leben hatte er das Gefühl, irgendwo dazuzugehören.

Er schob seinen Karren die Straße entlang und sinnierte darüber, wie gut Charlie »Bucket« Simpkins alles im Griff hatte; er ging die Etablierung des Klans in den Keys mit derselben durchorganisierten Professionalität an, als errichtete er ein Bank- oder ein Gerichtsgebäude. Jeder hatte seine Aufgabe und Zuständigkeiten, alles war zeitlich durchgetaktet, sämtliche Vereinbarungen wurden schriftlich festgehalten. Und doch nahm Dwayne eine gespannte Erregung unter seiner überkorrekten Fassade und der Beherrschtheit wahr. Pa hatte ihm ein Spektakel auf dem Feld in der Nähe des Friedhofs versprochen, wie Dwayne es noch nie zuvor erlebt hatte.

Er nuckelte an einem Stück Zuckerrohr, während er sich dem Laden näherte; unvermittelt überkam ihn die vertraute Beklommenheit. Neuerdings fiel es ihm immer schwerer, seine Begeisterung für sein neues Projekt vor Mr. Jolovitz zu verhehlen – und genauso sah er es, als Projekt, wie der Bau eines neuen Flugzeugmodells oder ein kompliziertes Puzzle. Sosehr er auch versuchte, seinen Arbeitgeber zu einem für Juden laut der Klan-Literatur so typischen Akt des Verrats zu verleiten, geschah rein gar nichts. Es gab keinerlei Andeutungen, sich mit den Negern zu verbünden, um die Regierung zu stürzen, oder Pläne, den Christen ihr Vermögen abzuluchsen und den Rest der Welt zu zwingen, die Existenz Jesu zu verleugnen. Stattdessen zeigte Mr. Jolovitz sich von seiner gewohnt umgänglichen Seite, auch wenn ihn Dwaynes Versuche, ihn in Gespräche über diese etwas seltsamen Themen zu verstricken, leicht zu verwirren schienen. Immer wieder ertappte er den Ladenbesitzer dabei, wie er ihn, Dwayne, betrübt ansah. Offen gestanden ging er davon aus, dass seine Tage im Geschäft des Juden ohnehin gezählt waren. Mr. Simpkins hatte angedeutet, dass gegebenenfalls eine Stellung in seinem Büro vakant sei.

Doch trotz seines aufregenden neuen Projekts gab es immer noch Zeiten, in denen ihn die Erinnerung an das Techtelmechtel zwischen Mr. Morales und Miss Alicia von seinem neuen Pfad der Rechtschaffenheit abzubringen drohte. Wieder und wieder ertappte er sich dabei, wie seine Gedanken zu jenem Tag zurückschweiften und eine traurige Sehnsucht heraufbeschworen. Er hatte einmal einen alten Hund gehabt, der nur in einer einzigen Ecke der Veranda vor dem Haus schlafen wollte – genau an der Stelle, wo sich ein rostiger Nagel durch die Dielen geschoben hatte. Jeden Tag legte sich der Hund auf diese Stelle und jaulte und jaulte und jaulte – ein Winseln, das sowohl bemitleidenswert war als auch ihm den letzten

Nerv raubte. Dwayne hatte sich immer gefragt, weshalb er sich nicht einfach irgendwo anders hinlegen konnte. Aber jetzt kannte er die Antwort: Inzwischen zögerte er nicht länger, wenn ihn seine Lieferrunde zum Tea Room führte. Die Besuche waren ihm zwar eine echte Qual – zusehen zu müssen, wie sie mit Mr. Morales flirtete, mit ihren offenen Haaren und den blitzenden Augen. Sobald er allein war, litt er die gleichen Höllenqualen wie damals, als er sich in den Ranken des Giftefeus verheddert hatte. Und dennoch konnte er sich einfach nicht von Alicia fernhalten, denn das war noch viel schlimmer. Er grübelte, welche anderen Abenteuer ihm wohl verwehrt geblieben sein mochten … eine Ungewissheit, die sein Inneres förmlich in Stücke riss. Heute Nachmittag würde er hingehen, und schon jetzt sehnte er die Süße des Schmerzes regelrecht herbei.

Er war so tief in Gedanken versunken, dass er gar nicht mitbekam, wie ein Wagen hinter ihm heranfuhr, laut hupend in einer Wolke aus Korallenstaub an ihm vorbeipreschte und hinter der nächsten Biegung verschwand.

Ihm blieb gerade genug Zeit, um sich in den Straßengraben zu retten. Erst jetzt bemerkte er, dass es der schönste Oldsmobile war, den er je zu sehen bekommen hatte – schwarz, mit verchromten Rädern und Scheinwerfern, alles auf Hochglanz poliert. Als er wieder auf die Straße trat und sich den Staub abklopfte, ertönten ein lautes Krachen und ein Schrei.

Er stürzte los, um die Biegung herum, hinter der sich ihm ein wahres Schlachtfeld bot. Der Oldsmobile war zum Stehen gekommen, ein Rad steckte im Leib von

Emily. Das Tier lag auf dem Boden, verdrehte die Augen und stöhnte voller Qual. Mr. Clemens kauerte auf dem Boden, hielt ihren Kopf im Schoß und versuchte sie zu beruhigen.

Mehrere weiße Männer hatten sich um den Wagen eingefunden und glotzten, als wären sie bei einem Baseballspiel. Einer von ihnen schnippte seinen Zigarettenstummel auf Mr. Clemens. »Für den Schaden werden Sie natürlich aufkommen, das ist Ihnen ja wohl klar, oder?«

»Bitte, so hol doch einer ein Gewehr«, flehte Mr. Clemens.

Einer der Männer löste sich aus der Gruppe und nahm mit routinierter Langsamkeit ein Gewehr vom Rücksitz seines Wagens. Er stellte sich breitbeinig hin und gab einen einzelnen Schuss ab, direkt in Emilys Kopf und so laut, dass ein Schwarm Reiher mit flatternden Flügeln davonstob. Der Schuss hallte in der Stille nach.

»Eine Schande, dass wir den Nigger nicht auf dieselbe Weise von seiner Qual befreien können«, bemerkte ein anderer mit einem Nicken auf Mr. Clemens' zusammengesunkene Gestalt.

»Vielleicht ist es ja bald so weit«, erwiderte sein Kumpan.

»Zieht das Vieh endlich da weg«, befahl der Schütze, »damit wir weiterfahren können.« In seiner rauen Nikotinstimme schwang ein Ton mit, der keinen Widerspruch zuließ. Obwohl der Mann nicht groß war, verriet etwas an seiner Körperhaltung Dwayne, dass er soeben dem Imperialen Hexenmeister begegnet war. So gern er ihm eine Begrüßung zugerufen hätte, brachte er keinen Ton heraus, sondern stand mit offenem Mund am Straßenrand und verfolgte das Treiben wie der letzte Hinterwäldler.

Unter Ächzen und wilden Flüchen lösten die Männer das in Emilys Kadaver verkeilte Rad des Oldsmobile, stiegen ein und brausten davon.

Kaum waren sie verschwunden, lief Dwayne zu Mr. Clemens, der immer noch weinend am Boden kauerte. »Plötzlich waren sie einfach da«, schluchzte er, »wie aus dem Nichts.«

Der Geruch nach Blut und Kuhdung stieg Dwayne in die Nase. Fliegen hatten sich bereits auf Emilys Augen niedergelassen.

Sie sind nicht aus dem Nichts gekommen. Du hast sie bloß nicht gesehen. Dwayne verspürte den Drang, Mr. Clemens die Hand auf die Schulter zu legen, ihm zu sagen, wie leid es ihm tue. Doch er tat nichts davon. Stattdessen wandte er sich nach einem Moment um und ging davon.

»Raus aus meiner Küche! *Hay mucho trabajo!*«, befahl Hortensia verärgert. »Lassen Sie mich gefälligst meine Arbeit machen.«

Erschrocken ließ Alicia den Löffel sinken, von dem ihr gar nicht bewusst gewesen war, dass sie ihn in der Hand hielt. Es gab so viel zu erledigen, und trotzdem sah sie sich außerstande, etwas anderes zu tun, als dazustehen und mit leerem Blick im Topf zu rühren.

Seit John ihr seine Geschichte anvertraut hatte, spürte sie, wie etwas in ihr zu bröckeln begann. Er war davon ausgegangen, sie damit zu vertreiben, doch in Wahrheit hatte sein Geständnis ihr Gefühl von Verbundenheit noch stärker werden lassen, als es jede Liebkosung, jedes liebevolle Wort jemals vermochte. Die Gewissheit, welches Geschenk er ihr mit seiner Aufrichtigkeit gemacht hatte, stimmte sie traurig und verlieh ihr zugleich neuen Mut.

In den Armen des gefährlichsten Mannes, dem sie je begegnet war – einem ausgebildeten und erfahrenen Killer –, empfand sie ein Gefühl der Sicherheit, wie sie es noch nie in ihrem Leben gekannt hatte.

In einer Art stillschweigender Übereinkunft schmiedeten sie keinerlei Zukunftspläne. Wenn sie, so wie jetzt, nicht bei ihm war, sah sie ihre gemeinsamen Jahre klar und deutlich vor sich, doch sobald sie zusammen waren, konzentrierte sie sich einzig und allein auf die Gegenwart, das Hier und Jetzt.

Während sie weiterrührte, dachte sie darüber nach, wie sehr er sich von all den Männern unterschied, die sie gekannt hatte; von Raoul und all den Kerlen, die durch die Türen des Tea Room getreten waren. Im Moment größter Leidenschaft hatte sich Raouls Gesicht stets in eine animalische Fratze verwandelt, mit einem Ausdruck völliger Leere und Bedeutungslosigkeit; sie hätte jede x-beliebige Frau sein können. John hingegen schien in ihren Augen sein wahres Selbst zu zeigen, so offen, dass es fast schmerzhaft war, und erst danach verschanzte er sich wieder hinter seiner Maske.

Sie hatte ihren Körper stets als Belastung empfunden, barg er in ihren Augen doch das Risiko, zur falschen Zeit die falsche Aufmerksamkeit der falschen Männer auf sich zu ziehen. Doch John hatte es sich zur Aufgabe gemacht, sie eines Besseren zu belehren. Nach dem etwas holprigen und alles andere als befriedigenden Beginn ließ sie seine Attraktivität im Lauf der Wochen die Vergangenheit immer mehr vergessen – seine ebenso wie ihre eigene. Sie waren wie zwei Blinde, die gemeinsam sehen lernten.

»*Vamos!*« Mit einem Schubser beförderte Hortensia sie zur Hintertür hinaus. »Machen Sie sich nützlich und helfen Sie Thomas.«

Mittlerweile war Thomas mit den Gartengerätschaften angerückt und machte sich draußen an die Arbeit.

Während der letzten Wochen hatte sich eine enge Beziehung zwischen ihm und Hortensia entwickelt, was in Alicia ein Gefühl des Ausgeschlossenseins heraufbeschwor, da er derjenige war, der John am nächsten stand. Er liebte Hortensia für ihre Kochkünste, und die alte Frau wiederum genoss es in vollen Zügen, ihn zu verwöhnen. Sie brachte ihm allerlei Köstlichkeiten heraus, wenn er sich im Garten zu schaffen machte, und die beiden plauderten wie uralte Freunde.

»Das werde ich. Jetzt sofort.« Alicia trat hinaus.

Er hielt die Harke mit beiden Händen umfangen und sang in einer eigentümlich gutturalen Sprache, die sie nicht verstand. Die Sommerernte war längst vorüber, und Thomas bereitete alles für die Winterfeldfrüchte vor.

»Ich wollte Ihnen ein bisschen zur Hand gehen.«

Er hob kurz den Kopf. »Sie können das Unkraut jäten«, sagte er, ohne seine Tätigkeit zu unterbrechen.

Eine Weile arbeiteten sie schweigend. Nach dem Schwung, mit dem er sich die schweren Körbe voller Schnapsflaschen auf die Schulter gewuchtet hatte, konnte sie nur staunen, mit welcher Präzision, ja beinahe Zartheit er mit der Harke umging.

»Wo haben Sie das gelernt?«, fragte sie.

Er war so in seine Arbeit vertieft, als wäre sie gar nicht anwesend. Aus der Nähe nahm sie seinen Geruch nach Holzkohle, Schweiß und der Schärfe seiner Pomade wahr.

»Von meinen Leuten im Reservat. Die können sogar aus Steinen noch was ernten.«

Sie hatte sich vorgebeugt, was ihr die Gelegenheit gab, in aller Ausführlichkeit sein Gesicht zu betrachten, während ihr wieder einfiel, was für ein Schock sein Anblick anfangs für sie gewesen war. Er hatte so bedrohlich gewirkt, so exotisch, ein Muskelpaket, wie es im Buche stand. Doch wann immer sie glaubte, ihr Eindruck von ihm hätte sich gefestigt, zeigte er eine neue Seite von sich; dieser Mann schaffte es, sie immer wieder aufs Neue zu verblüffen und aus dem Konzept zu bringen.

»Sie sind ein Mann mit vielen Geheimnissen«, meinte sie neckend. Statt einer Erwiderung harkte er wortlos weiter. Sein Schweigen verlieh ihr Mut. »Wieso machen Sie sich meinetwegen all die Mühe?«

Zum ersten Mal wandte er sich ihr zu und blickte sie aus seinen dunkelbraunen Augen mit einer Direktheit an, die sowohl bedrohlich als auch ein wenig provozierend wirkte. »Weil John es möchte. Ich tu's für ihn.«

Sie hielt seinem Blick stand, spürte den Schmerz, die Sehnsucht, und verstand. »Ich wünsche mir … dass wir Freunde werden. Er liegt uns beiden am Herzen. Sehr sogar.«

Er erwiderte nichts darauf, machte jedoch auch keine Anstalten, den Blick abzuwenden.

Sie wählte ihre Worte mit Bedacht. »Und wir wollen doch beide, dass er glücklich ist.«

»Stimmt«, sagte er und senkte beinahe resigniert den Kopf. Augenblicke später hob er ihn wieder. »Ich habe ihn noch nie so glücklich erlebt«, erklärte er mit unendlicher Traurigkeit.

Das Zucken seiner Mundwinkel und der Schatten, der sich flüchtig über seine Augen legte, verrieten ihr, wie schwer ihm dieses Eingeständnis fiel. Sie wünschte, sie könnte seinen Schmerz lindern, doch das lag nicht in ihrer Macht. Ihr blieb nur eines: ihm zu zeigen, dass sie ihn zur Kenntnis nahm. Sie lehnte sich nach vorn, sodass ihre Stirn nur Zentimeter vor seinem Gesicht schwebte, und legte ihre Hand auf seine. »Geheimnisse zu bewahren ist meine Stärke. Und ich werde John Ihnen nicht wegnehmen, das verspreche ich.«

»Wenn er Ihnen wirklich etwas bedeutet, gehen Sie mit ihm fort von hier. Schlimme Dinge werden geschehen. Vielleicht sogar schon bald.«

Gerüchte vom »Klan in den Keys« machten überall die Runde. John tat das Gerede verächtlich ab, doch sie hielt dagegen, dass es klüger sei, Vorsicht walten zu lassen, zumindest bis klar war, was es damit auf sich hatte. Aber er wollte nichts davon hören. Sie dachte an ihr letztes Streitgespräch zurück. Es gehe hier ums Prinzip, hatte er gesagt. »Ich habe nicht in Frankreich gedient, um mich jetzt von einer Horde wichtigtuerischer Schwachköpfe in lächerlichen Kutten herumkommandieren zu lassen. Frei ist frei, Schluss.« Und dies war sein letztes Wort dazu gewesen.

Für den Moment akzeptierte sie seine Meinung, doch

sie hielt Augen und Ohren offen, ließ sich niemals mit ihm auf offener Straße sehen, wohl wissend, dass der Ärger sie schon von ganz allein finden würde, auch ohne dass sie etwas dafür tat.

»Er hat keine Angst«, meinte Thomas. »Ich glaube sogar, er freut sich auf einen Kampf.« Er richtete sich auf und stützte sich auf die Harke. Die Sonne schob sich hinter einer Wolke vor, sodass seine Augen für einen Moment im Schatten lagen. »Einem Kampf ist John noch nie aus dem Weg gegangen, auch dann nicht, wenn es eigentlich klüger gewesen wäre. So ist er nun mal. Wenn er sich was in den Kopf gesetzt hat, bringt ihn nichts und niemand davon ab. Eher kriegt man einen Alligator dazu, das Maul aufzusperren, als dass er seine Meinung ändert.«

»*Exactamente!* Ich habe noch nie einen solchen … *como se dice?*«

»Sturschädel?« Der Anflug eines Lächelns erschien auf seinem Gesicht.

»Sí, como un burro!« Stur wie ein Esel, das war er in der Tat.

Für Sekunden flackerte so etwas wie Zustimmung in Thomas' Blick auf, doch dann wurden seine Züge wieder ernst. »Ich mache mir Sorgen um ihn, wann immer ich ihn nicht im Blick habe.«

»Geht mir genauso. Und auch er lebt in ständiger Sorge um uns. Was sollen wir tun?« Mit einem Mal war ihr leichter ums Herz; zu wissen, dass John einen so respekteinflößenden Schutzengel hatte, war beruhigend, auch wenn er glaubte, der Beschützer aller anderen zu sein. Doch solange Thomas seinen massigen Schatten auf ihn warf, schien ihm nichts passieren zu können.

»Wenn es nach mir ginge, würden wir ihn fesseln und knebeln und mit ihm auf eine der Inseln segeln. Aber da das wohl nicht geht, sollten Sie Augen und Ohren offen halten.« Er wandte sich ihr zu. Seine Miene war ernst und kalt. »Und sich eine Waffe unters Kopfkissen legen.«

Kapitel 17

Am nächsten Tag stand Alicia wie gewohnt mit der Flasche in der Hand auf der Veranda und wartete auf Mr. Clemens. Er war stets pünktlich, und sie freute sich auf ihre allmorgendlichen Plaudereien, nachdem sie von John herübergekommen war. Sie ging die Treppe hinunter und hielt nach Emilys vertrauter schwankender Gestalt Ausschau, doch es war weit und breit nichts von ihr zu sehen.

Stirnrunzelnd beschloss sie, noch fünf Minuten zu warten, während sie auf einem Bissen Brot herumkaute. Sie musste zugeben, dass sie sich nach der Nacht im Last Resort erstaunlich erholt und ausgeruht fühlte. Mittlerweile hatte sie noch mehr von ihren Sachen zu ihm hinübergeschafft. Und John hatte das breiteste Bett gekauft, das sie je gesehen hatte, mit schmiedeeisernen Blumen- und Blätterranken im Kopfteil und einem so großen Fußteil aus Pinienholz, dass es als Tisch genutzt werden könnte. Und die Matratze war so weich und behaglich, wie sie es noch nie erlebt hatte.

Sie stand in der Morgensonne und dachte kurz daran zurück, wie sie sich am Tag ihrer Ankunft gefragt hatte: *Wer bin ich eigentlich hier?* Gerade einmal ein paar Monate waren seitdem vergangen, definitiv nicht genug, um ein ganz neues Leben anzufangen. Damals war sie eine junge Frau gewesen, auf der Flucht vor Männern, denen sie schutzlos ausgeliefert war, und mit einer Identität, die hauptsächlich von der Farbe ihrer Haut definiert wurde. Die Antwort heute war wesentlich komplexer: Sie war Puffmutter, Schmugglerin, Gastwirtin. Der Tea Room war zu ihrer Wirkungsstätte geworden, zu einem Ort, an dem ihre männlichen Kunden sie mit Respekt, ja geradezu Hochachtung behandelten. Inzwischen gab es kein gezischtes *Negermischling* mehr. Stattdessen war sie Miss Pearl und keine arme, heimatlose »Kaffeebraune«. Sie hatte eine Menge gelernt und ihre Chancen geschickt zu nutzen gewusst. Beatriz hatte vollkommen recht gehabt: Sie war ein Naturtalent.

Außerhalb des Tea Room war sie deutlich vorsichtiger. Zwar ließ sie sich von Lieferanten und Behördenvertretern nicht hinters Licht führen, trotzdem war ihr durchaus bewusst, dass die Männer sie großenteils nur akzeptierten, weil John die Hand über sie hielt.

Aber diese Unterstützung hatte ihre zwei Seiten: Sie sah ihnen an, was sie über eine »Kaffeebraune« dachten, die mit einem Mann zusammenlebte, mit dem sie nicht verheiratet war – einem Weißen noch dazu. Neugier, Verachtung, Ekel spiegelten sich in ihren Blicken, nur mühsam kaschiert unter einer dünnen Fassade der Herzlichkeit.

Zu Hause auf Kuba würde sich kaum einer für einen Weißen mit einer *morena* als Partnerin interessieren; im Tea Room hatte sie es für klüger gehalten, ihre neue Lebenssituation bei den Mädchen nicht an die große Glocke zu hängen. »Falls ihr mich nachts brauchen solltet, bin ich nebenan«, hatte sie bloß gesagt.

Natürlich hatte ihre Ankündigung für schallendes Gelächter und hochgezogene Brauen gesorgt, aber die Aufregung hatte sich bald gelegt. Felix hatte kurz das Glas, das er gerade polierte, sinken lassen und die Achseln gezuckt. Lediglich Maxine hatte sich bemüßigt gefühlt, ihrem Unmut Luft zu machen.

»Aha, du lebst jetzt also dort, ja? Mit ihm?«, hatte sie mit zusammengekniffenen Augen gefragt und die Stirn gerunzelt.

Alicia hatte in den letzten Wochen einiges dafür getan, das Leben der Mädchen angenehmer zu gestalten, doch ihr Verhältnis zu Maxine hatte sich dadurch nur unwesentlich verbessert – statt das Messer wie bisher zwischen den Schulterblättern zu spüren, sobald sie ihr den Rücken zukehrte, kam der Angriff, so er denn erfolgte, nun von vorn. Das war immerhin ein Fortschritt.

»Es ist meine Sache«, hatte Alicia ein wenig steif erwidert. *Ich hätte wissen müssen, dass Maxine Ärger macht.* »Wo und mit wem ich lebe, ist allein meine Angelegenheit.«

»Tja, da kann ich nur zur Vorsicht raten«, hatte Maxine bedeutungsvoll gekontert. »Du lebst nicht mehr auf deiner Insel, Zuckerpfläumchen, sondern in Amerika. Und hier haben die Leute eine klare Vorstellung davon, was richtig und was falsch ist.«

Alicia spähte noch einmal die Straße entlang, doch von Emily war noch immer nichts zu sehen. Leise Unruhe erfasste sie. Schon seltsam, dass selbst die ungewöhnlichsten Dinge zu einem festen Bestandteil des Alltags werden konnten … so wie die Tatsache, dass sie jeden Morgen in Johns Armen aufwachte und seinen warmen

Atem an ihrem Hals spürte. »Du bist ja immer noch da«, raunte er dann schläfrig-erleichtert, so als hätte er jeden Morgen aufs Neue Angst, sie könnte verschwunden sein, wenn er aufwachte.

Sie streckte sich und holte tief Luft; ihr blieb keine Zeit mehr, auf Mr. Clemens zu warten, also ging sie hinein, um alles für den Tag vorzubereiten. Auch heute waren sie zum Abendessen ausgebucht, und Kitty würde ihre erste Schicht als Kellnerin absolvieren – in ihrem hübschen Kleid und mit den adretten Löckchen bekam sie vermutlich mehr Trinkgeld an den Tischen, als sie oben verdienen würde.

Überdies hatte sie die ersten Heilkräuter für ihre neue *farmacia* geerntet, von denen sich das eine oder andere für die Gäste nutzen ließ: Oregano gegen hartnäckigen Husten, Süßkartoffeln für die Behandlung von Hautproblemen und Wegerich für die Verdauung. Andere Kräuter und Pflanzen wuchsen praktisch an jeder Ecke wild, wie etwa Maulbeere gegen Soor und andere Pilzerkrankungen, Sennesblätter gegen Menstruationsbeschwerden, Hibiskusblüten bei Bluthochdruck oder Aloe gegen so ziemlich alle Befindlichkeiten. Sie gediehen in dem fruchtbaren Boden mit Unterstützung des warmen Tropenregens und unter Thomas' erfahrenen Händen absolut prächtig. Auch der Orangenblütenhonig des hiesigen Imkers hatte sich als überaus nützlich erwiesen: Er linderte Verbrennungen und Stiche, bekämpfte Paulinas Pickel und half, Schwangerschaften zu verhindern ... bei den Mädchen ebenso wie bei ihr selbst. Zu Johns großer Belustigung hatte sie ein großes Glas neben ihrem neuen Bett stehen.

Vor einer Weile hatte sie einen alten, im Garten abgestellten Schrank ins Haus geholt und einen Karton voll ausgemusterter Flaschen ergattert, in denen sie ihre Mittelchen aufbewahrte. Inzwischen hatte sich unter den Kubanern in Key West bereits herumgesprochen, dass sie eine Heilerin war, vor allem unter jenen, die an die traditionelle *santería* glaubten oder sich schlicht keinen Arzt leisten konnten. Zu ihrer Freude fanden sich inzwischen die ersten Patienten an ihrer Hintertür ein. Dass sie kamen, half ihr, sich wieder darauf zu besinnen, wer sie war und worin ihre Stärken lagen. Es war ein gutes Gefühl, Heilerin zu der Liste ihrer Tätigkeiten hinzuzufügen. Dass sie den Tea Room erneuert hatte, dessen Ruf als Restaurant sich zunehmend verbreitete, mochte ihr eine grimmige Befriedigung verschaffen, doch nichts bereitete ihr größere Freude, als Leiden zu lindern.

In der Küche wirbelte Hortensia zwischen den Töpfen und dem Herd umher und bot Alicia einen Löffel ihres Hühnchens mit Kokossoße zum Probieren, während sie sich eine Strähne ihres vom Dampf gekrausten Haars aus den Augen strich.

»*Excelente*«, lobte Alicia und wischte sich den Mund ab. »Aber ich hoffe, wir haben genug Milch. Mr. Clemens ist nicht gekommen.«

»Haben Sie es etwa noch nicht gehört? Seine Kuh wurde getötet. Von einem Auto überfahren, ein Stück außerhalb der Stadt.« Mit dem Schürzenzipfel wischte Hortensia sich den Schweiß von der Stirn. »*Idiotas!* Alle haben es heutzutage so eilig. Jedenfalls«, fuhr sie fort und gab einen Spritzer Limonensaft in den Topf, »haben wir für heute genug Milch.«

Eigentlich war es keine Tragödie, dass eine Kuh auf der Straße überfahren wurde, so etwas kam jeden Tag vor. Aber aus irgendeinem Grund erschien ihr Emilys Tod wie eine Glocke, die in weiter Ferne eine Veränderung einläutete. Oder wie der erste Flügelschlag der Finsternis, die sich über die Stadt legte.

Doch zu ihrem Erstaunen und Entzücken stellte sich heraus, dass jener Flügelschlag zu einem leuchtend bunten Kolibri gehörte, der auf dem Fensterbrett hockte und seine schillernd rote Kehle mit dem vertrauten Tschirpen erbeben ließ.

Du hast mich gefunden, Pablito!

Hortensia verscheuchte ihn mit dem Geschirrtuch.

»Was machst du da?«, rief Alicia und beugte sich aus dem Fenster. Zum Glück hatte sich der Vogel in den Schutz einiger Bambusstäbe zurückgezogen, wo er sie mit schief gelegtem Köpfchen musterte, als würde er sie wiedererkennen.

»Der? Der macht mich ganz *loco*«, brummte Hortensia. »Er kommt jeden Tag und nervt mich mit diesem Gezwitscher. Wir brauchen eine Katze.«

»Unsinn.« Alicia gab Wasser auf eine Untertasse, löste einen Löffel voll Zucker darin auf und trug sie nach draußen. Endlich hatte sie ihren inneren Frieden wiedergefunden. Zumindest für heute.

Dwayne stand auf dem Feld neben dem Friedhof und lud ein weiteres Ölfass von einem Laster. Die Abenddämmerung brach allmählich herein. *Gott, gib uns deinen Segen für das, was wir tun.* Er war direkt nach seiner Lieferrunde hergekommen, um bei den Vorbereitungen für die Zeremonie zu helfen. Pa würde später mit den anderen Anführern eintreffen und zum ersten Mal in aller Öffentlichkeit seine rechtmäßige Position innerhalb der Gruppe einnehmen. Dwayne war unglaublich stolz auf ihn, nervös und voller Vorfreude zugleich; er wünschte, Ma könnte hier sein, um ihn zu sehen, doch bei den Versammlungen waren keine Frauen erlaubt. Außerdem wurde Ma seltsam still, wenn er sich über das Projekt ereiferte, und schien stets irgendetwas zu finden, das es im Zimmer nebenan zu erledigen galt. Und wenn er, Dwayne, davon anfing, sagte sie lediglich: »Ganz egal, was passiert, mein Sohn, ich liebe dich. Vergiss das nie.«

Das riesige Pinienkreuz war vollständig mit Öl getränkt und bereit, bei Sonnenuntergang entzündet zu werden. Er hatte geholfen, den Altar mit der Konföderiertenflagge und der exakt in der Mitte platzierten Bibel herzurichten.

Inzwischen stand er parat, um den Männern jederzeit zu Hilfe zu eilen, doch es schien nicht mehr allzu viel zu tun zu geben, außer darauf zu warten, dass die Sonne unterging und sich die Anführer einfanden. Eine Handvoll fliegender Händler hatte Buden aufgestellt, wo sie Brathühnchen und Coca-Cola aus der nahe gelegenen Abfüllfabrik verkauften. Die Atmosphäre glich eher einer Party zum 4. Juli als einem feierlichen Aufnahmeritual.

Allerdings wurde seine Vorfreude durch die Unterhaltung am Nachmittag im Tea Room getrübt, wo er wie üblich im Zuge seiner Liefertour haltgemacht hatte – die Erinnerung daran legte sich wie ein düsterer Schatten über den prachtvollen Sonnenuntergang. Pa hatte ihn gewarnt, kein Sterbenswörtchen über die Zeremonie zu verlieren, aber irgendwie war es ihm herausgerutscht. Er hatte ja unbedingt bei Miss Alicia Eindruck schinden müssen …

»*Hola,* Dwayne! Möchtest du vielleicht ein *pastelito?* Hortensia hat sie gerade gebacken. Die hier sind mit Guavenmus gefüllt und diese mit Kokos«, sagte sie zu ihm.

Und so setzte er sich zu ihr an den Tisch, zum allerersten Mal nicht mehr nur der Lieferjunge, sondern eher wie ein Gast.

Mit liebevoller Nachsicht sah sie zu, wie er sich auf das Gebäck stürzte. »Ay«, sagte sie. »Wusste ich's doch, dass du eine Schwäche für Süßes hast. Aber warum haben wir dich in den letzten Wochen so selten zu Gesicht bekommen, Dwayne?«

Dicke, klebrige Guavenmasse quoll aus dem buttrigen Blätterteig. Gierig beäugte er die Platte vor sich, woraufhin sie ihm ein weiteres Gebäckstückchen auf den Teller legte.

»Für später«, sagte er und steckte es ein.

»Aber wir haben doch mehr als genug. Iss noch eines, sonst ist Hortensia beleidigt.«

»Wenn das so ist, gern.«

Es war regelrecht berauschend, neben ihr sitzen zu dürfen, so dicht, während sie lächelte und angeregt mit ihm plauderte. *Ich habe sie ganz für mich allein.* Sie hatte ihn vermisst, so viel stand fest. *Sie hat mich vermisst.* Eine Locke löste sich aus dem Band in ihrem Nacken. Am liebsten hätte er sie zurückgeschoben. Und dann kam es:

»Moment«, sagte sie und wischte ihm das Kinn ab. »Kleiner Dreckspatz.«

Er schluckte. Die winzige Geste ließ den Blätterteig in seinem Mund zu einem Zementklumpen werden. »Ich war sehr beschäftigt, Miss Alicia«, sagte er, den Blick auf den Tisch geheftet, und schob seinen Teller weg. Das war er also für sie und würde es auch immer bleiben ... ein kleiner Dreckspatz, während sie sich splitternackt mit Mr. Morales vergnügte. Er musste husten. Eilig reichte sie ihm ein Glas Wasser.

»Nicht so gierig! Hier, trink das. Ich finde es wirklich schade, dass du zu beschäftigt bist, um ein bisschen Zeit für alte Freunde zu erübrigen.« Sie kreuzte die Arme und runzelte in gespielter Missbilligung die Stirn. »Was führst du denn im Schilde?«

Und dann passierte es auch schon. Er wollte ihr doch nur beweisen, und zwar ein für alle Mal, dass er kein kleiner Junge war, der sich von allen herumkommandieren ließ. Nein, er war ein Mann mit einer wichtigen Aufgabe, anvertraut von wichtigen Männern, die ihn ernst nahmen. Sie würde schon sehen, wie der Hase lief. Bald würden alle sehen, wie der Hase lief.

»Ich bin für die Mitgliedergewinnung des Klans zuständig«, platzte es aus ihm heraus. Befriedigt sah er zu, wie sämtliche Farbe aus ihrem Gesicht wich. »Ja, Ma'am, dank meiner Hilfe gibt es jede Menge Männer, die beitreten wollen. Hunderte, wenn nicht gar Tausende. Und heute Abend«, er beugte sich vor, »gibt es ein Spektakel, wie es die Stadt noch nie gesehen hat.«

Das genügte, um ihre gute Laune schlagartig erlöschen zu lassen. Sie räusperte sich. »Ich verstehe«, sagte sie nickend. »Das erklärt natürlich, weshalb anderweitig so viel von deiner Zeit in Anspruch genommen wird, sogar sehr viel.« Ein dünnes Lächeln erschien auf ihrem Gesicht. »Du musst mir unbedingt davon erzählen. Hier, probier mal das mit Kokos.«

Also erzählte er ihr alles: von Pas hoher Position als Kaplan des Klans, davon, dass sämtliche wichtigen Männer in der Stadt Mitglied waren, und von der Zeremonie, die ihre Stellung innerhalb der Gemeinde noch weiter festigen würde. Dann legte er ihr die Verschwörung der Neger, Juden und Katholiken dar, wovon sie eindeutig noch nie etwas gehört hatte, wenn man ihrer geschockten Miene Glauben schenken durfte.

Ehrlich gesagt hatten die Worte auch in seinen eigenen Ohren stets etwas merkwürdig geklungen, vor allem die Verschwörungstheorie. Doch die Eindringlichkeit in ihren ungewöhnlichen Augen hatte ihn fortfahren lassen. Er hätte alles gesagt, nur um sie dazu zu bringen, weiter neben ihm zu sitzen und ihm zu lauschen, so gebannt, dass sie nicht einmal aufmerkte, als Mr. Morales hereinkam.

Erst als er den Stuhl heranzog und sich zu ihnen setzte, erwachte sie aus ihrer Erstarrung.

»Darf ich mich zu euch setzen?« Er küsste sie auf die Wange. »Na, Dwayne, wo hast du dich denn die ganze Zeit versteckt?«, fragte er und schob sich das letzte Gebäckstück auf einmal in den Mund.

Dwayne war in Gedanken immer noch bei der Tatsache, wie ein weißer Mann die Wange einer dunkelhäutigen Frau küssen konnte, und – viel schlimmer noch – der Frage, wie sich ihre Haut wohl unter seinen eigenen Lippen anfühlen mochte.

»Oh, er erzählt mir gerade von seinem jüngsten … Projekt, *sí?* Er hat neue Mitglieder für den Klan geworben. Und heute Abend findet eine große … *fiesta* statt.«

Dwayne fand seine Stimme wieder. »Eine Aufnahmezeremonie«, korrigierte er. »Und später gibt es eine große Parade auf der Duval Street.«

»Was du nicht sagst.« Mr. Morales musterte Dwayne mit derselben Eindringlichkeit, nur dass in seinem Blick etwas Düsteres, Unheilvolles lag, das ihm so gar nicht behagte. Ehrlich gesagt spürte er leichte Übelkeit in sich aufsteigen.

»Ich hätte nicht gedacht, dass du auch einer von diesen Dumpfbeuteln bist.« Mr. Morales bleckte die Zähne; mit einem Mal dämmerte Dwayne, wie sich die Feinde gefühlt haben mussten, als er ihnen im Kampf gegenübergestanden hatte. Zum ersten Mal hatte er Mitleid mit ihnen. Und er bereute es bitter, dass er sich mit all dem Gebäck vollgestopft hatte.

»John, *por favor* …«, sagte Alicia.

Immer noch lächelnd, stand Mr. Morales auf, wobei Dwayne ein weiteres Mal seine eindrucksvolle Größe und Gestalt bewusst wurde. Im Zweifelsfall würde ihn der Mann wie einen Moskito zerquetschen.

»Ich wollte nicht …«, begann er und schluckte.

»Ist schon gut, Dwayne.« Mr. Morales' Pranke legte sich auf Dwaynes Schulter und zwang ihn, auf seinem Stuhl sitzen zu bleiben. »Ich bin nur enttäuscht. Eigentlich habe ich dich für einen schlauen Burschen gehalten. Wieso, um alles in der Welt, lässt du dich mit diesen Clowns in ihren albernen Kutten und den Geheimzeichen ein? Wenn ich Lust auf Zirkus hätte, würde ich zu

Mr. Barnum und Mr. Bailey gehen … die suchen im Augenblick dringend Leute, verdammt noch mal!« Er beugte sich herab. »Wer hat dich da reingezogen?«

Auf einen Schlag waren all die Erklärungen aus den Treffen und Diskussionen wie aus seinem Gedächtnis ausgelöscht, all die Thesen, dass Amerika wieder den Amerikanern gehören sollte, all die Theorien über die große Verschwörung. Und er wollte auch Pa nicht erwähnen, aus Angst, noch kindischer zu klingen. Kein einziges der Argumente, die man ihm während der letzten Wochen beigebracht hatte, wollte ihm noch einfallen, während er unter Mr. Morales' eindringlichem Blick schrumpfte.

»Das reicht jetzt, John.«

»Ich wollte unserem jungen Freund hier nur einen Gedanken mit auf den Weg geben: Das Leben ist nichts als die Summe unserer Entscheidungen. Vergiss das nie, Dwayne.« Mr. Morales warf ihm einen letzten Blick zu, ehe er sich ihr zuwandte. »Kommst du mit nach Hause?«

»Sí.«

Dwayne hatte Mühe, nicht vom Stuhl zu kippen. *Was? Die beiden leben also auch zusammen? Pa würde einen Wutanfall kriegen, wenn er das wüsste.* Er erhob sich. »Ich muss sowieso gehen.« Er hielt inne. »Eine Menge Leute sind auf mich angewiesen«, sagte er zu Alicia, dann floh er aus der Küche.

Nun, auf dem Feld, hallten die Worte unaufhörlich in seinem Gedächtnis wider: alberne Kutten, Dumpfbeutel, Clowns. Mr. Morales' offensive Respektlosigkeit war nichts als ein Versuch, seine Loyalität gegenüber der

Organisation zu unterwandern, daher rief er sich Pas Gesicht und die Antworten ins Gedächtnis, die er ihm gegeben hätte. Wann immer er Mühe hatte, die Theorien über die geringe Intelligenz von Negern mit der Klugheit und Geschäftstüchtigkeit von Miss Alicia und Black Caesar in Einklang zu bringen, hörte er Pa im Geiste sagen: »Das liegt nur daran, dass diese Mischlinge lediglich halbe Neger sind.« Ebenso unvorstellbar war das Ansinnen der Juden, sich sämtliches Geld im Land unter den Nagel zu reißen, wo Mr. Jolovitz doch jeden Morgen im selben staubigen, zerknitterten schwarzen Jackett und nach Zwiebeln riechend im Laden erschien. Doch diese Gedanken fegte Pa mit den Worten vom Tisch: »Das ist so, weil die Juden die Kunst der Täuschung meisterhaft beherrschen. Sieh dir doch nur an, wie sie Jesus verraten haben.«

Oh, wie sehr Dwayne Pa und die anderen Anführer um ihre unerschütterliche Überzeugung beneidete. Er wünschte sich inbrünstig, hundertprozentig an etwas glauben zu können, mit derselben ruhigen Gewissheit und Rechtschaffenheit, und nicht ununterbrochen von Zweifeln geplagt zu werden. Trotz all der auf der Hand liegenden Beweise gelang es ihm beim besten Willen nicht, die Stimme in seinem Kopf zum Schweigen zu bringen, die ihre sogenannten Fakten immer wieder infrage stellte. Abgesehen davon wagte er nicht, sich einzugestehen, dass er die verwirrende Zahl an Ritualen – angefangen von dem typischen Gruß mit dem linken ausgestreckten Arm bis hin zur Regel, dass jedes Wort mit dem Buchstaben »K« beginnen musste – schlicht albern und kindisch fand. *Clowns*, so hatte Mr. Morales sie bezeichnet. Er wünschte, sie würden all die Paraphernalien, den ganzen Hokuspokus einfach weglassen und sich stattdessen aufs Wesentliche konzentrieren, doch mit dieser Ansicht schien er ganz allein dazustehen. Im Gegenteil. Den anderen schien es sogar zu gefallen.

Damit bestätigte sich seine größte Angst: dass es am Ende doch nicht wert sein könnte, Teil der Organisation zu sein, dazuzugehören. Er musste wieder an Mr. Morales' letzte Bemerkung über die Entscheidungen im Leben denken. In seiner Verzweiflung hängte er all seine Hoffnungen an diesen Abend. Wenn er sich als so spektakulär entpuppte, wie Pa angekündigt hatte – und Pa irrte sich bekanntermaßen nie –, würde dies womöglich endlich die Stimmen in seinem Kopf verstummen lassen. Das läuternde Feuer des brennenden Kreuzes würde endlich dafür sorgen, dass er ihrer würdig war.

Endlich war es Zeit.

Kurz vor Sonnenuntergang ließ Dwayne den Blick über das Feld und die Früchte seiner Arbeit schweifen. Mehrere Hundert Männer hatten sich zusammengefunden: viele von ihnen Arbeiter, ungewaschen und in zerschlissener Kleidung; einige trugen Militäruniformen, außerdem gab es eine beachtliche Anzahl von Polizisten und anderen Gesetzeshütern. Sie standen, die Hände tief in den Hosentaschen vergraben, in Grüppchen beisammen, unterhielten sich und rauchten. Die Anspannung war beinahe mit Händen greifbar, elektrisierend wie der bevorstehende Blitzschlag während eines Gewitters.

Alle Augen richteten sich auf die Straße, als eine Phalanx aus etwa fünfzig Männern in weißen Kutten und mit Fackeln aufmarschierte und vor dem Altar Aufstellung bezog – ein eindrucksvoller Anblick, der das Stimmengewirr schlagartig zum Verstummen brachte. Eine sanfte Brise ließ die Fackeln aufflackern, bauschte die Kutten. Dwayne stellte sich aufrechter hin. *Ich habe dabei geholfen, all das möglich zu machen.* Er brauchte keine Anerkennung für den Beitrag, den er geleistet hatte; allein das Wissen darum genügte ihm vollauf.

In diesem Moment wurden weitere Schritte laut. Die Anführer waren eingetroffen – in goldfarbene, rote, grüne, violette und blaue Kutten gehüllt, deren Farben im Fackelschein wie Edelsteine schimmerten, marschierten sie durch die Menge. Der Letzte in der Reihe war Chief Baxter, der sogenannte Nighthawk in der roten Kutte, der Hüter des Kreuzes und Sicherheitsbeauftragter. Die Männer teilten sich wie das Rote Meer, als die Führungsriege vorbeiging, und schlossen sich hinter ihnen wieder. Dwayne wusste nur, dass Pa eine blaue Kutte tragen würde, doch nichts hatte ihn darauf vorbereiten können, Zeuge zu werden, wie jener Mann, der tagein, tagaus neben ihm am Frühstückstisch saß, nun inmitten einer Gruppe Auserwählter stand, vor all den ehrfürchtigen Anwesenden. Sein Herz war so erfüllt von Stolz und Freude, dass er Angst hatte, es würde gleich platzen.

Gerade als die Sonne den Horizont küsste, legte der Nighthawk auf ein knappes Nicken des Imperialen Hexenmeisters hin seine Fackel zu Füßen des Kreuzes. Mit einem lauten Fauchen schossen die Flammen hoch und tauchten den Altar und die Männer in orangefarbenes

Licht. Für Dwayne war es, als wäre die Sonne neuerlich aufgegangen.

»Wer erbittet, in unseren Kreis aufgenommen zu werden?«, rief der Hexenmeister.

Dwayne erkannte die Stimme des Mannes wieder, der Emily am Straßenrand erschossen hatte.

Der rotgewandete Kladd, der Zeremonienmeister, erwiderte: »Die Fremdlinge der Außenwelt, die darum bitten, ins Heiligtum des Unsichtbaren Reiches aufgenommen zu werden!« Er unterdrückte ein Niesen, was Dwayne verriet, dass es sich um Donkey Hightower handelte, der die ganze Woche schon an einer Erkältung herumlaborierte.

»Sind sie dem Gott der Protestanten loyal, der Überlegenheit der weißen Rasse und der Gesetze des Klans?«, verlangte der Hexenmeister zu wissen.

»So behaupten sie, oh Hexenmeister!«, erwiderte der Kladd.

»Es sei euch gestattet, zum Altar zu treten.«

Die Klansmänner in ihren weißen Kutten bezogen Position, um die Anwärter durchzulassen, die nacheinander vortraten. Dwayne stand hinter einem Oleanderstrauch und verfolgte das Ganze gebannt; er wünschte sich sehnlichst, unter ihnen zu sein, und malte sich aus, wie er in spätestens ein paar Jahren im Schein des Feuers vortreten würde.

»Ehrwürdiger Kludd«, hob der Kladd an, »ich bringe dir diese Anwärter, auf dass sie in den Ritterstand erhoben werden.«

»Haben sie sich als des wahren Amerikas würdig erwiesen?«

Das war Pas Stimme! Mit Mühe unterdrückte Dwayne einen Jubelruf, doch sein Grinsen war so breit, dass seine Wangen schmerzten.

»Sie haben unter dem gestrengen Blick des Auges des Unbekannten Gnade gefunden, hochverehrter Kludd.«

»Du darfst weitergehen«, erklärte Pa mit einer knappen Geste.

Dasselbe Ritual wurde vor jedem Einzelnen der Anführer wiederholt.

Möwen ließen sich auf dem Altar nieder und begannen sich um etwas zu zanken. Ihre schrillen Schreie hallten durch die Dunkelheit. Entsetzt registrierte Dwayne, dass es ein Stück des Gebäcks war, das er am Nachmittag liegen gelassen hatte.

»Verjagt vielleicht jemand diese verdammten Biester, bevor sie noch auf die Bibel scheißen«, wetterte der Kladd.

Augenblicklich schnellte ein Dutzend weiß bekittelter Arme nach vorn und scheuchte die Vögel fort, die sich unter lautem Geflatter davonmachten.

Die würdevolle Stimmung kehrte wieder ein, und der Hexenmeister ergriff neuerlich das Wort: »Hiermit weise ich euch darauf hin, noch bevor ihr den heiligen Eid ablegt, dass jeglicher Verrat am Klan mit dem Tod durch die Hand eines anderen Bruders bestraft wird. Sollte einer der hier Anwesenden andere Motive als die Liebe zu Gott und Vaterland hegen, so soll er nun aus unserer Mitte treten.« Der Kopf unter der lila Kapuze wandte sich erst nach links, dann nach rechts. Dwayne spürte förmlich die Adamsäpfel in den Kehlen der Männer hüpfen, als sich die feierliche Atmosphäre auf sie übertrug.

Hier und da wurden Blicke getauscht, doch es rührte sich keiner.

Inzwischen war die Dunkelheit vollends hereingebrochen und tauchte das Feld jenseits des orangefarben erhellten Altars in tiefe Schwärze.

»Nun gut«, hob der Hexenmeister an und zog ein Schwert – ein echtes Kampfschwert – unter seiner Kutte hervor.

Dwayne kannte die Waffe lediglich aus seinen Bilderbüchern. Die Klinge schimmerte silbrig im flackernden Licht wie eine Verlängerung eines Arms, so als wäre das Schwert ein Teil des Körpers geworden. Genau wie die Ritter früher! Den ganzen Tag hatte Dwayne geahnt, dass er Zeuge eines historischen Moments werden würde, und nun bestätigte sich seine Vermutung.

»Meister des Klans, tretet zu mir.«

Die Anführer, unter ihnen auch Pa, stellten sich in einem Halbkreis um ihn herum auf.

»Das Gebet, oh Kludd.«

Pa hob die Arme. »Wir bitten unseren Herrn, Jesus Christus, gnädig auf diese ehrenwerten Männer zu blicken, die uns schon bald als Soldaten bei unserem heiligen Kampf zur Seite stehen. Mögen sie stets gute Klansmänner bleiben. Amen.«

»Amen«, ertönte es von allen Seiten.

»Kniet nieder«, befahl der Hexenmeister. »All jene, die Ritter des Ku-Klux-Klans werden wollen! Sprecht mir nach: Im Zeichen Gottes und der Menschheit gelobe, verspreche und schwöre ich, die Verfassung zu ehren und die Gesetze des Klans zu befolgen.«

Gemurmel erhob sich. Einige Männer vergaßen die

Hälfte, und einen Moment lang herrschte völlige Verwirrung.

Der Hexenmeister tauschte einen Blick mit dem Kladd, ehe er sich erneut an die versammelten Männer wandte. »Wie ich sehe, sollten wir die Dinge ein bisschen vereinfachen.« Er zupfte seine Kutte zurecht und rückte die Kapuze gerade. »Schwört ihr, die protestantische Religion ebenso zu ehren wie die amerikanische Flagge und euch uns im Kampf um die Erhaltung der Werte der weißen Vorherrrschaft anzuschließen? Und schwört ihr ebenfalls, jedem Klansmann in jeglicher Notlage zu Hilfe zu kommen?«

Das Scharren Hunderter Füße wurde laut. Flüstern und Raunen ging durch die Menge. »Ja, ich schwöre!«, ertönte es klar und deutlich aus einigen Mündern, dann: »Ja, ich schwöre auch!«, »Und ich auch.«

»Alle miteinander, Herrgott noch mal! Sagt ›Ja, ich schwöre!‹«, rief der Kladd. »Auf mein Kommando. Eins, zwei, drei.«

Ein donnerndes »Ja, ich schwöre!« schallte durch die Dunkelheit, so laut, dass Dwayne die Vibration in seinem Brustkorb spüren konnte.

»Erhebt euch, Brüder des Klans!« Der Hexenmeister hielt das Schwert über seinen Kopf. »Eher soll dieses Schwert euer Herz durchstoßen, als dass ihr euren Schwur verratet!«

Und damit trat er vor, um jedes der neuen Mitglieder mit diesem typischen klatschenden Seitwärtshandschlag offiziell zu begrüßen, der Dwayne stets an einen zappelnden Fisch erinnerte.

Das ist die wahre Macht des Klans, dachte er. Sie

erwuchs nicht aus Individuen, auch nicht den führenden Persönlichkeiten, sondern aus der schieren Menge an Männern, die sich ihm anschlossen. Zeremonien wie diese wurden überall im Land vollzogen. Vom Namen einmal abgesehen war der Klan wie eine Armee, mit eigenen Uniformen, Hierarchien, Befehlsketten und festgelegten Verhaltensregeln, und allein ein Minimum an Ausbildung und Disziplin genügte, um sein Potenzial voll zu entfalten.

»Ich schwöre«, flüsterte er.

Kapitel 18

Am nächsten Morgen herrschte im Campbell'schen Haushalt eine Stimmung, als ginge die Feier weiter. Pa grinste die ganze Zeit und schlug ihm ununterbrochen auf die Schulter, während sie wieder und wieder von den Höhepunkten der Zeremonie schwärmten. Lediglich Ma schien sich von ihrer Euphorie nicht anstecken zu lassen, andererseits war sie eine Frau und verstand sowieso nicht, was ihre beiden Männer am Vorabend erlebt hatten, dachte Dwayne. Laut der Klan-Philosophie waren Frauen zerbrechliche, übernervöse Geschöpfe, die es zu ehren galt und die vor den Begehrlichkeiten der dunkelhäutigen Wilden beschützt werden mussten. Doch man sollte nicht den Fehler begehen, ihnen zu große geistige Fähigkeiten zuzutrauen.

Pa wollte unbedingt Buttermilchpfannkuchen zum Frühstück haben.

»Ich weiß nicht, ob ich Buttermilch im Haus habe«, sagt Ma und verkrallte die Hände in ihrer Schürze.

Papas Lächeln erlosch nicht. »Dann sieh nach, Frau!«

Dwayne fing ihren Blick auf. »Kaffee und Brot sind okay für mich, Pa.«

»Unsinn, Sohn. Heute ist ein besonderer Tag. Dank deiner Arbeit brechen neue Zeiten für diese Stadt an. Große Veränderungen stehen ins Haus. Für alle.«

Ma eilte zu den Nachbarn hinüber.

Dwayne hatte vor Aufregung kaum ein Auge zugetan – all die Männer mit ihren erwartungsvoll auf Pa gerichteten Gesichtern, während er mit erhobenen Armen in seiner stahlblau leuchtenden Kutte am Altar gestanden und seinen Segen über sie gesprochen hatte. Im Lauf der Woche würde die erste Parade des Klans stattfinden, mitten auf der Duval Street. Es wäre das offizielle Zeichen, dass der Klan in den Keys angekommen war und seine Tätigkeit aufnahm ... auch wenn Dwayne immer noch nicht recht wusste, woraus sie eigentlich bestand. Er hatte nach Kräften versucht, sich all die Besonderheiten des Klans anzueignen – die Rituale, die Geschichte, die Glaubensbekenntnisse, die geheimen Zeichen und Namen, die er inzwischen fast auswendig kannte –, doch von den Planungsversammlungen, an denen Pa teilnehmen würde, war er ausgeschlossen. Und sein Vater war weitaus besser darin, den Mund zu halten und nichts preiszugeben, was nicht an die Öffentlichkeit gelangen sollte. Dwayne kam sich vor, als hätte ihm jemand ein nagelneues Automobil vor die Tür gestellt, dem die Zündung fehlte.

Er konnte es kaum erwarten, herauszufinden, was als Nächstes passieren würde und welche Aufgabe ihm dabei zufiel. Wenn er in den vergangenen Monaten eines gelernt hatte, dann war es, dass er sich unentbehrlich machen musste.

»Und was passiert jetzt, Pa?«

»Wir machen Großputz, Junge. Und zwar an allen offensichtlichen Stellen. Von dort aus arbeiten wir uns mit dem Besen in jede Ecke der Stadt vor, bis in die hintersten Winkel. Bald stellen wir die Liste zusammen. Und dein Boss steht ganz oben.«

»Mr. Jolovitz? Aber er ist doch steinalt und tut keinem etwas.« Reuben Jolovitz schien ganz allein auf der Welt zu sein, und zum ersten Mal, seit er ihn kannte, fragte Dwayne sich, warum das wohl so war. Er hatte es stets als ganz normal empfunden, so wie die Tatsache, dass die Schwarzen im Negerviertel wohnten. Jeder war unter seinesgleichen am besten aufgehoben, und Probleme gab es nur dann, wenn die Leute das vergaßen, sagte Pa immer.

»Er ist ein Symbol, Sohn, er und sein seltsamer Laden, für den Schmutz in dieser Stadt. Und Symbole sind wichtig. Wie wichtig, hast du ja gestern Abend mit eigenen Augen gesehen.«

Dwayne, noch immer völlig im Bann der Ereignisse, konnte nur zustimmend nicken, auch wenn die Fragen in seinem Kopf wie eine Horde in einen Elektrozaun geratener Frösche herumschnellten. *Weshalb machen die so ein Theater wegen eines alten, traurigen Mannes?* Symbol hin oder her – es passte so gar nicht zu dem Glanz und Gloria der Aufnahmezeremonie, sondern wirkte kleingeistig und albern.

»Dein Chef hat eine ausdrückliche Warnung bekommen, er solle schleunigst zum Rest seiner Sippschaft nach Miami ziehen, aber er will unbedingt bleiben.« Pa trank seinen Kaffee aus und lehnte sich zurück. »Deshalb wird er lernen müssen, dass wir es auch so meinen, wenn wir ihm sagen, er soll seinen Hintern hier wegbewegen.«

Das erklärte Mr. Jolovitz' neuerdings so gequälte

Miene, die ständigen besorgten Blicke über seine Schulter und das nervöse Zucken seines wässrigen linken Auges.

»Also tun wir ihm in Wahrheit einen Gefallen damit, so wie den Farbigen, die schon weggezogen sind?«

»Genau.«

Mr. Jolovitz würde niemals aus Key West wegziehen, da war sich Dwayne absolut sicher, weil sein Sohn am glorreichen Tag seiner Rückkehr hier nach ihm suchen würde, auch wenn alle glaubten, David sei schon vor Jahren zu Fischfutter geworden. Nichts und niemand würde den alten Mann von hier vertreiben. »Aber was passiert, wenn er nicht gehen will?«

»Er wird«, erwiderte Pa mit scheinbar entspannter Gewissheit. »Entscheidungen, Dwayne. Alles im Leben dreht sich um Entscheidungen.«

Im Grunde hatte Mr. Morales genau dasselbe gesagt.

»Soll ich meinen Job im Laden kündigen?« Die Stellung in Mr. Simpkins' Büro war nicht wieder zur Sprache gekommen. Ehrlich gesagt hatte Dwayne den Verdacht, dass der Klan inzwischen vergessen hatte, dass er überhaupt existierte.

»Nein, bleib dort, dann kannst du uns Bescheid sagen, wenn die Botschaft angekommen ist.« Pa blickte auf seine Uhr und stand auf. »Ich habe keine Zeit mehr, auf die Pfannkuchen zu warten. Ich muss in die Stadt, zu einem Termin mit Charlie und den anderen.«

»Darf ich mitkommen? Ich verspreche auch, dass ich mucksmäuschenstill dasitzen werde.« Er wollte nicht, dass Pa ging und die berauschende Atmosphäre mit sich nahm, während ihm nichts anderes bliebe als der Ausblick auf einen langweiligen Tag, der sich in die Endlosigkeit zog wie eine leere, staubige Straße.

»Diesmal nicht.«

»Aber was, wenn ich ...« Er schluckte. »Wenn ich bei der Liste helfen könnte?«

Eine Hand um den Türknauf gelegt, wandte Pa sich um. »Was genau weißt du?«

»Ein Weißer, der mit einer Kaffeebraunen zusammenlebt?« Laut ausgesprochen hörten sich die Worte viel mehr nach einer Frage an. Eilig schloss er den Mund und biss die Zähne aufeinander, doch es war zu spät. Sie schwebten in der kühlen Morgenluft, zwischen den Staubkörnchen, die im einfallenden Sonnenschein tanzten. Die Art, wie Pa aufmerkte, verriet Dwayne, dass sie glasklar an seine Ohren gedrungen waren.

»Ist das eine Frage oder eine Feststellung?«

»Ich hab's gesehen. Sie ... beide. Eindeutig.«

Pa setzte sich wieder hin. »Wir haben Gerüchte von solchen Vorgängen gehört. Was genau hast du gesehen?«

Dwayne ertappte sich dabei, dass er sich mit derselben Inbrunst zwei Dinge wünschte, die sich beim besten Willen nicht unter einen Hut bringen ließen: Zum einen sehnte er sich danach, dass die Zeit anhielt und mit ihr das glühende Interesse auf Pas Miene, das ihm das Gefühl gab, endlich einmal etwas zu haben, das ihm seine volle Aufmerksamkeit gewährte; zum anderen wollte er am liebsten die Worte packen, sie zurück in seine Gedanken verbannen und seine Lippen mit Wachs versiegeln.

»Dwayne?« Pa fixierte ihn, und in diesem Moment konnte Dwayne alles in seinem Blick lesen: die unbeschreibliche Trauer um den kleinen Danny, die neu erwachte Hoffnung bei Dwaynes Geburt, gefolgt von der Erkenntnis, dass sie sich nicht erfüllen würde, und der bitteren Enttäuschung, die sein bisheriges Leben seinem Vater bereitete und die sich durch den fortwährenden Schatten von Dannys Verlust noch verschlimmerte.

Und so erzählte er Pa alles, was er über Miss Alicia und Mr. Morales wusste, darüber, wie sie in den Räumen über der Bar mit ihm lebte, über die Nachbarn, die fanden, dass es ein Skandal sei, dass aber keiner sich mit Mr. Morales anlegen wollte, weil er so groß und so schnell mit seinen Fäusten war und zudem ständig Black Caesar an seiner Seite hatte. Er erklärte ihm, dass Caesar zwar wie ein Riese aussah, den so schnell nichts aus der Fassung brachte, er in Wahrheit jedoch ein butterweiches Herz hatte.

Er erzählte ihm alles, bis auf den Teil, wie er sie am Strand aus seinem Versteck im Gebüsch heraus beobachtet hatte, und bis auf ihren Ausflug mit dem Boot, um den Schnaps zu schmuggeln. Und er unterschlug, wie hübsch sie war. Er erinnerte Pa auch nicht daran, dass Mr. Morales ihm im Krankenhaus das Leben gerettet hatte. Etwas an Pas Miene verriet ihm, dass dieser Tag besser unerwähnt bliebe.

Pas Gesicht war die ganze Zeit über ausdruckslos, sodass Dwayne sich nicht einmal sicher war, ob er ihm überhaupt zuhörte. Nachdem er geendet hatte, saß sein Vater eine Weile schweigend da und blickte aus dem Fenster.

»Woher hast du all die Informationen? Ist das bloß Gerede?«

»Nein, Pa, ich habe es selbst gesehen, auf meinen Touren. Du hast doch gesagt, ich soll Augen und Ohren offen halten.«

Wieder entstand eine Pause, während der sein Vater mit sich zu ringen schien, ehe er die Worte aussprach, auf die Dwayne sein ganzes Leben gewartet hatte. »Gut gemacht, Sohn.«

Und damit erhob er sich, während Dwayne wie ein undichter Luftballon in sich zusammensank. Er fühlte sich leer und den Tränen nahe, so als hätte Pa ihm etwas weggenommen, etwas Wertvolles, von dem er noch nicht einmal gewusst hatte, dass es ihm gehörte. »Und was passiert jetzt?«

»Wenn du dich beeilst, kannst du mit mir in die Stadt kommen und Charlie alles erzählen. Ich nehme an, er will sich persönlich darum kümmern.«

»Du meinst … ich darf dich begleiten?«

Pa nickte nur kurz, doch das genügte Dwayne vollauf. »Du hast dir deinen Platz verdient.«

Ma kam völlig außer Atem mit dem Milchkrug herein. »Ich musste den ganzen Weg bis zu den Marshalls runtergehen.« Sie wandte sich von Dwayne zu Pa. »Aber wo wollt ihr denn hin? Ich dachte, ich soll euch Pfannkuchen machen.«

»Dafür ist jetzt keine Zeit mehr, Ma«, antwortete Pa. »Dank unserem Sohn haben wir etwas Wichtiges zu erledigen.«

Sie verließen das Haus durch das taufeuchte Gras im Vorgarten. Ein Kolibri flitzte zwischen den leuchtend roten Frangipaniblüten herum. Endlich hatte Dwayne das Gefühl, genau dort zu sein, wo er hingehörte. Mr. Morales kannte die Regeln, und er hatte sich entschieden, gegen sie zu verstoßen. Deshalb war es in Wahrheit seine eigene Schuld. Außerdem, so sagte er sich, wäre es ohnehin eine reine Zeitfrage gewesen, bis der Klan auf ihn aufmerksam geworden wäre, so unverblümt, wie er seine Machenschaften betrieb. Dwayne hatte lediglich seine Bürgerpflicht erfüllt, indem er das Unvermeidliche beschleunigt hatte.

Er spürte, wie Mas Blick ihm folgte, über die Türschwelle hinaus, als versuchte sie, ein Bild in ihr Gedächtnis zu brennen. Er wandte sich nicht mehr um und lauschte dem Widerhall seiner Schritte auf der stillen Straße.

Dwayne saß auf einem unbequemen Stuhl mit einem antik aussehenden Gobelinkissen in der Eingangshalle von Mr. Simpkins' feudalem Haus und wartete. Auf diese Weise hatte er wenigstens Gelegenheit, dem bevorstehenden Gespräch entgegenzufiebern. Alles hier, von den auf Hochglanz polierten Bodendielen bis zu den kunstvoll gezimmerten Fensterrahmen, verströmte eine beruhigende Gediegenheit, die Atmosphäre eines Heims, das bereits Generationen der Familie beherbergt hatte, des »wahren Amerikas«, wie es die Klan-Literatur beschrieb. Nichts hier ließ sich mit seinem eigenen Zuhause vergleichen. Hier gab es keinen Sand auf dem Boden, keine herumlaufenden Hühner, keine Termitenlöcher oder Rostflecken. Die Sonne drang durch die halb geschlossenen Läden und warf goldfarbene Streifen auf den Fußboden. Durch die schwere Holztür von Mr. Simpkins' Arbeitszimmer drang lediglich dumpfes Murmeln. Eine schlanke Standuhr tickte in der Stille und ließ jede Viertelstunde einen dezenten Ton erklingen. Drei Mal hatte sie bereits geläutet, seit er Platz genommen hatte.

Eine Farbige in einer gestärkten Tracht kam mit einem Berg Wäsche vorbei, ohne ihn eines Blickes zu würdigen.

Gerade als er sich zu fragen begann, ob er vielleicht unsichtbar war oder träumte, ging die Tür auf. »Komm rein, Dwayne«, sagte Pa.

Zigarrenrauch hing in dem auf der schattigen Seite des Hauses gelegenen Raum. Schwere Holzvertäfelungen ließen ihn noch dunkler wirken, ebenso die geschlossenen Fensterläden. Es dauerte einen Moment, bis sich seine Augen an das Halbdunkel gewöhnt hatten. Gelbliche Lampen erhellten die Gesichter der um den Mahagonitisch versammelten Anführerriege. Als sein Blick auf den Imperialen Hexenmeister fiel, spürte er, wie seine ohnehin trockene Kehle endgültig ausdörrte.

Mr. Simpkins wandte sich an ihn. »Wie ich höre, hast du uns einige interessante Dinge zu berichten, Dwayne.«

»Erzähl Charlie, was du mir erzählt hast«, forderte Pa ihn auf.

Dwayne schluckte. Während der langen Wartezeit hatte er im Geiste geprobt, was er sagen wollte, doch nun schienen die Worte auf einen Schlag verflogen zu sein. Er hüstelte. »Könnte ich vielleicht … ein Glas Wasser bekommen?«

Chief Baxter goss ihm ein Glas aus einer Kristallkaraffe auf dem Tisch ein, das er in einem Zug leerte.

»Also, nun rede schon, Sohn«, drängte Pa.

Und so wiederholte Dwayne, was er zuvor seinem Vater anvertraut hatte, wenn auch in abgespeckter Form, weil er die mühsam bezähmte Ungeduld der Männer deutlich spüren konnte; die Stimmung war ganz anders als bei der ersten Versammlung, der er beigewohnt hatte. Hier ging es ans Eingemachte.

Als er fertig war, stand er auf und wartete, doch keiner sagte etwas. Einen Moment lang fürchtete er, dass er es vermasselt und Pa wieder einmal blamiert hatte. Die Anführer saßen auf ihren Stühlen, schmauchten ihre Zigarren und warfen einander bedeutungsschwangere Blicke zu. Wieder musste Dwayne husten, und ein leichtes Schwindelgefühl erfasste ihn. Er wünschte, jemand würde das Fenster aufmachen. Schweiß sammelte sich an seinem Haaransatz, eine einzelne Perle löste sich und rann ihm über die Wange. Es kitzelte, doch er traute sich nicht, sie wegzuwischen.

»Habe ich euch nicht gleich gesagt, dass dieser Morales bloß Ärger macht?«, platzte Chief Baxter schließlich heraus und ließ die Faust auf den Tisch krachen. »Wir hätten schon früher etwas gegen den Kerl unternehmen sollen.« Der Wasserkrug schlug klirrend gegen eines der Gläser.

»Ganz im Gegenteil«, warf der Imperiale Hexenmeister ein und schnippte die Asche von seiner Zigarre. »Dies ist die perfekte Gelegenheit für den Klan der Keys, ein Exempel zu statuieren.« Sein Blick richtete sich auf Dwayne; aus irgendeinem Grund schien er der Einzige im Raum zu sein, den die Neuigkeit nicht in Aufruhr versetzte.

Dwayne wusste von einem Fischer, der eines Tages über Bord gefallen und geradewegs in einem Schwarm Pottwale gelandet war. Eines der Männchen hatte ein

Echosignal losgelassen, um zu überprüfen, ob der Fischer als Nahrung taugte. Der Mann meinte später, er hätte vor Angst beinahe die Besinnung verloren. Ganz ähnlich fühlte sich auch der Blick des Hexenmeisters an – es war fast, als könnte er direkt in einen hineinblicken und jedes von Dwaynes Geheimnissen und jeden Zweifel in seinem Innern erkennen.

Zum ersten Mal hatte er Gelegenheit, den Großen Hexenmeister aus der Nähe zu betrachten. An seiner Seite wirkten die anderen Männer wie die letzten Hinterwäldler; selbst Kleagle Charlie Simpkins schien neben ihm zu schrumpfen. Alles an ihm war autoritär, unverrückbar – von seinem Stiernacken bis hin zu der Breitbeinigkeit, mit der er dastand. In seinem Blick lag das Selbstbewusstsein eines Mannes, der seit jeher unbestritten seinen Platz ganz oben in der Hierarchie innehatte. Er wirkte wie ein Mann, der seine Meinung niemals änderte, unter keinen Umständen, ganz egal, was passierte. Zum ersten Mal hatte Dwayne das Gefühl, sich im unmittelbaren Dunstkreis wahrer Macht zu befinden. Die Luft um ihn schien regelrecht zu vibrieren.

»Und, was schlägst du vor?«, fragte Charlie.

»Geht zuerst zu ihm und redet mit ihm. Erläutert ihm die Lage und gebt ihm Gelegenheit, das Richtige zu tun. Als Weißer und Patriot hat er diese Chance verdient.«

»John Morales?«, schnaubte Donkey. »Du machst wohl Witze. Ein verlogener Betrüger mit seinem Negerliebchen? Und seinem Busenfreund, diesem Nigger-Indianer, der ihm nicht von der Seite weicht? Mit diesem Unruhestifter in Gatos Fabrik, diesem Hector Rubio, ist er auch ganz dicke. Weiß hin oder her, ein Mann wie er hat seine Rechte verwirkt. Oben im Norden haben sie eine Menge Kerle wegen weniger gelyncht.«

»Hat dein Hass auf ihn zufällig etwas damit zu tun, dass er deine Schnapspreise drückt?«, fragte Chief Baxter und zwinkerte ihm mit seinem gesunden Auge zu. Leises Gelächter ertönte, sodass Donkey die Stimme erheben musste, um sich Gehör zu verschaffen.

»Das ist nicht fair, das weißt du ganz genau. Und was machen wir, wenn dieser Morales nicht hören will? Jeder weiß, was für ein elender Sturschädel er ist.«

Alle Blicke richteten sich auf den Hexenmeister, der Dwayne nachdenklich musterte. »Laut diesem jungen Mann hier handelt es sich bei der Frau um eine Mulattin?«

»Genau«, bestätigte Charlie. »Ihr Hurenhaus befindet sich direkt neben Morales' Bar in der Tamarind Street. La Rosita Negra nennen sie die Kubaner.«

»Ah, die schwarze Rose«, sagte der Hexenmeister und stieß eine dichte Rauchwolke aus. »Das erinnert mich daran, was mein guter alter Papa immer zu mir gesagt hat. ›Weiße Frauen sind zum Heiraten da, schwarze für die Arbeit.‹« Er hielt inne und ließ den Blick über jeden einzelnen Anwesenden schweifen. »›Aber etwas Besseres zum Ficken als eine Kaffeebraune findest du nicht.‹«

Scharfe Laute der Bewunderung ertönten. Dwayne hatte Mühe, seine Gesichtszüge unter Kontrolle zu halten, während er spürte, wie sich sein Adamsapfel hob und senkte. Pas Augen waren auf sein Glas geheftet. Unvermittelt schob sich ein Bild von Miss Alicia vor Dwaynes geistiges Auge ... jene Locke, die sich aus ihrem von einem Band gehaltenen Haar löste … und Mr. Morales' Lippen auf ihrer Wange.

»Wenn du hier mitmachen willst, solltest du dir lieber ein dickes Fell zulegen«, bemerkte Donkey grinsend.

Schweigend nahm der Hexenmeister einen langen Zug von seiner Zigarre, sodass sich die Haut über seinen Wangenknochen spannte, während er seinen wissenden Blick wieder auf Dwayne richtete. »Oh, ich denke, unser junger Freund wird uns in der Angelegenheit noch von Nutzen sein. Sehr sogar. Und nun«, sagte er und wandte ihm den Rücken zu, »will ich hören, welche Pläne ihr für die Parade habt.«

Dies war das Signal, dass Dwayne entlassen war. Er trat in die Eingangshalle hinaus und ließ sich schwer auf den Stuhl fallen. Er fühlte sich, als wäre er soeben mit einem Sack voller Ziegelsteine eine Treppe hinaufgerannt. Ohne das leiseste Geräusch fiel die Tür hinter ihm zu.

Kapitel 19

Kurz bevor das Last Resort für diesen Tag schloss, kamen Donkey und Bucket herein.

John schlenderte zu ihrem Tisch hinüber. »Bucket«, sagte er mit einem Nicken in Simpkins' Richtung. »Was führt dich denn auf diese Seite der Stadt? Mein gutes Kräuterbier kann es wohl kaum sein. Und ich sehe, deinen Handlanger hast du auch mitgebracht.«

»Mein Besuch ist offiziell, John«, gab Bucket zurück.

Bucket, einziger Sohn einer der wohlhabendsten Familien von Key West, war in der Schule ein paar Klassen über John gewesen – ein blasses, braves Kerlchen mit sauberen Händen und viel zu ordentlich gekämmten Haaren im Vergleich zu den anderen Kindern, die sich teilweise eher wie ein Rudel wilder Tiere statt wie menschliche Wesen gebärdet hatten. Schon von Kindesbeinen an war Bucket eine große Zukunft vorherbestimmt gewesen. Er war keiner, der seine Zeit als Aushilfe am Limonadenstand oder als Zeitungsjunge verplemperte, sondern hatte sich schon damals darauf spezialisiert, den anderen Kindern mit fiesen Glücksspielen ihr Taschengeld abzuluchsen. Bucket nahm Wetten auf alles an: auf Karten, Würfel, Krabbenrennen oder darauf, ob irgendein Straßenköter wohl an den Fahnenmast des Spielplatzes pinkeln würde. John ließ sich niemals auf diese Spielchen ein, aus dem einfachen Grund, weil er kein Taschengeld hatte, das er einsetzen konnte. Er kam Bucket nie auf die Schliche, trotzdem stand außer Frage, dass er die Kinder beschiss. Kein Mensch konnte pausenlos derart großes Glück haben. Und doch gelang es Bucket, jedes Mal mit einer Handvoll Münzen aus einem Spiel hervorzugehen, die klimpernd in seinem Eimer landeten, den er überall mit sich herumschleppte. Jeder, der sich beschwerte, konnte sich auf eine Abreibung durch einen der größeren Jungs gefasst machen, die er eigens für diese Zwecke engagierte.

Es war keine große Überraschung, dass er nie Anstalten gemacht hatte, sich zum Kriegsdienst zu melden. Zu dieser Zeit hatte er gerade einen Posten bei der Stadtverwaltung übernommen und begann seine Laufbahn – die womöglich eines Tages in dem Amt des Bürgermeisters gipfeln würde.

Als hätten sie die Anspannung in der Luft gespürt, machten sich die letzten Gäste an der Bar auf den Heimweg.

John setzte sich umgekehrt auf einen Stuhl und legte die Arme über die Lehne. »Offiziell? Im Auftrag der Stadtverwaltung oder deines neuen Kostümvereins, Bucket? Wie ich höre, hast du mit deinem Damenkränzchen neulich drüben beim Friedhof ja eine Riesenparty geschmissen.«

Donkey lief rot an, doch Bucket streifte lediglich seine Handschuhe ab und klopfte sie auf seinem Arm aus, ehe er sie auf den Tisch legte und die Finger sorgfältig glatt strich.

»Ich bin hier, John, weil du einer von uns bist, ob du es

willst oder nicht. Wir repräsentieren die weiße Mehrheit in diesem Land, zu der auch du gehörst, mein Freund. Ich bin hergekommen, weil ich dir Gelegenheit geben wollte, das Richtige zu tun … für deine Rasse und deine Gemeinde. Amerikas Gründerväter waren weiße Protestanten, aber jetzt laufen wir Gefahr, von Dunkelhäutigen und Abtrünnigen überrannt zu werden. Du verstehst bestimmt, dass wir lediglich dafür sorgen wollen, das natürliche Gleichgewicht wiederherzustellen und dieses Land für all jene zu befreien, für die es ursprünglich gedacht war.«

Das Klirren von zerberstendem Glas drang von der Bar herüber. Wütende Ungläubigkeit zeichnete sich auf Thomas' von Narben verzerrtem Gesicht ab. Er sah aus, als würde er jede Sekunde über den Tresen springen.

»Trau dich, Mischling«, warnte Donkey, die Hand bereits auf seiner Pistole. »Dann siehst du deine Vorfahren schneller, als du glaubst.«

John warf Thomas einen Blick zu: *Reiß dich zusammen. Nur noch eine Weile.* Dann wandte er sich an Bucket. »Ich bin ganz Ohr.«

Mit einem zufriedenen Lächeln ließ Bucket sich auf seinen Stuhl zurücksinken. »Ich wusste, dass du ein vernünftiger Mann bist.«

Donkey stieß ein Schnauben aus und zündete sich eine Zigarette an.

»Also, die Sache ist die«, fuhr Bucket fort. »Und ich sage es nur sehr ungern, aber uns kam zu Ohren, dass du dich mit einer Farbigen eingelassen hast. Du beherbergst sie sogar hier, unter deinem Dach, womit du sowohl gegen die offiziellen Gesetze als auch gegen die moralischen

Gepflogenheiten dieses Bundesstaats verstößt.« Auf seiner Miene lag tatsächlich ein leicht gequälter Ausdruck, als hätte er einen schlechten Shrimp erwischt.

»So? Das ist euch also zu Ohren gekommen, ja? Woher denn?«

»Es ist unsere Aufgabe, über alles Wichtige informiert zu sein, was in dieser Stadt vor sich geht«, erwiderte Bucket und neigte demütig den Kopf. »Wie sollen wir sie sonst beschützen? Natürlich können wir nicht zulassen, dass ein derart schändliches Treiben einfach weitergeht, vor den Augen aller anständigen Bürger von Key West, das ist dir doch bestimmt klar, oder? Was für ein Beispiel würden wir denn unseren Kindern damit geben?« Er zog sein blütenweißes Taschentuch aus der Brusttasche und tupfte sich damit den Mund ab, als ekelte er sich davor, allein die Worte auszusprechen. »Wir sind doch erwachsene Männer. Und natürlich verstehen wir, dass man … in Versuchung geraten kann. Wärst du diskret vorgegangen, säßen wir jetzt vielleicht gar nicht hier.« Seufzend schüttelte er den Kopf. »Aber du musstest es ja an die große Glocke hängen, und jetzt haben wir den Salat. Dir, als weißem Mann und als Kriegsveteran, geben wir ausnahmsweise die Gelegenheit, die Angelegenheit in Ordnung zu bringen.« Er beugte sich vor. »Schaff diese braune Hure hier raus, sonst sorge ich dafür, dass du es bereuen wirst, so wahr mir Gott helfe«, fügte er in fast beiläufigem Tonfall hinzu.

Die Augen auf den Fußboden geheftet, nickte John und rief sich ins Gedächtnis, wie er die endlosen Meilen durch Frankreich marschiert war, während ringsum Männer im Kugelhagel gestorben waren; all das Sterben und das

Töten, nur um ein paar Meter Boden zu erobern und noch ein paar Meter und noch ein paar. All die Zeit hatte er sich an den Gedanken geklammert, dass es die Mühe wert war, ganz egal, wie schlimm es auch war und wie sehr sein Körper und seine Seele von Schmerzen heimgesucht worden waren. Er hatte sich stets gesagt, dass es die Qualen wert war, für all die anständigen Leute zu Hause. Sie waren der Grund, weshalb er das auf sich nahm, sie und sonst niemand.

Er hob den Kopf. »Jungs, wie ihr wisst, bin ich nur ein einfacher Soldat, deshalb lasst mich das eine klarstellen: Im Grunde meines Herzens bin ich ein rassistisches Arschloch, genauso wie ihr und eure Truppe, und Opfer meines Schwanzes, der mich dazu verleitet hat, diese Kaffeebraune in mein Bett zu holen. Und du und dein Knallkopf hier«, fuhr er mit einem Nicken auf Donkey fort, der ihn mit unverhohlenem Hass anstarrte, »ihr beide gebt mir die Gelegenheit, wieder auf den rechten Weg zurückzufinden und all die anderen Jungs davor zu bewahren, denselben Mist zu bauen? Habe ich das richtig verstanden?«

Bucket kniff die Lippen so fest zusammen, dass sie fast nicht mehr zu erkennen waren. »John, also jetzt ...«

»Ich werte das als ein Ja. Also, ganz einfach. Hier ist meine Antwort.« Er erhob sich, richtete sich zu voller Größe auf und blickte auf Bucket hinab, dessen Kopfhaut unter seinem dünnen blonden Haar zu erkennen war. »Solltet ihr euch jemals wieder hier blicken lassen und mir sagen wollen, was ich zu tun habe, stopfe ich dir deine beschissenen Handschuhe in den Rachen, und zwar einen nach dem anderen. Mein *Freund.*«

Bucket legte den Kopf in den Nacken. Seine Augen waren von einem hellen, blassen Blau, klar wie Wasser und so leer wie die eines Schlafwandlers.

Donkey sprang auf und packte seinen Stuhl, bereit, ihn John über den Schädel zu ziehen, als das Ratschen einer Schrotflinte ertönte. »Einen Grund habe ich schon. Jetzt brauche ich bloß noch eine Ausrede«, erklärte Thomas und richtete den Lauf auf ihn.

In diesem Moment schwang die Tür auf, und Alicia kam herein. Sie hatte den Kopf gesenkt und löste mit einer Hand das Band, das ihr Haar zusammenhielt. »Was für ein Tag …«, sagte sie und blickte auf. Ihr Lächeln verschwand. »Oh.«

Polternd landete der Stuhl auf dem Fußboden. Thomas ließ die Flinte sinken und legte sie auf den Tresen.

Mit größter Bedächtigkeit trat John zu ihr und ergriff ihre Hand, ehe er sich an Bucket wandte. »Das ist Alicia Cortez, die hier mit mir zusammenlebt, so lange, wie sie und ich es wollen. Die Stadt ist nicht dein Eigentum und wird es auch niemals sein.«

Bucket erhob sich, strich sein Jackett glatt und steckte ohne jede Eile die Handschuhe ein, dann musterte er Alicia mit einem einzelnen Blinzeln, als machte er eine Fotografie ihres Gesichts, um es später bei Bedarf heraufzubeschwören.

»Wir haben es versucht. Mehr können wir nicht tun.« Er ging zur Tür, dicht gefolgt von Donkeys massiger Gestalt, während John erstaunt registrierte, wie wenig sich seit ihren Kindertagen geändert hatte, als Bucket stets mit älteren, größeren Jungs herumgezogen war, um einen reibungslosen Ablauf seiner miesen Geschäfte zu gewährleisten. Bucket warf ihm einen letzten Blick zu, in dem so etwas wie Bedauern lag. »Diskretion, John. Das war noch nie deine Stärke. Und das ist eine verdammte Schande.«

Im Handumdrehen hatte Alicia ihre Sachen zusammengesucht.

John kam ins Schlafzimmer gestürmt. »Dieser Bucket hat keine Ahnung, was er da gerade losgetreten hat«, begann er aufgebracht. »Warte nur, bis ich ...« Der Anblick ihres alten Koffers auf dem Bett ließ ihn innehalten. »Was tust du da?«

»Wir müssen verschwinden«, sagte sie. »Hier sind wir nicht mehr sicher.«

Sie hatte gewusst, dass es nicht ewig dauern würde, dass die Düsternis sie irgendwann finden und ihre Flügel über sie legen würde. Sie hatte bloß gehofft, dass ihr ein wenig mehr Zeit bliebe, ehe sie weiterziehen musste. Wenigstens wäre sie diesmal nicht allein.

»Ich bitte dich«, sagte er grinsend. »Mit dem alten Bucket werde ich schon fertig. Wieso willst du weglaufen, jetzt, wo sich alles für uns zum Guten wendet? Das ist nicht meine Art, Liebling. Außerdem wird das ganze Theater nicht lange andauern. Die sind bald wieder in der Versenkung verschwunden, so wie die vielen anderen vor ihnen, die sich hier breitmachen wollten. Hey, du zitterst ja.«

Sie gestattete ihm, sie in die Arme zu nehmen, doch heute vermochte die Wärme seiner Berührung die eisige Kälte nicht zu vertreiben, die sich beim Anblick des Mannes in ihrem Körper ausgebreitet hatte. Für diesen Kerl war sie ebenso wenig ein menschliches Wesen wie der Stuhl, auf dem er gesessen hatte.

»Das sind doch nur fiese Wichtigtuer«, raunte er in ihr Haar. »Und wie man mit diesen Typen umspringt, weiß ich, das kannst du mir glauben. Die werden schon sehen, was sie davon haben, wenn sie sich mit Lightning Jack einlassen, das verspreche ich dir.«

Sie registrierte einen neuen, unheilvollen Unterton in seiner Stimme; er schien aus irgendeinem versteckten Winkel seines Innern zu kommen, zu dem ihr bislang der Zugang verwehrt gewesen war – einem Winkel, in dem sich Bilder von Schlachtfeldern und von Blut verbargen, von Männern, die in scheinbar endlosen Gefechten festsaßen, einer zerbombten Kirche in einer französischen Kleinstadt. Lightning Jack. Sie löste sich von ihm. »Du hast sogar noch Spaß daran.«

»Wenn du damit meinst, dass es mir Spaß macht, Mistkerlen wie Bucket und seinen schwachsinnigen Kumpanen die Seele aus dem Leib zu prügeln, dann ja, ich werde es mit Freuden tun, wenn es dazu kommt. Etwas anderes können Kerle wie er nämlich nicht, so etwas habe ich im Krieg x-mal erlebt. Während du noch versuchst, mit ihnen auf einen Nenner zu kommen, rammen sie dir schon das Messer zwischen die Rippen.« Er streichelte ihre Wange. »Verstehst du denn nicht? Jemand muss sich doch für die Rechte eines Mannes einsetzen, oder nicht?«

»Aber wieso musst ausgerechnet du derjenige sein?«

Er zuckte mit den Schultern. »Weil ich nun mal so bin. Ich habe den Streit nicht vom Zaun gebrochen, aber ich laufe auch nicht davor weg.«

»*Ay*, und wieso nicht? Wieso nicht einfach verschwinden? Das ist doch keine Schande, wenn einem jemand eine Pistole an die Schläfe hält.« Tränen der Frustration brannten in ihren Augen. Sie klammerte sich an seinen Arm. »Lass uns weggehen, wir beide, und irgendwo anders noch mal von vorn anfangen. Irgendwo auf den Inseln, wo es so etwas nicht gibt, wo die Leute nicht einmal Notiz von uns nehmen. Wir haben genug Geld, um uns anderswo niederzulassen und ein neues Leben zu beginnen, ein gutes Leben. *Por favor, mi amor*. Lass uns weggehen, heute noch!«

»Hier dreht es sich nicht nur um dich und mich, sondern ums Prinzip. Wenn wir uns von Typen wie diesen Kapuzenmännern sagen lassen, was wir zu tun und zu lassen haben, was kommt dann als Nächstes? Ich bin nicht in den Krieg gezogen, um ...«

»Der Krieg ist vorbei!«, rief sie. »Und du stehst nicht für etwas ein, das richtig ist, sondern du ... begleichst bloß alte Rechnungen!« Das letzte Wort ging in einem Schluchzen unter.

Er nahm ihre Hände weg. »Glaubst du das wirklich? Dann hast du keine Ahnung, wer ich bin.«

Abgesehen von ihren erstickten Atemzügen herrschte Stille im Raum. Sie starrte ihn an, nahm jedes Detail seines geliebten Gesichts in sich auf, jede Einzelheit seines Körpers, ehe sie, ganz langsam und voller Bedacht, um nicht zu riskieren, dass ihre Entschlossenheit ins Wanken geriet, ihre Sachen in den Koffer legte und ihn schloss. »Dann muss ich alleine gehen.«

»Was meinst du damit? Dass du die Bar verlassen willst oder ...«

»Ich muss gehen, weit weg. So weit, dass sie das Interesse an uns verlieren … an dir und mir. Und um in Sicherheit zu sein.«

»Einfach so? Du würdest mich verlassen, nur weil es gerade ein bisschen unerfreulich wird? Nach allem, was wir getan … was wir gesagt haben?«

»Ich tue all das doch nur für dich! Ich bin diejenige, wegen der sie hergekommen sind. Siehst du das denn nicht?«

»Ich habe dich nicht gebeten zu gehen. Ich dachte … ich dachte, du wärst anders.«

In diesem Moment sah sie hinter der Fassade des Kämpfers den kleinen Jungen vor sich, der vor all den Jahren aufgewacht war, um festzustellen, dass seine Mutter sich bei Nacht und Nebel aus dem Staub gemacht hatte und nie wieder zurückkehren würde. Sie begriff, dass er seinen Schmerz unter Schichten aus Muskeln und Kraft und einer Furchtlosigkeit begraben hatte, die an selbstmörderische Selbstverachtung grenzte. Und doch war der Schmerz da, zerfraß ihn von innen heraus. Sie wünschte sich inbrünstig, die tödliche Flamme zum Erlöschen zu bringen, doch sie hatte keine Antwort auf die Qual und das Gefühl des Verratenseins in seiner Stimme.

»Habe ich dich jemals im Stich gelassen?«, fragte er.

Sie dachte daran zurück, wie es sich angefühlt hatte, damals im Meer, in ihrer Todesangst seine Arme um sich zu spüren … wie sicher sie sich gefühlt hatte, sicher und geliebt, noch bevor sie seine Liebe bewusst erwidert hatte. »Nein, aber …«

»Und vertraust du mir?« Er trat einen Schritt näher.

Der Raum zwischen ihnen schien förmlich zu vibrieren, wie die Luft vor einem heftigen Gewitter.

»*Sí*, das tue ich.«

Er hielt ihre Hand. »Mit dir zusammen zu sein ist das Wichtigste auf der Welt für mich, aber ich könnte nachts nicht mehr ruhig schlafen, wenn ich diesen Typen erlauben würde, dass sie bestimmen, wo's langgeht. So bin ich nun mal. Ich verspreche dir eines: Es wird ein paar Rangeleien mit Buckets Männern geben, aber dann ziehen sie die Schwänze ein, diese elenden Feiglinge, und du und ich können tun, was wir für richtig halten. Und wenn all das vorbei ist, gehen wir, wohin du willst. Nach Jamaica oder Aruba oder Haiti. Verdammt, ich würde sogar mit dir nach Kuba fahren und diesem Raoul in den Arsch treten, wenn du das willst.« Er nahm ihre andere Hand. »Geh nicht. Sonst war alles umsonst. Bitte.«

Einen Moment lang war sie hin- und hergerissen. Gehen oder bleiben? Sie sah die Gewalt vor sich – denn dass es zu Gewaltausbrüchen kommen würde, stand fest, auch wenn er es herunterspielte –, und dann sah sie sich selbst, irgendwo auf einer herrlichen Insel, in Sicherheit, ohne diese verdammten Rassengesetze, ohne den Klan, ohne die neugierig-feindseligen Blicke überall … und ohne ihn. Und da wusste sie, dass jeder Tag freudlos und trist wäre.

Sie konnte diesen Mann nicht verlassen. Sie schmiegte sich an ihn, ließ ihre Hände über seinen Rücken, seine Schultern, seinen Nacken wandern, brachte die widerstreitenden Stimmen in ihrem Kopf mithilfe seiner Kraft und Wärme zum Schweigen. Er zog sie an sich. In seinem Kuss schwangen all die Leidenschaft und Sehnsucht und die Hoffnung mit, die sie in ihm hatte schlummern sehen.

»Und schläfst du ab sofort mit einer Pistole unterm Kissen?«, fragte sie, als sie wieder Luft bekam. Bislang hatte er sich nicht von ihr dazu überreden lassen. »Und Thomas bleibt nachts auch unten?«

»Wenn es dich glücklich macht. Und, ja, er wird unten bleiben. Das hatte er schon eine ganze Weile vor.«

Sie räumte ihre Sachen wieder aus dem Koffer.

Mit einem Freudenschrei riss er sie hoch und wirbelte sie im Kreis herum. Doch bevor er etwas sagen konnte, bohrte sie ihm einen Finger in die Brust. »Du musst mir etwas versprechen, John Morales. Und wenn du dieses Versprechen brichst, wirst du dir wünschen, ich wäre fortgegangen. *Claro?*«

»*Claro.*«

Kapitel 20

Am Tag der Parade zog Dwayne schon früh los, um sich einen der besten Plätze auf der Duval Street zu sichern. Die Weihnachtsdekoration in den Schaufenstern und die Feiertagsstimmung bildeten den perfekten Rahmen für den ganzen Pomp und Prunk. Um diese Jahreszeit, wenn es etwas kühler war und sich alle auf das bevorstehende Fest freuten, waren die Leute auf einmal viel netter zueinander. Es war, als hätte die Stadt sich eigens dafür herausgeputzt, den Klan willkommen zu heißen. Wie es der Zufall wollte, fiel der Geburtstag von Jesus Christus auf den Tag, an dem die Stadt wiedergeboren werden würde.

Beim Anblick der ersten Gruppe schwoll ihm das Herz in der Brust. Es mussten mindestens zweihundert Männer in weißen Kutten sein, einige sogar auf Pferden, allesamt mit dem runden Emblem auf der Brust. Offenbar nahmen alle neu gewonnenen Mitglieder daran teil, die sich die zehn Dollar für die Kutte leisten konnten. Die Prozession verlief in feierlicher Würde vom südlichsten Ende der Duval Street in Richtung Mallory Square. Die Banner flatterten in der sanften Brise.

Dwayne folgte ihnen, in der Annahme, die Straße sei voller Menschen, doch es gab lediglich ein paar neugierige Blicke, ansonsten gingen die Leute ungerührt ihrer

Arbeit nach. Oh, wie sehr er sich wünschte, sie wären neulich Abend auf dem Feld dabei gewesen, hätten das Spektakel mit angesehen!

Eine Frau trat mit einem Korb nasser Wäsche auf die Veranda ihres Hauses.

»Wir haben jetzt unseren eigenen Klan. Sie sind gekommen, um die Stadt zu säubern!«, rief Dwayne ihr mit stolzgeschwellter Brust zu.

Die Frau reckte die Nase in die Luft. »So wie die stinken, sollten sie sich lieber erst mal waschen.«

Widerstrebend musste Dwayne sich eingestehen, dass das helle Tageslicht den Verhüllten einiges von dem Zauber nahm, der ihnen im Schein der Fackeln auf dem Feld noch innegewohnt hatte. Die Spitzen der Kapuzen neigten sich zur Seite, an den Säumen der Kutten klebte Straßenschmutz. Es war unübersehbar, dass viele der Männer nicht daran gewöhnt waren, im Gleichschritt zu marschieren. Ein paar kleine Negerjungen spielten am Straßenrand Fangen und flitzten zwischen ihnen herum. Mit wütenden Tritten versuchten die Männer sie zu vertreiben, was jedoch wegen der Kutten nicht ganz einfach war. Die Jungen brachten sich mit einem geschickten Satz aus der Reichweite ihrer Stiefel, leichtfüßig und behände wie Libellen. Ihre höhnischen Rufe hallten von den Wänden wider, vermischten sich mit den Flüchen der Männer und ihren schweren Atemzügen unter den Kapuzen, die ihr Sichtfeld einschränkten und dafür sorgten, dass ihnen der Schweiß ausbrach.

Die Frau machte sich daran, ihre Wäsche aufzuhängen. »Hier ist doch ständig irgendwas.« Brummend schüttelte sie einen schlaffen grauen Unterrock aus, der

Dwayne an ein Leichentuch erinnerte. »Sieht ganz so aus, als wäre irgendwo in der Nähe ein Nest von diesen Spinnern. Und nächste Woche kommen sie mit irgendeinem anderen Blödsinn daher, das ist so sicher wie das Amen in der Kirche.«

In diesem Moment ertönten ein Pfiff und ein Schrei aus einer Seitenstraße, und eine Gruppe von Männern, allesamt in traditionellen kubanischen *guayabera*-Hemden und auf Spanisch singend, vertrat den Klansmännern den Weg.

Einige der Pferde scheuten und scherten aus. Die Kuttenträger verließen ihre Formation, die Klan-Banner wackelten und kippten. Sekunden später herrschte das blanke Chaos.

Die Frau lachte schallend. »Ha! Jetzt gibt es wenigstens was zu sehen!« Sie setzte sich in ihren Schaukelstuhl und zündete sich einen Stumpen an.

»Los, aus dem Weg«, bellte der Anführer der Klan-Prozession. »Wir sind die Ritter des Ku-Klux-Klans!«

»Geht ihr doch aus dem Weg!«, kam die Erwiderung von einem der Kubaner, der sich breitbeinig und mit vor der Brust gekreuzten Armen auf die Straße pflanzte. »Wir sind die Caballeros de la Luz, die Ritter des Lichts! Und das hier ist ein freies Land, *amigo*. Oder sollte ich lieber *amiga* sagen?«

Dwayne erkannte ihn an seiner ausgeprägten Hakennase. Es war Hector Rubio, der *lector* aus Gatos Zigarrenfabrik.

Gelächter erhob sich unter den Kubanern, die sich ganz offensichtlich über die Kutten der Klan-Männer lustig machten; einige reichten einander die Hände, verbeugten sich voreinander und setzten unter höhnischem Gelächter zu einem Tänzchen an. Sie zupften die Klansmänner an den Kapuzen, rissen ihre Kutten hoch, als wollten sie einen Blick darauf erhaschen, was sich darunter verbarg.

Einer der Klansmänner zog eine Pistole, doch der Anführer schlug sie ihm mit einer raschen Bewegung aus der Hand. »Nicht hier!«, befahl er.

Eines der Pferde spreizte die Beine und ließ einen leuchtend gelben Urinstrahl aus seinem Penis von der Größe eines Unterarms auf den Boden platschen.

»Hey!«, rief einer der Kubaner. »Das nenne ich mal einen echten *hombre!*«

Als die erste Faust flog, wandte Dwayne sich ab und machte sich auf den Nachhauseweg. Das Ganze war völlig anders verlaufen, als er es sich vorgestellt hatte. Mit wachsender Niedergeschlagenheit wurde ihm bewusst, dass es allem Anschein nach ein wesentlicher Teil des Erwachsenseins war, sich mit der Kluft zwischen dem arrangieren zu müssen, wie die Dinge sein sollten, und dem, wie sie sich in Wahrheit zeigten. Diese Erkenntnis wühlte sein Inneres auf und gab ihm das Gefühl, sich auf nichts und niemanden mehr verlassen zu können, nicht einmal auf die eigene Wahrnehmung.

Eines jedoch war tatsächlich so sicher wie das Amen in der Kirche: Dieser Vorfall würde nicht ohne Folgen bleiben.

Mit wachsender Begeisterung verfolgte John die Geschehnisse von seinem Aussichtspunkt auf dem Dach. »Na, wie gefällt euch das?«, brummte er, als das Handgemenge begann. »Das ist der Empfang, den wir Arschlöchern hier auf der Knocheninsel bescheren.« Er ließ den Blick neuerlich über das Chaos schweifen und wandte sich dann zu Thomas um. »Habe ich dir nicht gesagt, dass das mit dem Begrüßungskomitee wie am Schnürchen klappen würde? Ich wusste, dass Hector sich nicht lumpen lässt. Der setzt genauso gern die Fäuste ein wie ich«, erklärte er mit einer Geste, die nicht nur die Straße unter ihm, sondern ganz Key West zu umfassen schien.

Inzwischen hatten die Klansmänner zum Rückzug geblasen und begannen sich zu zerstreuen, dicht gefolgt von den Kubanern, die sie mit wüsten Schmährufen verfolgten und mit Korallen bewarfen.

Ja, genau so ist es richtig. Haut ab, zurück in die Löcher, aus denen ihr gekrochen seid, ihr elenden Kakerlaken.

Doch auf Thomas' Miene lag immer noch dieser besorgte Armesünderblick, der ihm allmählich auf die Nerven ging. »Und? Willst du was sagen?«

»Ich kapier's nicht, wieso du sie so aufstacheln musstest«, meinte Thomas. »Wenn man ein Hornissennest findet, sticht man nicht rein, sondern sieht zu, dass man Land gewinnt.«

»Hey, du hast doch gehört, was Bucket neulich abends gesagt hat. Wer fängt hier mit wem Streit an? Wenn mir jemand droht, sitze ich jedenfalls nicht herum und warte darauf, dass er ernst macht. Hättest du im Krieg gekämpft, wüsstest du das.« Sein Tonfall wurde eine Spur weicher, als er den Schatten sah, der über Thomas' Gesicht flog.

Doch sein alter Freund schürzte nur die Lippen. »Weiß Alicia hiervon?«

Einige Tage zuvor hatten er und Alicia auf dem Dach gestanden und zugesehen, wie das Feuer der Klan-Versammlung den nächtlichen Himmel erhellt hatte. Selbst aus dieser Entfernung waren die Rufe Hunderter von Männern über die Dächer herübergeweht. Und der junge Dwayne war unter ihnen gewesen. Eigentlich könnte es ihm egal sein. Was der Junge trieb, ging ihn nichts an, trotzdem war ihm nicht wohl dabei. Erst jetzt wurde ihm bewusst, wo er dieses Verhalten bereits beobachtet hatte, diese fatale Mischung aus draufgängerischem Leichtsinn und himmelschreiender Ignoranz – in den Gesichtern der Rekruten, die mit ihm in den Krieg gezogen waren; dieselbe Mischung aus gespannter Vorfreude und Angst vor dem, was kommen mochte. Jungs wie sie wurden ganz leicht für vermeintlich große Vorhaben verheizt, weil sie es kaum erwarten konnten, endlich zu Männern zu werden, endlich dazuzugehören.

Erschaudernd hatte Alicia ihre Stola enger um die Schultern gezogen. »Es heißt, Hunderte von Farbigen würden bereits die Stadt verlassen. Allein letzte Woche hat Geraldine vier ihrer Mädchen verloren. Vielleicht sollten wir ja doch überlegen wegzugehen. Nur für eine Weile. Wir könnten …«

Er hatte sie in die Arme genommen und fest an sich gedrückt, bis sie den Blick von dem orange glühenden Himmel abgewandt hatte.

Andere dagegen hatten hingesehen. John erkannte die Gestalt von Hector Rubio auf dem Dach der Gato-Fabrik. Seine Zigarre hatte wie ein rotes Auge im Halbdunkel geglommen. Sie hatten einander zugenickt ... und in diesem Moment war John eine Idee gekommen. Rubio war ein Unruhestifter und konnte lästig sein, doch seine Männer stellten die größte Gruppe Katholiken auf der Insel.

»Nein. Es ist besser, wenn sie nicht Bescheid weiß«, antwortete er mit einem weiteren Blick auf die Straße unter ihnen. Inzwischen hatte sich die Duval Street geleert, und es sah aus, als wäre nie etwas vorgefallen. Das war noch etwas, das diese Klan-Typen begreifen mussten: Ihr Auftauchen sorgte allenfalls für ein vorübergehendes Kräuseln an der Wasseroberfläche, ehe die Wellen über sie hinwegschwappten und jegliche Spur ihres Wirkens fortspülten.

Er gab diesen Schwachköpfen allenfalls eine Woche, bis sie ihren Krempel zusammenpackten und sich auf die lange Fahrt zurück aufs Festland machten. »Sie würde sich bloß Sorgen machen, so wie du, alter Freund. Manchmal glaube ich fast, ihr beide steckt unter einer Decke.« In den letzten Tagen hatte er sie mehrmals dabei ertappt, wie sie ihn ansah, mit einer Miene, die fast identisch mit Thomas' war. Und er wusste von ihrem lächerlichen Aberglauben, den ihr reizender Papa ihr eingetrichtert hatte, sie würde anderen nur Unglück bringen, und ihrer heimlichen Überzeugung, sie sei dafür verantwortlich, dass Bucket es auf sie beide abgesehen hatte. Aber sie brachte ihm kein Unglück, ganz im Gegenteil. Vielmehr war sie das Beste, was ihm in seinem armseligen Leben je geschehen war, und sollte er ihrem Vater eines Tages begegnen, was ziemlich unwahrscheinlich war, würde er dem Mann von Herzen danken, dass er seine einzige Tochter in die Verbannung geschickt hatte.

»Ihr könntet die Stadt verlassen. Nur für eine Weile, bis sich alles ein bisschen beruhigt hat«, beharrte Thomas.

»Du weißt ganz genau, dass es nichts ändern würde. Es würde nicht aufhören, selbst wenn ich Bucket die Stiefel lecken würde. Weil das Ganze weder etwas mit mir noch mit Alicia zu tun hat. Hier geht es bloß um Macht, schlicht und ergreifend darum, dass eine Handvoll Kerle, die sie zu haben glauben, diejenigen terrorisieren, die schwächer sind als sie.« Mit zusammengekniffenen Augen blickte er zum Horizont. »Es gibt nur einen Weg, mit einem Typen umzuspringen, der dich herumschubst. Du musst ihn zurückschubsen, und zwar doppelt so hart, bis er sich ein leichteres Opfer sucht. Los, gehen wir runter und trinken ein Kräuterbier«, sagte er mit einem letzten Blick auf die Duval Street und wandte sich zum Gehen.

Das hier ist meine Stadt.

Die Feuerwehrmänner packten gerade ihre Ausrüstung zusammen, als Dwayne am nächsten Morgen bei Mr. Jolovitz' Haus eintraf. Der alte Mann war nicht aufgetaucht, um den Laden aufzusperren, was er sonst jeden Tag im Jahr tat, außer an den wenigen hohen jüdischen Feiertagen, deshalb hatte Dwayne beschlossen, zu ihm nach Hause zu gehen und nach dem Rechten zu sehen. Er hatte Mr. Jolovitz' Haus nur ein einziges Mal betreten, als das Dach nach einem Sturm hatte repariert werden müssen und er ihn nach getaner Arbeit auf eine Limonade hereingebeten hatte.

Dass Mr. Jolovitz seinen vermeintlichen Reichtum

nicht in den Erhalt seines Hauses steckte, lag auf der Hand: Es war alt, das Dach mehrfach ausgebessert, außerdem gab es deutliche Anzeichen einer heftigen Termitenplage. Der Garten bestand aus einem schmalen Rechteck festgetrampelter Erde im Schatten der tief hängenden Äste eines Jacarandabaums, umgeben von einem windschiefen Zaun aus alten, verwitterten Holzplanken. Eines der vorderen Fenster war mit einer Spanholzplatte vernagelt, was dem Haus etwas geradezu Piratenhaftes verlieh.

Von außen hatte es ziemlich heruntergekommen gewirkt, sich von innen jedoch als echte Offenbarung entpuppt. Dwayne hatte noch nie so viele Bücher auf einem Haufen gesehen, nicht einmal in der städtischen Bibliothek. Sämtliche Wände waren mit Regalen bestückt, deren Bretter sich wie Rippen bogen, und überall standen wacklige Bücherstapel herum. Der Korridor, der in den hinteren Teil des Hauses führte, war von Büchern gesäumt, so dicht, dass Mr. Jolovitz mit seiner beachtlichen Leibesfülle nur mit Mühe hindurchpasste. Die Bücher besaßen weder bemerkenswerte Umschläge noch Goldschnitt oder Sonstiges, sondern wirkten zumeist ganz gewöhnlich und alt, sehr alt.

»Wieso haben Sie denn so viele Bücher?«, hatte Dwayne verwundert gefragt.

Mr. Jolovitz hatte einen Band von Shakespeares Sonetten herausgezogen, dessen dunkelgrüner Umschlag leichte Schimmelspuren aufwies, und liebevoll die Seiten gestreichelt. »Sie sind meine Freunde, meine Familie. Sie leisten mir Gesellschaft und machen mir Freude. Kann man je genug Bücher haben?« Hinter seinen verschmierten Brillengläsern sah Dwayne das einzig wirkliche Glücksgefühl schimmern, das er je bei seinem Arbeitgeber erlebt hatte.

Diesen Gesichtsausdruck rief er sich ins Gedächtnis, als er nun vor den rauchenden Habseligkeiten stand, die den Brand überlebt hatten. Ein Teil des verzinkten Dachs war eingestürzt, während einige wenige rußgeschwärzte Holzbalken noch aus der nassen, schwelenden Ruine ragten, aus der Qualmsäulen zwischen den umstehenden Bäumen aufstiegen. Die Wände waren eingestürzt und gaben den Blick auf Mr. Jolovitz' Hab und Gut frei: verkohlte Dokumente, ein Kochtopf, ein zerbrochener Schaukelstuhl, ein Kerzenständer und Bücher, überall Bücher, die vom Löschwasser zu nutzlosen Papierklumpen verklebt waren. Dwayne glaubte die Umrisse eines schwarzen Huts in dem Chaos zu erkennen, war sich allerdings nicht ganz sicher. Am schlimmsten war der Gestank nach verbranntem Schwein, der über allem hing. Er hustete, doch es gelang ihm nicht, den Geruch aus der Nase zu bekommen. Ein paar Schaulustige standen mit Taschentüchern über den Nasen da und hielten Maulaffen feil.

Inmitten von all dem Schwarz ragte eine mit einem weißen Laken abgedeckte Erhebung auf. Zwei Polizisten standen daneben und machten sich Notizen. Wie in Trance ging Dwayne auf sie zu, doch ein Feuerwehrmann hielt ihn auf.

»Du kannst da nicht hin, weil du die Cops bloß bei der Arbeit stören würdest.« Sein harscher nördlicher Akzent schmerzte Dwayne in den Ohren.

»Was ist passiert?«

Die Augen des Feuerwehrmannes leuchteten wie zwei Porzellankugeln in seinem rußgeschwärzten Gesicht. »Gehörst du zur Familie? Keiner hier schien ihn zu kennen.« Der Name »Lopiccolo« war vorn auf seinem Helm eingestanzt, unter dem ein schweißnasser grauer Schopf zum Vorschein kam, als er ihn abnahm.

»Er hat keine Familie. Ich arbeite bloß für ihn.«

Dwayne konnte nur staunen, wie ruhig und gefasst er klang, während in seinem Kopf eine wahre Kakophonie an Stimmen tobte … Pa und Mr. Simpkins und der Hexenmeister, Worte über Warnungen und kulturelle Zugehörigkeiten und wieder und wieder der Satz: »Zeit, endlich Ordnung zu schaffen.« Zugleich herrschte in ihm eine beängstigende Stille, eine seltsame Distanziertheit, so als betrachtete er die Zerstörung wie aus weiter Ferne, durch ein Teleskop, während seine Sinne alles aufnahmen, den ekelerregenden Gestank und den grauenvollen Anblick. Es war, als befände er sich im Körper eines Fremden.

Bedrückt wurde ihm bewusst, dass es womöglich noch nicht einmal jemanden gab, der sich um Mr. Jolovitz' Angelegenheiten kümmern würde, von seinem Begräbnis einmal ganz abgesehen.

Mr. Lopiccolo wischte sich mit einem schmutzigen Lappen die schwarze Rußschicht ab, unter der sein gräulich verfärbtes Gesicht zum Vorschein kam. »Heute Morgen, noch vor Sonnenaufgang, hat jemand einen brennenden Schweinskopf durch das Schlafzimmerfenster geworfen. Er war mit Kerosin getränkt und ist sofort in Flammen aufgegangen.« Ein weiterer Balken gab nach und brach mit einem dumpfen Poltern ein. »Das Haus war so alt, deshalb hatte er nur eine geringe Chance, lebend herauszukommen, aber vielleicht hätte er es tatsächlich geschafft, hätten nicht überall diese Bücher herumgestanden und ihm den Weg versperrt.« Er wies mit seinem dicklichen Finger auf die verkohlten Bücher. »Alte Bücher … brennt wie Zunder, das Zeug. Überall, im ganzen Haus.«

Doch Dwayne kannte die Wahrheit. Jolovitz hatte versucht, sie zu retten, weil sie seine Freunde, seine Familie waren. Bestimmt hatte er Stapel von ihnen gepackt, hatte keines zurücklassen wollen, selbst dann nicht, als seine Lunge vom Rauch zu brennen begonnen und sie bereits lichterloh in Flammen gestanden hatten.

Er schob seine Stiefelspitze unter ein Buch, auf dem ein paar Kleider und ein halb verbranntes Kopfkissen lagen, bis er den auf dem Umschlag eingeprägten Titel lesen konnte. *Die Schatzinsel.*

Lopicollo schwang sich den Löschschlauch über die Schulter. »Weißt du, Junge, ich bin letztes Jahr aus New York hergezogen, weil ich dachte, hier wäre es im Vergleich zur Großstadt nett und ruhig. Ich habe mich gesehen, wie ich am Strand liege, lauter hübsche Mädchen um mich herum, und darauf warte, dass ich angerufen werde, damit ich die Katze einer netten alten Dame vom Baum rette.« Er verstaute den Schlauch in einem Fach des Löschwagens. »Aber neben dem, was ich in den letzten zwölf Monaten hier erlebt habe, ist die Bronx das reinste Märchenland.« Er schüttelte den Kopf und spuckte aus. »So ein alter Mann … Was kann er schon getan haben, dass er so was verdient?«

Dwayne schluckte gegen den Kloß in seiner Kehle an.

»Er muss wohl jemanden … vor den Kopf gestoßen haben.«

»Das will ich meinen.« Lopiccolo schnäuzte sich in ein Taschentuch, das tiefschwarz wurde. »Dort, wo ich herkomme, schießt man einem Typen ins Gesicht, wenn man ihn kaltmachen will, statt ihn in seinem eigenen Bett zu grillen. Aber seit ich hier bin, kriege ich ständig zu hören, dass die Uhren hier unten ein bisschen anders ticken«, erklärte er in einer hundsmiserablen Südstaatenakzent-Parodie.

Dwaynes Blick schweifte zu der weißen Erhebung, als eine Hand unter dem Laken hervorrutschte. Einer der Polizisten bückte sich, um sie wieder unter das Laken zu schieben. Dwayne starrte in Lopiccolos rußverschmiertes Gesicht. »Die Polizei wird … wohl Ermittlungen anstellen, nehme ich an?« Im Geiste sah er Chief Baxters Hut, der durch die rauchgeschwängerte Luft über den Tisch im Versammlungsraum wirbelte.

»Ganz bestimmt, Junge. Ganz bestimmt tut sie das.«

Kapitel 21

Als Dwayne nach Hause kam, war Pa im Garten beim Holzhacken. Die Axt befand sich seit Jahrhunderten in Familienbesitz, und lediglich zweimal hatte der Griff ausgetauscht werden müssen. Die ersten Campbells hätten sie damals auf dem Schiff in die Kolonien mitgebracht, pflegte Pa gern zu betonen. Sie besaß eine breite Klinge und einen Griff mit einem Umfang eines kleinen Baumstamms, und Pa schwang sie mit einer Wucht, als wäre sie nicht schwerer als eine Zuckerrohrstange. Dwayne hatte noch nicht genug Kraft und nahm daher eine kleinere, um die Scheite zu spalten, war jedoch wild entschlossen, den richtigen Umgang mit der großen Axt möglichst schnell zu lernen. Für ihn war es eine der Prüfungen, die ihn endgültig zum Mann werden ließen, und seit Jahren malte er sich aus, wie befriedigend es wäre, sie über den Kopf zu schwingen und durch das Holz sausen zu lassen, als wäre es aus Butter. Die Axt sei ein Teil seines Geburtsrechts, sagte Pa stets, ein Teil dessen, was ihn an die Generationen seiner Campbell-Vorfahren band.

Er konnte Ma hinter der Fliegentür ausmachen, doch sie kam nicht heraus.

Pa hielt inne. Schweiß stand ihm auf der Stirn, und der verhaltene Ausdruck in seinen Augen und die angespannte Kiefermuskulatur verrieten Dwayne, dass er wusste, was vorgefallen war.

Einen Moment lang stand er nur reglos da, unfähig, seine Gefühle in Worte zu fassen, hin- und hergerissen zwischen dem Bedürfnis, seinem Vater einen Haken zu verpassen und sich weinend in seine Arme zu stürzen. »Warum?«, platzte es mit einem Heulen aus ihm heraus.

Pa wischte sich mit einem mit seinen Initialen bestickten Taschentuch den Schweiß ab. »Musst du das allen Ernstes fragen?«

»Du hast gesagt, dass ihr ihm eine Nachricht zukommen lasst. Ich dachte, jemand geht zu ihm und jagt ihm ein bisschen Angst ein oder so. Aber doch nicht das. Ihn in seinem eigenen Haus verbrennen?« Dwayne spürte, wie sich seine Stimme überschlug, er keine Luft mehr bekam. Er zwang sich, ruhiger zu werden. Pa würde ihm alles erklären, würde dafür sorgen, dass alles wieder gut würde, wie immer.

»Das war so nicht geplant, Dwayne. Er hätte fliehen können. Ohne Weiteres. Es war seine eigene Schuld, dass er umgekommen ist. Wenn du jemanden dafür verantwortlich machen willst, dann ihn.«

Wieder sah Dwayne Mr. Jolovitz nach Luft schnappend durch die Zimmer taumeln, die Arme voller Bücher, während er sich bückte, um noch mehr von ihnen zu retten … nur noch ein paar … als das Dach einstürzte. Er schmeckte förmlich den Ruß auf seiner Zunge, spürte die Flammen, die seine Haut versengten, roch den Gestank des Schweinskopfes.

»Seine eigene Schuld? Ein Schweinskopf? Durchs Schlafzimmerfenster, gottverdammt noch mal?« Tränen der Wut und der Frustration brannten in seinen Augen. Dwayne biss sich auf die Zunge.

»In meiner Gegenwart wirst du den Namen Gottes nicht schmähen!« Pa schleuderte die Axt so abrupt auf den Boden, dass Dwayne die Erschütterung spüren konnte. »Er hat uns dazu getrieben! Das weißt du selbst ganz genau! Wir haben ihn vor den Folgen gewarnt, wenn er bleibt, in aller Fairness!«

»Also wollten wir ihn gar nicht töten, Pa? Ist es das, was du damit sagen willst?«

Pa baute sich vor ihm auf – er war immer noch einen guten Kopf größer als Dwayne. »Was denkst du, Dwayne? Hm? Dass es hier bloß um Zeremonien, Paraden und ein bisschen Fahnenschwenken geht? Die Arbeit des Klans ist hart und schmutzig.« Er legte Dwayne die Hände auf die Schultern. »Männerarbeit. Und Gottesarbeit.«

Dwayne blickte in die blauen Augen seines Vaters, die so ganz anders aussahen als seine eigenen moosgrünen. Er schien fast gar nichts von diesem Mann mitbekommen zu haben, weder seine Körpergröße noch seine Hautfarbe noch seine Stärke oder seine Fertigkeiten. Er spürte die Wärme, die aus den großen, schwieligen Händen seines Vaters durch seinen Körper floss. Es hatte eine Zeit gegeben, in der ihn die Berührung mit Dankbarkeit erfüllt hätte, doch nun fühlte er sich mit einem Mal beschmutzt; er stellte sich vor, wie sie einen Schweinskopf gehalten hatten.

Er löste sich aus dem Griff und wich zurück. »Du wirst wütend, wenn ich fluche, aber wenn ein Mann in seinem eigenen Haus getötet wird, ist dir das egal?« Nun begannen die Tränen zu strömen, brannten heiß auf seinen

Wangen. »Mein ganzes Leben lang wollte ich immer nur so sein wie du! Und jetzt schäme ich mich, dein Sohn zu sein.« Pa riss seine Faust zurück, holte aus. Seine Zähne waren gebleckt, und in seinen Augen glomm jenes Funkeln, das Dwayne mit Angst erfüllte, seit er denken konnte. »Los, schlag zu!«, zischte er nur. »Wie du es immer tust. Leute schlagen, die kleiner und schwächer sind als du, die sich nicht wehren können! Etwas anderes kannst du ja nicht, du … du … du *Feigling!*«

Der Hieb riss Dwayne von den Füßen. Sein Kopf knallte gegen den Stamm der alten Eiche, die ihren Schatten auf den Vorgarten warf. Er sah Sterne. Er schmeckte Blut, und seine Zunge tastete dorthin, wo eigentlich ein Zahn sein sollte. Seine Finger schlossen sich um einen heruntergefallenen Ast. Er schüttelte den Kopf und wollte gerade ausholen, als die Stimme seiner Mutter aus dem Haus drang.

»Hör auf, Neil! Hör sofort damit auf!« Sie stürzte sich auf Dwayne, zwang ihn, sich nicht von der Stelle zu rühren.

»Weg da, Lily«, grollte Pa und ragte über Dwayne auf, gewaltig wie ein Bär.

»Es reicht jetzt, Neil!«, schrie sie mit einer Stimme, die Dwayne noch nie von ihr gehört hatte. »Genug, sage ich!«

Pa starrte von Ma zu Dwayne, dann wieder zu Ma. Sein Gesicht war dunkelrot angelaufen. An seiner Stirn pulsierte eine Ader. Die Axt lag nicht einmal einen Meter neben seiner Faust, die sich rhythmisch öffnete und schloss, öffnete und schloss.

»Du wirst uns beide umbringen müssen«, sagte sie

leise, aber eindringlich. »Ist es das, was du willst? Vor allen Leuten?«

Dwayne registrierte, dass mehrere Nachbarn aus ihren Häusern getreten waren und das Szenario über den Zaun hinweg verfolgten. Pas Atemzüge beruhigten sich. Er strich sich das Haar glatt und rückte seinen Kragen gerade, dann winkte er ihnen zu und lächelte – jenes breite Lächeln, mit dem er die Gemeindemitglieder und auch alle anderen immer wieder einwickelte.

Zum ersten Mal sah Dwayne seinen Vater, wie er wirklich war. Seine Wut verrauchte, wich einer Traurigkeit, die keine Tränen kannte; sie war so unendlich tief, so überwältigend, dass er fürchtete, sie würde ihm die Luft abschnüren. Ein Teil von ihm wünschte sich, er wäre tot, um nicht länger mit dem Wissen darum weiterleben zu müssen, was er gesehen hatte.

Noch immer lächelnd, wandte Pa sich Dwayne zu und sagte ganz leise und ruhig: »Verschwinde und lass dich hier nicht mehr blicken.«

»Ich gehe«, krächzte er, »aber Ma nehme ich mit.«

»Nein, Schatz«, sagte sie. »Mein Platz ist hier. Ich komme schon zurecht.«

»Aber Ma, du weißt doch selbst, was er dir antun wird.«

»Mach dir um mich keine Sorgen, mein Junge.« Er sah etwas in ihren Augen, eine Entschlossenheit, die er noch nie zuvor darin bemerkt hatte. »Ich komme schon zurecht, du wirst sehen.« Dwayne erkannte auch Resignation und Besorgnis in ihrem Blick, doch die lähmende Angst, die er so gut kannte, war verschwunden.

»Ich verweise dich meines Hauses. Du bist nicht länger

mein Sohn«, fügte Pa hinzu, ohne Dwayne eines Blickes zu würdigen oder auch nur eine Miene zu verziehen.

Ma wischte ihm das Blut vom Gesicht und küsste ihn auf die Wange. »Denk daran, ich werde dich immer lieben.«

Mit einem letzten Blick auf sie trat Dwayne auf die Straße hinaus und schlug den Weg in Richtung Stadt ein.

Er hatte keine Ahnung, wohin er gehen sollte, und ließ sich einfach von seinen Füßen tragen. Leute kamen an ihm vorbei, auf dem Weg zur Arbeit oder um Freunde zu besuchen. Sie alle gingen ihren gewohnten Tätigkeiten nach, Barbiere und Zahnärzte, Matrosen und Tischler, Näherinnen und Fischer ... für sie war es ein ganz normaler Tag. Die Straßenhändler priesen ihre Waren an, während die Autos um sie herummanövrierten. Frauen schrien ihre in den Vorgärten herumtollenden Kinder an, Hunde bellten.

Ahnt irgendeiner von euch, was hier in der Stadt vorgeht, direkt vor eurer Nase, in eurem Namen?

Alles war wie immer, mit einer Ausnahme: Vor Mr. Jolovitz' Laden warteten mehrere Kunden, unter ihnen eine junge Frau mit einem Einkaufskorb am Arm, die durchs Fenster ins Innere spähte, wobei sie beide Hände gegen die Scheibe legte, um die Sonne abzuschirmen.

»Wir haben geschlossen«, erklärte Dwayne.

»Wie lange denn?«

Dwayne blinzelte sie an. Die Sonne fühlte sich warm auf seinem Gesicht an. Sie war hübsch, ein bisschen mager vielleicht, mit gewelltem blondem Haar, wie es gerade in Mode zu sein schien. Sie musterte ihn, die Wunde in seinem Gesicht, die Blutspritzer auf seinem Hemd.

»Hey, ist alles in Ordnung? Brauchst du Hilfe?«

»Nein, mir geht's gut.« Ihm fiel nichts ein, was er sonst sagen oder tun sollte, deshalb sah er sie bloß an. Aus der Nähe betrachtet, war sie eher unscheinbar, doch ihre Gesichtszüge waren durchaus ansehnlich. Unter anderen Umständen hätte er sie gern noch eine Weile angesehen – wäre nicht soeben seine Welt in Stücke gebrochen.

»Ich bin Noreen Baker«, sagte sie und streckte ihm ihre schmale Hand hin. Ihre Nägel waren lackiert, mit weißen Spitzen. »Ich wohne gleich da drüben. Meine Ma ist Krankenschwester. Sie könnte sich ja mal …«

»Danke, Noreen, aber ich muss gehen.« Er wandte sich ab.

»Du bist doch Dwayne Campbell.«

Sein Name klang fremd, so als gehörte er zu einer anderen Sprache. Oder einem anderen Menschen. »Ja. Woher weißt du das?«

»Oh, wir haben ein paar Mal die Predigt deines Vaters gehört, aber inzwischen gehen wir in die Baptistenkirche in der Fifth Street.« Sie schlenkerte ihren Korb hin und her.

Vor wenigen Tagen noch hätte er seine gesamte Zorro-Sammlung – und einen Liter seines Bluts – für eine solche Unterhaltung mit einem Mädchen gegeben.

»Es tut mir leid … Noreen, du bist wirklich nett, aber ich muss jetzt weg. Schönen Tag noch.«

Er wandte sich erneut zum Gehen. Weitergehen, das war alles, was jetzt zählte; immer weiter, auch wenn er keine Ahnung hatte, wohin. Solange ihn seine Füße trugen, schien es, als könnte er ihnen entgehen, den Bildern in seinem Kopf entfliehen: Pas offenem Mund, den Speicheltröpfchen auf seinen Lippen, seiner Faust. Jolovitz, der mit all seinen Büchern in seinen Armen von den Flammen erfasst wurde. Hunderte von Kapuzengestalten, die im Schutz der Nacht ewige Treue schworen.

Er stolperte. Eine Hand schnellte vor, wollte ihn stützen, doch er schüttelte sie ab und lief weiter.

Seine Gedanken überschlugen sich von den Ereignissen der letzten vierundzwanzig Stunden, doch da war noch etwas anderes, etwas Schlimmeres, verborgen im hintersten Winkel seines Bewusstseins, das er auch jetzt noch zu verleugnen versuchte – dabei war es genau das, wovor er in Wirklichkeit zu fliehen versuchte. »Du hast es gewusst, gewusst, gewusst.« Die Worte hallten im Rhythmus seiner Schritte durch die staubigen Straßen wider. Ohne Unterlass, ohne Gnade. Er hatte gewusst, wofür der Klan stand, wozu Pa fähig war, schließlich hatte er lange genug unter einem Dach mit ihm gelebt. Und doch hatte er sich dafür entschieden, sich blind zu stellen, sich die Hände auf die Augen zu pressen wie ein Kind. All die Zeichen und Rituale, die er als einen Beweis für Männlichkeit betrachtet hatte, waren in Wahrheit nichts als billige Methoden der Rädelsführer – Pa und der anderen Männer –, Macht über die Schwachen und Leichtgläubigen auszuüben. Über Menschen wie ihn.

In Wahrheit hatte er es immer gewusst.

Und was sie mit Mr. Jolovitz getan hatten, war erst der Anfang. Das hatte er inzwischen begriffen. Endlich sah er die Dinge, wie sie wirklich waren. Die Ungeheuerlichkeit dieser Erkenntnis war wie Pas Faust in seinem Gesicht, nur tausendmal schlimmer und so erschütternd, dass er abrupt stehen blieb und um ein Haar von einer fetten Frau mit ihrem ebenso fetten Köter von den Füßen gerissen wurde. Beide, Frauchen und Hund, quiekten vor Schreck, doch er bemerkte es kaum.

Du lieber Gott ... was habe ich nur getan? Kann ich es irgendwie wiedergutmachen, bevor ...

Wieder begann er zu laufen – zum einzigen Ort, wo er gebraucht wurde.

Völlig außer Atem und schweißüberströmt stürmte er durch die Türen des Tea Room, doch sie war weit und breit nicht zu sehen. Lediglich Maxine, die Hure mit dem hoch aufgetürmten schwarzen Haar, die ihm immer ein bisschen Angst einjagte, saß an der Bar und lackierte sich die Nägel in einem hellen Rosaton, der ihn an das Maul eines Haifischs erinnerte. Paulina las eine alte Ausgabe des *Life*-Magazins.

»Wo ist Miss Alicia?«, stieß er hervor.

»Inzwischen wahrscheinlich beim Bestattungsunternehmer«, bemerkte Maxine, ohne aufzusehen.

»Nein!«, rief er. »Du lieber Gott, was ist passiert?« Er spürte, wie ihm das Blut aus dem Gesicht wich, und musste sich am Tresen festhalten. *Ich komme zu spät. Zu spät.*

Maxine warf den Kopf in den Nacken, sodass ihr schwarzer Haarturm ins Wanken geriet, und brach in schnaubendes Gelächter aus. »Was, zum Teufel, ist denn mit dir los, Junge? Sie und Felix sind zum Hafen runtergegangen, um die nächste Lieferung Schnaps von der

Fähre zu holen.« Sie pustete auf ihre Nägel und wedelte mit den Händen, damit sie trockneten.

»Zur Fähre? Was? Ich verstehe das nicht ...«

»Das ist ihre neueste Methode, Schnaps auf die Insel zu schaffen«, erklärte Paulina. »*La Rosita Negra* ist ständig auf Achse ... immer irgendwo, nur nicht dort, wo sie sein sollte.« Sie blätterte in ihrer Zeitschrift, ohne wirklich zu lesen.

Maxine blickte ihn aus ihren kalten grünen Augen an. »Aber du hast gedacht, sie sei tot. Wie kommst du denn auf die Idee, hm?«

Er holte einige Male tief Luft, während ihm vor Erleichterung und dem Hämmern seines Herzschlags regelrecht schwindlig wurde. »Ich ... habe eine wichtige Nachricht für sie ... ich muss sie sprechen. Dringend.«

»Tja.« Maxine glitt von ihrem Barhocker. »Du kannst es auch mir sagen. Ich sorge dafür, dass sie es erfährt.«

Sie erinnerte ihn an einen riesigen schwarzen Reiher – dürre Beine unter einem üppigen Federkleid. Außerdem überragte sie ihn um ein gutes Stück, sodass er den Kopf in den Nacken legen musste, um ihr ins Gesicht sehen zu können.

»Bei allem Respekt, Ma'am, aber das muss ich Miss Alicia selbst sagen.«

»Dann schieß mal los, Dwayne«, ertönte eine Stimme hinter ihm.

Miss Alicia trat durch die Tür, die in die Küche führte, dicht gefolgt von Felix, dessen Gesicht hinter mehreren Schnapskisten verborgen war. »Stell sie an den üblichen Platz«, bat sie. »Thomas bringt sie dann später in den Wald.«

»Oh, Miss Alicia, ich bin ja so froh, dass Sie da sind!« Ein dümmliches Grinsen breitete sich auf seinem Gesicht aus, und einen Moment lang konnte er sie nur ansehen. Sie wirkte so selbstsicher, so souverän. Unvermittelt musste er daran denken, als er ihr das erste Mal unten an den Docks begegnet war, als sie aus Havanna angekommen war, mutterseelenallein und ohne den Hauch einer Ahnung, wie sie sich hier zurechtfinden sollte. Und nun stand eine wohlhabende, versierte Geschäftsfrau vor ihm.

»Du bist hier jederzeit willkommen.« Ihr Tonfall war kühl, ihr Blick argwöhnisch.

Er musste an ihre letzte Begegnung denken, als er sich mit all den Klan-Neulingen, die er angeworben hatte, und dem bevorstehenden Spektakel gebrüstet hatte. Zugleich fielen ihm die Worte des Hexenmeisters über dunkelhäutige Frauen wieder ein, das unerschütterliche Selbstvertrauen in seinen von dichtem Zigarrenrauch umwölkten Augen. Schlagartig überkam ihn ein abgrundtiefes Schamgefühl, das sich durch seinen ganzen Körper zu fressen schien: Scham darüber, was aus ihm geworden war, über seine himmelschreiende Dummheit, seine Arroganz ... und die Tatsache, was er mit seinem fehlgeleiteten Ehrgeiz losgetreten hatte. Natürlich hatte es der Klan auf Menschen wie sie abgesehen. Er war da, direkt vor ihrer aller Nasen, unter den großen Idealen und patriotischen Sprüchen, mit denen sie ihn gefüttert hatten wie ein Kleinkind mit Brei: der Hass, in seiner reinsten Form. Und er hatte hier gesessen und sich damit gebrüstet, welchen Anteil er daran hatte ...

Und dann hatte er sie auch noch verraten.

Sein leerer Magen hob sich. Bittere Galle stieg in seiner Kehle auf, doch er schluckte dagegen an. Hier ging es nicht um seine Befindlichkeiten, damit konnte er sich später auseinandersetzen. Jetzt zählte nur, sie vor der nahenden Gefahr zu warnen, in der sie einzig und allein durch seine Schuld schwebte.

»Ich bin hier, um mich für mein Benehmen zu entschuldigen. Und um Sie zu warnen. Können wir …« Er sah zu Maxine hinüber, die nicht einmal vorgab, sich um ihre eigenen Angelegenheiten zu kümmern. »Können wir irgendwo unter vier Augen reden?«

Kapitel 22

Sie saßen in dem kleinen Vorratsraum neben der Küche. Alicia lauschte Dwayne mit wachsender Ungläubigkeit. Wie gebannt starrte sie auf seinen Mund, aus dem Worte quollen, die sie noch nie zuvor gehört hatte. »Hexenmeister«, »Kleagle«, »Kludd« – sie alle klangen so albern, als wären sie Teil eines Spiels. Hätte Dwayne nicht vor ihr gesessen, mit seinem blutverschmierten Gesicht und der tödlichen Ernsthaftigkeit, mit der er ihr die Zusammenhänge darlegte, wäre sie in schallendes Gelächter ausgebrochen.

Doch während er sprach, bemerkte sie, dass sich etwas an ihm verändert hatte – nichts an seinem Gebaren erinnerte an die kindliche Erregung, die Prahlereien von großen Projekten, die geradezu welpenhafte Begeisterung. Stattdessen schien ihn eine nie da gewesene Traurigkeit, eine tiefe Resignation einzuhüllen. Er wirkte älter, so als hätte ihn etwas Traumatisches, etwas Grauenvolles auf einen Schlag zum Mann werden lassen.

Während er sprach, versorgte sie seine Wunden.

»Irgendwann werden die auch zu Ihnen kommen«, wiederholte er. »Sie müssen von hier fort.« Er ließ den Kopf hängen. »Das ist alles meine Schuld. Ich war so dumm. Und es tut mir so leid, Miss Alicia.«

Sie sah ihn an. »Halt still. John wird nicht von hier fortgehen und ich genauso wenig.« Sie betupfte sein Kinn mit einem in Aloe getränkten Wattebausch. »Er kann auf sich aufpassen. An Thomas kommt so schnell keiner vorbei.« Sie ließ sich auf die Fersen sinken. »Außerdem wären sie sowieso gekommen, Dwayne. Wir sind vorbereitet.«

Er packte ihre Hand und hielt sie fest. »Sie verstehen nicht ... Darauf kann man sich nicht vorbereiten. Sie haben nicht gesehen, was ich gesehen habe. Sie haben keine Ahnung, wozu die fähig sind.« Er senkte die Stimme zu einem eindringlichen Krächzen. »Und Ihnen läuft die Zeit davon. Sie müssen von hier fort, heute noch.«

Seufzend wischte sie ihre Hände ab. »Ich werde mit John über das reden, was du mir erzählt hast, aber ich glaube nicht, dass er seine Meinung deswegen ändert. Und jetzt richte ich dir hier ein Bett her, weil du schließlich nicht mehr nach Hause zurückkehren kannst.«

»Nach Hause.« Ihr Blick schweifte durch die Küche, und sie dachte daran, wie sie früher ausgesehen hatte, bevor sie gekommen war: die kaputten Schränke, der widerlich schmutzige Fußboden, die von Fliegenschiss bedeckten Fenster ... und dieser wogende Kakerlakenteppich. Inzwischen war alles neu, gepflegt und dank Hortensia makellos sauber. Im Garten wuchsen Blumen und Kräuter, und Pablito trank Zuckerwasser aus einem Schälchen im Guavenbaum. Die Bücher quollen über vor Einträgen, und ihre im Wald gebunkerten Schnapsvorräte hatten einen Umfang angenommen, dass sie sich schon bald nach neuen Lagermöglichkeiten umsehen mussten. Die Mädchen waren gesund, und das Restaurant lief so gut, dass Kitty inzwischen Vollzeit als Kellnerin arbeitete.

All das war das Ergebnis ihrer harten Arbeit und eisernen Willenskraft. Sie bezweifelte Dwaynes Aufrichtigkeit keine Sekunde lang, doch als sie nun in ihrer Küche stand, fühlten sich ihre Füße mit einem Mal wie die Wurzeln eines Baumes an, die gerade erst angefangen hatten, mit dem Erdboden zu verwachsen. Sie war schlicht nicht bereit, alles stehen und liegen zu lassen, nur wegen einer Handvoll Männer, die sich an ihrer Hautfarbe stießen. Und doch hatte sie Angst, allerdings konnte sie zum ersten Mal Johns Widerwillen verstehen, sich vertreiben zu lassen. Sie war gezwungen gewesen, wegen ein paar Männern, die die Fäden in der Hand hielten, ihrer Heimat den Rücken zu kehren, und nun wollte eine Gruppe anderer Männer genau dasselbe, gerade jetzt, wo sie sich allmählich heimisch zu fühlen begann. Amerika war nicht Kuba. Es war das »Land der Freien« – eine Maxime, die doch irgendeinen Wert haben musste, oder nicht?

»Danke«, sagte er, »aber Sie haben mir nicht richtig zugehört. Sie sind hier nicht sicher.«

»Aber wir haben das Recht, hier zu sein.«

Er sprang auf und stand schwankend da. »Das spielt keine Rolle. Nichts von dem spielt eine Rolle. Nicht jetzt! Verstehen Sie denn nicht? Die werden kommen, um Sie zu holen!« Er ließ sich wieder auf seinen Stuhl fallen.

»Wann hast du das letzte Mal etwas gegessen? Ich werde Hortensia sagen, dass sie dir etwas kochen soll. Hortensia!«

»Bitte, machen Sie sich keine Gedanken meinetwegen, sondern packen Sie und … gehen Sie. Irgendwohin, ganz egal, wohin. Nur weg von hier. Bitte!«

Sie kniete sich vor ihn hin und blickte in sein bleiches Gesicht mit den blutunterlaufenen Augen. Er brauchte dringend etwas zu essen und Ruhe. Hinter der Fassade der beginnenden Männlichkeit war er immer noch ein kleiner Junge, der von seinem Vater soeben aus dem Haus gejagt worden war. »Wenn John zurückkommt, kannst du ihm alles erzählen. Er wird wissen, was am besten ist.«

Das Geräusch der zuschlagenden Küchentür drang herein. »Ah«, sagte sie. »Wahrscheinlich ist er das. Ich bin hier, *mi amor*, mit unserem Freund Dwayne.«

Doch das Gesicht, das im Türrahmen erschien, gehörte Ricardo, einem Nachbarsjungen, den sie wegen seines Wurmbefalls behandelt hatte. »Sie müssen kommen, Señorita! Schnell!«, stieß er atemlos und mit weit aufgerissenen Augen hervor. »Señor Morales sagt, Sie sollen Ihre Medizin mitbringen!«

»Was ist denn passiert?«

Der Junge, barfuß und lediglich mit Shorts bekleidet, zitterte vor Aufregung. Es folgte ein Wortschwall auf Spanisch, bei dem ihr Hören und Sehen verging.

»Was hat er gesagt?«, fragte Dwayne, der inzwischen wieder aufgestanden war. »Was ist passiert?«

Sie lief hinaus auf den Korridor und begann, Gläser, Tuben und Fläschchen in ihre Tasche zu packen. *Konzentrier dich. Nimm nur mit, was du unbedingt brauchst. Alles andere kann warten.* Sie hatte noch nie jemanden behandelt, dem so etwas widerfahren war. Brandsalbe, das war das Wichtigste. Sie musste dringend eine frische Portion anrühren. Aber womit um alles in der Welt sollte sie die Haut säubern?

»Es geht um Hector Rubio«, sagte sie, während sie im Geiste die Medikamente in ihrer *farmacia* durchging. »Er wurde …« Sie suchte nach dem richtigen Wort. »Ich weiß nicht, wie ich es erklären soll. Sie haben ihn mit heißem *alquitrán* übergossen.«

»Mit Teer? Hector Rubio wurde geteert und gefedert?«

Sie sah auf. »So etwas … machen die mit den Leuten hier?«

»Ja.« Nickend fuhr Dwayne sich mit der Hand übers Gesicht. »Ja.«

»Bitte, kommen Sie. *Ahora!* Jetzt gleich«, drang Ricardos hohe, eindringliche Stimme vom Türrahmen zu ihr.

Es war fast Mitternacht, als Alicia mit John und Dwayne zurückkehrte. Eine Motte kreiste um die Küchenlampe, als Hortensia ihnen Teller mit *huevos Habaneros* hinstellte.

»Esst«, befahl sie. »Vor allem dieses dürre Bürschchen da.« Sie warf Dwayne einen finsteren Blick zu, als wäre es ein Verbrechen, wenig auf den Rippen zu haben, ehe sie davonstapfte, wobei ihr grauer Zopf wütend auf ihrem Rücken hin und her schwang.

Alicia zupfte die Teerreste von ihren Fingern ab. In ihren Ohren gellten noch Hectors Schreie, als sie Streifen um Streifen abgezogen hatte, was von den überall klebenden Federbüscheln noch zusätzlich erschwert worden war. Sie hatten zwar – *gracias a Dios* – lediglich Holz- und keinen Straßenteer verwendet, trotzdem hatte sie ihn so schnell wie möglich entfernen müssen, um zu verhindern, dass er die darunterliegende Haut allzu sehr verbrühte. Er hatte so heftig gezittert, dass John und

Dwayne ihn festhalten mussten, mit dem Ergebnis, dass sie jetzt alle teerverschmiert waren.

John legte seine Hände auf die ihren.

Sie hatte Hector mit in Aloe getränkten Laken verbunden, um die neu entstehende Haut zu schützen. Er würde es überleben, allerdings würde sich die Heilung langwierig und schwierig gestalten, und sie würde sein einst so attraktives Gesicht, das lediglich aus blutigen Fetzen zu bestehen schien, vermutlich ihr Lebtag nicht vergessen können. Sie stützte sich auf dem Tisch ab und kämpfte gegen das beharrliche Zittern in ihrem linken Bein an.

»Ich will, dass du weggehst«, sagte John. »Nach Norden, zusammen mit Thomas, zu seiner Familie, bis sich alles ein bisschen beruhigt hat.« Die Lampe tauchte seine Augen in Schatten. Seine Stimme war spröde vor Müdigkeit.

»Als ich gehen wollte, hast du gesagt, dass wir bleiben. Was ist passiert?«

John warf Dwayne einen Blick zu, in dem sich Wut und Bedauern mischten.

»Wegen mir«, sagte Dwayne, »wegen dem, was ich getan habe.«

Er sah so unglücklich drein, dass sie spontan seinen Arm berührte. »Du hast uns gewarnt. Das ist doch immerhin etwas.« Sie wandte sich John zu. »Wenn du bleibst, bleibe ich auch, ganz einfach. Das hier ist mein Zuhause.«

»Verdammt noch mal, Alicia!« Seine Faust sauste mit einer Wucht auf den Tisch, dass die Teller hüpften. »Ich kann mich nicht ums Geschäft kümmern und gleichzeitig auf dich aufpassen.«

In diesem Moment begriff sie: Er hatte riesige Angst – nicht um sich selbst, sondern einzig und allein um sie –, und wenn sie bliebe, würde sie ihn nur ablenken. So hatte sie es bisher nie gesehen. Was, wenn er sich bei dem Versuch, sie zu beschützen, selbst in Gefahr brachte? Ihn zurückzulassen würde ihr das Herz zerreißen, doch wenn ihm durch ihre Schuld etwas zustieße, wäre alles vielleicht noch viel schlimmer.

»Also gut«, krächzte sie. »Ich gehe mit Thomas.«

»Dem Himmel sei Dank!« Er stand auf. »Ich gehe ihn sofort holen.«

Sie packte seine Hand und hielt sie fest, während sie sich zugleich bemühte, sich nicht an ihr festzuklammern. »Morgen früh.« Sie sah ihn an, betrachtete sein dunkles Gesicht im harschen Schein der Deckenlampe. »Diese letzte Nacht mit dir gehört mir. Ich verspreche, dass ich gleich morgen früh aufbrechen werde.«

Stunden später. John träumte von einem Kiefernwald in Frankreich. Seine Einheit befand sich auf der Suche nach einem Lager voller feindlicher Maschinengewehrschützen. Zwischen den hohen, schlanken Stämmen sprossen Grasbüschel, so dicht wie Borsten in einer Bürste. Weiches Sonnenlicht wärmte ihre Gesichter, und die frisch gefallenen Nadeln dämpften das schwere Poltern ihrer Stiefel. All seine Sinne waren hellwach. Er liebte die Streifzüge durch die Wälder, das Gefühl der Ursprünglichkeit, das sie in ihm heraufbeschworen; es kam ihm so vor, als wäre er in eine andere Zeit versetzt, als würde er zu einem Teil von ihnen, ebenso wie der Wolf und der Habicht. Der Wald zeigte sich von einer solchen Schönheit, dass er einen Moment lang stehen blieb und seinen Helm abnahm, um die kühle Brise über seine Haut streifen zu lassen.

Der Wind drehte, und plötzlich war alles anders. Der Geruch von Menschen stieg ihm in die Nase, ganz nahe. Er rief den anderen zu, in Deckung zu gehen, und tastete nach seinem Colt, aber er war nicht da.

Hände rissen ihn zu Boden, doch statt des Grases spürte er die vertrauten harten Holzdielen seines Schlafzimmers unter den Fingern, hörte die lauten Schreie einer Frau, die in seinen Ohren widerhallten.

Er schlug die Augen auf und sah fünf weiße Kapuzen im fahlen Mondschein über sich schweben. Noch immer schlaftrunken, blinzelte er und schnappte nach Luft.

»Lasst ihn los!«, kreischte Alicia. »Lasst ihn los!« Sie trommelte mit beiden Fäusten auf die am nächsten stehende vermummte Gestalt ein, als der Mann ausholte und sie von sich stieß, sodass sie mit einem lauten Poltern gegen das Kopfteil des Bettes knallte und reglos liegen blieb.

»Alicia!«

Die Kuttenmänner rissen ihn hoch. »Deine braune Schlampe tut, was sie am besten kann – sich auf den Rücken legen!« Nach Tabak und billigem Gin stinkender Atem schlug ihm entgegen.

Die anderen lachten. John machte Donkeys Wiehern aus. Die Männer stießen ihn zur Tür. John stemmte sich dagegen und tastete ein weiteres Mal nach seinem Colt, doch seine Hand fand lediglich das glatte, leere Laken.

»Suchst du vielleicht den hier?« Eine der Gestalten zog die Waffe unter ihrer Kutte hervor.

»Wenn einer von euch ihr etwas tut, bringe ich euch alle um«, stieß er hervor. »Also …«

Der Hieb kam ohne Vorwarnung, so schnell und unvermittelt, dass ihm keine Zeit blieb, um die Hände hochzureißen und sich zu schützen. *Der Dreckskerl hat mich mit meiner eigenen Waffe niedergeschlagen. Dafür werden die bezahlen.* Als Nächstes kam die Faust in die Magengrube. Schwer atmend fiel er auf die Knie, während er den metallischen Geschmack von Blut auf der Zunge wahrnahm, die Tropfen, die ihm übers Kinn rannen.

»Die muss ja einiges draufhaben, wenn du dich so für sie ins Zeug legst«, höhnte der Kapuzenmann gleich neben ihm. »Vielleicht sollten wir uns ja mal eine Kostprobe gönnen.«

»Du fängst an!«, meinte sein Kumpan.

Mit einem lauten Schrei sprang John auf und trat mit aller Kraft auf den nächsten Fuß in seinem Blickfeld. Der Mann stieß einen Schmerzenslaut aus und ließ von ihm ab, gerade lange genug, dass John eine der Kapuzen zu fassen bekam.

»Halloween ist vorbei, ihr Arschlöcher!«, brüllte er. »Zeit, wie echte Männer zu kämpfen!«

Es gelang ihm, zwei Kapuzen herunterzureißen, unter denen die zornigen Gesichter von Donkey und Officer Maynard Cullen zum Vorschein kamen. Der Anblick verblüffte John dermaßen, dass er einen Moment lang innehielt – mit fatalen Folgen. Cullens wutverzerrtes Gesicht war das Letzte, was er sah, ehe ihn ein Schlag auf den Hinterkopf traf und tiefe Schwärze ihn umhüllte.

Es war früher Morgen, als ihn das sanfte Schwappen der Brandung zu sich kommen ließ. Der Schmerz tobte überall, in jeder Faser seines Körpers, am schlimmsten aber im unteren Rücken. Nur undeutlich erinnerte er sich an einen wahren Hagel an Hieben mit einem Baseballschläger. Zarte aprikosengelbe und goldene Streifen zeichneten sich am Himmel ab, als er im Sand lag und den Mut aufzubringen versuchte, eine Bestandsaufnahme des Schadens zu machen.

Offenbar hatte er ein paar üble Blutergüsse davongetragen, gebrochen schien jedoch nichts zu sein. Wichtig war nur, so schnell wie möglich zu Alicia zurückzukehren. Die letzte Erinnerung an sie – inmitten weißer Kapuzengestalten reglos auf dem Bett liegend – war Antrieb genug, doch allein beim Versuch aufzustehen schrie er vor Schmerz auf.

Zu Fuß machte er sich auf den langen Weg zurück in die Stadt. Der bohrende Schmerz ließ seine Wut nur noch mehr anschwellen. Alle paar Meter musste er stehen bleiben und sich ausruhen. Die Vorstellung, was er mit ihnen anstellen, wie er Rache für das nehmen würde, was sie ihm angetan hatten … und vor allem ihr … Er würde sie finden, Donkey und Cullen und die Strippenzieher im Hintergrund. Er kannte die Männer – mit einigen war er aufgewachsen, mit anderen hatte er Geschäfte gemacht. Er wusste genau, wo sie zu finden waren. Er verfluchte sie, sie alle miteinander.

So gelang es ihm, einen Fuß vor den anderen zu setzen und sich ganz langsam die staubige Straße entlang nach Hause zu kämpfen.

Die Morgensonne schob sich über den Horizont, als

er in die Tamarind Street humpelte. Mit letzter Kraft schleppte er sich die Stufen zur Bar hinauf und taumelte durch die Tür, geradewegs in Thomas' Arme. Eine tiefe Schnittwunde zog sich über die Stirn seines Freundes, und sein eines Auge war nahezu vollständig zugeschwollen. Thomas fing ihn auf und setzte ihn auf einen Stuhl. Der Schmerz in seinem Rücken war so grauenvoll, dass er erneut das Bewusstsein verlor.

»Dich haben sie also auch erwischt«, stieß er zwischen zusammengepressten Zähnen hervor, als er wieder zu sich kam. Wie durch ein Wunder schien sein Gebiss noch vollständig und intakt zu sein. »Wie geht es ihr?«

»Miss Alicia!«, rief Thomas. »Kommen Sie! Schnell!« Er senkte die Stimme. »Es tut mir so leid«, krächzte er. »Ich hab geschlafen, als sie kamen. Ich hätte wach bleiben sollen, hätte …«

»Die wussten, wo du bist. Aber woher? Und wie konnten sie von meiner Waffe wissen?« Sein immer noch leicht benebelter Verstand versuchte verzweifelt, eins und eins zusammenzuzählen. Irgendetwas passte nicht ins Bild, etwas jenseits des Offensichtlichen, doch das Rätsel zu lösen würde Zeit brauchen, und er brachte im Moment schlicht nicht die Energie dafür auf.

»Ich hab den Colt draußen im Gebüsch gefunden.«

»Wieso haben die mich nicht getötet?« Er erinnerte sich daran, wie er halb bewusstlos am Strand gelegen hatte, kaum fähig, sich für den nächsten Schlag zu wappnen; erinnerte sich an eine Stimme dicht neben seinem Ohr, so dicht, dass er den heißen Atem des Mannes hatte spüren können. »Du hast unsere Warnung ignoriert, John. Wir haben dir die Chance gegeben, das Richtige zu tun, aber jetzt ist es vorbei. Keine Chancen mehr.« Ein fast trauriger Unterton hatte in der Stimme mitgeschwungen.

»Jemand anderes hätte die Prügel wohl kaum überlebt«, fuhr Thomas fort. »Du bist bloß zu störrisch, um zu kooperieren.«

Hätte ihm nicht jeder Atemzug die Luft abgeschnürt, wäre er in Gelächter ausgebrochen.

Alicia kam hereingelaufen und warf die Arme um ihn, was ihn neuerlich vor Schmerz zusammenzucken ließ. Bis auf einen hässlichen Schnitt am Haaransatz war sie unverletzt. Die Erleichterung war so übermächtig, dass er erschöpft auf seinem Stuhl zusammensackte.

Tränen glitzerten in ihren Augen, während sie mit professionellem Ernst seine Verletzungen in Augenschein nahm. »*Mi pobre*, mein armer Liebster ... Wer war das?«

»Zwei von ihnen habe ich erkannt, Donkey und einen Cop namens Cullen. Die werden noch bitter bereuen, was sie mir angetan haben. Und dir. Und Thomas. Das schwöre ich. Ganz, ganz bitter.« Alles, was er brauchte, war ein wenig Ruhe, und dann würde er sie bezahlen lassen. Er wollte aufstehen, als ihm schwindlig wurde und er zurücksank, wobei ihm beinahe übel wurde vor Schmerz.

»Nein! Schluss jetzt!«, befahl sie. »Du musst dich erst erholen. Sobald du reisefähig bist, werden wir von hier weggehen. Thomas, hilf mir, ihn die Treppe hinaufzuschaffen.«

Im Schlafzimmer säuberte sie seine Wunden und versorgte sie mit Salben, von denen einige nach Blumen dufteten, andere wiederum so scharf stanken, dass es in seiner Kehle brannte. Am Ende legte sie ihm Verbände an. Am schlimmsten war es, als sie mit einem Ruck seine gebrochene Nase einrichtete. Brüllender Schmerz schoss durch seinen ganzen Körper, doch sie flößte ihm eine bittere Substanz ein, worauf er allmählich nachließ.

»Auf dem Weg hierher«, sagte er, »habe ich sie verflucht, alle miteinander.«

Sie legte ihm die Hand auf die Stirn. »Ich wusste ja gar nicht, dass du an solche Dinge glaubst.«

»Tue ich auch nicht, aber ich dachte, dass es nicht schaden kann. Und es hat mir geholfen, mich besser zu fühlen.«

Er wollte unbedingt wach bleiben, um einen Racheplan zu schmieden. Er sehnte sich danach, ihr Gesicht über ihm schweben zu sehen, sich in der seidigen Sicherheit ihres Haars zu vergraben. Es gab so vieles zu sagen, darüber, dass er es nie wieder zulassen würde, wenn ihr jemand wehtat, und dass er im ersten Moment am Strand gedacht hatte, er sei tot, und dass ihn diese Erkenntnis mehr geschmerzt hatte als alle seine Wunden, weil er sie niemals wiedersehen würde. Doch die Worte purzelten wild durcheinander, während sein Schädel im Rhythmus seines Herzschlags hämmerte.

Und dann war er plötzlich mit seinem alten Herrn zusammen, in der Zeit, bevor seine Mutter die Familie verlassen hatte und das Frischfleisch mit dem Güterzug nach Key West gebracht worden war. Er war im Pferch des Fleischers, von wo aus das Vieh zum Schlachthof gebracht wurde; die Luft war erfüllt von den Schreien der Tiere und dem metallischen Gestank von Blut, das am Dock entlang und ins Hafenbecken floss. Das Wasser schäumte vor Haien, die vor lauter Blutdurst schier den Verstand verloren, und schwappte in rosa Blasen gegen die Kaimauern. Sein Vater wandte sich ihm zu. Sein Gesicht war noch gänzlich faltenfrei, sein Rücken kerzengerade. John war schlecht, und er wollte nach Hause, doch sein Vater erklärte mit leuchtenden Augen: »Das ist es, Junge. Pass gut auf, denn ich werde dir jetzt zeigen, wie du in dieser Stadt deinen Mann stehen musst.«

Süße Klänge drangen an ihre Ohren, ließen die sterbenden Rinder allmählich ruhiger werden. Sie sang auf Spanisch, während sie sanft über seine Schläfen strich – ob Alicia oder seine Mutter, vermochte er nicht zu sagen. Es war ein Lied, das sie ihm früher beim Schlafengehen vorgesungen hatte, ja sogar am letzten Abend vor ihrem Verschwinden, leise und voller Süße.

Duérmete, mi niño, duérmete, mi amor,
duérmete, pedazo de mi corazón.

Schlafe, mein Sohn, schlafe, mein Liebster,
schlafe, du Teil meines Herzens.

Und er ließ los, ergab sich dem Strom des Schlafs, der ihn davontrug.

Kapitel 23

Am nächsten Tag saß Alicia am Küchentisch im Tea Room und starrte in die Schwärze ihres kalten Kaffees. Thomas hatte sich über Nacht vor ihrer Schlafzimmertür postiert. John war mehrmals aufgewacht und hatte über Schmerzen geklagt, doch am Morgen waren seine Augen wieder klar gewesen. Sie erinnerte sich nur zu gut an seine Entschlossenheit, die neu erwacht war.

»Die schnappe ich mir, Alicia!«

Sie wechselte seine Verbände und stellte dabei fest, dass der Heilungsprozess bereits in vollem Gange war. Innerhalb weniger Tage würde er wieder auf dem Damm und bereit sein, seine Drohung wahrzumachen. »Wir haben doch gesagt, dass wir weggehen.«

»Das war, bevor all das passiert ist. Aber jetzt kann ich nicht davonlaufen wie ein geprügelter Hund.«

Ihrer Meinung nach sah er durchaus wie einer aus, mit seinen beiden Veilchen und den Prellungen und Blutergüssen, die seinen ganzen Körper wie groteske Tätowierungen bedeckten. Doch in seinen Augen funkelte eine unbändige Wut – die sie durchaus nachvollziehen konnte, für die sie aber kein Ventil hatte. Und mindestens die Hälfte ihres Zorns richtete sich gegen den Mann, der vor ihr im Bett lag. »Doch, das kannst du! Alle tun das, die ganze Zeit, wenn sie keine Chance haben.«

»Aber ich habe noch kein einziges Mal den Schwanz eingezogen und werde es auch niemals tun. Und nach allem, was Raoul dir angetan hat, solltest du das eigentlich wissen. Er hat dich misshandelt, und du hast ihn dafür bezahlen lassen.«

»Aber ich habe es getan, um mein Leben zu retten, und nicht wegen meines Stolzes.«

»Glaubst du ernsthaft, hier ginge es bloß um meinen verletzten Stolz? Verstehst du denn nicht? Diese Männer müssen zur Verantwortung gezogen werden, und zwar nicht nur dafür, was sie mir angetan haben, sondern der ganzen Stadt immer noch antun.«

»Aber das ist Sache der Polizei!« Sie krallte die Hände in die Bettlaken, bereit, sie notfalls in Fetzen zu reißen.

Er stieß ein bitteres Lachen aus, das in einen Hustenanfall umschlug. Mit schmerzverzerrter Miene schlang er den Arm um seinen Oberkörper. »Die Polizei! Das ist ein guter Witz! Die stecken doch bis zum Kragen mit drin, Liebling, bis zu ihren glänzenden Goldknöpfen.«

»Und du bist ein noch größerer Narr, wenn du das tust.«

»In diesem Fall wirst du sicherlich nicht länger in meiner Nähe bleiben wollen.« Er ließ sich gegen das Kopfteil sinken.

Sie starrte ihn einen Moment an, spürte, wie all ihre Liebe, ihre Angst und ihre Wut sich in ihrem Innern vermischten. Sie konnte genauso wenig von hier verschwinden, wie sich Kiemen wachsen zu lassen und nach Kuba zurückzuschwimmen. Und ein Blick in sein Gesicht verriet ihr, dass auch ihm das klar war.

Während er sich ausruhte, war sie nach Hause gegangen, um ein wenig Abstand zu gewinnen, ihre Gedanken zu ordnen und zumindest eine Weile so zu tun, als wäre alles wie immer.

Kitty und Maxine kamen herein. »Miss Pearl, was ist denn mit Ihnen passiert?«, rief Kitty erschrocken.

Maxine stemmte die Hände in die Hüften und musterte Alicia mit distanzierter Kühle. »Ich hab's ihr gesagt, stimmt's? Ihr habt es alle gehört.« Sie deutete mit ihrer Zigarette um sich. »Ich habe gleich gesagt, dass nichts Gutes dabei herauskommt.«

»Wobei?«, fragte Alicia und spürte, wie ihr Blut neuerlich in Wallung geriet. Mitten in der Nacht aufzutauchen und ihn aus dem Bett zu zerren – sie konnte nicht fassen, wie jemand so feige sein konnte! »Wobei kommt nichts Gutes heraus?« Sie ertrug es kaum, Maxine ins Gesicht zu sehen. Nur unter Aufbietung all ihrer Willenskraft gelang es ihr, sie nicht bei ihren aufgetürmten Haaren zu packen und aus der Küche zu schleifen.

Etwas an ihrem Tonfall ließ Maxines höhnisches Grinsen ins Wanken geraten. »Ich habe damit nur gemeint, dass sich die Rassen nicht untereinander mischen sollten. Jeder weiß das. Und wenn man gegen die Regeln verstößt, muss man nun einmal mit Konsequenzen rechnen. Das steht sogar in der Bibel. Ist nichts Persönliches«, fügte sie achselzuckend hinzu.

Unvermittelt sah sie John vor sich, blutig geprügelt von einer Handvoll Weißkutten. Ihre aufsteigende Wut kanalisierte sich, ließ eine Fontäne des Feuers durch ihren Arm schießen. Sie holte aus und verpasste Maxine eine schallende Ohrfeige.

»Bitte sehr! Das war auch nichts Persönliches!«

Nach Luft schnappend, taumelte Maxine vor Schreck rückwärts und landete mitten auf ihrem Hinterteil. »Was soll das, verrücktes Miststück!«

»Haben Sie den Verstand verloren, Miss Pearl?« Kitty half Maxine auf.

»Du warst es!«, schrie Alicia. »Du hast es ihnen gesagt!«

Maxine hielt sich die Hand an die Wange. »Was gesagt?« Schock und Wut flackerten in ihren Augen ... und Verwirrung.

»Seit dem Tag, als ich hier angekommen bin, hast du auf deine Chance gewartet«, stieß Alicia atemlos hervor. Ihre Hand brannte von dem Schlag, gleichzeitig fühlte es sich gut an, sogar sehr gut, die Abdrücke ihrer Finger auf Maxines blasser Wange zu sehen. »Und gestern Abend hast du die Gelegenheit beim Schopf ergriffen. Du hast dem Klan von Thomas erzählt und ihnen verraten, wo sie Johns Waffe finden würden. Los, gib's zu! Du hast ihnen alles erzählt!« Wieder holte sie aus, doch Hortensia blockte den Schlag mit ihrem kräftigen, von silbrigen Brandnarben bedeckten Unterarm ab.

Alicia versuchte, sich aus ihrem Griff zu befreien. »Lass mich sofort los! Wie konntest du nur, Maxine?«, stieß sie mit tränenerstickter Stimme hervor. »Wie konntest du so etwas tun?« Hortensia hielt sie immer noch fest, während Alicia ihren Griff lockerte und ihre Knie nachzugeben drohten. »Wie konntest du nur?«

»Ich habe überhaupt nichts getan!«, blaffte Maxine. »Aber inzwischen wünschte ich verdammt noch mal, ich hätte es getan!«

»Du lügst!«

»Miss Alicia!«, hörte sie Dwayne hinter sich sagen. »Sie sagt die Wahrheit.«

Alicia wirbelte herum. Dwayne stand im Türrahmen und stieß Paulina unsanft in die Küche. »Los, sag's ihr schon.«

»Paulina?« Verwirrt strich Alicia sich das Haar aus dem Gesicht.

Paulina sagte nichts, sondern starrte Dwayne lediglich finster an.

»Sie war es«, sagte er. »Sie hat dem Klan alles verraten, was sie wissen mussten. Sie ist zu mir gekommen, weil sie dachte, ich lege bei Ihnen ein gutes Wort für sie ein.«

Halt suchend tastete Alicia nach der Stuhllehne. »Paulina? *Es verdad?* Ist das wahr?«

»*Sí*, es ist wahr.«

Paulinas Gesicht verzog sich zu einer verächtlichen Fratze. Vom ersten Tag an war sie Alicias Verbündete gewesen, hatte ihr geholfen, dafür zu sorgen, dass keines der Mädchen aus der Reihe tanzte. Die fröhliche, gehorsame Paulina, immer hilfsbereit, immer loyal. In gewisser Weise war sie das, was einer Freundin am nächsten kam. Erschüttert presste Alicia sich die Hand auf die Brust, während ihr Herz wie ein gefangenes Tier in ihrer Brust wütete.

»Aber warum? Wieso hast du so etwas Schreckliches getan? Habe ich dich nicht gut genug behandelt?«

»Doch, und alles war prima, bis er aufgetaucht ist und alles kaputtgemacht hat.«

»Was? Ich verstehe nicht …«

»Sie haben aus diesem Haus etwas gemacht, wovon ich immer geträumt habe. Ich wäre geblieben, bis ich alt und hässlich bin, weil es genau das ist, was ich gerne tun will. Ich bin keine Kellnerin« – sie warf Kitty einen Blick zu –, »sondern eine Hure, und zwar eine verdammt gute. Er hat Sie uns weggenommen, obwohl Sie hierhergehören. Ich wollte, dass alles wieder so ist, wie es vorher war.« Sie verzog den Mund zu einem schiefen Grinsen. »Und jetzt können wir weitermachen wie zuvor.«

Blinde Verzweiflung erfasste Alicia, durchströmte ihren Körper von den Fingerspitzen durch ihre Arme und Beine bis in ihre Knochen und Venen, wo sie eine lähmende Taubheit hinterließ.

»Oh, Paulina«, seufzte sie. »Und ich dachte ... ich dachte, ich mache alles besser. Natürlich hat John mich euch nicht weggenommen. Sondern er ... liebt mich bloß. Und heute Nacht hätten sie ihn um ein Haar getötet.«

»Ich ... ich wusste nicht ...« Paulina wurde blass. Mit einem Mal war von ihrer trotzigen Haltung nichts mehr übrig. »Ich ...«

»Du musst jetzt gehen«, sagte Alicia.

Paulina nickte und verließ ohne ein weiteres Wort den Raum. Alicia hörte die Haustür ins Schloss fallen. Maxine folgte ihr, ehe Alicia Gelegenheit hatte, noch etwas zu sagen.

Hortensia ließ sie los und nahm die Tasse mit dem kalten Kaffee. »Ich mache Ihnen frischen.«

»Nein, nein«, wiegelte Alicia ab. »Ich muss wieder hinüber und mir Johns Wunden ansehen.« Sie spähte in ihre Medikamententasche.

Doch als sie aufsah, bemerkte sie, dass alle Blicke auf

die schwarze Rauchsäule ein paar Straßen entfernt gerichtet waren, die sich über die Dächer in den herrlich blauen Himmel erhob. In der Ferne zerriss die Feuerwehrsirene die Stille.

»Was ist denn da los?«, fragte sie und beugte sich aus dem Fenster.

Die Brise trug Stimmengewirr und Rauchgestank heran. Zwitschernd flüchtete Pablito von seinem Zuckerwasserschälchen in das Bambusgestrüpp.

Felix trat neben sie und spähte stirnrunzelnd in die Ferne. »Das ist die Kirche. St. Cecilia.«

Inzwischen sah sie es ebenfalls: Dunkle Qualmwolken waberten um den Kirchturm und stiegen gen Himmel, bis sie die Sonne zu verdecken schienen. In diesem Moment bauschte sich eine dicke schwarze Wolke auf, gefolgt von einem donnernden Schlag, der die Fensterscheiben klirren ließ. Als der Rauch sich verzog, war der Kirchturm verschwunden.

Entsetzte Seufzer ertönten, dann breitete sich Stille aus, als das Blau des Himmels immer mehr einem tiefen Grau wich. Alicia nahm ihre Tasche. »Darf ich mitkommen?«, bat Dwayne, der immer noch im Türrahmen stand. »Ich verspreche auch, Ihnen nicht im Weg herumzustehen. Ich will nur … meinen Respekt erweisen.«

Er wirkte so hoffnungsvoll, schien alles dafür geben zu wollen, seinen Fehler wiedergutzumachen; allein der Versuch war lobenswert, obwohl sie bezweifelte, dass das möglich war.

»Aber nur, wenn er wach ist.«

Thomas fing sie an der Tür ab. Er wirkte völlig aufgelöst. »Er ist nicht oben. Ich wollte Sie gerade holen. Er ist rausgegangen, um zu pinkeln. Ich habe ihm gesagt, er soll den Colt mitnehmen … man kann schließlich nicht vorsichtig genug sein. Aber ich komme gerade vom Außenklo zurück, und dort ist er nicht.«

»Wie lange ist das her?«

»Etwa eine Viertelstunde. Als die Kirche angefangen hat zu brennen.«

»Nein, nein, nein!« Alicia verfluchte sich selbst und ihn dazu. Sie hätte es wissen müssen, hätte ihn nicht allein lassen dürfen. »Weit kann er noch nicht sein.«

»Wenn er sich erst mal was in den Kopf gesetzt hat, lässt er sich nicht aufhalten. Schon gar nicht von so einer Kleinigkeit, wie dass ihn einer halb zu Tode geprügelt hat«, brummte Thomas.

»Aber wo ist er hin?«, fragte Dwayne.

»Er will sich die Klan-Typen schnappen, die ihm das angetan haben.« Die Wut schien aus sämtlichen Poren von Thomas' massigem Körper zu dringen. Drohend trat er auf Dwayne zu, die Pranken ausgestreckt, mit denen er den Jungen ohne große Anstrengung erwürgen könnte. Blanker Hass loderte in seinen dunklen Augen. »Das ist alles deine Schuld«, blaffte er den Jungen an.

Alicia trat dazwischen. »Dwayne hat sich entschuldigt, Thomas. Er weiß, dass er einen schweren Fehler gemacht hat.«

»Es tut mir so leid.« Dwaynes Stimme war kaum mehr als ein heiseres Flüstern. »So unendlich leid. Ich will unbedingt helfen. Bitte, lassen Sie mich helfen.«

»Dafür ist es zu spät. Du hast ihnen verraten, wo der Colt liegt«, knurrte Thomas.

Alicia berührte seinen Arm, der sich glühend heiß

unter ihren Fingern anfühlte. »Nein, Thomas, das war nicht Dwayne, sondern eines meiner Mädchen, Paulina. Bitte, Thomas. Je mehr wir sind, umso schneller finden wir ihn. Wo könnte er hingegangen sein?«

Thomas schloss einen Moment lang die Augen; es kostete ihn sichtlich Mühe, nicht die Beherrschung zu verlieren. »John sagt, es waren alle angesehenen Männer, deshalb versuchen wir es erst in den Hurenhäusern und dann in den Bars.«

John musste bis ans Ende der Tamarind Street gehen, um ein Taxi zu finden. Auf der Straße herrschte reger Betrieb – Arbeiter, die zum Ende eines langen Arbeitstages aus der Zigarrenfabrik strömten, dazwischen Straßenhändler und Automobile. Von den Abgasen bekam er einen Hustenanfall, der wiederum bestialische Schmerzen durch seinen Körper sandte. Jeder Schritt fühlte sich an, als jagte ihm jemand ein Messer in den Rücken, trotzdem ging er weiter, angetrieben von Donkey Hightowers wieherndem Gelächter, das in seinen Ohren widerhallte. Die Schmerzen drohten ihm den Verstand zu rauben, seine Gedanken zu vernebeln; lediglich ein einziges Bild stand klar und deutlich vor seinem geistigen Auge: Donkey, der sich krümmte vor Lachen, während er seinen Baseballschläger schwang. Er hatte auch gelacht, als Alicia gegen das Kopfteil des Bettes geknallt war, und inzwischen schien sein Gewieher alle anderen Geräusche zu übertönen. John benutzte den Schmerz, verwandelte ihn in wilde Entschlossenheit, während Donkey zum Sinnbild für alles wurde, was man ihm angetan hatte – ihm, Alicia und der gesamten Stadt. Als die

Rauchsäule von St. Cecilia gen Himmel aufstieg, schwor er sich, dass er Donkey das Lachen schon austreiben würde, und wenn es das Letzte wäre, was er tat.

»Wo wollen Sie denn hin, Señor?«, fragte der Taxifahrer mit ausgeprägtem spanischem Akzent. Die Namensplakette auf dem Armaturenbrett wies ihn als Jorge Martel aus.

»Zum House of Eve, Jorge. Und wenn Sie sich beeilen, gibt's auch einen Vierteldollar extra.«

Jorge musterte ihn im Rückspiegel – sein übel zugerichtetes Gesicht, seine gebeugte Haltung und die mühsamen Atemzüge. »Sind Sie sicher, dass ich Sie nicht lieber ins Krankenhaus bringen soll?«

»Fahren Sie einfach.«

Sie bogen in die Duval Street, wo die Feuerwehrmänner um die verkohlte Ruine von St. Cecilia standen, vor deren Portal ein zertrampeltes Krippenspiel lag. Durchdringender Rauchgestank hing in der Luft. Jorge bekreuzigte sich und murmelte: »Welcher Hurensohn tut so etwas? In zwanzig Jahren habe ich so was noch nicht erlebt. Alles verändert sich hier, die ganze Stadt.«

»Ich habe eine Idee, Jorge. Und ich habe vor, sie ebenfalls zu verändern … damit sie wieder wird, wie sie vorher war.«

Der Wagen blieb vor dem House of Eve stehen, und John hievte sich aus dem Wagen. »Warten Sie hier auf mich, Jorge. Es wird nicht lange dauern.«

Eve trat auf die Veranda, als er sich langsam die Treppe hinaufhangelte. »Ist das unser Kriegsheld, der hergekommen ist, weil er ein Gratisstündchen haben will? Na, wohl eher nicht«, meinte sie mit einem wehmütigen Blick auf ihn. »Dieser Mann gehört ins Krankenhaus und nicht in das Bett einer Hure.«

Er lehnte sich gegen das Geländer, um nach Luft zu schnappen. »Geh zur Seite, Eve, ich habe mit einem deiner Stammgäste etwas Geschäftliches zu besprechen.«

»Das hier ist das House of Eve. Du hast hier nichts Geschäftliches zu erledigen.« Mit in die Hüften gestemmten Händen baute sie sich vor ihm auf – in ihren Absätzen war sie mindestens zehn Zentimeter größer als er. An einem guten Tag hätte er Mühe gehabt, sie niederzuringen. Und heute war eindeutig kein guter Tag.

Er zog seinen Colt. »Aus dem Weg, Eve. Sobald ich habe, was ich wollte, bin ich wieder weg.«

Sie warf den Kopf in den Nacken und brach in schallendes Gelächter aus, das ihre Ohrringe wie winzige Kronleuchter hin und her schaukeln ließ. »*Merde!* Bildest du dir vielleicht ein, du wärst der Erste, der Eve eine Waffe vor die Nase hält?« Doch ihr Blick schweifte für den Bruchteil einer Sekunde zur Seite. In diesem Moment hörte er die Hintertür zuschlagen, gefolgt von raschen Schritten und dem Dröhnen eines Motors hinter dem Haus.

John machte kehrt, hastete die Treppe hinunter und stieg wieder in Jorges Taxi. »Fahren Sie ums Haus herum«, befahl er stöhnend vor Schmerzen und Anstrengung. »Los!«

Sie bogen gerade noch rechtzeitig in die Seitenstraße ein, um Donkey am Steuer eines Wagens sitzen zu sehen, den Oberkörper leicht nach vorn gebeugt, als könnte er dadurch das Tempo noch erhöhen, als er in die Duval Street fuhr.

»Fahren Sie neben ihn.«

»Aber, Señor, ich kann nicht …«

»Los, machen Sie schon!«

John schob das Fenster herunter. Vergessen waren seine Verletzungen, die Schmerzen kaum noch spürbar. Sein Kopf fühlte sich so klar an, als hätte er seine Lunge mit Gebirgsluft gefüllt. Er sah Donkeys gerötetes Gesicht vor sich, das sich vor dem grellen Weiß seiner Kutte abhob, den Baseballschläger über dem Kopf, den er wieder und wieder auf ihn niedersausen ließ. Er dachte an Alicia, an ihr bildhübsches, wenngleich sorgenverzerrtes Gesicht, ihren Blick, der immer wieder verängstigt zur Tür schweifte. Seine gesamte Ausbildung, all die gesammelten Erfahrungen und seine Fähigkeiten summierten sich, flossen in diesem einen Moment zusammen.

Jorge gelang es, zu Donkey aufzuschließen, und einige Sekunden lang befanden sich beide Autos auf der gleichen Höhe.

Die Kugel durchschlug Donkeys Hinterkopf und ließ Blut und Hirnmasse auf die Windschutzscheibe spritzen. Sein Wagen geriet ins Schlingern, kam von der Straße ab und prallte gegen einen Laternenpfahl. Metall kreischte, Glas splitterte, sein massiger Körper sackte gegen das Lenkrad. Aus dem zerfetzten Kühler stieg Dampf auf.

Schmerzhaft hallte der Schuss in Johns Ohren wider, während sich der penetrante Gestank nach Kordit in der Enge des Wageninneren ausbreitete.

»Madre de Dios!«, schrie Jorge und trat voll auf die Bremse, sodass John gegen den Vordersitz knallte. Wieder schoss der Schmerz durch seinen Körper, Welle um Welle, so heftig, um einen Mann darin ertrinken zu las-

sen. Stöhnend schloss er die Augen, versuchte zu atmen, während er darauf wartete, dass das Stechen und Pochen nachließ.

»Raus! Sofort raus aus meinem Wagen!« Jorge fuhr zu ihm herum, starrte auf das Wrack von Donkeys Wagen und wieder zurück zu John. »Los, steigen Sie aus!«

Auf dem Bürgersteig liefen bereits die ersten Schaulustigen zusammen. »Jemand muss einen Arzt rufen!«, schrie eine Frau in einem geblümten Kleid.

»Zu spät«, erwiderte ein rundlicher Mann im Anzug, nahm seinen Strohhut ab und presste ihn gegen seine Brust.

Jorge sprang aus dem Wagen, riss die Tür auf und zerrte John heraus, der sich, eine Hand gegen seine Seite gedrückt, schwer atmend gegen den Wagen sinken ließ. Alle Blicke richteten sich auf ihn. Schock, Entsetzen und Erregung zeichneten sich auf den Mienen der Leute ab. Frauen legten die Hände über die Gesichter ihrer Kinder. Erst jetzt wurde ihm bewusst, dass er noch immer den Colt in der Hand hielt.

»Er war's!«, schrie ein magerer Mann mit ledriger Haut und einer Handvoll Zahnstumpen im Mund. »Ich hab's genau gesehen!«

In der Ferne heulte eine Sirene, hoch und schrill, dann eine zweite.

Auf der Duval Street herrschte reges Treiben. Unter normalen Umständen wäre John mühelos in der Menge abgetaucht, hätte sich durch Seitenstraßen und Gassen davongemacht. Aber nicht jetzt. Seine Muskeln und Knochen sprachen eine eindeutige Sprache, sagten ihm, dass Laufen nicht infrage kam.

An der nächsten Ecke, gerade einmal ein paar Meter neben ihm, befand sich das Poblano-Gebäude mit seiner hohen Kuppel, das einen perfekten Ausblick auf die gesamte Straße bot. Allmählich brach die Dämmerung herein, jene Zeit des Tages, die das Licht weich und golden werden und die Umrisse verschwimmen ließ.

Er blickte zu dem Gebäude hinüber und gelangte zu dem Schluss, dass es ihm perfekte Deckung bieten würde.

Was er allerdings tun würde, wenn er hineingelangt war, das war ihm ein Rätsel.

Nur eines wusste er: Betritt niemals ein Gebäude, ohne die Ausgänge zu kennen. Oberste Soldatenregel.

Kapitel 24

John schleppte sich die Treppe hinauf bis unter die Kuppel, wo er sich gegen einen Pfeiler lehnte, um zu warten, bis er wieder Atem schöpfen konnte, die roten Punkte vor seinen Augen zu tanzen aufhörten und seine Knie nicht länger schlotterten. Die Prügel hatten ihn eine ganze Menge gelehrt und ihn zu einem Experten in den unterschiedlichen Schmerzformen gemacht: das scharfe Stechen einer Risswunde, das dumpfe Pulsieren von aus den Pfannen gerissenen Gelenken, das tiefe Pochen gestauchter Organe. Sein Körper hatte ihn noch nie im Stich gelassen, nicht einmal unter den schlimmsten Torturen während des Krieges, doch nun spürte er die eindeutigen Signale, dass die Grenze seiner Belastbarkeit nicht mehr fern war.

Die Stadt breitete sich wie ein Flickenteppich unter ihm aus, mit ihrem dichten Netz aus Straßen, ordentlichen Reihen aus Wohnhäusern und Geschäften. Vor ihm befanden sich der südlichste Punkt des US-amerikanischen Festlands und die Bucht, in der er Alicia das Schwimmen beigebracht hatte. Im Osten konnte er das verwitterte Dach des Last Resort und den Tea Room direkt daneben ausmachen. Die Laternen auf den Fischerbooten hüpften, als sie aus dem Hafenbecken glitten, um sich auf die Jagd nach den süßlich-rosafarbenen

Shrimps zu machen, die lediglich im Schutz der Nacht herauskamen. Hier und da sah er einen Weihnachtsbaum in einem erleuchteten Fenster. Es wirkte alles so friedlich, beinahe heiter, erhellt vom goldenen Licht eines spektakulären Sonnenuntergangs hinter dem Mallory Square. Und jenseits der Straßen erstreckte sich das endlose Tiefblau des Meeres in sämtliche Richtungen. Das Einzige, was die Szenerie störte, war der graue Qualm, der immer noch über der abgebrannten Kirche aufstieg.

Das hier ist meine Stadt.

Im schwindenden Licht suchte er die Menge nach ihrem Gesicht ab. Inzwischen hatten sich jede Menge Schaulustiger auf der Duval Street eingefunden, deren aufgeregtes Geplapper durch die kühle Brise zu ihm heraufwehte. Er zählte zehn Polizisten, dazu weitere bewaffnete Männer, aller Wahrscheinlichkeit nach Klan-Mitglieder. Es sah beinahe wie eine Party aus, was es in gewisser Weise auch war, dachte er mit einem ironischen Grinsen. Für die Leute gab es nichts Schöneres als ein anständiges Drama; über diesen Abend würden sie noch lange, lange Zeit sprechen.

Er konnte sie nirgendwo entdecken, doch er *musste* sie sehen, ganz egal, was als Nächstes passieren würde.

Eine Kugel prallte von dem Pfeiler direkt neben seinem Kopf ab, dann ertönte ein lauter Schrei wie von einem wild gewordenen Bullen. Er spähte über die Balustrade und sah Thomas, der sich auf einen am Boden liegenden Polizisten gestürzt hatte. Drei Männer waren nötig, um ihn von dem Mann wegzuziehen, der sich schützend die Arme über den Kopf gelegt hatte. Sekunden später war

Thomas in einem Gewirr aus tretenden und fluchenden Männern nicht mehr zu erkennen.

»Hört auf!«, schrie eine Frau. »Lasst ihn in Ruhe!«

»Alicia!« John winkte. Er stand da, viel zu lange, während er sich zwang, sich ihr Gesicht für alle Zeit einzuprägen. Da war sie, ein helles Licht in der Trübnis der einsetzenden Dunkelheit. Eine Kugel flog an seiner Schulter vorbei und schlug in den Pfeiler ein.

»John«, schrie sie mit vor Traurigkeit brüchiger Stimme. »Thomas ist … ich glaube …«

»Nein!« Er feuerte mitten in die Masse aus blauen Uniformen hinein, wieder und wieder, bis er nur noch das Klicken der leeren Kammer hörte, während die von den einschlagenden Schüssen herausgerissenen Holzfetzen auf ihn herabregneten. Eine Kugel streifte sein Ohr. Warmes Blut sickerte über seine Wange wie eine Träne.

»Cullen ist getroffen worden!«, ertönte ein gellender Schrei von unten.

Er ließ sich hinter die Balustrade sinken. *Die war für dich, Thomas.*

Eine seltsam blecherne Stimme drang herauf. »John Morales! Hier ist Chief Baxter! Wir wissen, dass Sie keine Munition mehr haben, also kommen Sie runter, damit wir wie zivilisierte Menschen über alles reden können.«

»Vergessen Sie's, Chief!«, brüllte John zurück. »Meine Verletzungen von unserem letzten Gespräch sind noch nicht mal verheilt!«

Stille.

»Tja, und was wollen Sie dann machen, John?«, ertönte Baxters Stimme nach ein paar Sekunden. »Wir können warten. Wir haben alle Zeit der Welt.«

Er streckte die Beine aus, den nutzlosen Colt auf dem Schoß, und ließ den Kopf nach hinten sinken. Bis zum heutigen Tag war es ihm stets gelungen, sich aus jeder misslichen Lage zu befreien, selbst wenn der Feind waffen- und zahlenmäßig noch so sehr in der Überzahl gewesen sein mochte. Während des gesamten Krieges, auf Feldern und Wäldern, durch ausgebombte und von Granatfeuer zerstörte Städte und Dörfer, hatte Lightning Jack sich stets auf seinen Verstand und seine Reflexe verlassen können. *Tja*, dachte er, *meine Reflexe mögen am Arsch sein, aber wenigstens habe ich meinen Verstand noch.* Am Abendhimmel erschien der erste Stern, genau an der Stelle, wo der schwindende Tag die einbrechende Nacht willkommen hieß. Eigentlich glaubte er nicht an Zeichen, doch bei dem Anblick kam ihm eine Idee.

»Ich ergebe mich, aber nur Sheriff Torrance, sonst niemandem!«, rief er. »Holt Catcher Torrance, dann komme ich runter.«

Er und Miles »Catcher« Torrance waren zur selben Zeit in die Armee eingetreten und hatten gemeinsam die Grundausbildung absolviert. Miles war ein bisschen älter als John und bereits Deputy Sheriff, aber trotzdem fest entschlossen gewesen, seine Vaterlandspflicht zu erfüllen. Auf der langen Reise über den Atlantik hatten sie sich eine Kajüte geteilt, und John war beeindruckt von Miles' Charakterstärke und seinem Gespür gewesen, wann es besser war, den Mund zu halten. Später machte eine Geschichte die Runde: Eine Granate war angeblich in seinem Schützenloch gelandet, die Miles, ein leidenschaftlicher Baseballspieler, geschnappt und zurückgeworfen hätte. Kurz darauf sei eine zweite Granate bei ihm gelandet, die er ebenfalls zurückgeschleudert hätte, nur diesmal mit weniger Erfolg. Er verlor einen Arm, bekam dafür jedoch den Spitznamen »Catcher« verliehen. Bei seiner Rückkehr hatte John von Miles' Beförderung gehört und das Glas auf ihn gehoben.

Augenblicke später drang Baxters genervte Stimme durch ein Megafon. »Für Torrance würden Sie also runterkommen, ja?«

»Ja!«, schrie John.

Seine Achtung vor Gesetzeshütern war im Allgemeinen nicht allzu groß, unter anderem, weil er in der Vergangenheit mehr als einmal mit Mistkerlen wie Baxter aneinandergeraten war, der weniger Moral als das Arschloch einer Schlange besaß; aber Miles versuchte wenigstens, dem Versprechen gerecht zu werden, das er mit der Entgegennahme des Sterns an seiner Uniform gegeben hatte.

John lehnte sich zurück, machte es sich bequem und wartete, während er zu den Sternen am Himmel aufsah.

Dwayne stand unten auf der Straße und versuchte einen Blick auf John zu erhaschen. Die Lichterketten und Weihnachtsdekorationen glitzerten in den Schaufenstern; überall waren Leute, die in letzter Minute auf dem Heimweg noch Geschenke oder etwas Leckeres für ihre Lieben besorgten. Eigentlich sollte er jetzt bei Ma sein und zusehen, wie sie den gebackenen Schinken mit Melasse einpinselte, ihr helfen, die Yamswurzeln zu schälen, und den Topf mit den Kuhbohnen umrühren. Heute würde es nicht die üblichen Fechterschnecken mit Maisbrot geben. Inzwischen war er groß genug, um ganz allein den Engel auf die Spitze des Weihnachtsbaums zu setzen, ohne Pas Hilfe. Dies war sein absoluter Lieblingsabend, auf den er sich jedes Jahr freute, sobald die drückende Sommerhitze nachließ. Wenn er ganz ehrlich war, vermieste ihm die Vorfreude jedes Mal den eigentlichen Weihnachtstag und beschwor ein Gefühl der Leere und Enttäuschung herauf; es war allein Heiligabend, dem dieser ganz besondere Zauber innewohnte.

Und doch stand er hier, mitten auf der Straße, gemeinsam mit der halben Stadt. Alle hielten ihre Päckchen fest an sich gedrückt, und es herrschte alles andere als Feiertagsstimmung.

Die Polizisten zielten immer noch auf die Kuppel, außerdem hatten sich mehrere andere Männer eingefunden, die er als Klan-Mitglieder erkannte. Er betete, John möge den Kopf unten halten, weil er ihnen verdammt noch mal nicht über den Weg traute.

Miss Alicia stand neben ihm und weinte lautlos. Mittlerweile hatten sie Thomas fortgeschafft, und die Zahl der Schaulustigen schien eher noch zu wachsen. Leute lehnten sich aus den Fenstern und kletterten auf Laternenpfähle, um einen besseren Blick auf das Szenario zu bekommen. Gesprächsfetzen wehten heran; die meisten vertraten die Ansicht, dass John ein solches Spektakel nicht verdiente, aber es sei nun mal so aufregend, dass man nicht einfach nach Hause gehen könne.

Er hätte Miss Alicia gerne getröstet, doch er hatte keine Ahnung, was er sagen oder tun sollte. Sie lehnte sich gegen ihn. Instinktiv legte er den Arm um sie, spürte ihr Haar an seiner Wange. Etwas sagte ihm, dass er ganz still stehen bleiben musste, was er auch tat, während sein Arm mit der Zeit ganz taub wurde. Andererseits spürte er, wie das Zittern ihrer Schultern allmählich nachließ, was die Unannehmlichkeit wert war.

Ein Wagen fuhr heran, und ein großer, schlanker Mann mit wettergegerbter Haut, die an ein Stück getrocknetes Rindfleisch erinnerte, stieg aus. Der eine Ärmel seiner Uniform war leer. Er trat auf Chief Baxter zu; es folgte eine kurze Unterredung.

Der Sheriff nahm Chief Baxter das Megafon aus der Hand. »John, hier ist Miles. Du hast dich ja mächtig in die Klemme gebracht.«

»Ich weiß, Catch!«

»Komm da runter! Ich garantiere dir vollen Schutz, aber dir muss klar sein, dass ich dich festnehmen werde.«

»Ja! Und ich vertraue drauf, dass du diese Affen daran hinderst, völlig durchzudrehen!«

Torrance ließ den Blick über die Anwesenden schweifen. »Zurück, alle miteinander«, bellte er all jene an, die eine Waffe gezückt hatten. »Zurück auf die andere Straßenseite.« Er deutete auf den Klansmann direkt neben ihnen. »Und damit eines gleich klar ist: Meine Schusshand funktioniert tadellos. Falls einer schießen sollte, kriegt er eine Kugel von mir ab, das schwöre ich.«

Erwartungsvolle Stille breitete sich aus. Die Eingangstür des Gebäudes ging auf, und John trat mit erhobenen Händen heraus. Es schien, als ginge ein kollektives Ausatmen durch die Menge, das Dwayne erst jetzt bewusst werden ließ, dass er die ganze Zeit die Luft angehalten hatte.

»John!«, schrie Alicia und wollte zu ihm laufen. Augenblicklich richtete sich mindestens ein halbes Dutzend

Waffen auf sie. Dwayne trat vor, um sie mit seinem Körper abzuschirmen, die Arme weit ausgebreitet, während das Adrenalin so rasend schnell durch seine Venen schoss, dass es sich anfühlte, als wäre ein Rennpferd in seiner Brust gefangen.

»Alicia, mir geht's gut!«, rief John und kam langsam auf sie zu. »Ganz ruhig. Ich will diesen Kerlen keine Ausrede liefern.«

Er trat an den Straßenrand, worauf Alicia zu ihm lief und die Arme um ihn schlang. Er flüsterte ihr etwas zu und zog einen Gegenstand aus der Hosentasche, den er ihr in die Hand drückte.

Torrance zog ein Paar Handschellen hervor. »Tu mir einen Gefallen, John, und leg sie an.«

John gehorchte. Dwayne blickte unterdessen Torrance an. Er hatte noch nie zuvor einen Sheriff gesehen. Der Mann strahlte eine bemerkenswerte Selbstsicherheit und Gelassenheit aus, die gewiss mit ein Ergebnis seiner grauenvollen Verstümmelung waren. Sein Abzeichen schimmerte im Schein der Straßenlampe. Allein seine Gegenwart genügte, dass Dwayne sich schlagartig besser fühlte … besser als seit Tagen. Mit einem Mal schien es, als könnte alles wieder gut werden, als könnten sie alle darauf vertrauen, dass er das Richtige tun und diesem Wahnsinn um sie herum ein Ende setzen würde. Es war nicht Rechtschaffenheit, die von ihm ausging, sondern etwas Bedeutenderes, Größeres – etwas, das Dwayne unwillkürlich an den Moment zurückdenken ließ, als er seinen Pa das letzte Mal gesehen hatte, zeternd und schimpfend, außer sich vor Wut.

Torrance führte John zum Wagen. »Gehen wir.«

Alicia klammerte sich an John fest. »Bitte, Sheriff, was geschieht jetzt mit ihm?«

»Ich bringe ihn ins Gefängnis«, antwortete Torrance. »Dort wird er bleiben, bis wir wissen, welcher Verbrechen er sich schuldig gemacht hat.« Er drückte John auf den Rücksitz.

»Und … ist er dort auch sicher?«, fragte Dwayne.

Einen Moment lang hatte es den Anschein, als würde Torrance sich wortlos an ihnen vorbeischieben, doch dann wandte er sich um. »Ich habe Meldung erhalten, dass heute Abend noch eine Truppe Marines als Verstärkung eintreffen wird. An denen kommt keiner vorbei, Junge, darauf kannst du dich verlassen.«

»Kann ich ihn … besuchen kommen?«, fragte Alicia.

Torrance hielt kurz inne. »Morgen. Morgen können Sie ihn sehen. Gehen wir.« Er klopfte auf das Wagendach und setzte sich auf den Beifahrersitz.

Der Fahrer ließ den Motor an. Alicia blieb neben dem Wagen stehen und blickte durchs Fenster auf John, als wartete sie auf eine Antwort auf eine Frage. Sein Gesicht war im Schein der Straßenlampe nicht zu erkennen.

Dwayne stand neben ihr und sah zu, wie der Wagen des Sheriffs davonfuhr, während die Dunkelheit sich vollends über sie senkte.

Alicia rollte sich in ihrem Bett im Last Resort zusammen, schloss die Finger um den Zinnsoldaten und genoss den Schmerz, als sich das Spielzeuggewehr in ihre Handfläche bohrte. Es war so still im Haus. Thomas war niemals laut gewesen, wenn er unten geschlafen hatte, trotzdem hatte das Wissen um seine Gegenwart stets etwas Tröstliches gehabt. Sie hatte versucht, die Polizisten von ihm wegzuziehen, als sie auf ihn losgegangen waren, doch es waren zu viele gewesen. Reglos hatte er auf dem Boden gelegen, bis man ihn weggebracht hatte. Es war unvorstellbar, dass sie ihn niemals wiedersehen würde, dass er für immer fort sein sollte; eher wäre ein Stück von Key West weggebrochen und im Meer versunken. Ohne ihn hatte die Ruhe im Haus eine gähnende Leere, als wäre es seit Jahren unbewohnt.

Dwayne hatte Thomas' Posten vor der Tür beziehen wollen, doch sie hatte ihn in den Tea Room hinübergeschickt. Er hatte alles getan, was er nur tun konnte, um Wiedergutmachung zu leisten. Irgendwann würde er zu seiner Familie zurückkehren, doch sie brachte es nicht über sich, ihn einfach wegzuschicken. Er hatte sich gegen seinen eigenen Vater und den Klan gestellt und stand im Begriff, ein anständiger junger Mann zu werden ... genau der Mensch, auf den seine Mutter stolz sein konnte.

Alicia hatte sich noch nie so allein gefühlt.

Das Bett war in einen Kreis aus gelbem Licht getaucht, wie eine Insel inmitten eines dunklen Meeres. Hortensia hatte sie gedrängt, in ihrem Zimmer im Tea Room zu schlafen, nur diese eine Nacht, doch sie wollte nicht schlafen; sie verspürte einen geradezu animalischen Drang, dort zu sein, wo er gewesen war, wo alles an ihn erinnerte. Sie presste das Gesicht in sein Kissen, in dem der Geruch seiner Pomade hing, sog seinen Duft tief in ihre Lunge. Auch die Laken, die sie nun eng um sich zog, rochen nach ihm. Auf der Matratze zeichnete sich noch der Umriss seines Körpers ab, hier und da waren bräunliche Flecken zu sehen, wo Blut durch die Verbände gedrungen war. Sie legte sich daneben und starrte aus dem Fenster.

Der mondlose Himmel spendete keinerlei Trost. Inzwischen hatte man John bestimmt in eine Zelle gesperrt; etwas, das ihn angesichts seiner Konflikte mit dem Gesetz in der Vergangenheit weder sonderlich belasten noch in große Angst versetzen würde. Hätten ihn auf Kuba bewaffnete Polizisten mitgenommen, würde sie jetzt um sein Leben fürchten. Dann wäre sie längst im Gefängnis und würde aufpassen, so wie alle es in ihrer Heimat machten, wenn einer ihrer Angehörigen verhaftet wurde.

Aber dies war Amerika. Dieser Sheriff, Torrance, hatte den Eindruck gemacht, als wäre er ein anständiger Mann mit Prinzipien, und John schien ihm zu trauen. Nach allem, was sie über das amerikanische Justizsystem wusste, würde bei der Bemessung seiner Strafe der brutale Angriff der Klansmänner Berücksichtigung finden, vor allem, nachdem John ja bereits zwei der Beteiligten identifiziert hatte.

Johns Stimme hallte in ihren Gedanken wider, so klar und deutlich, als läge er neben ihr, sein schwarzes Haar wie ein Tintenfleck auf dem weißen Kissen. »Ich komme schon klar, Liebling. Torrance ist ein anständiger Kerl, und an einem Trupp Marines kommt keiner vorbei. Das sind knallharte Typen, neben denen ich wie ein Chorknabe dastehe.«

Sie stellte sich vor, wie er in einer vergitterten Betonzelle hockte, bewacht von einer Handvoll bis an die Zähne bewaffneter Soldaten. Nur noch ein paar Stunden, dann konnte sie zu ihm gehen. Die Zeit würde schneller vergehen, wenn sie ihre Gedanken mit irgendetwas beschäftigte. Wohin wir gehen, überlege ich mir dann, wenn er wieder frei ist.

Ja, die Wartezeit würde schwer werden. Sehr sogar. Aber sie verfügte über die Mittel und die Fähigkeiten, für sich selbst zu sorgen. Sie würde auf ihn warten, ganz egal, wie lange es dauerte, und dann würden sie die Bar und das Hurenhaus verkaufen, sich ein Boot nehmen und so lange um die Inseln segeln, bis sie ein Zuhause gefunden hatten. Sie würden eine Bar eröffnen, diesmal am Strand, weit weg von den Hasspredigern in ihren weißen Kutten und deren Handlangern, von den absurden Prohibitionsgesetzen und dem Klirren von zerberstenden Schnapsflaschen. Am Ende eines jeden Tages würden sie im goldenen Schein des tropischen Sonnenuntergangs auf ihr Glück anstoßen. Sie sah Kinder vor sich, mit hellbrauner Haut, grauen Augen und schwarzem Haar, die splitternackt am Strand herumrannten, während über ihnen sanft die Palmen in der Brise schwankten.

Bis morgen, mi amor.

Es war immer noch *Nochebuena*, Heiligabend. Wie war das möglich? Wie konnte ein einziger Tag sich so lange hinziehen? Sie waren zusammen aufgewacht, und nun konnten sie nicht mehr zusammen einschlafen, und zwar für eine ziemlich lange Zeit, wie es aussah. In Havanna würden Papa und Mamacita bei der traditionellen Nachbarschaftsfeier sitzen und Spanferkel essen. Es war fast Mitternacht, sprich, die meisten zogen vermutlich gerade singend in die Kirche, um dort Kerzen zu entzünden und den Segen des Herrn entgegenzunehmen.

Sie war nie sonderlich gläubig gewesen, und doch hatte sie während der langen Minuten, die sie auf der Duval Street gewartet hatte, die Hände gefaltet und inbrünstiger gebetet denn je zuvor. *Bitte, Herr, mach, dass ihm nichts passiert. Das ist alles. Mehr will ich gar nicht von dir.*

Und es hatte funktioniert, ihr Flehen war erhört worden. John war unversehrt aus dem Gebäude getreten und hatte sich den Menschen ergeben, die ihn nun beschützen würden.

Die Uhr schlug Mitternacht.

Der Zinnsoldat fühlte sich warm in ihrer Hand an.

Jetzt ist es schon morgen. Bald sehe ich dich wieder, mi amor, *sehr bald.*

Kapitel 25

Key West, 1993

Alicia sitzt in ihrer Zelle, die schwarze Handtasche fest an sich gepresst. Eisige Luft weht aus den Lüftungsschlitzen, verbreitet den metallischen Geruch nach Desinfektionsmittel. Sie zieht die Decke enger um ihre Schultern und unterdrückt ein Niesen. Ihre Beine sind nicht lang genug, um bis zum Boden zu reichen. Trotzdem könnte ihre erste Nacht im Gefängnis schlimmer sein. Für dich war es schlimmer, *mi amor*, hab ich recht? Ihre Hand wandert in ihre Tasche, wühlt sich an dem üblichen Krimskrams vorbei, bis ihre Finger sich um den vertrauten Gegenstand schließen. Sie braucht ihn noch nicht einmal herauszuziehen. Ihre Hand kennt jeden Zentimeter des Spielzeugsoldaten, dessen Farben längst verblasst und dessen Kanten geglättet sind. Er liegt zwischen Papiertaschentüchern, Hustenbonbonpapierchen, Pennys und Staubflocken, wartet. Wie immer ist es beruhigend, ihn in ihrer Faust zu spüren.

Obwohl sie sich all die Jahre immer gefragt hatte, wie es sich wohl anfühlen würde, war sie auf den Moment nicht vorbereitet gewesen, als er gekommen war. Sie war am Morgen durch den Park spaziert, ohne zu ahnen, dass der Klan dort eine Versammlung abhalten würde, aber plötzlich war sie mittendrin gewesen – weiße Kutten, die sich vor dem grünen Rasen abhoben, wippende Kapuzen im strahlenden Sonnenschein. Blind vor Panik war sie stehen geblieben, während eine Flut an Erinnerungen über sie hinweggespült war. Unter Aufbietung all ihrer Willenskraft hatte sie ihr Herz gezwungen, weiterzuschlagen, und sei es nur, um ihnen nicht die Befriedigung zu verschaffen, dass sie mitten in ihrer Versammlung tot umfiel.

Und dann hörte sie auf einmal seinen Namen.

Einer der jungen Gefolgsmänner beugte sich zu einer greisenhaften Gestalt im Rollstuhl und fragte: »Darf ich Ihnen eine Coke bringen, Mr. Simpkins?«

Nun setzte ihr Herz doch einen Schlag aus.

Logischerweise war er mittlerweile ein alter Mann, und er trug eine große Sonnenbrille unter der Kapuze, die praktisch sein gesamtes schildkrötenhaftes Gesicht verbarg. Außerdem war er noch weiter geschrumpft, kaum größer als ein Kind, sodass er in seiner weißen Kutte beinahe ertrank.

Der Gedanke an seine erbärmliche Gestalt hatte sie auf dem Weg von zu Hause zurück in den Park um ein Haar ihren Plan verwerfen lassen. Bei jedem Schritt hatte sie das solide Gewicht des Colts an ihrer Hüfte gespürt und sich gefragt, was es bringen sollte. Es war so lange her, so viele Jahre waren vergangen, ein ganzes Leben. Ihre Entschlossenheit war ins Wanken geraten, ihre Schritte hatten sich verlangsamt. Doch dann hatte sie sich gezwungen, jene Erinnerung heraufzubeschwören, die ihr am heiligsten war und vor der sie sich zugleich am meisten fürchtete – die Erinnerung an jenen unbeschreiblichen Schmerz, als sie John das letzte Mal gesehen hatte. Und das hatte genügt, um sie vor seinen Rollstuhl treten und seinen Namen sagen zu lassen.

»Charlie Simpkins.« Er hob den Kopf, reckte das spitze Kinn. Ein Paar dünner Handschuhe lag in seinem Schoß.

»Wer will das wissen?«

»Charlie ›Bucket‹ Simpkins?« Ihre Knie wurden weich. Sie schloss die Finger fester um ihren Platanenholzstock.

»Für Sie immer noch Mr. Simpkins.« Er sah sie an. »Die Kaffeebraune«, flüsterte er.

Sie hörte die letzten Worte lediglich dank ihres neuen Hörgeräts, das sie sich zum Achtzigsten geleistet hatte.

All die Jahre hatte sie sich gefragt, ob es schwer sei, wenn die Zeit käme, aber im Grunde war es ganz einfach. Sie legte den Stock hin, umfasste die Waffe mit beiden Händen und zielte auf das runde Emblem auf seiner Kutte, direkt über seinem Herzen. Seine Sonnenbrille verdeckte seine Augen, weshalb sie den Ausdruck darin nicht erkennen konnte – ob er Angst oder etwas anderes empfand, als die Kugel seine dünne, alte Haut durchschlug und seine porösen Knochen zerfetzte. Er gab ein kurzes Zischen von sich und sackte zur Seite, während sich ein roter Fleck auf seiner Kutte ausbreitete. Wie gebannt stand sie da und sah zu. Ihre Ohren klingelten.

Viel schockierender als die Tatsache, wie leicht sich ein Menschenleben auslöschen ließ, war das Gefühl danach, als die Polizisten angelaufen kamen, die Klansmänner sie anbrüllten und die Zuschauer und die Fernsehkameras sich auf sie richteten. Sie hatte erwartet, so etwas wie Erleichterung zu empfinden, nun, da sie es endlich getan hatte und die Last von ihren Schultern genommen war. Sie hatte geglaubt, alles müsse ganz anders sein, sobald Gerechtigkeit vollzogen, die Waagschalen des Universums ausbalanciert waren, doch sie hatte es nicht empfunden und tat es auch jetzt nicht, dieses Gefühl des Friedens, auf das sie gehofft hatte, wenn er nicht mehr auf dieser Erde wäre.

Und auch jetzt empfindet sie nichts, rein gar nichts. Ihr Blick schweift durch die Zelle. Durchaus möglich, dass sie in genauso einem nichtssagenden Raum den Rest ihres Lebens verbringen wird. Der Schein der Neonlampen an der Decke lässt alles ringsum zu Betongrau verblassen.

Sie dreht sich um, als Meredith mit einer Kaffeetasse in der Hand hereinkommt. *Das Mädchen macht nur seine Arbeit.* Aber Alicia wird ihre Tasche nicht hergeben, solange noch ein Fünkchen Leben in ihr ist. Sie schließt die Hand fester um den kleinen Soldaten und heißt den Schmerz willkommen, als sich sein Gewehr in ihre Handfläche schneidet, in der noch immer die helle Spur der Narbe zu sehen ist.

Meredith stellt die Tasse auf den Tisch. »Ist Ihnen kalt, Señora Cortez?«

»Sie wissen also, wie ich heiße.«

»Ja, ich habe es herausgefunden.«

Kluges Mädchen.

»Der Pflichtverteidiger ist schon im Haus und kommt bald zu Ihnen. Ich sorge dafür, dass die Klimaanlage heruntergedreht wird. Hier friert man sich ja den …« Sie hält inne und wird rot.

»Arsch ab?«

Meredith stößt ein Prusten aus und ringt um ihre Fassung. »Allerdings.« Sie setzt sich neben Alicia auf die Bank. Ihre Brillengläser sind so dick, dass ihre Augen riesig dahinter wirken. Sie faltet die Hände, schlägt die Beine übereinander und holt tief Luft.

»Meredith«, unterbricht Alicia, noch bevor die Polizistin etwas sagen kann. »Ich sehe sehr viel fern. Wie alle Leute in meinem Alter, wissen Sie?«

»Ja, aber …«

»Am liebsten Krimiserien. *Magnum*, *Law & Order*, *Cagney & Lacey*. Ich sage es nur, damit Sie Bescheid wissen. Ich weiß, was mir bevorsteht.«

»Verstehe.« Sie nickt.

»Und Sie werden mir jetzt gleich sagen, dass es im wahren Leben anders läuft.«

»Stimmt.«

Sie hat ein hübsches Lächeln.

»Wenn es nach mir ginge, könnten Sie Ihre Tasche gern behalten«, meint Meredith. »Ich würde meine auch keine Sekunde aus den Augen lassen, aber Chief Campbell sagt …«

»Campbell? Den Namen habe ich schon seit … langer, langer Zeit nicht mehr gehört.« Alles verschwimmt um sie herum. Bilder von vor siebzig Jahren flackern an den Rändern ihres Bewusstseins auf. Ihre Finger schließen sich fester um die Zinnfigur. »Wie geht es denn seinem Vater?«

Roy mustert den Pflichtverteidiger über seinen Schreibtisch hinweg. Kyle »Snowbird« Loughlin stammt aus einer Gegend so weit nördlich von hier, dass er ebenso gut

Kanadier sein könnte, was ihm seinen Spitznamen eingebracht hat. Trotz einer geldadeligen Familie im Rücken und eines Abschlusses an einer Elite-Uni ist er hier gelandet, wo er all jenen als Verteidiger zur Seite steht, die sich keinen Verteidiger leisten können. Gerüchten zufolge wollte ihn in der Familienkanzlei keiner haben. Roy interessieren die Gründe für Kyles Karriereentscheidungen nicht, er ist bloß froh, dass er in diesem speziellen Fall einen Pflichtverteidiger mit Grips erwischt hat.

Kyle blickt von seinen Notizen auf. »Seit ihrem Geständnis weigert sie sich also, den Mund aufzumachen, Chief? Nur noch mal zum Verständnis. Sie hat lediglich gesagt: ›Ich war's. Ich hab's getan‹? Nichts von Vorsatz oder dergleichen?«

»Nein, kein Wort. Wir haben nicht nachgefragt, und sie hat nichts gesagt.« Diese Tatsache war von größtem Vorteil für Señora Cortez. »Sie wird heute noch Richter Mander vorgeführt. Die Anklage lautet auf Totschlag, eine Kaution wurde abgelehnt.«

Es war gut, dass Mander der zuständige Richter sein würde, weil er das Stadium, in dem er alles dem Ziel unterordnete, wiedergewählt zu werden, längst hinter sich hatte. Er brauchte keinem mehr etwas zu beweisen und hatte mehr als genug hochkarätige Fälle verhandelt, weshalb er diesen hier nicht brauchte, um seiner Laufbahn einen Schubs zu verpassen.

»Das dachte ich mir fast. Und wie steht es um ihre Gesundheit?«, fragte Kyle.

»Der Arzt hat sie gestern Abend noch untersucht, konnte aber außer einem leicht erhöhten Blutdruck nichts Besorgniserregendes finden, was keine Überraschung ist. Er hat ihr ein paar Medikamente dagelassen.« Offen gestanden hatte der Arzt gemeint, die alte Frau sei in besserer Verfassung als Roy selbst. »Meine Leute sagen, sie sei weder verängstigt noch durcheinander oder so, sondern wirke eher resigniert. Sie sitzt einfach da und wartet darauf, wie es weitergeht. Und hält ihre Tasche fest, als wäre sie ein Rettungsring auf der Titanic.«

»Hm.« Loughlin macht sich eine Notiz. »Und wie schätzen Sie ihre mentale Verfassung ein?«

»Mein Bauch sagt mir, dass ihre Handlungsfähigkeit nicht das Problem ist.«

»Sobald ich sie gesprochen habe, entscheide ich, ob ich den Psychiater hinzuziehe oder nicht. Was sie getan hat, kommt mir irgendwie ein bisschen verrückt vor. Das könnte das Beste für alle Beteiligten sein.«

Endlich kann Roy den Anflug eines Südstaatendialekts in Kyles Worten hören. Er beugt sich vor. »Was wissen Sie über Alicia Cortez?«

»Nur, was in der Akte steht.«

»Sie müssen sich in die Geschichte der Stadt einlesen. Das musste ich auch, weil ich nicht hier aufgewachsen bin. Sie hat schon 1919 hier gelebt, zusammen mit einem Mann namens John Morales. Er war weiß.«

»Ich kenne mich ziemlich gut in Geschichte aus, vorwiegend in der mittelalterlichen Geschichte Europas, aber was hat das mit der Tat zu tun?«

Roy spürt Kyles Ungeduld. »Das war während der Zeit der Rassentrennungsgesetze. Damals konnte eine Mulattin nicht mit einem Weißen zusammenleben. Natürlich haben es viele trotzdem getan, aber niemals offiziell.«

»Verstehe. Die beiden haben gegen die Konventionen verstoßen. Aber worauf wollen Sie hinaus, Chief? Ich muss jetzt zu meiner Mandantin.«

»Der Klan hat sich damals hier in der Gegend breitgemacht und ein Exempel an Morales statuiert, als er sich nicht von ihr trennen wollte.« Roy nippt an seinem Kaffee. Er ist kalt und schmeckt bitter. »Ich habe ein bisschen recherchiert. Der Mann, den sie ermordet hat, Charlie Simpkins, den damals alle ›Bucket‹ nannten, war der Kleagle des Klans hier in Key West, was in ihrem albernen Duktus so viel wie Leiter einer Ortsgruppe bedeutet.«

Er kann sehen, wie sich die Rädchen in Kyles Gehirn drehen. Der Junge ist schlau, wenn auch ein bisschen ungeduldig. Roy erinnert sich, wie er in diesem Alter war, immer in Eile. Heutzutage hat er es allenfalls noch eilig, wenn er mitten in der Nacht zur Toilette muss.

Kopfschüttelnd rutscht Kyle auf seinem Stuhl nach hinten und klappt sein Notizbuch zu. »Inzwischen ist mir klar, was Sie mit der Handlungsfähigkeit gemeint haben. Gott sei Dank, dass sie sich weigert, mehr zur Tat zu sagen.«

»Genau. Ich schlage vor, Sie gehen in die Bibliothek, bevor Sie mit ihr reden. Das heißt natürlich, falls sie überhaupt bereit ist, sich zu äußern.«

»Danke, Chief, das mache ich.«

Gerade als Kyle aufsteht, klopft Meredith an die Tür und tritt ein.

»Chief, ich … oh, Snow… Mr. Loughlin, meine ich.«

»Meredith. Ich habe Kyle gerade über die Hintergründe zu unserem Fall aufgeklärt.«

»Etwas ist passiert, Chief. Gerade eben, als ich ihr etwas zu trinken gebracht habe. Sie hat ihre Meinung geändert und will jetzt reden. Aber nicht mit Ihnen, Mr. Loughlin.« Sie wirft ihm einen entschuldigenden Blick zu. »Sie will nur mit einem einzigen Menschen reden.«

Roy kreuzt die Arme über seinem ausladenden Bauch. »Na, das ist doch immerhin etwas. Raus mit der Sprache ... wer ist der oder die Glückliche? Oprah?«

»Nein, Sir, nicht Oprah.« Ihre Fischaugen schließen sich kurz, einmal, zweimal. Sie senkt die Stimme. »Der Einzige, mit dem sie reden will, Chief, ist Ihr Dad.«

Dreißig Meilen entfernt sitzt Dwayne auf der Bettkante, steht auf, geht im Zimmer herum, setzt sich wieder hin. Roys Anruf hat seinen Tagesablauf völlig durcheinandergewürfelt, und jetzt weiß er nicht, was er tun soll. Normalerweise würde er um diese Uhrzeit seinen Spaziergang machen, vorbei am Hurrikan-Denkmal und hinunter zum Strand, um dort mit einem der Jungs eine Runde Schach zu spielen.

Umziehen, denkt er, *ja, genau*. Doch als er vor den Schrank tritt, scheint nichts wirklich passend zu sein, er besitzt nur Altmännersachen. Er steht da und starrt auf seine Kleider, während seine Gedanken um Roys Anruf kreisen.

Den Namen wieder zu hören, nach all den Jahren und unter diesen Umständen, war, als würde ihn die Vergangenheit einholen. Er bekommt fast keine Luft mehr und muss sich wieder aufs Bett setzen und sich auf die Arme stützen. *Bestimmt macht mein Schrittmacher gerade Überstunden.*

Sie hat also endlich wahrgemacht, was sie bei ihrer letzten Begegnung geschworen hat, an jenem grauenvollen Morgen vor mehr als siebzig Jahren. Nach allem, was Roy gesagt hat, scheint es etwas mit der Klan-Versammlung im Bayview Park zu tun zu haben. Sein Sohn mag auf der richtigen Fährte sein, doch ihm fehlen all jene Fakten, die nicht in den Geschichtsbüchern stehen.

Und er weiß auch nichts darüber, welche Rolle sein Vater in alldem spielte.

»Bei Gott, Sie haben es getan, Miss Alicia«, sagt er laut in den leeren Raum hinein. »Sie haben es tatsächlich getan.«

Am Ende kommt die Wahrheit also doch noch ans Licht. Dwayne ist froh darüber. Roy hat gesagt, sie weigere sich, mit irgendjemandem außer ihm zu reden, was ziemlich frustrierend sein muss. Roy ist bereits auf dem Weg nach Heron Key, um ihn abzuholen und nach Key West zu bringen, damit er ihnen hilft, das Rätsel zu lösen. Auf der Fahrt, parallel zu den verwitterten Pfeilern der alten Florida-East-Coast-Railway-Strecke, wird er seinem Sohn endlich jene Geschichte erzählen, die er so lange in seinem Innern vergraben hat.

Und dann könnte es tatsächlich interessant werden. Es kommt darauf an, ob die Behörden zu dem Schluss gelangen, dass er damals als Komplize bei einer Straftat gehandelt hat, was wiederum Einfluss auf Roys Entscheidung nehmen wird, was genau er mit den Informationen seines Vaters anfängt.

Er wendet sich wieder dem Kleiderschrank zu, zieht wahllos ein Hemd heraus und streift es über. Seine arthritischen Finger haben Mühe, die Knöpfe zu schließen. Sein Blick fällt auf sein Spiegelbild – seinen kahlen, von Altersflecken übersäten Schädel. Er hält inne.

Ich sehe wie eine Galapagos-Schildkröte aus.

Sie ist immer noch wunderschön, daran hat er nicht den geringsten Zweifel. Er gestattet sich, daran zurückzudenken, wie sie damals aussah, an jenem Sommertag 1919, als sie aus der Fähre aus Havanna stieg, so frisch und hübsch in ihrem grünen Kleid. Und so traurig.

Mehr als einmal hat er versucht, sie ausfindig zu machen, hat sogar Gefallen bei Polizeikollegen eingefordert, die Datenbank zu überprüfen, nur um am Ende zu dem Schluss zu gelangen, dass sie offenbar nicht gefunden werden wollte.

Das Hemd ist nicht das richtige. Er reißt es sich vom Leib und zieht ein anderes heraus – das weiße, das er immer in der Kirche trägt. Kurz überlegt er, ob er eine Krawatte anlegen soll, ein Jackett braucht. Die Klimaanlagen auf den Revieren laufen grundsätzlich auf Hochtouren. Und er will wie ein Gentleman aussehen. Aber dann fällt ihm ein, dass er nur eine einzige Krawatte besitzt, seine schwarze Beerdigungskrawatte, die er in letzter Zeit allzu häufig anlegen musste. Er entscheidet sich für ein blaues Sportsakko, das seinen Bauch einigermaßen kaschiert, dreht sich vor dem Spiegel hin und her; eigentlich ist er ganz zufrieden, doch dann zieht er beides wieder aus und schleudert die Sachen auf den Boden.

Was soll das? Ich stehe hier herum und überlege, was ich anziehen soll, während sie wegen des Verdachts an einem Mord in einer Zelle sitzt, bei dem ich ihr geholfen habe.

Er tritt ans Fenster, das aufs Meer hinausgeht, und starrt in die Brandung. Neuerdings ist ihm die Vergangenheit häufig näher als die Gegenwart, und er ertappt sich dabei, dass er sich öfter mit Leuten unterhält, die längst tot sind, als mit Lebenden. Er blickt auf den Strand hinunter, während er sich unvermittelt an einem anderen Strand wiederfindet, dort, wo alles passiert ist …

Nachdem sie Johns Leiche weggeschafft hatten, lief er nach Hause. Es hatte zu regnen begonnen, eher ein dichter Nebel, mit Tropfen, die in der Luft zu schweben schienen. Sie legten sich auf sein Gesicht, vermischten sich mit seinen Tränen. Das Gewehr aus dem Schuppen zu holen war ein Kinderspiel. Pa wusste nicht, dass Dwayne ihn dabei beobachtet hatte, wie er den Schlüssel unter dem Butterfass versteckt hatte.

Er und Ma saßen am Frühstückstisch, als Dwayne mit der Waffe im Anschlag zur Tür hereinstürmte. Es war das erste Mal, dass sein Vater ehrlich überrascht wirkte.

Grunzend sprang er auf. »Wie kannst du es wagen, in mein Haus zu kommen und mich mit meiner eigenen Waffe zu bedrohen?«

Ma schrie auf und wollte zu Dwayne laufen, doch Pa vertrat ihr den Weg.

Seine Stimme summte in seinem gesunden Ohr, und er spürte die Vibration an seinen Armen entlang bis in seine Hände wandern, die zu zittern begannen. Pa machte einen Satz vorwärts.

»Bleib stehen!«

Aber Pa lachte nur. »Ach ja? Willst du mich etwa erschießen? Sag mir eins, Sohn: Womit habe ich diese Beleidigung verdient, noch dazu in dem Haus, in dem du groß geworden bist?«

Trotz allem, was in den vergangenen achtundvierzig Stunden vorgefallen war, fühlte Dwayne sich schlagartig wieder wie ein kleiner Junge. Der Kaffeeduft war so vertraut, dass er sich am liebsten hingesetzt, eine Tasse getrunken und ein paar von Mas selbst gebackenen Buttermilchkeksen dazu verputzt hätte. Ein flehender Ausdruck lag in ihren Augen. Er hatte sie so vermisst.

Abrupt riss er das Gewehr wieder hoch. »Du wirst mir …«, begann er und gab sich alle Mühe, nicht zu stottern. »Du wirst mir jetzt sagen, wer das angeordnet hat. Was sie mit Mr. Morales gemacht haben. Und dann … werdet ihr alle … ihr alle miteinander, die daran beteiligt waren … bestraft werden.« Er hasste das Zittern in seiner Stimme. Entschlossen zog er die Waffe enger an sich.

»Willst du das wirklich tun, Junge? Alles der Polizei erzählen? Gern. Versuch's nur. Und vielleicht hast du ja vor, noch auf ein paar andere Männer in der Stadt mit dem Gewehr loszugehen. Falls du das tust, werde ich dafür sorgen, dass mit dir dasselbe geschieht wie mit diesem miesen Dreckskerl, das schwöre ich dir.«

»Nein!« Ma schob sich an ihm vorbei und trat zu Dwayne. »Du wirst nicht zulassen, dass sie ihm etwas antun!«

»Sag mir einfach, wer das angeordnet hat«, wiederholte Dwayne. »Und dann verschwinde ich und werde dich nicht länger blamieren. Los, sag es mir.« Er sah Pa in die Augen. »War es der Hexenmeister?«

Scheinbar völlig ruhig löste Pa sich von der Tischkante und griff nach seiner Kaffeetasse. »Du hast nichts von dem mitbekommen, was ich dir erzählt habe, oder? Morales war ein lokales Problem, das auf lokaler Ebene gelöst werden musste. Und, Sohn«, fuhr er lächelnd fort, »das hätte ich dir auch erzählt, ohne dass du mich mit einem Gewehr bedrohst.«

Dwayne musste gegen die Übelkeit ankämpfen, die in ihm aufstieg. Er schluckte. »Simpkins.«

»Ah, endlich benutzt du deinen Verstand.« Pa schlug sich mit der flachen Hand aufs Knie. »Natürlich war es Charlie. Diese Schande konnte er ja schlecht auf sich sitzen lassen, nicht solange der Klan hier in den Keys etwas zu sagen hat. Und jetzt, Sohn, kannst du gern lauthals Gerechtigkeit einfordern, aber du machst dir damit bloß eine Menge mächtiger Feinde. Siehst du etwa jemanden, der nach dem, was mit Morales passiert ist, aufsteht und protestiert? Nein, siehst du nicht.«

Pa hatte recht, und er wusste es selbst. Gar nichts würde passieren, nichts würde sich ändern. Selbst wenn er zur Polizei ginge, fände der Klan Mittel und Wege, sich die Ergebnisse zu erkaufen, die ihnen in den Kram passten. Er war ein Narr gewesen, sich einzubilden, er könnte sich gegen Pa und seine Spießgesellen stellen. Gegen seinen Vater würde er niemals etwas ausrichten können. Weil er ein Schwächling war, schwach und erbärmlich, und daran würde sich nie etwas ändern.

Angewidert, ebenso von sich wie auch von Pa, schleuderte er das Gewehr von sich und wandte sich zum Gehen.

Der Knall war so laut, dass die Fensterscheiben klirrten, gefolgt von einer dicken grauen Rauchwolke und durchdringendem Brandgeruch. Ma schrie auf und kniete sich neben Pa, den die Druckwelle zu Boden geworfen hatte. Die Kugel war in seine Kehle eingedrungen und durch die Schädeldecke wieder ausgetreten. Blut und Hirnmasse klebten an der Küchendecke.

Ma lief zu Dwayne und schlang die Arme um ihn. Er schloss die Augen, in der Gewissheit, dass es bloß ein Albtraum war, doch als er sie wieder aufschlug, lag Pa immer noch auf dem Rücken. Das Unaussprechliche war geschehen: Pa war tot. Es schien, als wäre der Raum mit einem Mal von einer elektrischen Spannung erfüllt. Alles war anders. Es hätte ihn nicht gewundert, wenn sich der Himmel plötzlich rot verfärbt hätte und die Fische an Land spaziert wären.

Eine wesentliche Säule seines Daseins war gefallen und drohte nun seine Welt zusammenbrechen zu lassen.

Er kann nicht tot sein.

Aber er war es, und das war einzig und allein Dwaynes Schuld. Er lag da, die Arme weit ausgebreitet, eine groteske Parodie der wohlwollenden Predigergeste, das Gesicht in einer Fratze völligen Erstaunens gefroren. Seine Kaffeetasse lag neben seiner erkaltenden Leiche.

Dwaynes Beine gaben nach. Er rutschte an der Wand nach unten, doch Ma zog ihn wieder auf die Füße. »Wir müssen gehen«, sagte sie.

Sie gingen zu Sheriff Torrance, der nach eingehender Prüfung des Tatorts und Mas Zeugenaussage zum Schluss gelangte, dass es sich um einen tragischen Unfall handelte. Dwayne war Torrance zu großem Dank verpflichtet, nicht nur dafür, dass er am Ende eine weiße

Weste hatte, sondern auch dafür, dass er ihn zu einer Karriere als Polizist ermutigte.

Selbst nach all den Jahren und nach allem, was seitdem passiert ist, zittern Dwayne bei der Erinnerung daran heute noch die Knie. Er setzt sich wieder aufs Bett. Pas Tod hat ihn nicht gebrochen, nein, in gewisser Weise hat er ihn sogar stärker gemacht. Lange Zeit danach verfolgte Pa ihn bis in seine Träume, mit einem riesigen Loch im Hinterkopf, beschimpfte ihn und zitierte mit seiner vollen Stimme Bibelstellen.

Alicia ist die Einzige, mit der Dwayne jemals über die Ereignisse dieses Tages gesprochen hat. Es ist nur eines der Geheimnisse, die sie in dieser schlimmen Zeit miteinander verbanden. In den Wirren nach Johns Tod trafen sie sich nur noch ein Mal – am Tag, an dem sie nach Kuba reisen sollte. Er gab ihr das Einzige, was in seiner Macht stand – einen Namen –, und sah zu, wie sie auf die Fähre nach Havanna stieg, in demselben grünen Kleid wie bei ihrer Ankunft, in der Gewissheit, dass er sie niemals wiedersehen würde.

Und nun ist sie wieder da, wegen jenes Geschenks von damals, unter den schlimmsten nur denkbaren Umständen.

Roys Wagen fährt vor. Sein Sohn ist das Beste, was er in seinem Leben zustande gebracht hat. Nachdem er den Schock über seine Geburt verwunden und seinen Frieden damit geschlossen hatte, war er fest entschlossen, ihm ein besserer Vater zu sein, als Pa ihm einer gewesen war. In vielerlei Hinsicht ist es ihm gelungen, allerdings gibt es Kapitel seines Lebens, von denen er niemals geglaubt hat, dass er sie mit Roy besprechen würde.

Er zieht ein schlichtes T-Shirt über seine Freizeithose und tritt erneut vor den Spiegel. Als sein Herz vor fünf Jahren anfing, Probleme zu machen, war er sicher, dass dies das Ende sei, doch der Schrittmacher leistet gute Dienste. Immer häufiger erlebt er, wie Freunde und Angehörige sterben, und mit jedem Tag ergibt sich sein Körper mehr dem Verfall. Allmählich fühlt es sich an, als wäre er schon viel zu lange auf der Welt.

Aber an diesem Tag, als er zusieht, wie sein Sohn die Einfahrt heraufkommt, ist er froh, dass er noch am Leben ist.

Kapitel 26

»Hallo, Señora Cortez. Ich heiße Kyle Loughlin und werde Sie vertreten.« Die grelle Neondeckenbeleuchtung lässt ihn Jahre älter wirken. »Sie haben bei der Polizei bereits eine Aussage gemacht und wurden dem Richter vorgeführt, der die Anklage wegen Totschlags ohne Kaution festgelegt hat. Wir sind hier, damit Sie mir so genau wie möglich erklären können, wie es zu dem tödlichen Schuss auf Mr. Simpkins im Bayview Park kam, wegen dem Sie innerhalb der nächsten einundzwanzig Tage vor Gericht gestellt werden. Geht es Ihnen gut? Haben Sie irgendwelche Fragen, oder brauchen Sie noch etwas, bevor wir anfangen?«

Alicia lehnt sich auf dem harten Stuhl im Befragungsraum zurück und stellt ihre Handtasche zwischen ihre Knöchel. Immerhin ist es hier etwas wärmer als in der Zelle. Mr. Loughlin scheint ein netter junger Mann zu sein, eifrig, aber nicht von diesem verbissenen Ehrgeiz zerfressen, wie man ihn heutzutage sonst oft bei den jungen Karrieremenschen erlebt. Der Richter war auch recht nett. Eigentlich waren alle nett zu ihr, obwohl sie ein solches Durcheinander verursacht hat, trotzdem verrieten ihre Mienen eine Mischung aus Verwirrung und Angst, angefangen vom Sergeant bis hin zum Richter.

»Danke. Sie können mich Alicia nennen. Es geht mir

gut. Ich möchte nur gern mit Dwayne Campbell sprechen, sonst brauche ich nichts.«

»Er ist bereits auf dem Weg. Ihnen ist klar, Señora … Alicia, dass ich bei der Unterhaltung zugegen sein muss.«

»Ja. Bitte verzeihen Sie mir. Meine Erfahrungen mit den Gesetzeshütern in diesem Land haben mich … sagen wir, vorsichtig gemacht.«

»Natürlich.« Er streicht mit seinen kurzen, stumpf zulaufenden Fingern die Unterlagen glatt. Am linken kleinen Finger steckt ein goldener Siegelring.

Ein junger Mann aus einer guten Familie, sogar wohlhabend. Er hat keine Ahnung, weshalb ich hier bin. Sie setzt eine höflich-resignierte Miene auf.

Seine Stimme wird leiser, sein Blick eindringlich. »Als Sie John Morales das letzte Mal gesehen haben, befand er sich in der Obhut des Sheriffs in Untersuchungshaft, bewacht von einer Handvoll Marines.«

Plötzlich stimmt etwas mit ihren Augen nicht. Es ist viel zu hell im Raum. Sie hüstelt. »Könnte ich vielleicht ein Glas Wasser bekommen?«

Er schenkt ein Glas aus dem Krug auf dem Tisch ein. »In der Bibliothek gibt es ein paar gute Geschichtsbücher. Das ist eine Art Hobby von mir … in der Vergangenheit zu graben.« Er stellt den Krug hin. »Geht es Ihnen gut, Alicia?«

Seine Stimme hallt seltsam nach, wie ein Echo. Ihre Kehle fühlt sich zwar nach einem Schluck nicht mehr ganz so trocken an, doch der Schwindel bleibt. Sie krallt sich an der metallenen Tischplatte fest, als der Raum mit einem Mal zu kippen scheint. Und dann fällt sie hintüber, kann sich nicht halten, immer tiefer.

Die Lichter erlöschen.

Wir haben dich gefunden, Dwayne und ich, bei Sonnenaufgang am Strand, wo sie dich einfach liegen gelassen haben. Du lieber Gott, und in welchem Zustand du warst … blutüberströmt, mit gebrochenen Knochen und von Schüssen durchsiebt. Sie haben auch versucht, dich zu hängen, aber irgendwann im Lauf der Nacht muss sich wohl der Strick gelöst haben, denn du lagst am Fuß einer Kokospalme. Dein wunderschönes Gesicht war so zerschmettert, dass ich es kaum wiedererkannt habe, und dein Körper, der mir solche Freude geschenkt hat, war von Schusswunden durchlöchert, von so vielen, dass ich sie noch nicht einmal mehr zählen konnte. Trotzdem war mein Glaube an dich so fest, dass ich neben dir auf die Knie fiel, deinen Namen rief, dich anflehte, bei mir zu bleiben, wieder und wieder, in der Hoffnung, dass irgendwo noch ein Fünkchen Leben in dir sein möge. Du warst immer so stark, hast Dinge überlebt, die jeden anderen Mann getötet hätten, deshalb war ich sicher, dass du noch am Leben sein musstest. Aber es war zu spät … zu spät, um dich zu retten, dir zu sagen, dass ich dich liebe, oder auch nur, um Abschied zu nehmen. Ich schloss dich in meine Arme und wiegte dich, während ich so laut schrie, dass die Vögel vor Schreck aus den Bäumen aufstoben. Lange Zeit blieb ich so sitzen, während die Sonne an den Tag brachte, dass das, was sie dir angetan hatten, ausreichte, um dich gleich mehrmals zu töten. Ich legte mich neben dich, schmiegte mich an deinen Körper, so wie wir es immer im Bett getan haben. Vielleicht wäre ich für immer dort liegen geblieben, hätte Dwayne keine Hilfe geholt. Sie wollten mich von dir wegziehen, aber ich habe mich, über-

strömt von deinem Blut, mit Händen und Füßen gewehrt, habe um mich getreten und jeden gebissen und geschlagen, der mir zu nahe kam. An viel kann ich mich nicht erinnern, aber ich weiß noch, dass ich darum gebettelt habe, man möge mich ebenfalls erschießen. Dwayne sagte später, ich hätte geschrien, gedroht, Rache zu nehmen, an allen, die an Johns Tod beteiligt gewesen waren. Er war derjenige, der mich schließlich überredet hat, dich loszulassen. Und er war derjenige, der mir gegeben hat, was ich brauchte, um es zu tun. Und nun, endlich, ist es erledigt.

Sie kommt wieder zu sich, in der Erwartung, im blutdurchtränkten Sand zu sitzen, Johns erkaltete Leiche in den Armen. Stattdessen blickt sie in die Gesichter von Mr. Loughlin, des Chiefs und eines alten Mannes mit unzähligen Altersflecken und moosgrünen Augen. »Dwayne«, haucht sie. »Sie sind gekommen.« Sein Gesicht verzieht sich zu einem entzückten Lächeln, und mit einem Mal sieht sie ihn wieder vor sich, den vierzehnjährigen Jungen an der Schwelle zum Mann, der so verzweifelt versucht, das Richtige zu tun. Sie konzentriert sich auf sein Gesicht, spürt, wie sich ihr Herzschlag in einem normalen Rhythmus einpendelt.

Meredith kniet mit einem Erste-Hilfe-Kasten neben ihr und hält ihr Handgelenk umfasst. »Allmählich wird ihr Puls wieder langsamer, Gott sei Dank. Der Arzt ist schon auf dem Weg.«

»Das ist nicht nötig.« Alicia setzt sich auf und versucht, mittels Willenskraft den schwankenden Raum zum Stillstand zu bewegen. »Bitte, machen wir weiter. Jetzt ist alles in Ordnung.« Sie spürt die Zeit regelrecht zwischen ihren Fingern zerrinnen.

Dwayne sitzt neben ihr. Sie klammert sich an seiner Hand fest. Sie ist warm und trocken, knorrig und von Altersflecken übersät wie ihre eigene. *Wir waren so jung, so blutjung.* Allmählich fühlt sie sich besser. Seine Gegenwart ist so beruhigend, gibt ihr das Gefühl, dass sich alles zum Guten wendet, egal, wie es auch kommen mag.

»Natürlich musste ich herkommen.« Dwayne strahlt sie an. »Sehen Sie sich nur an. Immer noch eine Schönheit. Wie geht es Ihnen, Miss Alicia?«

»Den Umständen entsprechend. Danke, dass Sie hergekommen sind, mein Freund. Und Chief Roy ist Ihr Sohn? Sie müssen sehr stolz auf ihn sein.«

»Das bin ich. Aber wann haben Sie ...«

Der Chief räuspert sich. »Tut mir leid, wenn ich unterbrechen muss, aber wir sollten die Befragung jetzt fortsetzen. Natürlich nur, wenn Señora Cortez sich gut genug fühlt.«

»Ich muss mich bei Ihnen entschuldigen, Alicia«, wirft Mr. Loughlin ein, »falls ich etwas gesagt haben sollte, das Sie in irgendeiner Form ...«

Sie winkt ab. »Es ist nicht Ihre Schuld. Seit über siebzig Jahren habe ich jeden Tag daran gedacht, aber nie darüber gesprochen. Und Sie jetzt seinen Namen sagen zu hören ... hat ... keine Ahnung, Erinnerungen heraufbeschworen.« *Für Menschen wie diesen jungen Mann hier ist mein Leben Geschichte.*

Meredith und der Chief gehen hinaus und schließen leise die Tür hinter sich.

Loughlin blickt auf seine Notizen. »Mir ist klar, dass Ihnen all das sehr zu schaffen macht, aber wir müssen uns nun auf die gestrigen Ereignisse konzentrieren. Meine Aufgabe besteht darin, die bestmögliche Ausgangslage bei der Staatsanwaltschaft zu schaffen. Ich möchte die Staatsanwältin gern dazu bringen, Sie auf Kaution freizulassen, während die Mühlen des Justizsystems mahlen, aber dafür brauche ich Ihre Hilfe. Ist Ihnen das so weit klar?«

»Ja.«

Er wendet sich Dwayne zu. »Ich muss Sie fragen, Mr. Campbell, in welcher Funktion Sie hier sind.«

»Er ist mein Freund«, sagt Alicia. »Ich vertraue ihm. Und er war bei mir. Er weiß, was passiert ist.«

Dwayne drückt ihre Hand. »Ich bin hier, um zu helfen, so gut ich nur kann.«

»Sie sind Sheriff im Ruhestand? In Heron Key?«

»Korrekt.«

»Hm. Das könnte sich noch als hilfreich erweisen. Wären Sie bereit, auch als Leumundszeuge auszusagen?«

»Natürlich. Was wird Ihrer Meinung nach als Nächstes passieren, Mr. Loughlin?«

»Das kommt darauf an, was ich dem Staatsanwalt über Alicias Tat und ihre Absichten vorlegen kann. Also, Alicia, bitte schildern Sie mir alles. Vom Zeitpunkt, als Sie aufgewacht sind, bis zu Ihrer Verhaftung. Fangen Sie ganz von vorn an. Aber vorher muss ich Mr. Campbell bitten, nach draußen zu gehen. Wenn er als Leumundszeuge aussagt, darf er nichts wissen, was Ihrem Fall in irgendeiner Weise schaden könnte.«

Dwayne steht auf, drückt Alicia noch einmal die Schulter und verlässt den Raum.

Loughlin wartet mit dem Stift in der Hand.

»Also, wenn wir ganz von vorn anfangen wollen«, sagte sie schließlich, »müssen wir zu Heiligabend vor all den Jahren zurückgehen …«

Eine Stunde später scheint Loughlin bereit zu sein, Schluss zu machen, allerdings wirkt er nicht allzu glücklich. Je länger Alicia gesprochen hat, umso tiefer ist die Furche zwischen seinen Augenbrauen geworden. Er schlägt den Ordner zu und fährt sich mit den Händen übers Gesicht. »Das ist jetzt sehr wichtig: Alles, was Sie sagen, bleibt unter uns. Es darf diesen Raum nicht verlassen, denn falls es dazu kommt, sind uns die Hände ziemlich gebunden. Sie dürfen unter keinen Umständen erwähnen, dass Sie nach Hause gegangen sind, um diesen Colt zu holen, denn genau das ist die Definition von Vorsatz. Und Vorsatz bedeutet …«

»Mord«, wirft sie ein. »Ich sehe viel fern.«

»In diesem Fall wissen Sie ja, dass das die Situation von Grund auf verändern würde, unabhängig von Ihrem Alter oder den Umständen.«

Sie sammelt sich, um das auszusprechen, was sie all die Jahre für sich behalten hat. »Mr. Loughlin, ich weiß Ihre Mühe zu schätzen, sehr sogar, aber eines müssen Sie verstehen: Was aus mir wird, ist etwas, das mich schon seit vielen, vielen Jahren nicht mehr kümmert. Ich habe Charlie Simpkins getötet, weil er dafür gesorgt hat, dass John aus dem Gefängnis verschleppt und ermordet wurde. Das Gesetz hat ihn verschont, Mr. Loughlin. Niemand wurde jemals dafür verantwortlich gemacht, weder damals noch heute. Ich wusste, dass ich ein Verbrechen begehe und dafür eine Strafe bekommen werde.

Aber das ist nun einmal so. Ich hatte das Motiv und die Gelegenheit und bin nach Hause gegangen, um mir die erforderlichen Mittel zu verschaffen. Glücklich macht es mich nicht, und es ändert auch nichts, rückt die Dinge nicht wieder gerade. Aber es musste getan werden.« Sie hält inne und holt Luft. »Kann Dwayne jetzt zurückkommen?«

»Ja, ich rufe ihn herein, aber, Alicia«, sagt er mit einem strengen Blick, »es war gut, dass er hinausgegangen ist.«

Einen Moment später sitzt Dwayne wieder neben ihr.

Loughlin blickt verzagt auf seine Notizen. »Ich habe mir die Akten des Morales-Falls angesehen. Eine Grand Jury ist damals zu dem Schluss gelangt, dass ›eine oder mehrere unbekannte Personen‹ den Angriff auf ihn durchgeführt haben, und man machte Morales dafür verantwortlich, ihn selbst provoziert zu haben.« Er klappt die Akte zu. »Wie gern wäre ich damals Anwalt gewesen und hätte dafür gesorgt, dass Gerechtigkeit geübt wird.«

»Die hätten Sie getötet«, meint Dwayne und zuckt leicht die Achseln, »oder aus der Stadt gejagt. So lief das damals. Aber jetzt ist es zu spät dafür.«

Alicia registriert die Veränderung in Loughlins Haltung. Es ist, als hätte sich irgendwo in seinem Innern eine kleine Flamme entzündet.

»Ihr Fall schreit förmlich nach einem gnädigen Urteil, auch wenn das an der Tat selbst nichts ändert. Ich bin der festen Überzeugung, dass sich inzwischen einiges geändert hat, und werde alles in meiner Macht Stehende tun, um dem Gericht Ihre ungewöhnliche Geschichte entsprechend darzulegen.« Er reibt sich das Kinn. »Eines leuchtet mir allerdings immer noch nicht ein. Wie konnten Sie so sicher sein, dass Simpkins das alles angezettelt hat?«

»Ich habe es ihr gesagt«, meint Dwayne. »Mein Pa war damals der Kaplan des Klans. Ich bin zu ihm gegangen und habe ihn dazu gebracht, den Namen preiszugeben.«

Ein gequälter Ausdruck erscheint auf Loughlins Miene. »Sie dürfen das niemals jemandem erzählen, sonst können wir es nicht verwenden. Soweit es das Gericht betrifft, sind Sie nichts als ein guter alter Freund, mehr nicht.«

»Das ist mir bewusst«, fährt Dwayne fort. »Sagt Ihnen der Name Torrance etwas? Sheriff Torrance? Nein? Er war ein guter Sheriff und vermutlich der aufrechteste Gesetzeshüter, der an diesem Abend Dienst hatte. Was der Klan mit seinem Gefangenen anstellte, hat er bis zu seinem Lebensende nicht verwinden können. Bis heute habe ich nicht vergessen, was er mir damals gesagt hat … Man müsse sich immer zwei Fragen stellen. Erstens: Ist die richtige Person gestorben? Und zweitens: Hat die richtige Person den Mord begangen? Versuchen Sie mal, sich diese beiden Fragen zu stellen, Mr. Loughlin, und sehen Sie, wohin es Sie führt.«

Eine Woche später greift Roy zu seinem Stift, um die womöglich wichtigste Unterschrift seiner gesamten Karriere zu leisten. Loughlin hat den Richter zu einer Freilassung auf Kaution und mit Hausarrest überredet, noch dazu unter einer höchst ungewöhnlichen Bedingung: Alicia Cortez muss bis zur Verfahrenseröffnung in ihrem Haus bleiben, unter der Aufsicht von Dwayne Campbell, Sheriff im Ruhestand. Sergeant Big Mike ist bereits unterwegs zu Dwaynes Haus, damit er ein paar Sachen holen kann.

Die Rückfahrt von Heron Key mit seinem Vater hat ihm eine Erkenntnis nach der anderen beschert, über Dwayne, seine Familie und ihn, Roy selbst, aneinandergereiht wie die Inseln, an denen sie vorbeifuhren, perlengleich schimmernd unter einem strahlend blauen Himmel. Einige Geschichten waren ein echter Schock, andererseits hat vieles mit einem Mal einen Sinn ergeben; er hat Antworten auf Fragen bekommen, die ihn bereits sein ganzes Leben lang beschäftigt haben, zum Beispiel, was wirklich mit Grandpa und Grandma Campbell geschehen war und weshalb Dwayne Key West verlassen hatte.

Er hatte stets großen Respekt vor seinem Vater, doch nun hat er das Gefühl, ihn endlich wirklich zu kennen.

Die lokale und sogar landesweite Presse feiert den Fall als ein Paradebeispiel für gesunden Menschenverstand und Bestätigung einer modernen Rechtsprechung. In seinem Büro stehen die gepackten Kartons zum Abtransport bereit – der Höhepunkt von Roys Karriere kommt zu einem Zeitpunkt, als sie sich gerade dem Ende zuneigt. Clarisse ist der Star im Bridgeclub und glücklicher, als Roy sie je erlebt hat.

Schwungvoll setzt er seinen Namen unter das Entlassungsformular. »Sie sind sicher, dass Sie eine Herabstufung auf Totschlag bekommen?«, fragt er. Das wäre die bestmögliche Lösung, die Ihnen den Weg zu einer Bewährungsstrafe ebnen würde.

Loughlin lehnt sich auf seinem Stuhl zurück. »Noch haben wir es nicht in der Tasche, aber ich bin zuversichtlich. Die Staatsanwältin hat Bereitschaft signalisiert, angesichts der Umstände Milde walten zu lassen. Trotzdem liegt noch einige Arbeit vor uns. Ihren Vater an Bord zu haben ist jedenfalls hilfreich.«

»Sie haben sich wirklich ins Zeug gelegt, Kyle.«

»Eigentlich gar nicht. Das haben wir alles ihrer Geschichte zu verdanken, ich habe sie nur publik gemacht.«

»Was ist mit den Simpkins?«

»Es gibt einen Sohn in Australien, der allerdings schon seit Jahren keinen Kontakt mehr zu seinem Vater hatte. Er kommt nicht einmal zur Beerdigung. Es sieht so aus, als hätte er sich schon vor langer Zeit von seinem Dad distanziert. Und bislang scheint es vonseiten des Klans auch keinen Ärger zu geben. Vielleicht hat die Drohung, das Verfahren von damals wiederaufzurollen, ja geholfen.«

»Ich bezweifle, dass sie auf große Unterstützung hoffen könnten. So etwas ist für den Tourismus nicht gerade förderlich, außerdem sind die meisten hier offenbar froh, dass die Geschichte nicht wieder ans Licht gezerrt wird.«

Die Tür geht auf, und Meredith führt Alicia Cortez herein. Die Männer erheben sich.

»Bitte, meine Herren, bleiben Sie doch sitzen. Ich wollte Ihnen nur für die Hilfe danken.«

»Wir machen bloß unsere Arbeit, Ma'am«, sagt Roy. »Wir wünschen Ihnen alles Gute für die letzte Runde. Meredith bringt Sie nach Hause.« Er wirft einen Blick aus dem Fenster. »Und da ist auch Big Mike mit meinem Dad.«

»Dürfte ich vielleicht den Colt haben?«, bittet Alicia. »Er hat einen großen emotionalen Wert für mich. Natürlich verspreche ich, dass ich ihn nie wieder benutzen werde.«

Roy glaubt ein Funkeln in ihren grauen, immer noch verblüffend klaren Augen zu bemerken. »Nein, Ma'am, das geht leider nicht. Aber wir passen gut darauf auf. Ich bringe Sie noch hinaus.«

Meredith hält sie beim Ellbogen, als sie den Parkplatz überqueren. Sengende Hitze steigt vom Asphalt auf. »Ich möchte ja nicht neugierig sein, Señora Cortez, aber eines wüsste ich nur zu gern: Was haben Sie denn so Wichtiges in Ihrer Tasche, dass Sie sie nicht aus den Augen lassen?«

Inzwischen haben sie den Wagen erreicht, vor dem Dwayne mit einem Köfferchen steht. Er winkt ihnen kurz zu, als würden sie sich gleich zu einer Abenteuerreise aufmachen. Roy war noch nie so stolz auf seinen Vater.

»Meredith«, sagt sie. »Das ist eine Geschichte, die ich Ihnen ein andermal erzähle.«

Kapitel 27

Im Tea Room sieht alles noch genauso aus wie an dem Tag, als sie ihn vor gut einer Woche verlassen hat. Lediglich das Unkraut in Thomas' Garten ist gewachsen – jenem Garten, von dem sie fürchtete, sie würde ihn nie wiedersehen. Pablito kommt herbeigeflogen und sitzt tschirpend vor seiner leeren Untertasse.

»Ich kümmere mich gleich um dich, *amigo*. Warte noch ein bisschen.«

»Mit wem reden Sie?«, fragt Dwayne und rollt sein Köfferchen über die unebenen Ziegelplatten.

»Mit meinem kleinen Freund. Kommen Sie herein.«

Natürlich hat sich das Haus verändert. Alicia wohnt im Erdgeschoss und hat das obere Stockwerk in Apartments umgewandelt, die sie verkauft hat. Die tristen grauen, verwitterten Schindeln sind verschwunden, stattdessen hat das Haus, ebenso wie die anderen in der Gegend, einen hübschen Anstrich in Meeresfarben wie Sand, Türkis, Aquamarinblau und Weiß bekommen. Auf der windschiefen Veranda, die sie vor all den Jahrzehnten Beatriz hinaufgefolgt ist, stehen Töpfe voll üppiger roter Geranien. Zum Glück ist der Wert des Hauses hoch genug, um die Kosten für die Kaution problemlos zu decken. Eine hervorragende Investition. Das Last Resort gibt es längst nicht mehr. Nach Johns Tod wurde es zuerst in einen Billardsalon umfunktioniert und beherbergt inzwischen eine dieser hoffnungslos überteuerten Frühstückspensionen.

Wie in Trance geht Dwayne die Treppe hinauf und betritt das Haus, wo er stehen bleibt und wortlos den Blick über das behagliche Zuhause schweifen lässt, das sie geschaffen hat. Der alte Nebensalon, in dem früher die Mädchen die Schuhe anprobiert haben, dient als Schlafzimmer, dessen Fensterläden nach wie vor geschlossen sind. Hortensias Küche ist immer noch dieselbe, mit der Hintertür, die in den Garten führt. Den Hauptsalon hat sie in ein Wohnzimmer, ein Gästezimmer und ein Badezimmer unterteilt. Die alte Treppe gibt es zwar nicht mehr, trotzdem kann er ihren Geist immer noch spüren.

Sie öffnet die Fenster, damit die schale Luft hinausziehen kann. Wahrscheinlich ist ein Teil ihrer Lebensmittel im Kühlschrank vergammelt, da sie keine Zeit mehr hatte, ihn auszuräumen, bevor sie sich auf den Weg in den Park gemacht hat. An jenem Tag … von dem sie glaubte, er würde niemals kommen.

»Ich hole uns etwas zu trinken, dann setzen wir uns hin und reden.«

Sie erscheint mit einem Tablett mit einer verstaubten Flasche Rum, den sie sonst nur zum Kochen verwendet, und zwei der Gläser von früher. »Ich glaube, wir haben Grund zum Feiern.«

Der Geruch nach Rum zieht durch den Raum, das erste Mal seit fast siebzig Jahren. Es ist beinahe überwältigend, vor allem nun, da Dwayne auf dem Sofa sitzt. Plötzlich sieht sie ihn wieder wie damals, an ihrem ersten Tag in Key West, als er ihren Koffer nach oben trug; damals war sie noch der festen Überzeugung, sie würde im Tea Room Tee servieren. Sie sieht ihn auf dem Boden knien, inmitten von Schuhkartons und den nackten Füßen der quiekenden Mädchen. Und am Küchentisch, wo er sich eines von Hortensias *pastelitos* nach dem anderen in den Mund stopfte, während er begeistert von der bevorstehenden Parade des Klans schwärmte. *Ein ganzes Leben ist seitdem vergangen.*

Er blickt auf, und sie sieht ihm an, dass auch ihm die Erinnerung mächtig an die Nieren geht. Sie hebt ihr Glas. »Auf die alten Freunde.«

»Auf die alten Freunde!«

Die Gläser klirren. Schweigend trinken sie. Sie spürt seinen Blick auf ihr ruhen.

»Ich habe Sie gesucht«, sagt er. »Mehrmals sogar, nachdem Sie nach Kuba abgereist sind.«

»Ich habe mich versteckt, bis Daniella geboren war.« In ihrer letzten Nacht mit John war das Honigglas ungeöffnet geblieben. Beide waren viel zu abgelenkt gewesen, und als sie ihn begraben und sich auf der Fähre zurück nach Havanna befunden hatte, stellte sich heraus, dass es sich bei ihrer Übelkeit nicht um Seekrankheit handelte. Mamacita holte sie am Hafen von Havanna ab. Raouls Vater hatte seine Drohung zurückgenommen, nachdem sein Sohn ein zweites Mal geheiratet hatte. Sie ging davon aus, dass Papa sie wegschicken würde, sobald sich ihr Bauch zu wölben begann, doch stattdessen seufzte er bloß und meinte: »Mit dir gibt es immer bloß Ärger.« Er vergötterte Daniella von der ersten Sekunde an, und sie verbrachten eine Reihe sorgloser Jahre in dem kleinen sonnengelben Haus in der Calle Cuarteles im Schatten von Batistas Präsidentenpalast.

»Sie haben eine Tochter? Wo ist sie? Kann ich sie kennenlernen?« Seine Eifrigkeit versetzt ihr einen Stich.

Sie zieht ein zerknittertes Schwarz-Weiß-Foto aus ihrer Brieftasche, das Daniella als Teenager zeigt, mit Johns schwarzem Haar und ihren grauen Augen. Sie steht da, die eine Hand vor den Augen, um die Sonne abzuschirmen, die andere in die Hüfte gestemmt, mit dieser Trotzigkeit, die Alicia so sehr an John erinnert. Schon damals war sie eine Rebellin, folgte der neuesten Mode und trug zu Mamacitas Entsetzen gerne Hosen. Leider kommt ihre Hautfarbe, die Alicia gern als »sehr hellen Milchkaffee« bezeichnete oder »latte«, wie die jungen Leute heute sagen, nicht recht zur Geltung.

»Mein wunderschönes Mädchen ... Sie war eine Kämpferin, vom Tag ihrer Geburt an. Sie hat Mamacita regelmäßig in den Wahnsinn getrieben, hat immer irgendwelchen Unsinn angestellt. Als *La Revolución* kam, war sie eine der Ersten, die sich ihr angeschlossen haben.« Sie streicht mit der Hand über das Foto. »Und eine der Ersten, die ihr Leben dafür ließ.« Die Nachricht über ihren Tod forderte weitere Opfer. Mamacita legte sich an jenem Tag hin, meinte, sie müsse sich ein wenig ausruhen, und wachte nicht mehr auf. Danach weigerte Papa sich, irgendetwas zu sich zu nehmen, und starb kurz darauf ebenfalls. »Ich bin aus Kuba weggegangen, nach Spanien und auf die Azoren und an viele andere Orte, viele, viele andere Orte, aber ich konnte nirgendwo sesshaft werden.« Mithilfe des Geldes, das sie von ihren Eltern geerbt hatte, zog sie immer weiter, hinterließ eine Spur an leeren Zimmern und enttäuschten Liebhabern. Sobald sie zu großes Interesse zeigten, war sie auf und davon.

»Aber wieso sind Sie wieder hergekommen, nach allem …«

Diese Frage hat sie sich in all den Jahren wieder und wieder gestellt. Sie war müde, hatte es satt, vor ihren Erinnerungen wegzulaufen, die ihr doch überallhin folgten, wie ein Schwarm Krähen. Irgendwann war es an der Zeit, nicht länger zu fliehen. Der Tea Room war ein Ort, an dem sie trotz all seiner Makel glücklich gewesen war, wenn auch nur für eine kurze Zeit. Außerdem war sie als die letzte »Miss Pearl« offiziell immer noch die Besitzerin des Hurenhauses.

»Als ich alt wurde, wollte ich nicht länger umherziehen, sondern in Johns Nähe sein. Er hat mir so gefehlt. Inzwischen besuche ich ihn fast jeden Tag. Aber was ist mit Ihnen, Dwayne? Sie haben geheiratet, nehme ich an?«

»Ja.« Er drehte das Glas in seinen Händen. »Aber ich war alles andere als nett zu Noreen, als Roy mit dieser Hautfarbe aus ihrem Bauch kam. Dabei hat sie es ganz bestimmt nicht verdient, so behandelt zu werden.« Nachdenklich starrt er vor sich hin. »Das Komische dabei ist, dass ich ihn von der ersten Sekunde an geliebt habe, und ich glaube, mir ist gerade erst klar geworden, warum … weil er mich an Sie erinnert hat.«

Sie winkt ab. »Roy ist ein Glückspilz, Sie als Vater zu haben. Aber was ist denn aus Ihrer Mutter geworden? Ich habe sie ja nur einmal gesehen, erinnere mich aber ganz deutlich an diesen Tag. Sie war eine sehr starke Frau.« Alicia denkt an jenen Tag im Krankenhaus zurück, als Lily mit Dwayne auftauchte, voller Angst um ihren Sohn und voller Furcht vor ihrem Ehemann.

»Nach einer Weile wurde es einfach zu viel«, antwortet er achselzuckend. »All die Erinnerungen und das Gerede der Leute. Nach meiner Verlobung mit Noreen sind wir nach Heron Key gezogen. Ma ist 1933 an Krebs gestorben, ein Jahr vor Roys Geburt. Sie hat ihren Enkel nie kennengelernt.«

»Und wie geht es Noreen? Es ist sehr nett von ihr, dass sie Sie gehen lässt, um hier bei mir zu sein.« Sie stellt sich die beiden vor, vereint in der Verbundenheit einer langjährigen Ehe, zusammengeschweißt durch Freude und Leid, in einem hübschen Häuschen am Strand, wohingegen sie selbst sich schon vor langer Zeit damit abgefunden hat, im Alter allein zu sein.

»Ich habe sie verloren. Beim Labor-Day-Hurrikan, 1935. Roy konnte ich nur mit Mühe und Not retten.« Er trinkt aus und füllt sein Glas erneut. »Haben Sie nie geheiratet?«

»Nein. Nachdem ich John einen Korb gegeben hatte, konnte ich niemand anderen mehr in mein Herz lassen. Und Sie? Gab es nach Noreen noch jemanden?«

»Ich war der Ansicht, dass ich keine zweite Chance verdiene ... nach allem, was ich ihr angetan habe.«

Wie es aussieht, hat sich das Leben für uns beide nicht so entwickelt, wie wir es uns erhofft hatten. »Das tut mir sehr leid, Dwayne. Aber ich finde, dass jeder eine zweite Chance verdient, wenn er bereit ist, sich zu ändern.«

»Selbst Simpkins?«, fragt er mit einem ironischen Lächeln.

Sie ruft sich Simpkins' Gesicht ins Gedächtnis, sein

verächtliches Grinsen, seine abfällige Stimme: *Die Kaffeebraune.* »Ja, sogar er. Hätte er auch nur einen Anflug von Menschlichkeit gezeigt, wäre der Colt in meiner Tasche geblieben.«

Lange Zeit sagt er nichts. Sie wartet. Nach all den Jahrzehnten, die sie sich nicht gesehen haben, besteht kein Grund zur Eile. Die Klimaanlage summt und ächzt. Die Sonne scheint durch das Buntglas in der Haustür und wirft den Schatten eines Kolibris auf den Fußboden. Er zupft einen Fussel von seiner Hose. Ihr fällt auf, dass sein weißes Hemd perfekt gebügelt ist. Ihr Blick wandert über die dunklen Altersflecke an seinem Hals, die sich vom Kragen abheben. Gerade als sie etwas sagen will, ergreift er ihre Hand.

»Ich war bis über beide Ohren in Sie verknallt, Miss Alicia.« Sein Tonfall ist sanft und liebevoll, sein Blick weich von all den Jahrzehnten und den Tausenden von Meilen, die sie getrennt haben. »Aber das wussten Sie natürlich nicht.«

Sie legt ihre Hände um die seinen und blickt in sein liebes Gesicht. »Aber natürlich wusste ich es, Dwayne.« Sie denkt daran, was sie früher waren, was sie heute sind. Freunde. Damals und für immer. »Ich wusste es all die Zeit.«

Einen Monat später überbringt Loughlin die Nachrichten höchstpersönlich.

Es ist ein sonniger Nachmittag. Alicia sitzt unter dem Sonnenschirm mit einer aufgeschlagenen Zeitschrift, in der sie zu lesen vorgibt, neben sich eine Untertasse voll Zuckerwasser für Pablito. Loughlins Anruf ist längst überfällig. Dwayne sitzt in seinem Lieblingssessel und tut ebenfalls, als läse er. Das Geplätscher des Springbrunnens wirke sich auf seine Blase aus, meint er. Er denke die ganze Zeit, er müsse pinkeln. Sie kann nur staunen, mit welcher Mühelosigkeit er sich in ihrem Leben eingerichtet hat, schließlich hat sie nie mehr als ein Schlafzimmer mit einem Mann geteilt. Er redet nicht allzu viel, geht jeden Tag für sie auf den Markt. Sie sehen zusammen fern, wobei er ununterbrochen mault, dass die Typen, die das Programm gestalten, doch nur Mist bauen würden. Er kocht gern und auch gut, wohingegen sie sich nie ernsthaft dafür erwärmen konnte.

Loughlin tritt um das Haus herum. Eine Sonnenbrille verdeckt seine Augen, seine Miene ist undurchdringlich. Sie steht auf.

»Guten Tag, Mr. Loughlin. Darf ich Ihnen etwas Kaltes zu trinken anbieten?«

Er hat sie auf alles vorbereitet. Schlimmstenfalls muss sie doch mit einer Anklage auf Totschlag und einem Prozess rechnen, der unweigerlich mit einer Gefängnisstrafe enden würde; im besten Fall kommt sie mit fahrlässiger Tötung und Bewährung davon. Eigentlich dachte sie die ganze Zeit, dass sie beides akzeptieren könnte. Bis jetzt. Ihr linkes Auge beginnt zu zucken, und sie hält sich an der Stuhllehne fest. Aus dem Augenwinkel registriert sie, wie Pablitos Flügelchen im Bambusstrauch hektisch flattern.

Dann steht Dwayne neben ihr. An seiner Stirn pulsiert eine Vene. Seine Kiefer mahlen.

Loughlin nimmt die Sonnenbrille ab und verzieht das Gesicht zu einem Grinsen – einem, das bis über beide

Ohren reicht und sein gesamtes Gebiss entblößt. »Sie haben sich darauf eingelassen. Der Staatsanwalt hat mein Argument geschluckt, dass wir sämtliche Faktoren zur Strafmilderung in Betracht ziehen sollten, darunter auch Ihr Alter und die Tatsache, dass Sie bis jetzt stets eine achtbare Bürgerin waren. Die Bedingung lautet, dass Sie sich der fahrlässigen Tötung für schuldig bekennen und eine Bewährungsdauer von mindestens zehn Jahren akzeptieren.«

»Das ist ja ziemlich optimistisch.« Sie setzt sich und wartet darauf, dass sich ihr Herzschlag einigermaßen beruhigt. »Trotzdem sind es natürlich gute Nachrichten. Was noch?«

Er zieht eine Karte aus seiner Tasche. »Sie gelten ab sofort als verurteilte Straftäterin. Als solche dürfen Sie weder eine Handfeuerwaffe bei sich tragen noch wählen noch im öffentlichen Dienst tätig sein. Sie dürfen keine Drogen konsumieren oder irgendeiner Aktivität nachgehen, die gegen Ihre Bewährungsauflagen verstößt. Falls doch, kann der Richter jederzeit die volle Verbüßung der Strafe wegen Mordes in die Wege leiten. Akzeptieren Sie den Deal?«

»Ja.«

Dwayne gibt ihr einen Kuss auf die Wange und legt ihr die Hand auf die Schulter.

»Ja, danke. Vielen Dank.« *Frei.* Obwohl sie in der ganzen Welt herumgekommen ist, hat sie sich seit jenem Morgen am Strand niemals frei gefühlt. Sie erhebt sich wieder. »Und jetzt müssen wir es John sagen. Möchten Sie mich bitte das kurze Stück begleiten, Gentlemen?«

Loughlin sieht sie unbehaglich an. »Rein juristisch ist

das ein Verstoß gegen den Hausarrest ... eigentlich müsste ich erst die Genehmigung einholen ... Ach, zum Teufel damit. Aber es muss schnell gehen.«

Sie gehen die Duval Street entlang, vorbei an den Läden, in denen allerlei Touristenkram, Badeanzüge, Marihuanapfeifen und Sextoys verkauft werden, vorbei am alten Poblano-Gebäude, dessen Kuppel inzwischen himbeerrot mit goldfarbenen Zierleisten gestrichen ist, und an dem Laternenpfahl, an dem Donkey Hightower damals sein Ende gefunden hat. Jolovitz' Laden gibt es bis heute, allerdings wird er inzwischen unter dem Namen Bentley's geführt. Ein wie Blackbeard gekleideter und nach Alkohol stinkender Kerl will ihnen eine Broschüre für eine Ausflugstour in die Hand drücken, doch sie geht weiter, während sie Thomas' Gesicht vor ihrem geistigen Auge aufflammen sieht – Thomas, von außen ein knallharter Kerl, aber mit einem Herzen, so weich wie Butter.

Sie läuft ganz langsam, aber John läuft ja nicht weg, sondern wartet auf sie.

Zuerst geht es nach rechts in die Fleming Street, dann nach links in die Elizabeth Street, wo es schattiger ist – ihre Lieblingsstrecke, weil sie praktisch direkt zum Haupteingang führt.

Der Friedhof ist wie eine eigene Stadt angelegt, gitterartig, mit eigenen Straßennamen und Hinweisschildern auf interessante Besonderheiten. Überall gibt es Mausoleen aus Marmor, die wie kleine Häuser aussehen und die die sterblichen Überreste von Generationen wohlhabender Leute beherbergen. Wegen des hohen Grundwasserspiegels sind viele Grabstätten abgesackt, und überall flitzen smaragdgrüne Leguane zwischen den zerbröckelnden Steindeckeln und windschiefen Grabsteinen herum.

Die Echsen erinnern sie immer an Paulina, wie sie Miguel mit Schinkenstückchen gefüttert hat. Paulina hat ihr eigenes, überaus erfolgreiches Hurenhaus eröffnet, das allerdings bei einem schweren Hurrikan Jahre später zerstört wurde. Kitty hat einen Matrosen geheiratet und viele Kinder bekommen, mehr als genug, um sich für all jene »Brötchen« zu entschädigen, die sie zuvor verloren hat. Maxine ist irgendwo in der Versenkung verschwunden; keiner weiß etwas über ihren Verbleib.

So viele Geister. Key West ist inzwischen eine richtige Geisterstadt für mich geworden.

Sie geht voran, vorbei an einem gesonderten, Soldaten vorbehaltenen Bereich, darunter auch den Opfern der USS Maine. Schweigend gehen sie am jüdischen und katholischen Teil vorbei, wo sie die Rasenfläche betritt und in Richtung Zaun marschiert. Ein Leguan von der Größe eines Dackels verharrt auf einer Grabstätte, auf dessen Vorderseite eine sepiafarbene Fotografie von einem finster dreinblickenden Mann mit einem Prachtschnäuzer befestigt ist, dann flitzt er mit einem beherzten Schlag seines fleischigen Schwanzes davon und verschwindet in einem Spalt eines zerbrochenen Grabsteins. Erst jetzt wird ihr bewusst, dass sie ihren Sonnenhut zu Hause vergessen hat. Schweißperlen glitzern auf ihrer Stirn.

Nach ein paar Metern hat sie ihr Ziel erreicht. Hier, im Schatten zwischen zwei hohen Grabmälern, lässt sie sich vor einem namenlosen Rasenstreifen auf die Knie sinken.

Auch Dwayne setzt die Hitze sichtlich zu. »Hier ist es, Alicia?«

Loughlin hat sein Jackett ausgezogen und tritt mit verschränkten Armen hinter sie.

Rings um sie herum befinden sich die Ruhestätten jener Männer, die ihren John ins Grab gebracht haben; sie alle haben angemessene, fast herrschaftliche Grabstätten bekommen. So tröstlich Johns Fluch – dass sie beide eines schmerzhaften und frühen Todes sterben würden – auch sein mag, ist ihr doch bewusst, was für eine Schande es in Wahrheit ist: Eigentlich sollte er im Soldatenteil liegen, dort, wo alle anderen Kriegshelden begraben sind, auf einer sorgfältig gemähten Wiese mit in ordentlichen Reihen angeordneten Grabsteinen, auf denen der vollständige Name und Rang des Verstorbenen festgehalten ist, und nicht hier, unter einem anonymen Rasenstreifen.

»Das ist der einzige Grabstein, den ich setzen lassen durfte«, sagt sie und zeigt auf ein grob gearbeitetes, von wucherndem Rasen und Unkraut halb verdecktes Metallviereck. Mit dem Ärmel wischt sie die toten Insekten weg, die darauf kleben. *John Morales, 1890–1919.*

»John«, sagt sie. »Ich hab's getan. Ich habe Dwayne mitgebracht und Mr. Loughlin, der mich freibekommen hat. Jetzt findest du endlich Ruhe.« Die beiden Männer treten näher; ihre aufragenden Gestalten spenden angenehmen Schatten. Mit geschlossenen Augen legt sie die Handflächen auf das warme Gras, genau dort, wo sich sein Herz einst befand, und denkt an das letzte Mal zurück, als sie ihn in ihren Armen hielt.

Meine Tränen fielen auf dich herab, wuschen das Blut von deinem Gesicht, und dann habe ich dich geküsst.

Deine Wange fühlte sich ganz kalt an. Ich sang dir etwas vor und fragte mich, was du dir von mir erwartet hättest. Ich nahm all die Wut und den Hass und Schmerz in meinem Herzen und ließ es hart werden, wie einen Diamanten, damit ich stark wurde. Stark genug, um ohne dich leben zu können und einen Weg zu finden, sie zu bestrafen. Es hat lange Zeit gedauert, fast bis zum Ende meines eigenen Lebens, aber ich habe es geschafft. Endlich. Und nun ruhe in Frieden. Bald werde ich bei dir sein. Adiós, mi amor.

»Könnten Sie mir bitte aufhelfen?«

Dwayne nimmt ihren einen Arm, Loughlin den anderen.

»Ich denke, wir sollten Sie jetzt nach Hause bringen.« Dwaynes Stimme ist tränenerstickt, Tränen glitzern auf seinen Wangen.

»Ja. Nach Hause.« Inzwischen schwitzt sie heftig. »Ich frage mich ... muss ich meine Bewährungsstrafe unbedingt in Key West verbringen, Mr. Loughlin?« Ein Zentnergewicht hebt sich von ihrer Brust, gibt ihr das Gefühl, als könnte sie fliegen, so wie diese steinernen Engel auf den Grabmälern. Sie hat so lange festgehalten. Und nun kann sie endlich loslassen.

Loughlin hebt eine Hand, um sein Gesicht gegen die Sonne abzuschirmen. »Sofern Sie in Monroe County bleiben, finden wir bestimmt eine Lösung. Warum? Wo wollen Sie denn hin?«

Sie blickt Dwayne an, dem erneut die Tränen übers Gesicht rinnen. »Wie ich höre, soll es in Heron Key sehr nett sein. Ein alter Freund von mir wohnt dort.«

Anmerkungen

Der ursprüngliche spanische Name von Key West in Florida lautete »Cayo Hueso« oder »Knocheninsel.« Im sechzehnten Jahrhundert fanden die ersten spanischen Eroberer an den Stränden Knochenreste von amerikanischen Ureinwohnern, die bei Stammeskämpfen getötet worden waren. Sie verbanden »cayo«, ein Wort der Taíno für »kleine Insel«, mit dem spanischen »hueso« für »Knochen«, woraus sich später das englische »Key West« ableitete.

Die vorliegende Geschichte wurde von realen Geschehnissen inspiriert, die sich zwischen 1919 und 1921 ereigneten.

Als ich auf die Geschichte von Manuel Cabeza stieß, war ich auf Anhieb fasziniert. Es handelte sich um eine große Liebesgeschichte zwischen zwei Menschen verschiedener Hautfarbe zu Zeiten der Rassentrennung; zudem ging es um einen ungelösten Mordfall am Vorabend der Prohibition. Cabeza, ein hochdekorierter Veteran des Ersten Weltkriegs, wurde 1921 in Key West vom Ku-Klux-Klan getötet, weil er sich nicht von seiner Freundin trennen wollte, einer Madame namens Angela, die dort seinerzeit unter dem Namen *La Rosita Negra* – die Schwarze Rose – bekannt war. Niemand wurde je für das Verbrechen zur Verantwortung gezogen.

Die Rassengesetze jener Zeit machten eine solche Beziehung illegal, wenngleich es in Key West weit toleranter zuging als im restlichen Süden. Solange man sich einigermaßen diskret verhielt, konnte man mit allem Möglichen durchkommen. Aber Cabeza war nicht diskret, sondern ein eigenwilliger Charakter, der seine Beziehung mit Angela ganz offen lebte – nicht nur ein moralischer Affront, sondern ein gravierender Verstoß gegen die herrschenden Gesetze.

Zur Tragödie wurde der Skandal durch die Ankunft des Klans, der von den Stadtvätern 1921 quasi eingeladen worden war, sich in Key West breitzumachen. Entgegen der weitverbreiteten Ansicht – auch ich war lange davon überzeugt – richtete sich der Hass des Klans nicht vorrangig gegen Schwarze, sondern zunächst gegen Juden und Katholiken. Der Klan war fest überzeugt, dass diese drei Gruppen sich verschworen hatten, Amerika zu zerstören; seine Anhänger sahen sich als die einzig wahren Patrioten, deren heilige Mission darin bestand, das Land für die »wahren Amerikaner« zu retten.

Die berüchtigtste Episode ihrer Schreckensherrschaft in Key West habe ich in diesem Roman umgesetzt. Der Legende zufolge warnte der Klan Cabeza, er würde es bitter bereuen, wenn er sich nicht von Angela trennte, doch Cabeza ließ sich nicht beeindrucken. Mit dem Ergebnis, dass sie eines Nachts in Klan-Montur bei ihm auftauchten, ihn aus dem Bett zerrten und halb tot schlugen. Während des Kampfs (Berichten zufolge soll er sogar geteert und gefedert worden sein) gelang es ihm, mehreren der Angreifer – darunter einem gewissen William Decker – die Kapuzen von den Köpfen zu reißen.

Er schwor, Rache zu nehmen, und setzte dies auch schnell in die Tat um, als er Decker am folgenden Weihnachtstag kaltblütig auf einer Straße im Stadtzentrum ermordete. Nach der Tat verschanzte er sich auf dem Dach des Solano-Gebäudes, wo er von Polizisten und einer Reihe bewaffneter Klan-Anhänger eingekesselt wurde. Es kam zu einer Schießerei.

Es war ein offenes Geheimnis, dass sich eine ganze Reihe angesehener Bürger von Key West dem Klan angeschlossen hatten, darunter etliche Männer, die der örtlichen Polizeibehörde angehörten. Da Cabeza ihnen verständlicherweise nicht über den Weg traute, ergab er sich, nachdem ihm die Munition ausgegangen war, nur unter der Bedingung, dass ihn das Militär in Empfang nehmen würde, und so wurde er von einem Trupp Marines ins Gefängnis begleitet.

Was danach geschah, wurde nie vollends geklärt. Irgendwann in den frühen Morgenstunden wurden die Marines nach Hause geschickt, und bald darauf fuhren mehrere Wagen mit Klan-Mitgliedern vor. Sie stürmten das Gefängnis, schleiften Cabeza an der Stoßstange eines Autos durch die Stadt, wobei er bereits lebensgefährlich verletzt wurde, aber das genügte ihnen nicht. Anschließend hängten sie ihn an einem abgelegenen Strand an einer Palme auf (anderen Berichten zufolge an einer Straßenlaterne) und durchsiebten seine Leiche mit etwa zwanzig Revolverschüssen.

Das einberufene Geschworenengericht beschloss, von einer weiteren Strafverfolgung abzusehen, da »der oder die Täter unbekannt« waren. Darüber hinaus wurde Cabeza der Vorwurf gemacht, er habe den Angriff durch seine Uneinsichtigkeit provoziert und somit selbst verschuldet. Seine letzte Ruhestätte befindet sich auf dem Friedhof in Key West, allerdings nicht auf dem Abschnitt, wo die Soldaten begraben liegen, die sich um das Vaterland verdient gemacht haben; sein anonymes Grab schmückt ein verwittertes, in ungelenken Lettern beschriftetes Blechschild.

Angeblich verfluchte Cabeza seine Mörder, ja die gesamte Insel. Und die Männer, die für seinen Tod verantwortlich waren, ereilte tatsächlich ein schlimmes Schicksal: Einer wurde zwischen zwei Booten zermalmt, ein anderer starb an Tuberkulose, und ein Dritter kam beim verheerenden Hurrikan am Labor Day 1935 ums Leben. Manche hielten das für den Beweis, dass der Fluch Wirkung zeigte.

Während ich noch überlegte, ob ich diese Ereignisse darstellen sollte, stieß ich auf einen Zeitungsartikel aus dem Jahr 2012, der davon berichtete, dass die Original-Gründungsurkunde vom Klan of the Keys der lokalen Bibliothek im Rahmen einer Schenkung übergeben worden war. In jenem Artikel wurde auch erwähnt, dass der letzte Marsch des Klans auf Key West im Jahr 1993 stattgefunden hatte. Was, fragte ich mich, wenn die geheimnisvolle Angela zu jenem Zeitpunkt noch gelebt hätte? Hätte sie Rache nehmen wollen? Diese hypothetische Frage, verbunden mit den historischen Puzzleteilen, war der Ausgangspunkt für dieses Buch. Mich begeisterte die Idee einer hochbetagten Mörderin, die ihre Schuld freimütig einräumt, das Gedankenspiel, wie unser Rechtssystem mit einem derartigen Fall umgehen würde.

Ich habe bereits darauf hingewiesen, dass dieser Roman von historischen Ereignissen »inspiriert« ist – inspiriert, weil ich die zeitliche Abfolge verändert und mir darüber hinaus einige Freiheiten erlaubt habe, um der Handlung den nötigen Fluss zu verleihen. Die Grippeepidemie von 1918, über die man in vielen Geschichtsbüchern nachlesen kann, forderte weltweit fünfzig Millionen Todesopfer – viermal so viele wie die mittelalterliche Pest; durch sie kamen mehr amerikanische Soldaten ums Leben als auf dem Schlachtfeld. Weniger bekannt ist, dass es im Folgejahr zu einer zweiten, kleineren Grippewelle kam: Gerade als sich die Lage wieder entspannt hatte und die Menschen auf Key West glaubten, das Schlimmste überstanden zu haben, wurde die Grippe von den letzten Kriegsheimkehrern erneut eingeschleppt. Obwohl sie diesmal nicht so heftig wütete, war sie immer noch verheerend genug. Doch die Epidemie war schnell wieder vorüber, wohl weil ein großer Teil der Bevölkerung gegen die Krankheit immun geworden war. Den Ausbruch der Spanischen Grippe habe ich als Hintergrund benutzt, um meine Hauptfiguren zusammenzuführen, John, Dwayne und Alicia. Dwayne wird mit derselben Methode geheilt, die heutzutage bei Ebola-Opfern zur Anwendung gelangt. Die Methode, Infizierten das Blutplasma von Überlebenden zu verabreichen, in dem sich Antikörper gebildet haben, wurde in den französischen Feldlazaretten während des Ersten Weltkriegs praktiziert.

Angela ist ein historisch mehr oder minder unbeschriebenes Blatt, abgesehen davon, dass sie ein Bordell betrieb und Voodoo praktizierte, was mir wiederum einigen

Spielraum beim Entwurf von Alicia gab. Bei mir ist sie eine Kubanerin, weil Havanna seinerzeit eine hochelegante, kultivierte Metropole war, weit zivilisierter als Key West; nicht zuletzt reizte mich die perspektivische Umkehrung der heutigen Wahrnehmung. Da ich mich sehr für die Anwendung von Pflanzen und Kräutern als Heilmittel interessierte, machte ich sie zu einer Anhängerin der *santería,* einer Mischung aus Religion und Naturheilkunde.

Über Cabeza ist schon mehr bekannt; seine Familie stammte von den Kanaren, daher sein Spitzname »Illseño« oder »Insulaner«. Er wurde von seinem Vater überlebt, während Johns Vater während seines Einsatzes in Übersee stirbt. Cabeza betrieb ein Café, John ist Inhaber einer Bar.

Auf dem nahe gelegenen Stock Island gab es tatsächlich ein Bordell namens »Mom's Tea Room«, in dem Mädchen aus ganz Florida und anderen Bundesstaaten der Prostitution nachgingen. Dwaynes Besuche basieren auf den Aufzeichnungen eines jungen Schuhlieferanten, der stets hoffte, einen Blick auf die »weiblichen Reize« der Mädchen zu erhaschen.

Durch das Merchant-Protection-Association-Gesetz von 1889 war es den Juden auf Key West verboten, Straßenhandel zu betreiben, und viele eröffneten erfolgreich Geschäfte in der Stadt. Etliche zogen später nach Miami.

Während des ausgehenden neunzehnten Jahrhunderts ertönte um 21 Uhr tatsächlich eine Glocke, mit der die Ausgangssperre für alle Farbigen verkündet wurde. Wer sich nicht daran hielt, konnte eingesperrt oder ausgepeitscht werden; das Strafmaß lag im Ermessen des Bürgermeisters. Wann die Ausgangssperre abgeschafft wurde, konnte ich nicht herausfinden; sie findet aber selbst noch in Aufzeichnungen aus dem Jahr 1944 Erwähnung.

Die Prohibition trat Anfang 1920 in Kraft, doch in Key West hatte der Schmuggel eine lange, stolze Tradition, die sich bis zu den Piraten des achtzehnten Jahrhunderts zurückverfolgen lässt; dieser Umstand, gekoppelt mit der weitverbreiteten Bestechlichkeit der Behörden, sorgte dafür, dass der Schnaps auf Key West auch weiterhin in Strömen floss. Die Schmuggler gingen äußerst erfindungsreich vor; den Alkohol transportierten sie etwa in Koffern und Särgen von Kuba nach Key West.

Die Szene, in der die Kuh Emily überfahren und getötet wird, basiert auf den Aufzeichnungen Stetson Kennedys, eines weißen Journalisten, der sich in den Vierzigerjahren in den Klan einschlich und davon in seinem Buch *The Klan Unmasked* berichtete. Er war mit ein paar Klan-Führern unterwegs zu einer Initiationszeremonie, als diese einen Maulesel überfuhren, der einem schwarzen Farmer gehörte. Es ist eine Szene, die man wahrlich nicht so leicht vergisst, und ich empfehle Kennedys Buch jedem, der mehr über das Innenleben des Ku-Klux-Klans in Erfahrung bringen will. Wohl niemand hat die seltsame Kombination aus Absurdität und mörderischer Effizienz, die den Aktivitäten des Klans zugrunde liegt, besser beschrieben. Hinter all dem Mummenschanz und den Ritualen verbirgt sich eine extrem effektive Terrororganisation, die zu ihren Hochzeiten 850 000 Mitglieder hatte.

Die Herrschaft des Klans in Key West war nur von kurzer Dauer; interessant in diesem Zusammenhang ist dennoch, dass der letzte Marsch des Klans vor nicht allzu langer Zeit stattfand, nämlich 1993. Außerdem fand ich es erschreckend, dass ihr rassistischer Jargon auch heute noch in der Politik sein Echo findet, ihr Ziel, das Land für die sogenannten »echten Amerikaner rein zu erhalten«. Darüber hinaus weisen ihre in diesem Buch und in der Klan-Literatur beschriebenen Anwerbemethoden frappierende Ähnlichkeiten mit heutigen Radikalisierungstechniken auf. Ihre »Zielgruppe« waren Menschen, die man heute »Wutbürger« oder »Abgehängte« nennen würde, Enttäuschte, die sich nicht mehr dazugehörig fühlten, die Teil von etwas sein wollten, das größer war als sie selbst. Der Klan nutzte ihre Desillusionierung, brachte sie dazu, seine Gegner zu töten oder zeitlebens zum Krüppel zu machen.

Im Kern jedoch ist dieses Buch die zeitlose Geschichte zweier Menschen, die ein gemeinsames Leben führen wollten und von Hass und Heuchelei daran gehindert wurden. Alles wäre ganz anders gekommen, wenn Cabeza sich von Angela getrennt hätte oder zumindest mit ihr an einen anderen Ort gezogen wäre. In diesem Roman habe ich zu ergründen versucht, was ihre Motive gewesen sein mochten; trotzdem werden wir nie erfahren, warum sie zusammenblieben. Die daraus resultierende Tragödie sagt, so denke ich, viel aus über die Zeit, in der sie lebten – und wohl auch eine Menge über das Wesen der Liebe.

Auf meiner Pinterest-Seite (https://www.pinterest.co.uk/vanessalafaye/) finden Sie ein Foto von Manuel Cabeza, dem echten John Morales, sowie ein Bild seines Grabes auf dem Friedhof von Key West. Des Weiteren sehen Sie dort ein Bild der Gründungsurkunde der Ku-Klux-Klan-Gruppe auf den Florida Keys, die sich im Besitz der Bibliothek von Key West befindet, sowie mehrere Fotos aus der Zeit um 1920.

Buchtipps

Stetson Kennedy, *The Klan Unmasked,* Tuscaloosa 2010; auf Deutsch: *Ich ritt mit dem Ku-Klux-Klan,* Berlin 1955

Kennedy arbeitete als Investigativjournalist und wurde wegen seiner tapferen Versuche, die Korruption und die Ungerechtigkeit zu enthüllen, zu einer Art Volksheld im Süden. Dieses Buch ist ein Bericht darüber, wie er sich in den 1940er-Jahren Zugang zum Ku-Klux-Klan verschaffte. Unter einer falschen Identität gelang es ihm, sich bis zum Rang eines sogenannten Kleagle, einer Art Ortsgruppenorganisator, hochzuarbeiten. Das Buch ist unglaublich spannend, wenngleich einige Zweifel an seiner Authentizität laut wurden.

Stetson Kennedy, *Grits & Grunts: Folkloric Key West,* Sarasota 2008

Dieses Buch umreißt rund zweihundert Jahre Geschichte der Conch Republic und hat mir eine Menge Material über das alltägliche Leben geliefert, das ich für dieses Buch brauchte; was die Leute aßen, wie sie zur Prohibition standen, wie es in den Straßen der Stadt roch, vor allem im Hinblick auf die Fässer mit Exkrementen aus den Außenklosetts. Fast auf jeder Seite fand sich irgendetwas Spannendes, darunter auch die Schilderung der Cabeza-Geschichte. Stetson hat die Erinnerungen der Bewohner von Key West zusammengetragen; viele der Berichte sind in der Ich-Perspektive gehalten, inklusive des für die Region typischen Zungenschlags. Das ganze Buch ist eine Perle der Mikrogeschichte, das auf wunderbare Weise den einzigartigen Charakter der Stadt zeigt.

Maria de Los Reyes Castillo Bueno, Reyita: *The Life of a Black Cuban Woman in the Twentieth Century*, Durham 2000

Dies ist die außergewöhnliche Biografie von »Reyita«, einer der berühmtesten kubanischen Naturheilerinnen. Im Alter von neunzig Jahren blickt sie auf ihr langes Leben zurück und schildert ihren Kampf gegen Armut und Rassismus. Sie hatte bewusst einen Weißen geheiratet, um ihren Kindern eine bessere Zukunft zu ermöglichen, und mithilfe ihrer Kenntnisse in der Kräutermedizin den Menschen in ihrem Dorf geholfen. Ihr Werdegang hat mich zu Alicias Arbeit als Heilerin inspiriert und zu Mamacitas Entscheidung bei der Wahl ihres Ehemanns.

Stan Windhorn, Wright Langley, *Yesterday's Key West,* Key West 2007

Dies ist ein Bildband über die Geschichte der Stadt, mit faszinierenden Bildern der Docks, der Shotgun Houses, in denen die Arbeiter der Zigarrenfabrik lebten, der Havanna-Fähre und vielen anderen Details über das Leben in Key West zu Beginn des zwanzigsten Jahrhunderts.

Ramona V. Abella Forcada, *From Cuba With Love,* New York, Lincoln, Shanghai 2003

Die landestypische Küche spielt eine enorme Rolle für die Kubaner, vor allem jene, die aus irgendwelchen Gründen ihre Heimat verlassen mussten. Dieses Buch verbindet einige hübsche Geschichten mit den Rezepten, die ich für die Aspekte des täglichen Lebens brauchte. So habe ich aus Recherchegründen den *arroz con pollo* anhand des Rezepts darin nachgekocht.

Donna J. Robinson und Ben Roberts, *Wild Key West,* o. O. 2013

Dies ist eine Sammlung der wildesten Episoden in der Geschichte der Stadt. Die Primärquellen machen das Buch zu etwas ganz Besonderem; darin finden sich auch der Bericht der Grand Jury im Cabeza-Fall sowie eine detaillierte Schilderung des Vorfalls. Dies ist jedoch nur eines von fünfundzwanzig bizarren Ereignissen, die in diesem Buch beschrieben werden – ein weiterer Beweis dafür, welch ein ungewöhnlicher Ort Key West doch ist.

K. T. Dixon, *Key Notes: A Collection of Folk Tales from the Florida Keys,* o. O. 2012

Hier finden sich ebenfalls interessante Geschichten aus der Vergangenheit der Stadt, zusammengetragen vom Autor »in zahllosen Stunden in so manchen Bars und Tavernen«. Er erhebt keinerlei Anspruch auf Wahrheit, sondern attestiert lediglich den Unterhaltungswert. Den ich wiederum nur bestätigen kann.

Ezra Asher Cook, *Ku Klux Klan Secrets Exposed: Attitude Toward Jews, Catholics, Foreigners and Masons. Fraudulent Methods Used. Atrocities Committed in the Name of Order,* o. O. 1922

Dieser Band dokumentiert die Geschichte und Überlieferungen des Klans. Der Autor will damit den Unterbau des Klans und seinen Einfluss auf die Gesellschaft erläutern. Das Buch bietet eine detaillierte Schilderung dessen, wie die Organisation aus den Trümmern des Amerikanischen Bürgerkriegs entstand und sich zu dem Bund in seiner heutigen Form entwickeln konnte. Es enthält viele Details über die Praktiken, beispielsweise den Wortlaut des Schwurs und die Rekrutierungskarten. Darüber hinaus besticht es durch die detailgenaue Behandlung der Paranoia innerhalb des Klans im Hinblick auf Juden und Katholiken; der Text ist mit der Eindringlichkeit von jemandem geschrieben, der all diese Vorgänge hautnah erlebt haben muss.

Nella Larsen, *Quicksand* und *Passing,* erstmals 1928 und 1929 veröffentlicht. Die deutsche Übersetzung des Romans *Passing* erschien unter dem Titel *Seitenwechsel* 2011 in Zürich.

Nella Larsen war eine gemischtrassige Autorin und eine wichtige Stimme in der sogenannten Harlem Renaissance der 1920er, in einer Zeit, in der es nur sehr wenigen Frauen gelang, sich literarisch zu etablieren. Diese beiden halbautobiografischen Bücher gaben mir einen Einblick in das Leben einer gemischtrassigen Frau in der Zeit der Prohibition.

Dank

Jeder Autor wird wohl bestätigen, dass das zweite Buch das schwierigste sei. Ich habe lange gebraucht, um die richtige Geschichte zu finden und mir zu überlegen, wie ich sie zum Leben erwecken könnte. Dieses Buch verdankt seine Existenz einer ganzen Reihe besonderer Menschen, deren Unterstützung und Ermutigungen mich bei der Stange gehalten und gefährliche Klippen erfolgreich haben umschiffen lassen: meiner Agentin und meinem Versuchskaninchen, Tina Betts bei Andrew Mann Ltd.; meiner Lektorin Kate Mills, die mir gezeigt hat, wo ich etwas verbessern kann; meiner Freundin Fionnula Kearney und den anderen Prime Writers, mit denen ich die Höhen und Tiefen des Schreibens teilen konnte; Angus und Debbie bei White Horse Books in Marlborough, die mir mit ihren Ratschlägen beiseitegestanden haben; Kyle Pennington, der mir einiges über die Verfahrensweisen des Justizsystems in Florida erklärt hat; Chris Bedbrenner, der meinen spanischen Slang überprüft hat, und meinem Ehemann James, der mir den Mut gegeben hat, mich auf diese Reise einzulassen … und der eine ganze Nacht wach geblieben ist, um die erste Fassung dieses Buches zu lesen.